回乡记

邢西唯 著

灯杌子

西北大学出版社
·西安·

谨以此书献给我的父亲、我的故乡！

直击崭新的生活前沿

——序邢西唯长篇小说《回乡记》

那天,西唯微我一电,说她写了一部长篇,要我帮着看看。"你写了一部长篇?!"我惊愕地问,还未回过神,这部《回乡记》已经到了我的邮箱里,洋洋洒洒几十万字。太意外了,小邢怎么写开长篇了?就我所知,她的经历和专业,都离文学创作挺远的,怎么就与小说,而且是长篇小说联上姻了呢?

该是47年前了,我与她曾经在一个工厂共事。都在厂里的政治部搞宣传文化工作,抬头不见低头见。那时她刚参加工作,怕还不到20岁吧,圆脸大眼,扎两个小辫儿,纯真、聪颖,话不多,见人默默一笑。她是厂广播站播音员,一天有三个时段,全厂角角落落都被她那"如雷贯耳"的声音覆盖着。后来我调离了这个厂,时不时还会辗转收到小邢的消息,每次都让你意外,让你亦惊亦喜:考上大学了,学经济了;读博了,出国了;当教授了,当了某个金融机构的头头了;时不时在行内行外作讲座了,时不时对经济社会发展发表高见且被传播了……几十年来,我们这些老朋友以赞赏的目光远远地注视着她,为这个"小姑娘"高兴。

带着几分好奇打开《回乡记》。一位学经济、搞金融的专家将会怎样来展开当下农村生活的长卷呢?读罢掩卷回味,得承认我从中的确感受到了独特的社会信息和文学信息。她走出了许多写农村生活的作家,特别是陕西地界写农村的作家惯常走的路子,没有停留在对农家生活的眷恋和对农业文明的反思这样的归真返璞的层次上,她集中笔力打开了当下农村最新最鲜活的场景,打开了当下农村正在发生的旷古未有的深刻变化。

一部由经济、金融专家写的小说,作者的视野、思考跟一般的创作者确乎不同。西唯不仅力求真切地反映了承包制下农村、农民生存状态、人物命运的变化,更宣叙了她对现时代新农村建设的整体思考。长篇几乎写到了新农村建设一步一步在土地上烙下的脚印;写了土地资源从农户经营到规模性流转;写了农业产业化、国际化到资产证券化;写了在这个基础上实现农业资本的重组升级;写了由产业"三农"到品牌"三农",到资本"三农",再全方位延展到新农村社会的各个层面。作者在最新的农村建设构想和实践中,提炼出自己的思考,并且在相当程度上转化成为作品的人物命运、性格组合、生活图景,以及地域风情画面,最后落到"新农人"新的生存状态之中。他们将在什么环境中、以什么方式实现新的生命追求呢?——譬如像东方的老庄和西方的梭罗(《瓦尔登湖》的作者)那样,进入一种承接了古韵又远开了新篇的人与自然的谐和境界,一种被提升到新高度的人与自然共处互惠的境界。在这种新的生存境界中,人的生命有了崭新的风景。

阅读中,我好几次想起俄国作家车尔尼雪夫斯基的长篇小说《怎么办?》。那部小说侧重从社会理想层面构建起作家的理想国,而《回乡记》则从现实世界正在蓬勃发生的生活最前沿出发,构建起中国特色的新农村"理想国"。

我们不妨说,小说中的何家村既是当下农村社会创新实践的一个试点，也是作者心中正在实现的一个新农村理想。小说对何家村由传统农业提升为市场经济格局中的现代农业作了鲜活的描写，如何走出小农经济困局，实现农业的产业化、国际化？如何以此为基础推进农用土地的资本化？如何用文化科学和生态思维去浸润新农人和新农村，将传统农村由"原乡"重塑为当代人的"第二故乡"，实现"田园才是最奢华的风景"这一崭新的追求？"重塑第二故乡"的新理念、新实践，涵故而出新，在一个非常现代、非常超前的层面反映了当代乡村新农人和城市怀乡族的双向生命追求。

这样来描写新农村、新农人的生活场景和创新探索，让我增长了许多新的社会识见和新的阅读经验。当下农村的改革发展，正在创造一波又一波新的社会生活样态，以生活中的新动向为源流，转化为文学审美的文本，不断地添加到广大读者的阅读经验、精神积淀中去，是文学的责任，也是对新农村和新农人巨大的精神支持。应该说，没有对新农村生活沉浸性的观察体验，没有对新社会动向较深的理性把握，是难以写出这样鲜活而又饱含理性的文本的。正是在这一点上，作者显示出自己经济学专家的优势。她以一种世界视野和现代视野，以对当下农村变革的科学理性思考，使《回乡记》在当下的农村题材创作中有了别一种面貌。

五四运动之后，中国开启了走向现代的进程，与这个进程同步，文学出现过对农村生活、农业文明各种类型的精神"回乡"。20世纪二三十年代，鲁迅在精神的、文学的"回乡"中，解剖了农业文明及其精神附着物的种种痼疾，犀锐而深刻，可以说是反思性、批判性的回乡。沈从文的乡土文学则是一种回眸性、眷恋性的回乡，他将对乡村生活的流连，化为浓浓的乡愁，平衡着进城后心绪的失衡和不适。

新中国成立之初，我们有过《创业史》《山乡巨变》那样反映中国农村在新体制驱动、领导下的农村社会主义改造。进入市场经济时代，在知识阶层和文艺家对农业文明的持续反思中，既有心音的流连和遥远的回响，更有批判、有思考、有展望，他们和全社会一道，探索着中国传统农村的革新和进步。

在最新的这次"回乡"大潮中，创造精神、科技引领、资本投入成了无可争议的主题和主调，也构成了《回乡记》的主要内容。在这个回乡兴农的新潮中，小说的主人公们用市场化、智能化、产业和资本运作等新观念、新思维、新手段反哺故乡；而新乡绅与新乡贤的加入，又从物质和精神两个维度，让"回乡"潮在更宽阔的范围内展开，它追求的是市场层面、精神层面、社会文化层面全面的提升和转化。

《回乡记》就这样在我们面前展开了新时代新农村从行将消失到快速发展的长卷，构成了当下农村题材文学罕见的新内容，给了我们惊喜。

诚如作者所说，这部小说并不是她的自叙传，她并没有在书中实写自己的人生经历。但作为西唯的老朋友，我在字里行间还是能感受到作者有意无意遗落在岁月风尘中的人生步履，可以感受到她的目光所及、思考所及、命运所及的方方面面。

如果要我提点建议，我觉得人物在新的生产方式、新的生存环境中的心理活动，还可以写得更集中，更充分。这也许不能怪作者，新人物在生活中刚刚露头，精神世界还缺乏更为厚实的积淀，还有待得到充分的展示，作者写他们也就有一定的难度。从小说写作的角度看，长篇的人物性格和命运历程不但要有连续性，还要构成完整的可视的内在世界；更重要的是，需要相互交织，构成整部小说的骨架。它牵动每一条线索，组合方方面面的冲突，并且在适当的时候导向高潮。不然，极容易陷在事件的陈述中，被各种各样交代性叙述缠住笔墨，以致忽略从人物的言行中，从生活、感情细节中，从内心世界的描摹中来塑造人物。

肖云儒
2023年6月26日，苦夏
西安不散居

自序 | 回乡——追逐梦中的桃花源

意大利史学家克罗齐说:"一切历史都是当代史。"这一命题,揭示了当代史对过去史的特殊地位与贡献。《回乡记》的写作背景,正是在这一思想的影响下形成的。

当我打开当代史最前沿的某一横断面时,发现了历史纵轴的痕迹:有的在前行,有的在后退,有的正在消失或已经消失。

历史前进的方向从来不以人的意志为转移,剧烈地抗争后最终由合力的方向决定。

《回乡记》从历史断面上采撷了正在消失的故乡作为写作背景。

20世纪90年代和21世纪前十年,当一年一度的民工回乡潮,撕裂着城市上空的宁静时,也颠覆了中华大地古老的、寂静的、延续了几千年的"面朝黄土背朝天,老婆娃娃热炕头"的乡村神话。人走了,村空了,地荒了,镰刀锄头上房梁了,哭爹喊娘变成呼爷唤婆了,种粮人吃上粮站的粮了……真是一夜之间,乾坤大变,无论你思想跟上跟不上,你都被搅入大潮,无一幸免。值得庆幸的是,故乡的父老乡亲,还执着地守着土地,守着村庄,守着希望!

中国的城里人向上追溯三四代,绝大多数都是从农村走出来的。他们与乡土之间有着割舍不了的、千丝万缕的牵绊。当故乡在半休克中挣扎呐喊,呼唤新的生产方式和新的生命力的时候,当政策洼地和梦想洼地同时呈现在他们眼前时,我惊喜地看到,它就像磁石一样吸引着怀揣梦想的游子。他们一直都在努力为自己所能支配的资本找寻最理想的去处。在这个断面上他们找到了。他们梦中的桃花源就在这片浸透着血脉乡情的、激荡厚重的、正在消亡的故土上。

回乡,追逐梦中的桃花源,让自己的生命不仅仅是活着,且要更有意义地活着,就像当年的阳早和寒春找到红星照耀的新世界并奉献青春与年华一样,让自己的故乡因你的存在而改变,已悄然成为一种精神风尚。君不见,理想之路已成暗流涌动。村里的人想出去,城里的人想进来。回乡的时代大戏,在风雨飘摇的阵痛中时断时续。

亚当·斯密说:"个人的野心往往会促进公共利益。"有一只看不见的手告诉回乡者:要救赎自己必先救赎故乡。这股力量,乘政策之东风,大大推动着故乡从濒临消亡到涅槃重生的大转折。故乡,向死而生!

故此,《回乡记》写作的初衷和践行的宗旨,非"心灵救赎"莫属。

我一点不否认我是一名小说写作的初学者。面对波澜壮阔的城乡转换时代大潮,我所受的教育和身体里流淌的农耕基因和血脉,让我无法做到视若无睹。我将自己投身于这场故乡变迁大潮的小小溪流中,体会其中的温情与湍流、激流与暗礁,又将形而下的种红薯转换为形而上的归纳、提升与写作,以求通过自己的所学所思所为,将梦中的桃花源变成实实在在的新农村。

《回乡记》的整个构思与创作过程,贯穿着"试错"的心态和笔触。为了开垦这片原本不属于自己的处女地,边学边写,笔耕三载,十易其稿。最终呈现在读者面前的是一部既青涩、稚嫩、缺憾无处不在,又充满理想主义、浪漫主义色彩的纪实性现实主义题材小说。

《回乡记》以主人公何阳、郑子龙为主线,勾勒了回乡人浓浓的家国情怀和其在二元社会极大落差环境中的惆怅、撕裂与抗争，以及为留住梦中桃花源不懈努力的拓荒者勇气和弄潮儿精神；用浓墨描写了回乡人面对比物质贫瘠更难应对的荒漠般的灵魂时，赋予他们更多的爱、温暖和包容；面对小农经济在开放环境下的无奈，勇敢试错，创建了黄谷仓甘薯公司，搞产业化、规模化、国际化试点。用产业化推动土地集中，运用资产证券化变土地为资本，改变了千百年来农民只能依附土地这一亘古不变的天律，最终赢得了农产品竞争的话语权，极大解放了生产力，摘掉了穷帽子，过上了靠资本、交换、劳动创造收入的好日子。最后，用"赋能"的方式给故乡注入了滋润灵魂、启迪自信的音乐、夜校和母婴教育计划等，以实现改变贫穷思维，防止贫穷循环，阻隔贫穷代际传播，彻底斩断穷根的目的。无可置疑，回乡人和新农人已经成为或正在成为新时代新农村建设的中坚力量和潮流引领者。

　　因所写的内容属纪实体现实题材，许多读者因此将小说中的人物和故事当成真人真事，甚至干脆把书中主人公视为作者本人，以此反观作者的人生经验。熟悉我的朋友可能会在故事里发现真人真事的蛛丝马迹、一鳞半爪。我可以在此负责任地对大家说，书中的人物和故事都是虚虚实实和再创作后的复合体，就像葡萄已被酿成酒一样，酒自葡萄却非葡萄也。借用前辈们的那句话，叫作"源于生活，高于生活"。

　　在此，我真诚地期待批评，期待斧正，期待各种不期结果的到来，只为梦中的桃花源。

邢西唯
2023年6月20日，北京

回乡,心灵救赎之旅!

目 录

第一章　最后一个烈女　　001

第二章　内心的呼唤　　020

第三章　试错　　041

第四章　人性绕不开的那些事　　071

第五章　东边日出西边雨　　092

第六章　老实人陷阱　　114

第七章　两次踏入同一条河　　131

第八章　大食堂的歌声　　160

第九章　蜕变　　186

第十章　枳生淮北可为橘　　227

第十一章　在希望的田野上　　252

第十二章　半是风雨半是晴　　284

后　记　　321

第一章 最后一个烈女

父辈的一个决定,常常成为后代一生要走的路。何阳就是这样,父亲前妻兰香妈的离婚不离家,让何阳有幸来到这个世界,也与回乡结下不解之缘。

——作者

(一)

夜深了,万家灯火一盏盏熄灭,何阳改完最后一篇论文,把手中的笔甩在桌上,伸了伸发酸的手臂,起身向窗边走去,想透透风。

不知从什么时候开始,窗外飘起了雪花,这是2015年冬天的第一场雪。何阳推开窗户,把脑袋使劲往外伸,让晶莹的雪花就着风轻轻落在她的脸上。雪花触脸的一瞬间,一滴滴清凉如玉的小水珠,顺着她的脸颊、脖颈流到心窝。她顿时感到一种久违的神清气爽,心里的惆怅和倦怠荡然无存。何阳闭上眼睛,虔诚地享受着苍天送来的圣洁的水珠的洗礼。

突然，桌子上的手机振动起来，一阵紧似一阵。何阳忙拿起手机，还没等放到耳边，已听见对方急促的呼吸。"何阳，是我。你兰香妈下午突然晕倒了，人快不行了，你赶紧回来！"何阳一听声就知道是堂嫂侠娃。"嫂子，先叫救护车，救人！""救护车叫过了，正在路上。"侠娃大声喊着。旁边声杂，听不大清楚。何阳说："我马上往回赶。你别关手机，保持联系。我回来之前有任何事先和三爷商量。""好，你赶紧回！"侠娃顾不上多说，匆匆挂了电话。

三爷叫何福来，今年75岁，比何阳父亲何川和兰香妈小17岁，是何阳家不出五服的自家人，就住在何阳老家对门。因为彼此对撇，两家人几辈辈了一直比一家人走得还近、还亲。何阳家村上的大事小事，只要何川不在，都是三爷做主。想到有三爷在，何阳长长出了一口气。

何阳简单准备了一下，天麻麻亮就踩着雪坐上了第一班去洽川的班车往回赶。高速封了，只能走108国道。出门前，她给母亲余舍留了一张字条："妈，兰香妈病危，我回老家了。外面下雪，你出门小心，照顾好自己和晓非。"晓非是何阳的养子。

地面虽然还没有坐住雪，但路很湿滑，车几乎是在爬行。"大家把安全带扎紧，随时都有可能急刹车。"司机的脸几乎贴在挡风玻璃上，一边小心翼翼地转着方向盘，一边给车上的乘客叮嘱着。何阳昨晚一夜没睡，这会儿上下眼皮直打架。她坐在司机身后，把司机认真的表情和娴熟的技术看得清清楚楚。她紧了紧安全带，瞬间就像是瞌睡遇见枕头，直接会周公去了。

车轰鸣着一路闪着雾灯，走走停停，艰难地向前挪动。约莫下午四点，离县城还剩三分之一路程时，能见度已不足30米。车只好停到路边，等着老天开眼。

一个急刹车把何阳惊醒，她扒着车窗往外看，前不着村后不着店,不知到了哪里。雪还在下,天雾蒙蒙阴沉沉,就像一口大铁锅扣在头顶,压得人喘不过气来。

这时电话铃又响了,话筒那头侠娃扯着嗓子喊着说:"救护车刚来,说兰香妈已经没有生命体征了,我和三爷正在准备后事。""啊,兰香妈也不等等我?!"何阳抖颤着自问。只觉得心口一阵刺痛,浑身上下像被一股冷气刷过一样,发紧发冷。兰香妈就着煤油灯给她补袜子,为她织布做衣,每天放学总是做好饭站在门口等她,晚上睡在炕上给她讲故事。何阳长大后每次回家,兰香妈总要在院里架鏊、笼火,忙前跑后为她摊煎饼,脸上被柴火灰和汗水抹得黑一道,白一道。这可是自古以来何家村人迎接远道亲人和贵客的最高礼仪啊!这情这景此时此刻活灵灵出现在何阳的脑海。她眼眶一酸,泪水不由自主地往外流。

话筒里侠娃听不见何阳回话,焦急地问:"何阳,何阳,你没事吧?""哦,我听着呢,你说。"何阳抹了一把眼泪回道。"你爸在世时,给兰香妈把老衣和棺木都准备好了,你不用操心。我这就去忙了,你路上注意安全。"侠娃刚要挂电话,何阳紧着说:"侠娃别急,你让三爷接个电话。"三爷接过电话,用低沉沙哑的嗓音说:"何阳,你现在在哪里?你兰香妈一直眼巴巴地等你,直到咽气都不肯闭眼呀!"何阳一听,掩面大哭,少许哽咽着说:"三爷,我困在半路了,今晚恐怕是赶不回去了,一切都靠您老了。兰香妈生前对我说过,她是老党员,死后的丧事要像我父亲一样从简……"三爷打断何阳的话说:"娃,我正跟村主任和执事商量这事呢,参照你父亲的送葬仪式办理。你放心,路上小心。"三爷从容的口气,让何阳心里踏实了许多。

何阳把大衣裹了裹,顺势靠在椅背上,闭上了眼睛。兰香妈刚烈正直、敢爱敢恨,又脱俗典雅、温柔贤淑的品格,深深印在她的脑海中。父亲去世那年，记得也是一个天寒地冻的日子。那一天母亲回老家见兰香妈，商量埋葬父亲的事情，这是母亲第一次独自见兰香妈。

母亲一进门，就被兰香妈拉到炕上坐下，接着一碗热乎乎的红豆小米粥就递到了母亲手里。犹如一股春风，融化了母亲那颗痛苦又忐忑的心。姐妹俩手拉手，互诉衷肠。一眨眼的工夫，三爷、家族中的长辈、村里管事的干部等十几号人就前后脚地进了门。大家七嘴八舌地聊起父亲与兰香妈的故事。

家族长者对母亲说："余舍，你不知道，她兰香妈跟何川那些年，兵荒马乱，担惊受怕，没过过几天好日子。她和何川离婚，是不想让何川无后，否则，她比死都难受。离婚不离家就是她心里依然爱何川的证明。"三爷在一旁拍拍我的肩头悄声说："娃呀，听见没有，这世界上差点就没有你了。"

无论家乡的亲人们如何夸赞兰香妈的贞烈之举，何阳都无法理解兰香妈选择的离婚不离家，用孤寂的方式度过一生的做法。

窗外，天已经完全黑了，车上的乘客都昏昏欲睡。司机大声喊道："大家现在下车方便一下，男士在左侧，女士在右侧。一会儿车灯就要关了，能见度好点时车将挂链前行。"一阵嘈乱后，乘客们纷纷搓着手、跺着脚，连连喊冷地上了车，裹紧棉袄，蜷缩在座位上，准备在车上过夜。

车灯关了，车里一片漆黑，只有窗外的皑皑白雪泛着微弱的光。何阳凝视着窗外，带着无数个不解和疑惑，不知不觉进入梦乡……

她梦见自己坐在父亲怀里，父亲用大衣裹着她，坐在渭河岸边那间黑乎乎的茶社里等摆渡船的情景。

那年何阳4岁，第一次回老家。记得那茶社又矮又小，但很暖和。门上挂着一个油滋滋的、已经发硬的棉门帘。揭开门帘的一瞬间，焦油味夹杂着薯香味扑面而来。茶社中间有个砖土盘的炉子,炉子上大铁皮壶嘟嘟地冒着蒸汽,炉盘上烤着红薯和馍,焦香诱人。爸爸租了一把躺椅,买了一个烤红薯递给何阳。

"爸爸,可甜了,你尝。"何阳把咬了一口的红薯递到父亲嘴边说。"我现在不饿,我留着肚子等着吃咱老家的。咱们老家的红薯比毛栗子还面!"父亲扬着眉,骄傲地回何阳道。

何阳沉浸在吃红薯的美梦中,突然被车上的喇叭声惊醒,班车终于到达洽川县城了。从县城到何家村还有几十里路,平时班车可开到村头,最近这条路修路,司机说:"你们只能坐马车翻金水沟走老路了。"

何阳一听金水沟,顿时来了劲头。那是亚洲最大的旱沟,深百米,洽川人无人不知金水沟。

记得小时候第一次跟父亲回老家时就翻过这条大沟。当时走的小路,小路近但难走。沟底有小河,坡上有"天井"[①]。小路像羊肠一样弯曲、狭窄、陡峭,一不留神就可能掉进"天井"。走到"天井"边时,何阳吓得两条小腿直抖,干脆四肢着地爬着过去。父亲扶住她,让她趴在"天井"沿上往下看,里面黑洞洞看不见底。父亲抱起何阳告诉她,当年闹革命时,他和几个地下党正在村上开会,敌人突然进村了,他们躲不及,就藏进村头的"天井",一待就是几天。吃的是树上掉下来的柿子兜兜,喝的是雨水,直到敌人走了,他们才能回村子吃一顿饱饭。"天井真好,救了爸爸!"何阳感激地回头看着"天井"说。"爸爸,我不怕天井了,我要自己走。"话音未落,何阳已从父亲怀里出溜下来,挺直小腰板向前走。

---

① 此处的"天井"为金水沟一种特有的黄土旱井地貌。

今天若坐马车就看不到"天井"了,何阳心中掠过一丝遗憾。

马车说话间到了眼前。"老乡,去何家村吗?"何阳问。"去!"车夫答道。车夫50多岁,个子不高,身板健壮,毛乎乎的满脸胡茬子,两只小眼睛炯炯有神。他一手拉着马缰绳,一手举着鞭子,身子微微后仰,随着一声"吁",车停了下来。"快上车!"车夫道。驾辕的是一匹红棕色皮毛的马,尾巴一甩很神气。车架子是老硬木做的,车帮已经磨毛了,好几处钉着铜皮补丁,很有年代感。车轮很现代,是两个汽车用的那种胶皮轱辘。记得当年父亲把这叫"汽马车"。何阳把背包往车上一甩,一屁股就坐进了车里。她没敢坐车帮,她知道翻金水沟的路不好走,坐车帮是需要功夫的。

"驾!"一声清脆的鞭响,"汽马车"伴随着"踢踏踢踏"的马蹄声和马脖子上"叮当叮当"的铃声缓缓启程。

"等一等,去何家村吗?"何阳顺着声音看去,只见两个中年男人,手里提着大包小包的东西,刚从一辆黑色小轿车里下来,急慌慌地喊着,追着马车跑。其中一位戴眼镜,中等个儿,略胖,身上挂着一件不太合身的宽大羽绒衣,文人模样。另一位瘦高个儿,穿着考究,老板架势。

"吁……"车夫吆喝着,车停了下来,两人上了车,坐在车帮上。见状,车夫说:"一会儿下坡,路颠,下边有地方,坐下边吧,安全!""不了,不了,我们习惯了,不碍事!"戴眼镜的男人边整理东西边回着车夫的话。"驾,走咧!"车夫一声秦腔式的吼叫,一个鱼跃跳上马车,稳稳地把住车辕,车随着嗒嗒的马蹄声在漫不经意的雪花中起伏、前行……

下沟了,路坑坑洼洼,车晃得厉害,何阳没吃早饭,加上一夜奔波,直犯恶心。她趴在车帮上呕着,脸色蜡黄。老板模样的男人赶忙俯身扶住她,另一位给她递上一瓶水。车夫也停下车,把她拽到车辕处坐。车夫说:"你背对车头容易晕。这路现在没几个人走,都走柏油路了,路没人修,所以路面糟糕得很。你没吃早饭吧?我带了几个圆馍你尝一个,早上才蒸的。"说着从怀里掏出一个带着老家独有的麦香味的热馍递给何阳。何阳接过馍,捧在手心闻着,灿烂的笑容绽放在蜡黄的脸上。"太喜欢咱老家这圆馍了!我走南闯北,漂洋过海,从来没有再吃过这么香的馍!谢谢你,老乡。"何阳激动地说。"哎,馍有啥稀罕的。趁热,快吃!"车夫一脸满不在乎的样子,笑着叮嘱道。

车上的气氛因馍而活跃起来。何阳这时才知道刚上来的这两个中年男人是当年来何家村插队的知青。戴眼镜的中年人搓了搓发硬的双手说:"今天是我俩在何家村插队39周年纪念日,当年我们在这里生活了3年,很难忘那峥嵘岁月!""你们住在谁家?"何阳问。"村北头兰香婶家。"两人异口同声地答道。"咱们是一家人啊!"何阳高兴地转过身来冲着两人喊道。

"你是?"两人疑惑地问。"兰香婶是我大妈,我爸的前妻。"何阳答道。"你叫何阳吧?早听兰香婶说起过你!"正视着问话人寻证的眼神,何阳回道:"嗯,我是何阳。"

这时坐在何阳身后穿着讲究的高个男人介绍说:"我叫贾明,他叫王贵。我俩1976年从县中学高中毕业来何家村插队,1979年我俩又同时考上了大学。我学机电专业,现在在电容器公司工作。王贵上了西北农林食品学院,主修食品学,后来又去日本东京大学营养学专业深造。这次回乡一是看看兰香婶和乡亲们;二是这年龄了,说起来也事业有成了,特别想为家乡做点事。"贾明话音刚落,王贵推推眼镜,接过贾明的话题半开玩笑道:"贾董事长念念不忘何家村!整天想着他心中的桃花源。"贾明红着脸推推王贵,笑而不语。

几人你一言我一语地聊着,马似乎听懂了人话,突然嘶鸣起来,前蹄腾空,撒欢似的向前奔,车上的人几乎被甩了出去。车夫拽紧缰绳,稳住马说:"马受了点惊,没事。坐稳,马上就到何家村了。"何阳一听何家村,低着头沉重地说:"你们来得不巧,今天是给我兰香妈送别的日子。"

空气瞬间像凝固了一样寂静,贾明打破沉默,说:"老人家今年应该92岁了,按咱们农村的习俗,这是喜事,你别太难受。"何阳说:"好吧,让我们一起为兰香妈送行。"

车夫说:"你们看,那就是何家村村南头的铁路桥洞。"何阳顺着车夫手指的方向看去,惊喜地问车夫:"大哥,到桥洞前能稍停一下吗?""没麻达①。"车夫提高嗓门回道。离桥洞还有1米远,不等车停稳,何阳就跳下车,径直向桥洞走去,贾明和王贵紧随其后。

桥洞约10米长,5米宽,3米高,里面是用石头砌的拱门,上面是铁路路基和铁轨。这个桥洞是专门为何家村人进出方便修建的。

何阳一下子就找到了自己小时候用墨画在墙上的娃娃。"这是我画的当年的自己。6岁那年,父亲把我留在了老家陪兰香妈。我每天和村上别的小朋友一样,忙着打猪草、挖野菜、抬水扫院、锄地拔草、学针线。""真看不出来,你还会做针线!"王贵一脸不可置信地睁圆小眼睛,鬼笑着从眼镜上棱瞟着贾明说。"谁说不是呢,连我自己都不相信。记得第一件作品是棉套袖,好不容易缝好了,手怎么也塞不进去。"何阳苦笑着说。贾明在一旁插话说:"一定是竖着合缝了。""你说对了,你咋知道的?"何阳惊讶地问。贾明笑笑,低头不语。王贵抢话说:"何阳,你可不知道贾明的手有多巧,他外号小裁缝。"贾明脸

---

① 陕西关中方言,意为没问题。

红了，用手拉住王贵，不让他往下说。

何阳兴致未减，挥着手比画着说："我在何家村小学上了两年学。有两件事让我觉得特别离奇、难忘。一是寒冬腊月上学时，天刚蒙蒙亮，孩子们就提着雕刻精美的铸铁小木炭火盆去学校晨读了。穷得叮当响的何家村小朋友居然有用火盆的雅致习惯。二是打棒球。那年代，打棒球是一项很前卫的西洋派体育运动。直到1979年中国才有了棒球协会。谁能想到偏僻贫穷的何家村小学竟在1965年就有棒球课！关于洽川棒球运动的来历有许多传说。有人说是早年基督教瑞华会引入的，也有人说是从山东移民的福音村传过来的，至今无从确切考证。初步推断，与基督教关系密切。那年代没有专业棒球服装和手套，运动设施很简陋，就是一根球棒，一个球，4个由两块青砖砌成的边长27.43米间距的正方形垒。我们班的十几名棒球队员个顶个是优秀棒手，场场比赛都赢。他们的'铁手''飞毛腿'就是在这个简陋得不能再简陋的土操场练就的。"

王贵和贾明被何阳的故事深深吸引。"后来呢？你们班的棒球队员都去哪里了？"贾明饶有兴趣地问道。"我只待了两年就离开村子了，听老班长说他们毕业后就在村上务农了。打棒球对那个年代何家村的孩子，只是一段少年时代的梦想与荣耀。"何阳惋惜地说道。

"小时候不觉得农村苦，只觉得单调难熬，一到晚上如果没有月亮，真是伸手不见五指。屋里炕头点着一盏煤油灯，灯芯就像绿豆那么大。遇到兰香妈补袜子或钉扣子，灯会挑亮一点。每当煤油灯点着的一瞬间，我就迫不及待地跑到窗外去，一动不动地凝视着窗户上那两个憨态可掬的小猪窗花，在煤油灯闪烁下它们会跳舞。这一幕，给我的童年留下了许多快乐和无尽的想象。后来我才知道，兰香妈每年过年要做的第一件事就是去供销社揭一张红纸，剪两只小猪贴在炕头的窗户上。因为爸爸和兰香妈都是属猪的。现在小猪应该还在,爸爸和兰香妈却……"说到这里,何阳长长地叹了一口气。

"1970年春天,我听村上人说这里要通火车了,高兴得睡不着觉。一放学就来这里,把耳朵贴在洞壁上听火车,想象着外面的世界,想坐上火车去找妈妈。谁能帮我实现愿望呢?我想到灰姑娘故事中的仙女,这个娃娃是画给仙女的。我相信,只要我像灰姑娘一样勤劳、善良,仙女就会变魔法,帮我实现愿望。果然放暑假时,爸爸、妈妈就来接我了,我真的坐上了火车。我一直认为是这个娃娃显灵,每次回何家村都来看看她。"何阳穿越似的讲完了发生在这里的故事,抬头看见了马车,这才想起使命,急冲冲向马车奔去。

贾明和王贵还没搞清自己是在现实里,还是在童话中,只是下意识地随着何阳往外跑。

(二)

一进村就碰见戴着石头镜、叼着烟袋、牵着老黄狗在村头溜达的景昆爷。"何阳回来咧,康民在学校门口等你呢。"景昆爷一眼就认出何阳,关切地招呼道。"景昆爷好!我这就过去。"何阳恭敬地回道。

巷子一头,一曲熟悉的歌谣灌进何阳耳朵:"拃拃头,勾尾尾,坐在门前等女婿。东来的,西去的,没有一个如意的。一、二、三、四……"几个小姑娘正转着圈跳皮筋,嘴里哼唱着何家村流传了几辈辈的童谣。

远远地就看见村北头小学校门口的广场上挤满了人。哀乐声和唢呐声轮番在空中回荡,似乎在告慰逝者,又像是在通告天堂。横幅、灵柩、白纸花、黄菊花都已摆放就绪。

从四面八方来的亲戚、生前好友及村上的老相识都胸戴白花，手持菊花，排着队在灵前鞠躬、献花。三爷在旁边登记着送礼的人和物。执事大哥跑前跑后忙活着，一见何阳，立刻跑过去，一只手拿着毛笔，另一只手抓着执事本让何阳看，用毛笔指点着说："一切都是按你三爷的安排做的。半小时后追思会开始，村主任主持并代表村委会讲话，主要是生平和评价，你代表家人致悼词，最后在唢呐和鞭炮声中把灵柩送上北坡埋葬。""您想得真周到，谢谢大哥！"何阳深深地向执事鞠了一躬。等她抬起头想问详细时，执事早已忙得没了踪影。何阳和三爷聊了几句话，正要回家找侠娃时，又被执事大哥拦住了。他气喘吁吁地说："差点忘了，因为你兰香妈是老革命、老党员，又是方圆百里有名的妇女楷模，听说新来的镇委书记郑子龙也来参加。""不是听说，是已经出发了，正往这儿赶呢。"康民不知从哪里钻了出来，接过执事的话说。何阳愕然，又随即表示感激："谢谢康民大①，让你操心了！"康民憨憨地冲何阳笑笑。

何阳一看表，离追思会还有20分钟，急忙拉住贾明和王贵帮她招呼着前来悼念的乡亲们，自己先回家里看一眼。

刚进家门，何阳的思绪就一下子回到了第一次在院里见兰香妈的情景：兰香妈捧着刚从灶火里烤得香喷喷的红薯从厨房出来，递给何阳，问道："娃，你叫何阳吗？""嗯，我是何阳，是'太阳'的'阳'。那您是谁？"何阳反问。"我是你兰香妈。"何阳仰起小脸仔细打量着兰香妈，中等个儿，鸭蛋脸，大花眼，脸白里透红……"兰香妈你真好看！"又回过头把红薯递向父亲，说："爸爸，兰香妈给我的烤红薯。"父亲摸着她的头说："小馋猫，你先吃，我和你兰香妈说会儿话。"

---

① "大"在陕西关中方言中指叔或爸。

此刻的院子出奇地安静，一切已是物是人非，恍若隔世，只有东厢房上屋窗子上兰香妈贴的一对小猪窗花仍闪闪夺目，散发着希望和活力。

听见有人进来了，侠娃迎了出来，一看是何阳，抱着何阳的肩膀就哭："你可回来了，兰香妈临死前一个劲儿念叨你，好像要给你交代什么事，直到咽气还一直指着她和你爸结婚时娘家陪嫁的那对描金樟木箱子，把钥匙给了三爷。"何阳忍着眼泪哽咽着说："好，我知道了。其他事回头再说，先把兰香妈的后事办好。"

何阳放下背包，喝了口水，急忙往会场跑，边跑边喊："侠娃，你收拾完把门锁上，直接到地里去。""知道咧，你管你走[①]。"侠娃答应着，看前后院里没人，往腰里揣了两件早已挑好的面料，锁好门，先回家了。

一袋烟的工夫，只见何战披麻戴孝顶着孝子帽出了门，连哭带号来到灵柩前。"我的兰香大妈呀，您平日对我太好了！我还没来得及孝敬您呢，您就走了！我不是人，我下辈子给您老人家做牛做马……"村上人看在眼里，交头接耳地议论着："平日没见过何战孝敬过他兰香大妈，今儿这是咋了？"三爷见此状，一个箭步上去，用力拉起何战。

三爷用眼睛瞪着何战，咬着后槽牙说："别闹了，追思会要开始了！"何战的哭号声戛然而止。

"郑书记来了。"人群中不知谁喊了一声。何阳抬头一看，郑子龙50岁开外，大个宽肩，一表人才。他身着一件黑色风衣，虽然戴着一副墨镜，但脸上的棱角仍依稀可见。郑子龙表情严肃地大步走进会场。

一听新上任的镇委书记来参加兰香同志的追思会，村民们一片哗

[①] 陕西关中方言，大意为，你尽管走，其他事不用操心。

然,老的小的都跑来看新书记。"新书记真神气,还戴个墨镜,酷!老革命待遇就是不一样。"一位80多岁的脸上写满沧桑的驼背老汉,披着黑棉袄,拄着拐杖,鼓劲踮着脚,一边伸长脖子瞅着郑子龙,一边摇头晃脑地自语道。

"酷"字一出口,立刻撩起周围人诧异的目光。康民在一旁揽话说:"二大,郑书记眼睛受过伤,不能见强光,所以才……"老汉回头一看,是他远房侄子镇长何康民,连忙回道:"哦,我就说么,领导咋还摆起谱咧。"

何康民这会儿并不是有意护着郑子龙,他是怕过高的道德敏感度一旦在愚昧无知的人群中蔓延,就会人人自危、鸡犬不宁。今天是郑子龙,明天就可能是他。

村主任何满仓主持追思会,郑子龙书记宣读了兰香同志的生平,并给予了盖棺论定的高度评价:老革命、老党员,她勤劳善良,自爱自强,热爱集体,乐于助人,为人民的解放和新中国的建设事业做出了贡献,是十里八乡公认的妇女楷模……

最后是何阳代表家人发言。何阳向灵柩三鞠躬,向老乡和前来悼念的领导及朋友三鞠躬。然后她像在大学课堂讲演一样,用洪亮、平和却毋庸置疑的语气说:"兰香妈的一生在我心目中无疑是平凡、高洁和受人尊敬的。她把她的爱用一种自我牺牲的方式献给了这个世界上她深爱的男人,以及这个男人深爱的事业。她的意志力和执着精神、她的勇气和毅力都是非凡的、超乎常人的。从这一点说,她的生命是有意义的,值得赞颂。但是作为女人,作为一个新社会的女性,她又是孤寂的、不幸福的。尽管没有兰香妈离婚不离家的贞烈之举就没有我,但是我宁愿没有我,也不愿看到一个鲜活的生命因囿于陋习或固有观念而折损,或因此而心灵枯萎,自我剥夺了生命赋予的追求幸福的权利！我为她的勇气和信仰感到骄傲，也为她的不幸惋惜、自责！为我们生活在这个文明、人性解放的新时代，不再有所谓的贞洁烈女而庆幸！谢谢大家！"

何阳的一席话让全场先是懵懂、震惊，接着爆发出的掌声和呼喊声淹没了唢呐声和鞭炮声。"娃说得太好了！""一语点醒梦中人啊！"老乡们议论纷纷，会场顿时沸腾起来。

郑子龙下意识地拍着手，用赞许的、饱含温情的目光，透过墨镜目不转睛地凝视着何阳。脑子早就回到了1977年3月28日县中学那个难忘的棒球比赛现场。

郑子龙那天是击球手，一棒击出，球正好落在何阳脚前。何阳捡起球，随手扔给了守垒员。这一无心之举让此场比赛宣告作废。郑子龙气哼哼地跑到何阳面前，还没等他开口，何阳低着头，一双会说话的大眼睛歉意地看着他，一字一句地对他说："对不起！我不知道你们正在比赛。"说完扭头就跑了，两个小辫子一跳一跳的。从此那个扎着两根小辫子的姑娘就深深扎根在郑子龙的心里！没有人能取代她。一晃已经38年了，何阳的每一次成长郑子龙都关注着，收藏着。这一切，何阳全然不知。

兰香妈的灵柩在《百鸟朝凤》的唢呐声中，在乡亲们的陪伴下缓缓上了北坡，被安放在她耕作、热爱的那片黄土地里。

（三）

葬礼后，何阳把回礼的事交给了三爷，把答谢全村老乡的事委托给了村主任，并向他们交代一切按村上的习俗办。侠娃在一旁插话说："何阳，答谢村上人要孝子主持呢，你家何森、何林没回来，你何战哥刚在墓前摔瓦盆了，就让何战去主持吧。""好啊，让他和村主任一起招呼大家。"何阳回着话，转身搂住侠娃说："到底是一家人，处处替我想着，谢谢嫂子！"何阳没注意，此时三爷正用厌恶的眼神盯着侠娃。侠娃不敢正视，赶忙托词走开。

三爷把何阳拉到一旁，从怀里掏出一把老式的、已锈迹斑斑的长条形铜钥匙递给何阳，语重心长地对何阳说："娃，你兰香妈走前让我告诉你，箱子里有封信，给你的。"何阳点点头，接过钥匙，带着疑惑回了家。

兰香妈从结婚就一直住在东厢房中屋。床头常年放着她与父亲结婚时的照片，枕头边掖着父亲穿过的衣服，洗洗叠叠几十年。这次三爷做主把枕边父亲的衣服放进了棺材，依然放在她枕边，一起埋葬了。

何阳轻轻地推开房门，回味这间屋子曾经承载的欢乐与悲凉，腿像灌了铅一样怎么也迈不动。她浑身无力地瘫坐在门槛上，缓了缓神，端着家里祖传的灯杌子放在炕上，站上去打开架在炕墙上的描金樟木箱。瞬间，一阵幽幽的樟木清香在屋里弥漫开来，何阳顿感呼吸舒畅，神清心宁，几天来的疲劳、紧张、压抑、惆怅仿佛一下子就消散了。

她长长地呼了一口气，慢慢地、一层一层地寻找着那封信。箱子里都是兰香妈和父亲结婚时用的东西，有新娘新郎的衣服、绣花被面、绣花枕头，还有一块白色粗布手绢，右下角用蓝丝线绣着一朵兰花，那兰花枝叶舒展，灵动典雅，恰似兰香妈。

把两个箱子几乎翻了个底朝天，也没发现信的模样。正打算放弃，箱底报纸下面漏出信封的一角。可算找到你了！箱帮很高，何阳踮起脚，使劲伸长胳膊，勉强可用指尖够到它。瞄准、夹住、轻轻一拽，一封已经发黄的、封好的、贴着邮票的、没有发出的写给何阳父亲的信展现在面前。

何阳只觉得心脏怦怦乱跳,捧在手里的信此刻比秤砣还重。她不知道这里面有什么故事,但知道它非同一般,也或有颠覆性的信息。何阳不敢再想下去,也没有足够的勇气接受所有的结果,至少此刻还没有准备好。她把这封记载着"秘史"的没有发出的信小心翼翼地揣进了口袋。

何阳满脑门儿心思地坐在院里,望着窗户上那一对小猪窗花发呆。这时,贾明和王贵来了,一看何阳满脸倦色慵懒地坐在台阶上,两人一人拉起何阳一只手,边拉着她往外走边说:"郑书记找你有事,有要事。"话音刚落,郑子龙已迎面走来。"你们三位贵客都在,走,趁天色还早,带你们看个好地方。"郑子龙说着转身叮嘱康民:"何镇长,你路熟,你带路。"就这样,一行五人,上了北坡。

在北坡靠近金水沟沟边的地方,何阳看见新起了一座透明的玻璃大棚。郑子龙指着大棚说:"这是我们和西农正在联手建设的黑山镇红薯脱毒种苗培育基地。上个月,农业部批准了对洽川红薯实施国家农产品地理标志保护。紧接着中央脱贫攻坚战打响。我们黑山镇的新生代红薯品种'洽川红'将在这个大棚培育。一年后,这里生产的种苗,将彻底改变红薯品种退化问题,为洽川红薯适应高端需求、调整供给结构打个底。往后,咱老百姓脱贫致富就指望它了!"

何阳听到红薯,一下子兴奋起来。作为县上的经济顾问,何阳每年都能收到老家的红薯,但明显感到口味和外观一年不如一年。她曾经问过红薯研究所的专家,专家告诉她,这是红薯带病毒了,多是品种退化引起的。何阳看着郑子龙,不禁激动地说:"这下好了,不仅提升了洽川红薯的品级,种苗本身就是高科技、高附加值的产品,可从根子上为下一步红薯产业化打下基础。"说完,何阳又问郑子龙:"这是谁想的好主意? 我琢磨好久也没找到答案。"

郑子龙看到贾明、王贵已跟着康民进了棚,就指着自己的鼻子骄傲地说:"舍我其谁,我三年前就想这件事了。""啊,怎么会呢? 听康民说,你是去年年初才从部里主动请缨来到洽川,怎么那么早就关心起洽川的事了?"何阳不解地问道。郑子龙的表情一下子变得严肃起来,望着远方的地平线说:"我是洽川人,是喝金水沟的水长大的。在农业部工作时我得到了世界农产品产业的第一手资料,尤其是美国种子产业及垄断利润的获取方式,给我留下了难以磨灭的印象。我回到洽川县后,第一件工作就是申请洽川红薯地标保护和培育脱毒种苗。这是红薯产业健康发展的基础。"何阳被这一番游子情深深感动,满怀敬意地朝郑子龙跷起大拇指。

参观完种苗基地,贾明和王贵已兴奋不已,缠着康民要看红薯试验田。郑子龙说:"你们去吧,一会儿咱们在何阳家一起吃晚饭。"看着他们远去的身影,何阳对郑子龙说:"我们一路来的,他俩想在这儿干点事。""太好了! 我们正需要这样有情怀的'新乡贤'回乡,和我们一起干。你呢,想过回老家干点事吗?""当然!"何阳不假思索脱口而出。郑子龙一听内心窃喜,扮了个疑惑的鬼脸算是回应。

北坡是黑山镇地势最高的地方,何家村的地大部分在北坡。何阳和郑子龙站在北坡坡顶,何阳指着坡下的小村庄对郑子龙说:"你有没有一种站在天地交汇处的感觉?""有,像站在地平线上一样。"郑子龙答道。何阳又指着天边的云朵说:"到了夏天的雷雨季节,这儿就像是观象台,能清楚地看到兜着雨水的云飘到哪里,甚至连雨线都一目了然。""那么神奇?"郑子龙故意装傻。何阳却认真地说:"不信? 今年夏天你可以来看。"郑子龙喜欢看何阳一脸认真的样子,活脱脱小时候给他道歉的模样。他低下头偷偷地笑着,一种甜蜜的感觉在心头滋扰。

恍惚间,他一抬头,何阳不见了。他急忙四下张望,不见人影。顺着坡向下看,才看见何阳正在柿子树下摘柿子吃呢,红彤彤的柿子挂满了枝头。郑子龙跑到树下,看见何阳满脸满身抹的柿子汁,"扑哧"一声笑了。"你来尝尝,可甜了。"何阳递给郑子龙一个红灯笼一样的柿子,郑子龙赶忙接住,没敢吃。"吃吧,老乡不要了。这几年老乡光景好了,柿子就自生自灭了。"何阳对郑子龙说。郑子龙抬头看着北坡地畔上散落着的枝干优美的、少说也有六十年树龄的柿子树,再瞅瞅如饥似渴、不管不顾吃柿子的教授,心里盘算着这里面的哲学。

北坡的右侧有一片苞谷地,苞谷棒已收,苞谷秆还在地里挺拔着,风一吹"嚓啦嚓啦"响。何阳竖起耳朵,表现出一脸警觉的样子,对郑子龙说:"阶级斗争意识强的那些年,一听见这种声音,总会联想到有阶级敌人在搞破坏。小时候,就在这块土地上,当时生产队种着苜蓿,我就看见过一个人鬼鬼祟祟地在地里揪苜蓿。想起刘文学保护公社辣椒的事迹,悄悄告诉身边的父亲:'爸爸,有人偷公社的苜蓿。'爸爸抓住我的手,严肃地对我说:'孩子,不是每个人都像你一样幸运。他的孩子也许正等着苜蓿充饥呢!'我瞪大眼睛看着父亲,好像明白了什么,又好像不明白。"

何阳绘声绘色地讲完这段故事,沉默了许久后说:"那个人就是景昆爷,家里底子薄,老婆死得早,还要养儿子,日子很穷很穷,村里人都在帮他,不然,康民没有今天。"

郑子龙听到这里,对何阳说:"感谢你今天告诉我这么生动的故事。我一定记在心里。"何阳看郑子龙这么沉重,就势说:"每个人都不容易,你放着人人向往的北京那么好的地方不待,回到咱们的家乡扶贫,我看到你,心里很惭愧。有用得着我的地方尽管说,我责无旁贷!"郑子龙高兴地说:"就等你这句话呢。"

两人相视一笑,笑得那么对心,仿佛冬日里的北风送来的是温暖,地平线上的夕阳比朝阳还澎湃,还热血!

从北坡下来,两人顺着一条通往村子的沟道往回走。这条小沟约4米深,5米宽,500米长,沟里长满灌木,传说这里有狼,所以取名"狼子胡同",很少有人在这里种庄稼。何阳告诉郑子龙,她每次随父亲回老家都要到这里走走。

何阳说:"父亲给我讲过这样一个故事。那是1947年10月15日,正值黄龙战役的关键时刻,父亲带了一个团的兵力向北穿插,打增援。那天天色阴沉沉的,天麻麻亮时,他的部队正从狼子胡同向北挺进。纵深至胡同100米时,迎面走过来一个10岁左右的小孩。小孩看见队伍正要跑,望见了父亲,突然就停了下来。父亲紧跑两步到孩子身边说:'谁家的孩子?赶快回去,这里危险。'孩子一动不动地看着父亲说:'北坡上有好多敌人!'父亲用望远镜一看,果然黑压压的一片都是敌人!他立刻命令部队掉头后撤。这时我军的情报也到了,敌人有一个师的兵力,此刻就在北坡,向永宁庄子方向迂回。'太危险了!多亏这个孩子了。不然在敌众我寡的情况下,部队将损失惨重。'父亲一边感叹,一边转身找小孩,却怎么也找不到那个小孩了。"

何阳叹了一口气说:"从此,父亲每次回老家都在附近几个村子讲这个故事,找这个小孩。去世前,又把找小孩的任务交给了我,对我说:'记住,任何时候我们都不能忘记他们,没有他们就没有我们的今天'。"

郑子龙听得入神。没想到这片贫瘠的黄土地上孕育了这么多感人的故事。他感到了肩上担子的重量,一种使命感默默地激励着他。

第二章 内心的呼唤

在满地都是六便士的街上,思特里克兰德却抬头看着月亮。

——毛姆

(一)

何阳家里,三爷和侠娃正在对着礼单给人回礼。何阳和郑子龙进门了,郑子龙从外衣口袋里掏出一瓶西凤酒,往八仙桌上一放,说:"三爷,歇会儿,难得何阳回来,咱们一起喝两盅。"这时,村主任何满仓端着一盘热乎乎的烤红薯走进屋里,胳膊上还挂着炒面拌软柿子、馄饨馍。

何阳急忙接过盘子,满仓放下东西说:"今天何阳姨让我负责招呼大家。这些都是咱村上人平时吃的便饭,你们一起尝尝。还有红豆小米稀饭,正熬着呢,一会儿我媳妇就把锅端来咧。"按辈分,何阳应该把满仓叫大,可何阳叫不出口,满仓也觉得别扭,于是满仓就干脆按年龄尊称何阳为姨了。满仓说着,又抓住身边侠娃的胳膊说:"侠娃婶子,你给咱再捏合几个拿手菜,就齐了。"侠娃瞥了他一眼,一甩胳膊,屁股一扭,转身进了厨房,身后跟着一句话:"就你能!""婶子今儿咋咧,火气咋这么大,谁又惹婶子咧?"满仓一脸窘相,搓着脖子,傻笑着。何阳拉了满仓一把,悄悄对他说:"侠娃早就把菜准备好了,嫌你没看见,逗你玩呢。"

康民带着贾明、王贵回来了。贾明和王贵两只手提了一堆各式各样的袋袋,都是老乡给的红薯、南瓜、黑豆之类。

郑子龙一看人到齐了,从钱包里拿出三百元递给满仓说:"今天我请客,大家坐。"满仓说什么也不肯拿。康民一把抓过来,塞进满仓兜里说:"拿着,党有纪律,不拿群众一针一线!""哦,好……"满仓看着康民一脸的认真样儿,不再争了。

郑子龙先给每个人敬完一杯,自己又连喝三杯后说:"我也是喝金水沟的水长大的,前半生是游子,后半生回来报效这片养育我的土地,报效父老乡亲。去年中央提出搞精准扶贫,我主动请缨回乡搞扶贫。我不是心血来潮,我认真研究了咱们县、咱们镇的自然地理状况,地处渭北高原,属暖温带半干旱大陆季风气候,光热资源丰富,降水偏少。在诸多农产品中,最适合也是经济价值最高的品种当数红薯。七十年代咱们的'北雷红'曾红遍西北五省,就是例证。"

三爷听到这儿,接过话茬说:"那时候粮食产量低,吃不饱肚子,咱'北雷红'可是为老百姓填饱肚子立了大功。1970年的全国红薯种植经验交流会就在咱镇上开的。"

"三爷说得对,在那么困难的情况下,我们都能把红薯做成西北品牌。现在世界卫生组织已把红薯列为健康蔬菜之冠,作为红薯之乡,我们有理由把红薯产业作为我们脱贫攻坚战的抓手,也有信心种出更好、更安全健康的高端红薯,分享给热爱生活、关注健康的人们。"郑子龙说。

郑子龙有理有据、有情有义的一番话，拨动了大家的神经，大家就像看见了胜利的曙光一样激动。贾明第一个站起来说："郑书记，我看这路子对，你就带着我们干，我第一个报名参加。"说罢，从上衣口袋里抽出一个精致的小红本，低着头写起来。满仓和王贵也抢着要任务。郑子龙说："大家别急，任务少不了大家的。咱们听听何阳的，她可是咱们镇走出去的唯一的经济学教授。"

何阳站起身说："我非常赞成郑书记的分析。《孟子·公孙丑下》阐述了天时、地利、人和的作用，在作战中，有利的时令和气候不如有利的地形，有利的地形不如得人心。我们现在搞红薯产业，正值这三要素的最佳状态。就天时而言，中央的脱贫攻坚战已经打响，政策深入人心，还派了有情怀的亲人来落实这个政策，真是千载难逢的好机遇，顺天意，应民心。再议地利，我们镇的土壤、日照、气候及所处纬度，都非常适合种红薯。这一点，历史已经证明。按照李嘉图的成本优势理论，地利是国际分工的基础，也是竞争优势的根本，洽川红薯地理标志产品的获批就是最好的佐证。最后言人和，得道多助，失道寡助，这一点是成功的关键因素，政策得人心，红薯赢民心，加上劳动力经验和高科技手段辅佐，在黑山镇搞红薯产业化，理论上和逻辑上都没有问题，唯一的缺憾是产业化经验。没有产业化、标准化、规范化、规模化、品牌经营，脱贫致富就是一句空话。所以，我建议从红薯产业化中试做起，取得经验后再大规模推广。"

"好！"郑子龙第一个站起来鼓掌。顷刻，大家琢磨过味儿来，掌声骤起，划破夜幕，打开了一颗颗长久被固有观念锁住的心。

王贵向上推了推挂在鼻头上的眼镜说："真有你的，只知道科技成果转化要中试，种红薯也要中试。"何阳说："此红薯非彼红薯也，每一个投入要素都含高科技因素,再加上老天爷多变的脸,不比科技转化轻松。""嗯,有道理。"王贵点头说。

康民蹲在地上抽着烟锅,嘴吧嗒着,皱着眉头朝大家咧咧嘴,你不知他在笑还是在愁。从小到大康民都很少说话,但心中有数。郑子龙的空降,多多少少让康民不爽。

侠娃端着盘子进屋了,顿时满屋飘香。何阳接过盘子一看,青辣子、红辣子、面辣子、蒜茄子、辣子鸡蛋,外加红白萝卜丝各一盘,自酿柿子醋的馥香和自家菜籽油点几粒花椒后麻嗖嗖的清香直蹿味蕾。满仓边摆盘子边招呼说:"趁热吃,吃饱肚子再干。这都是侠娃婶子最拿手的农家菜,香得怕怕①。再看这小米红豆稀饭,那可是咱村的招牌,油香油香的,一吃你就放不下碗。"三爷提高嗓门插话道:"谁说不是嘛,何川只要回来,就叫兰香熬小米红豆稀饭,回回喝到刮锅,把碗舔净才罢休。"何阳听罢,差点笑出眼泪。贾明和王贵也舔过碗,对视一笑,王贵抢过话说道:"今儿机会来了,咱们再舔一次碗,忆峥嵘岁月。"

贾明端着酒杯走到何阳面前说:"我愿意投资红薯中试,跟着你一起干。股权结构和组织框架你是专家,听你的。"王贵也端着碗挤过来插话说:"技术的问题我回去向各路专家讨教讨教,动手前咱们拿出个可行的方案,有的放矢。"

何阳端起满满一杯酒一饮而尽,用播音员的腔调和速度一字一字地说:"一言为定。"郑子龙把手伸过来提议:"咱们握手盟誓——为了故乡的桃花源,我们不见不散。"八只手叠压在一起,对着月亮,对着心。

---

① "怕怕",关中方言,指程度深。

(二)

明天就要回去了,天色已蒙蒙黑。何阳想临走前再给兰香妈烧烧纸,拉着侠娃上了北坡。北坡上稀稀疏疏还有人在地里忙着农活。远远传来一阵阵悦耳的口琴声,何阳说:"这么好听的琴声,飘荡在蒙蒙夜色中,好是浪漫。没想到老家也有这么感人的带着浓浓艺术味的情愫。"侠娃听不太懂何阳的话,但是她也受右派妈妈的影响,小时候读过几本世界名著,对安娜·卡列尼娜的爱情观崇拜有加,她能感受到其中的浪漫。

两人放轻脚步,缓缓靠近,生怕打搅到这难得的来自旷野的抚慰心灵的旋律。越靠近兰香妈的坟,琴声越亮。"像是《小二黑结婚》?"侠娃悄悄说。何阳猫着腰仔细一看,原来是三爷!三爷投情地吹着,一点没察觉有人来。

何阳拉着侠娃躲在柿子树后,"早就听说他俩……"没等侠娃把后半句话说出口,何阳已经用手捂住了她的嘴:"不许八卦!每一份真诚的感情都值得尊重,何况是兰香妈和三爷这种没有法律羁绊、只为世俗之见把自己一辈子锁进孤寂牢笼的人。"侠娃拉着何阳往回走,边走边说:"你要在老家就好了,他们也不会那么可怜。"何阳会意地用肩膀碰碰侠娃,用赞许的目光回了她。

"你明天就走了,走,到我屋谝谝①。"何阳微笑着点头,跟着侠娃进了何战家的门,何战是何阳四叔的独子。四叔早年多病,在何战当兵时就去世了。

---

① "谝",关中方言,意为聊天。

何战不在家,姊妹俩直接上了西屋的炕。炕烧得热热的,炕席上铺满了窗花。"这是你剪的?手真巧。"何阳顺手捡起一只圆嘟嘟的小猪夸着。"从小就爱剪,剪着玩,这又不打粮食,你哥成天说我败家呢!"侠娃跪在炕头拾掇着剪纸答着话。"那不好说,你这手艺不一般,说不定能靠剪窗花挣钱呢。""真的?"侠娃一听挣钱,小眼睛顿时发光。"是的,得瞅机会。"何阳认真地说。"等……等,咱有的是时间。"侠娃叽里咕噜地回道。

侠娃溜下炕,去灶房端水,何阳跟着进了灶房。侠娃用一盆洗过菜的水给何阳洗茶碗,洗完碗的水再倒到猪圈喂猪。何阳很吃惊:"咱村没有自来水?""有,在院里,你哥锁着呢。"侠娃指着院里的水龙头说。"那咋不用呢?"何阳不解地问。"为省钱,村上没几家用自来水,都用的窖水,省不少钱呢。"

何阳听到这里,心里一阵阵刺痛。改革开放37年了,老乡还在喝雨水,政府把水送到家里,清泉也无力冲破固有的陋习和愚昧顽固的认知。

两人端着水又回到炕上。"怎么样,跟我哥过得好吗?"何阳问。"凑合着熬日子。你哥一只胳膊残废,干不了农活,身子又懒。政府给的那点残疾补贴不够他打牌输钱用,我心里很苦。"侠娃无奈地说。何阳不解:"记得你当初可是铁了心思,赴汤蹈火地嫁给我哥的。"

侠娃苦笑着说:"唉,都怨我命不好!我妈去世那年我15岁,第二年我爸就给我找个后妈,还带了一个12岁的儿子。后妈背着我爸,想着法子欺负我。大冬天涝池都结了冰,她让我去洗衣服。我用砖头砸个冰窟窿洗着,哭着,想我妈,手肿得像个馒头。过年了,后妈给家里人都做了新衣服,只给我穿她的旧衣服。我气不过,趁她不注意,抓起煤油灯,给她放新衣服的板柜缝缝里倒了些煤油。

大年初一,她高高兴兴从板柜里给她儿子取新衣,才看见被煤油污了。她抄起棍子就打我,我一动不动地任她打。打累了,她还不解气,又抡起胳膊扇我的脸。她一巴掌下去,我鼻血喷了她一脸。这时我爸进门看见了,打了她。我知道惹了大祸了,跑出家门再也没敢回过家。"

说到这儿,侠娃哽咽得说不下去了。何阳摸着她的头,安慰说:"真可怜。""后来是咱同学杨发才把我领回他家,他家只有他和他奶奶。他们很疼我,我就一直住在他家。18岁时我俩就结婚了,23岁生了女儿杨赞。日子刚过出点滋味,杨发才在金水沟煤矿挖煤时,井塌了,就……"

"好了,不说了。我哥不能干,但性子面,你不会再受委屈的。"何阳觉得心口压抑,想转移话题。

"你让我说完,给你一说透,我心里就好受些。"何阳说:"好吧,接着说。"侠娃喝了一口水,说:"嫁给你哥是觉得他有一份残疾军人的补贴,又在县里办的汽车修理厂工作,算半个公家人。我最起码饿不着。加上他脾气好,不会欺负我和杨赞。刚结婚那几年还不错,对我和杨赞都好。有儿子何兵后,幸福了一段日子。前些年,为了给何兵换媳妇,杨赞刚22岁就嫁给了朱家河朱家老二。说好等何兵19岁时,朱家女儿要嫁给咱何兵。何兵去南方打了几年工,见了世面,死活不同意这门亲事。"

"何兵从小就是个有志向的孩子,自然不会同意你为他换亲这种事。"何阳插话道。"你可不知道,何兵一拒绝,把我折腾坏了。人家女子比咱何兵大两岁,把人家耽搁了咱作孽呀!就为这,我是又赔钱又赔礼,日子一下拖垮了。"

"前几年县里的汽修厂也倒闭了。一个私人老板在咱镇上开了个汽车修理部请你哥去,你哥去了几个月就被辞退了。我去一打听,人家说他只会修汽车的右轱辘,不会修左轱辘,怎么也学不会。我一听肺都气炸了,回来和你哥玩命地闹了一场。那以后,你哥就开始酗酒赌博,整天醉醺醺,欠一屁股赌债。这日子实实过不下去了!"说着,侠娃眉头紧锁,眼泪吧嗒吧嗒往下掉。

何阳用手抚摸着她宽厚的肩膀,安慰着已泣不成声的嫂子,问:"嫂子,你是初中生,又当过咱村会计,你没出去干点什么?"

"杨赞出嫁后,我到县上的盲人学校干过一年食堂会计,后来因为猪账出了错,被解雇了。"侠娃委屈地说。"猪账?"何阳不解。"唉,就是年初买了两头小猪娃,用学生的剩菜剩饭养大,再用它们给学生改善伙食。这笔账,进项和出项差距大,我怎么也平不了,结果交不了差,被开了。"侠娃翻来覆去怎么也说不清。何阳听罢,哭笑不得。

这时,何战满身酒气地回来了。何阳看着何战说:"哥,趁你们两口都在,我把这次葬礼你们花的钱拿来了,这是执事给的数字,你们算算对不对。"

"不用给了,都是一家人。兰香妈咽气前留了口头遗嘱,她死了谁埋她,她就把房给谁,我和侠娃都听见了。这回我钱出了,孝子帽戴了,盆盆也摔了,村上人都是我出面招呼的。这房该咋分,你看着办。"何战一屁股坐在门槛上,直打酒嗝,头也不抬地说着。"反正你也不回来,咱家这房都连着,我和你哥给你把院子看着,打扫着,你啥时回来还能喝口热水,有个人气。"侠娃抹了一把脸上的泪,赶紧递过话说。说完,用尴尬又期待的眼神偷偷瞟了一眼何阳。

看着何阳先是吃惊,后转变为愤怒而又鄙视的表情,侠娃下意识地拽拽何战的衣角,羞愧又懊恼,恨不能立刻钻进地缝去。

何阳这才想起何战在葬礼上的"悲痛"表现。农村哭丧，原以为是哭逝者呢，现在明白了哭什么的都有。有哭自己命运的，有哭逝者的，更有大哭者另有所图的，声越大，心思越重。看来"纯朴"并非"淳朴"，后者包含好人品，而前者只是简单，无杂质。然而简单的人一旦恶起来，直扑主题，给你一种不期的难以忍受的痛。

面对突如其来又赤裸裸的掠夺要求，何阳整个人一下子僵住了。她不相信自己的耳朵，不相信这是自己亲人说出的话。她刚欲讨教面前这对无耻又无畏的哥嫂，怎会想出如此离经叛道有辱家风的损招时，耳边又响起父亲的话"不是每个人都像你这么幸运"。她又似乎看见小时候侠娃给自己笼火盆时那温暖的一幕。她告诫自己："要冷静，再冷静。"

何阳努力压住内心直往脑门子蹿的怒火，调整了一下愤怒的情绪，目光紧紧盯着这对贪婪又可怜的亲人说："遗嘱是有法律规定的，口头遗嘱也必须有不相关第三人在场。兰香妈有我们，不可能立这样的遗嘱，你们要拿出证据，这是其一。其二，老房是父亲的。父亲生前早有交代，他和兰香妈百年后，房子要用于村上公益事业。所以，我没有权利满足你们的要求。这次你们花了多少钱，我可以加倍偿还。如能拿出其他遗嘱证据，我们法庭见！"

从侠娃家到何阳家最多三十步远，分界处是一个砖砌的圆顶拱门。何阳只觉得脚上像戴了铁链一样沉，心被压得喘不过气，怎么也走不到门洞跟前。

她停住脚步，望着这条连接两家已逾百年的房廊，仿佛看见曾祖父一身尘土，满怀希望地从安徽买来了这两院连体房（用一根房梁挑起两院厅房的老式房）。想象着曾祖父信心满满地期盼家庭和睦、子孙满堂、蒸蒸日上的模样，何阳心里一阵酸楚。

听村上老人们说，老房子是从安徽整体拆装拉回来的，一个铆钉都不少。房子运到村上那天，盛况空前。曾祖父的老院子张灯结彩，鞭炮齐鸣。运货的马车从南到北，堵满了南北大道。为了防止子孙分家，曾祖父还把两个儿子和五个孙子的名字刻在大梁上，把家训刻在院墙上。

何阳的父辈们很是给曾祖父争气。他们牢记家训，"厚德传家"。何阳父辈五兄弟，他们中有干部，有学者，有战斗英雄，有救死扶伤的医生。只有四叔，也就是何战的父亲，因自小身体不好，一直守在家里。到了何阳这辈，更是人才辈出，有军官、教授、技术专家、企业家、音乐教育家等。何阳一直为能够出身于这样的家族而骄傲。今天发生的事情使她第一次深刻反省亲情，"真正的亲情是灵魂层面的依恋和温暖。只有灵魂干净的人才配得上亲人这个称谓，才能在亲人心中驻足！"何阳默默地说给自己。

兰香妈去世了，但她的精神、她的温暖、她的微笑在何阳心里依然活着。侠娃就在身边，还像从前一样没心没肺地笑着、热情着，但在灵魂层面她们已成陌路。想到这里，何阳的心像被撕裂一样痛！

"回乡之路看来并不仅仅是来自贫困的挑战，沙漠般贫瘠的心灵才是真正的羁绊！"何阳在心里揣度着。

三爷坐在门墩上等着何阳，何阳请三爷进屋，为三爷递上一杯上好的红茶。今晚的月亮很圆很亮，挂在墙边的枣树上。三爷从烟盒里捏了些烟丝，缓缓地装进烟锅，划了根火柴点上。缕缕烟丝的草焦味伴着茶的香味搭着微风向月亮飘去。

片刻间，三爷和何阳都沉默了。静静地凝视着月色，同时看见了兰香妈今年八月十五挂在屋檐下的几张椒叶月饼。三爷睹物思人，低下头,抹了一把夺眶而出的眼泪。何阳轻轻把外衣给三爷披在肩上,从衣兜里掏出那封没发出的信,递给三爷,说:"三爷,这是真的吗?那孩子还活着?"

三爷用颤抖的双手接过信,从怀里掏出老花镜,就着灯光边看边抹泪。看完把信递给何阳,用低沉沙哑的嗓音对何阳说:

"孩子,先把信收好,听三爷给你讲个故事。

"那是1960年初冬的一个晚上,天下着雪,你大还在陕北,只有你奶奶和已怀孕九个多月的你兰香妈在家。那年你兰香妈已经37岁了,在那个年代,这年龄生孩子无异于闯鬼门关。约莫半夜时分,你兰香妈的肚子突然一阵阵拧着疼,像是快生了。你奶奶吓坏了,急忙来对门喊我,让我去村南头请接生婆。我一听,顾不上多问,起身就往村南头跑。到了接生婆家门口,才发现鞋穿反了。接生婆披上衣服就跟着我来了,但是折腾半天,怎么也生不下来。突然,我听见接生婆在屋里大声喊:'羊水破了,要赶紧送县医院!'我在门口递了个音,大声对屋里喊:'我去套马车了,你们等我一下。'说完转身就往队里的马房跑。

"那时我们生产队穷,说是马房,实际没有马。只有一匹白毛马骡、两头黑毛驴和三头老黄牛,外带一驾铁辊辘马车。这骡子可是生产队的宝贝,用骡子必须队长批准。我先跑到队长家,他媳妇说他去公社开会了。我直奔马房,饲养员老汉正好起来给牲口添料,一听这事,二话没说,套上马车就赶到咱家门口。

"我抓了把麦草垫底,铺上被子,和接生婆一起扶着你兰香妈上了车。你奶奶一千个不放心,想跟着去。但一来车小,实在坐不上太多的人;二来她是小脚,雪天更是行动不便,只好作罢。

"就这样,一乘骡子驾辕的铁辊辘马车,在北风呼啸大雪纷飞的夜幕下,颠簸着驶出南北大道,向县城奔去。到了村口我回头望了一眼,看见你奶奶瘦小的身影一直伫立在巷口,我似乎能感觉到她焦急、不安、又期盼的眼光与心跳。

"车到了金水沟沟底,你兰香妈突然发出一阵撕心裂肺般痛苦的呻吟,接着就晕了过去。接生婆一阵忙碌后惊喜地喊道:'生了,生了!'我划了根火柴凑近一瞧,吓了一跳。只见接生婆手里抱着一个沾满血迹,头上包着一层厚厚的羊膜看不清五官的男婴。此时的男婴浑身发紫,没有哭声。接生婆把孩子倒立过来使劲拍屁股,没回应。接生婆又伸手摸了摸男婴的口鼻,没有呼吸。又听胸口,没有心跳。'他大叔,你快来看看。这娃浑身发紫,看这样子是脐带打结,把娃憋死了。'接生婆无奈地朝坐在辕上的饲养员老汉求助。老汉是村上有名的阴阳先生,村上人遇白事第一件事就是请阴阳先生断生死。两人翻来覆去折腾一番,认定孩子是死胎。接生婆转身摇了摇兰香妈,见兰香妈仍昏迷不醒,她又把手塞进你兰香妈身子下面一摸,湿漉漉、黏糊糊的。她知道这是血,急忙转身把你兰香妈头上的红发卡轻轻取下来,拿出你奶奶给孩子准备的包袱,边解包袱边说:'福来,快拿火过来,帮我把娃包起来。'我点着火柴,刚凑近孩子,一阵风吹来,把接生婆手里拿着的一块绣着一朵兰花的手帕的右上角烧了一个豁。这是你兰香妈亲手为孩子绣的盖肚脐用的护身符。接生婆麻利地包好孩子,递给我说:'福来,兰香出血过多,需马上送医院。这娃是死胎,先安放到路边吧。'

"我把孩子紧紧地抱在怀里争辩说:'带上娃一起去医院吧,或许还有救。'一直在一旁默默无语的饲养员大叔突然严肃地对我说:'福来,阴阳应两隔,这是规矩,放在车上不吉利。你才二十岁,不懂其中的厉害。听你婶子的话,快去快回,当下救人要紧。'

"万般无奈下,我抱着孩子在路边找了一个避风的坎儿把他放下,随手将身上的那件袖子上打了补丁的土布大黑棉袄脱下,轻轻盖在孩子身上。走了几步又鬼使神差地转身回来,在头部给孩子留了个出气孔,三步两回头地离开了他。我想好了,把你兰香妈送到医院我就回来抱孩子,把他埋到你爷爷身边。

"等把你兰香妈送到医院,天已大亮。我一路小跑来到路边找孩子,却怎么也找不到了。

"我猜想,那孩子一定还活着,被路过的人抱走了。从那天起,我和你兰香妈就一直在私下打听那孩子的下落,可始终没有一点音信。这件事你大只知道生了个死胎,一直安慰你兰香妈,其他的细节他一点儿都不知道。

"村子里一夜间谣言满天,说什么的都有。有人说生不了娃就别生,头胎就生死娃,真晦气!也有人说是因为兰香家的祖上根不旺,续不了香火。话越传越难听。你兰香妈爱面子,受不了这些闲话,就坚决和你大离了婚。这封信是1962年年初写的,那时听说你大和你妈已经恋爱了,信就一直压在了箱底。"

三爷讲到这儿,长长叹了一口气,站起来说:"娃,唾沫星子淹死人啊!"何阳第一次听到兰香妈和父亲的这个传奇故事,第一次切身感受到生命的偶然性和不确定性就发生在她身上。如果这封信按时寄出,父亲和母亲也许根本不可能结婚。还有那被放在金水沟的孩子,如果还活着,命运又当如何呢?

目送着三爷远去的微微驮着的身影和那颗善良、浪漫、破碎的心,何阳哭了。

(三)

自从丈夫何川五年前去世后,余舍就一直住在大女儿何阳的家。尽管有四个孩子,两个小的没成家,大儿子又在国外,靠得住的就只有何阳。

一早起来,余舍先看见漫天雪花,又看见何阳留在桌上的小条,心中划过一丝惆怅。担心何阳的安全,脑子里出现的是一幅幅与兰香相处过的难忘画面。她洗了把脸,坐在桌前沉思着。孙子伍晓非起床了。晓非是伍军战友的遗孤,不到一岁被伍军抱回家。为了不让孩子有寄人篱下的感觉,伍军和何阳给他起名伍晓非,准备等他长大成人后再告诉他真相。

"外婆早!我想吃鸡蛋羹,放水果那种。"余舍摸摸晓非胖乎乎的小脸说:"去,洗脸刷牙,一会儿饭就好。外边下雪,今儿出去要多穿点。你妈回老家了,就剩咱俩了。"

厨房的墙上挂着何阳做的"本周食品配伍表"。配伍表是根据家庭成员的身体状况编写的。何阳在国外留学五年,选学了营养学,算是业余爱好。

书房墙上挂着中国和世界地图,这是父亲留给她的。从记事那天起,何阳家的墙上就挂着两张地图。何阳小时候,父亲总是边读报边让孩子们在地图上找新闻事件的发生地。找对了就讲那里发生的故事给孩子们听,算是奖励。久而久之,何阳和她的兄妹就学会用新闻地理的方法认识世界、分析问题,父亲为此很骄傲。现在何阳的儿子伍晓军和伍晓非新闻地理也是强项。

书房还有一块小黑板,上边写的是何阳和晓非的读书计划。何阳的生活理念是"个性而不越矩,丰富而有意义"。

客厅有一个健身角,放了几件简单的健身器械。每天一小时运动,也像吃饭一样守时。

余舍很适应这种有格调的生活。她出身于一个官宦人家,祖父是盐城儒商,父亲、舅舅等也是国民党地方政府的要员。余舍从小和祖父生活在一起,祖父的超功利观念和救世济民的远大抱负深深影响着余舍。她是语文老师,骨子里崇拜英雄,且浪漫。她是在一次何川作《解放战争、土改与中国农民问题》的报告会上认识何川的。那时她还是一名大四的学生,何川成为她心中保尔·柯察金式的英雄。冒着和家人脱离关系的风险,毕业后第二年她嫁给了大她16岁、出生在农村还有过婚史的老革命何川,为他生儿育女,无怨无悔。她待人像一团火一样真诚、热情。何家村的人只要来过家里的,没有一个不被她感动的。何川的孩子们都亲切地称妈妈为"雷锋"。

今天是周六,晓非去学校踢球了。余舍打扫完屋子,端了一杯茶,戴上老花镜,像往常一样,坐在窗边准备看报纸。"何阳前天回的老家,今天已经是第三天了,不知事情办得怎么样了?"余舍手上拿着报纸,心里惦记着女儿。

"咚咚咚。"一阵急促的敲门声,"妈,开门,我回来了。"余舍一听何阳的大嗓门,赶忙小跑着过去开门。何阳捎带着一股冷风进了门,随即转身招呼郑子龙:"郑书记,快进快进,这是我妈余舍。"又对余舍说:"妈,这是咱们镇新来的郑书记,他送我回来的。"郑子龙看着余舍,礼貌地说:"阿姨好。"余舍连声说:"谢谢你送何阳回来。快进屋坐,我给你们煮点热茶。"

郑子龙拍拍身上的尘土,换上拖鞋,进了何阳的家。

一进门,郑子龙就被大厅里的家庭照片墙吸引了。他站在墙前,仔细地一张一张看着。何阳洗了把脸，换了衣服，站在郑子龙身边指着全家福照片给他介绍着。何阳的胳膊不小心碰到了郑子龙，郑子龙没有躲闪。那一瞬间，一种奇妙的感觉在他身体里蹿腾，他心跳加快，脸发热。为了掩饰自己内心的紧张，他马上转移话题："何阳，你长得像你父亲。""她爸眼睛小，她的眼睛像我。"余舍端着茶递给郑子龙，笑着插话道。郑子龙接过茶，恭敬地对余舍说："阿姨，何阳会长，遗传了您和叔叔的优秀基因。"余舍会意地笑笑。

书房里郑子龙看见了何阳小家的合影。何阳的丈夫伍军长得方脸、大眼、高鼻、阔口，加上那身军服，挺拔又潇洒。儿子伍晓军整个一个小版伍军。伍晓非也长得虎头虎脑，憨善可爱。他看着一脸幸福的晓非，心里不禁在想：这孩子能在何阳家成长真是好福气。虽然在回来的车上，何阳给郑子龙介绍过家庭成员，但一进家门，一看照片，郑子龙仍然产生了一种从未有过的难以言状的复杂心理。他为何阳温暖的大家庭高兴，也为自己内心一直装着何阳而苦闷、自责。心里暗暗下定决心，把对何阳的爱深埋在心，一心一意扑进他热爱的刚刚起步的事业。

"伍军平日回来吗？"郑子龙盯着照片问何阳。"周末回来。今天周六，今晚应该回来。"何阳乐呵呵地答道。她一点没察觉到郑子龙表情的微妙变化，接着解释说："他们部队最近搞新型武器试验，比较忙。伍军是搞技术出身，不爱说话，让他当部队长委屈他了。""我看他行，四十八岁都正师了，前途无量。"郑子龙由衷地夸赞着，为何阳骄傲。

"别夸他了，说说你。"何阳呷了一口茶，关切地问道。"我是一个人吃饱，全家不饿。简单吧？"郑子龙调侃着，味道有点苦涩。他看何阳瞪大眼睛一脸不解的样子，接着说："我父亲是原洽川县武装部部长，在我14岁那年，他在组织武装民兵实弹演习时发生意外牺牲了。母亲3年前在北京因病去世。父母就我一个孩子。""你的小家呢？"何阳追着问。"我是个爱情至上主义者，内心追求纯爱心动的感觉，至今没遇到那个让我心动的人，也就不去想这件事了。"郑子龙无奈又坚定地说。

"你好浪漫呀！跟我家何林、何月一样，不爱不婚。"何阳说着站起身，指着何林、何月的照片给郑子龙说。郑子龙苦笑着说："没想到我还有'同党'。说实话，平常工作忙起来也觉得自由、充实。就是一到过年确有孤独、悲凉之感，开始怀疑自己是不是坚守错了，但很快这个妥协的想法就被消灭了。"

何阳给郑子龙添了点热水，说："如果你愿意，在找到知音之前，过年就到我家来。我家有你的'同党'，我妈又喜欢人多。家里没那么多规矩，真正的家庭层面的自由、民主、博爱，你一定会喜欢。"听何阳这么真诚地邀请自己，郑子龙直接走过去给正在看报纸的余舍说："阿姨，过年时我来给您拜年。""不是拜年，是来家一起过年。"何阳跑过来纠正说。"太好了，孩子。有缘相聚就是温暖，阿姨等你。"余舍摘下老花镜，放下报纸，起身拉着郑子龙的手激动地说。

（四）

伍军刚要敲门，门就开了，和正欲出门的郑子龙碰了个脸对脸。四目相对，两人都有一种莫名其妙的尴尬和不适感。每逢周末，家里很少来外人。突然看到家里出来了一个和自己年龄相仿英俊帅气的陌生男人，伍军本能地愣了一下。

何阳忙着迎伍军进门，转身正准备介绍郑子龙，郑子龙主动跨前一步,握住伍军的手说:"你是伍军吧,刚从照片中看到你,很高兴能见到你。我是黑山镇的郑子龙,刚把何阳送回来。"

伍军急忙接过话,说:"您就是郑书记啊,幸会,幸会!何阳电话里常说起您,谢谢您帮助何阳。"说着话,就把郑子龙往屋里拉。"郑书记,别走,进屋喝两杯。"伍军热情地邀请道。"伍师长,不了,今晚还约了点事,改日咱们再聚。"郑子龙用力握了握伍军的手,又挥手向屋里的老人道了别,转身离去。

何阳望着郑子龙孤独的背影,一缕惆怅从心头划过。

每逢周末,何阳一家都要小聚一下吃饺子。今天天冷,何阳煮了一斤话梅黄酒助兴。屋里舒伯特的小夜曲舒缓地流淌着。三代人坐在一起边吃饺子,边和远在美国的伍晓军视频。

伍晓军从小酷爱音乐,四年前考上美国柯蒂斯音乐学院作曲系,今年毕业。晓军在视频里对何阳说:"妈妈,有件事我给您汇报一下。上学期间,我和老师搞了一个曲库,主要是为了方便练习。没想到它成了目前世界上最大的曲库。版权问题也随之而来,争议很大。这方面我不懂,和老师商量了一下,就先把曲库关了。"听得出来晓军情绪有点低落。"是的,这涉及知识产权保护问题。下一步你准备怎么办,彻底关了吗?"何阳问。"我已经辅修了法律课程,搞明白后,争取尽早用法律程序解决问题。曲库不能放弃。"晓军回道。何阳赞许晓军的做法,说:"很好,我和爸爸支持你。"伍军只听见最后一句,忙问:"晓军怎么了?"何阳看他满脸通红,就对他说:"没事,孩子辅修法律了。"

何阳和伍军回到自己的小房间,伍军晕乎乎地关上门,两只手搭在何阳肩上抱歉地说:"对不起,这次兰香妈葬礼我没陪你回老家,让你一个人受累了。"何阳顺势靠在他胸前,娇嗔地说:"你看我脸都瘦了，腿也细了。"伍军双手捧着何阳的脸端详着说："按老规矩惩罚我吧。"说罢背起何阳在屋里转圈，每次惩罚伍军都让何阳幸福感满满。"一圈，两圈……"何阳趴在伍军宽厚的富有弹力的背上，像小孩儿一样扳着指头数着。刚转过两圈伍军身子一歪，何阳掉了下来。"你耍赖，还差一圈呢。"只见伍军一只手扶着胳膊肘，痛苦地咧着嘴。

"怎么了？让我看看。"何阳说着轻轻拉起伍军的衣服袖子，胳膊肘缠着纱布。伍军直把袖子往下撸，推开何阳说："没事，擦破点皮。"何阳心疼地抱着伍军的胳膊哭着说："受伤了也不说，我还惩罚你呢。"伍军摸着何阳的头说："傻样，别哭了，别让爸妈知道了。"

何阳抬起头看着伍军说："真的没事？那我告诉你一件事。我准备回老家搞个红薯产业化中试，你支持吗？"伍军没有表态，愣愣地看着何阳。何阳翻弄着伍军的大手接着说："我已经52岁了，想换个活法。在学校当老师固然好，但整天按部就班，10年后是什么样已看得清清楚楚了。城里像我这样的专家多的是，农村搞扶贫正缺专业人士。我想挑战一下自我，假如我的努力能使家乡的面貌有所改变，我这一生就值了，也算给九泉下的兰香妈和父亲一个满意的交代了。"

听完何阳这番富有浓浓乡情和理想的表白，伍军的内心很感动。他抱起何阳说："我支持你，你在哪里，哪里就是我的家！"伍军此刻并非虚与委蛇地应付何阳。结婚26年了，他一直在部队新型武器试验基地工作，平日里很少能陪伴在何阳身边，对何阳总有愧疚感。他能做到的就是惯着何阳，只要她高兴，他就由着她。何阳也很吃惯，脑袋顶着伍军的额头说："不怕我丢了？""丢不了！"伍军轻声说。

余舍把亲家公伍征和晓非安顿好，回到自己房间开始写日记。从小到老她一直坚持记日记。书柜里，余舍的日记本已经摆了满满一柜子，如果不是"文革"期间销毁了一部分，搬家又弄丢了一些，两柜子怕也装不下。这个习惯"全须全尾儿"地遗传给了何阳。何阳自从见到郑子龙就暗下决心回乡种红薯,希望通过红薯产业化改变家乡的面貌。她专门去书店,买了一个绿皮的日记本,把与回乡有关的所有的思想变化和大小事件都写在里面,在日记本扉页上为它起名为《回乡记》。

今天触动余舍内心的人是郑子龙。郑子龙的气场,说话的神气,甚至皱眉时眯着眼的样子,都和当年的何川出奇地像。郑子龙在家里只待了一个多小时,他的爱情至上、事业情怀,一举一动,她都收在眼里,放在心上。她打心眼里喜欢这个不太年轻的"年轻人"。她看出何阳有和郑子龙干一番事业的端倪。她了解自己的女儿,和何川一样不甘心平庸,热血,理想主义。

第二天吃完早饭,何阳给家里每一个人递上一杯用红枣和普洱煮的红茶,说:"昨晚我和伍军商量了一件事,我准备明年回老家搞红薯产业化中试,试试能否帮助农民走上产业化致富的路子。学校的课暂时不受影响。只是在老家的日子会多一些,家里怎么安排咱们商量一下。"

晓非先喊起来:"妈妈,我也要去,我可以帮你!"伍军说:"别添乱,先听大人的!"余舍搂过晓非说:"晓非这个想法不错。洺川县中学是省级重点学校,学业不受影响。晓非还能近距离地接触到农村、农民、土地、田野,我认为这有利于晓非成长。""我同意余老师的意见。每周末我和伍军一起回你们老家过。如有可能,我也和何阳一起种红薯去,我是老军医,还能给乡亲们看病,能助一臂之力。"伍征神采飞扬地表着态,就好像自己已经看到了田园风光。

"耶,全票通过!"晓非跳起来,举起双手喊着,高兴地和每个人一一击掌,以示通过。

何阳说:"看来咱们家人个个革命热情高万丈啊!这样,你们先做好思想准备,特别是吃苦的思想准备,等我把事情安排好了再行动,OK?"

伍军按了一下音响的开关,喊了声:"音乐起!"瞬间,《垄上行》的乐符在屋里舒缓地跳跃,伍军拉着何阳踏着旋律跳起了三步。晓非敲着他心爱的手鼓为爸爸妈妈伴奏。余舍和伍征在一旁看着孩子们直乐,伍征告诉余舍:"1976年我去陕北,在基层医疗队工作了3年,常从垄上走过。"

第三章 试 错

试错是打开理想黑匣子的金钥匙。

——作者

（一）

转眼间已是春天，校园里的樱花像一簇簇粉红的云朵，翩翩起舞，簇拥着赏花的人们。忙碌的蜜蜂在云朵中穿来穿去，嗡嗡地哼唱着，寻找属于它的那朵美丽芬芳的花蕊。何阳穿着一件卡其色的风衣，里面是运动帽衫配了一条很有风格的牛仔裤，脚踩马丁靴。左手拎着教案，右手习惯地插进裤兜儿。她微微翘着下巴，自信而坚定地快步向教室走去。今天是她作为系主任的最后一堂课，她已经向学校递交了辞呈。一枝樱花不小心碰了她的脸，她笑笑，闻了闻花香，轻轻地拨开多情的枝条，径直向前。

此刻何阳脑子里快速旋转着一个抛不开的主题：怎么能让学生从校园里带走比学业更重要的人生财富？

何阳刚走到教学楼下,一辆黑色轿车迎面开来,停在了她面前。车上走下来一个穿黑风衣,戴墨镜,脚蹬黑皮鞋,自带威严气场,酷似电影里秘密警察类的人物。"吓着了吧?是我!"郑子龙摘下墨镜,看着何阳说。何阳的确有点意外,这身装扮郑子龙在兰香妈的追思会上穿过,但今天的感觉不一样。配上健硕的身材和骨子里透出的自信,让往日里不修边幅的郑子龙显得性感十足。"要上课了吧?听听你的课可以吗?"郑子龙对正在发愣的何阳说。何阳急忙收回思绪,歪着头调皮地冲郑子龙笑笑,伸出右手做了一个邀请的姿势。

"今天来是要告诉你一个好消息,镇上已经决定今年搞有机红薯试验田,两年内建成国家级红薯镇。""真的?太及时了。你什么时候行动的?神秘耶!"郑子龙故意绷住脸,说:"走,先上课!"

郑子龙第一次坐在学生的位子上看何阳。只见她熟练地连接好课件,平日里自华而又略带憨态的娃娃脸一下子变得成熟起来。讲台上她思路敏捷,妙语连珠,引经据典。一只手夹着粉笔,另一只手插在裤兜里,霸气外露地挥洒着。课堂的气氛随何阳的情绪而起伏,上百双眼睛齐刷刷地跟着何阳的手臂转动。

"拉阔你的生命半径,让你的人生不仅仅是活着,而且是有意义地活着。这不仅是时代赋予你们的使命,更是生命快乐的终极源泉!静静地聆听你内心的呼唤,勇敢地去试错,这是拓展生命半径的唯一途径。"

接着,《瓦尔登湖》、诺贝尔、王小波、阳早、寒春,还有兰香妈的生命故事等,像连珠炮一样抛出,敲击着每一位学生的心灵。他们第一次听到内心呼唤、生命半径、勇敢试错与自己生命的关联;第一次如此近距离地将自己的生命意义与周围人的命运改变,及时代的使命联系在一起。

年轻的荷尔蒙在内心躁动着，没等下课，同学们不约而同地起立鼓掌，向着何阳围了过来。"老师，您的一席话让我们有醍醐灌顶之感，一下子明白了许多道理。"一个胖乎乎的戴着圆眼镜、操着江南口音的学生说。这时，后排一个穿着时尚的大个儿学生抢着说："老师，如果我们大学的第一堂课是您上的，我的人生道路早已改变。"

何阳接过话题，说："试错，任何时候都不晚。老师当了20多年大学教师，今年准备回乡搞红薯产业化中试。这也是老师人生路上的第一次试错。欢迎同学们以各种形式参与，与老师一起试错。""耶！"同学们欢呼着、躁动着，内心沸腾着。

有三名毕业班的同学当场报名。一名是学生物的选修生，他是洽川雷家寨人，叫雷志鹏。他计划全程参与，撰写他的本科毕业论文《红薯的生物学意义》。另一位是美术学院影视系研究生徐坤，他打算跟老师回乡，并将这期间的试错过程拍成纪录片《试错》。第三位是何阳的博士生黄鹂，她和何阳商量将博士论文题目定为《红薯产业化中试及其途径》，计划将整个中试过程的设想、理论突破、组织架构设计、工艺流程、田间管理、仓储销售，及高科技要素投入等，上升到系统数字模型分析的理论高度，为农产品产业化中试理论首开先河。

何阳进一步补充说："洽川黄谷仓甘薯产业公司已经开始筹建，投资者都是勇敢试错的先行者。暂时不能离开学校的，又对这次试错感兴趣的同学，也可以在课余时间协助黄谷仓公众号的运营、网络建设、维护拓展等工作。老师保证给每一位有兴趣有勇气试错的同学提供参与的机会。""谢谢老师！"同学们齐声道谢。

何阳走到郑子龙面前轻声问道："你给同学们讲讲好吗？"郑子龙被课堂的热烈气氛鼓舞着，点头答应了何阳。何阳向同学们隆重介绍了郑子龙。

郑子龙在一片掌声中走上讲台,用他极富感染力的男低音娓娓道来:"刚才从你们的课堂上学到了试错、生命半径、生命意义等新概念,很受启发。我和你们的老师一样也是回洺川'试错'的,来干前辈没有干完的事业。目的只有一个:让你周围的人因你的存在而改变。欢迎同学们来洺川参观,参与试错。我作为东道主保证给大家做好后勤保障,为试错提供一切尽可能多的必要条件。谢谢同学们,我们黑山镇见。"

郑子龙讲话时,何阳接到贾明和王贵打来的电话。他们正焦急地在楼下等何阳下课,商量黄谷仓注册的事。

下课了,何阳、贾明、王贵加上那三位自愿参与试错行动的学生在何阳家书房开了第一次筹备会,郑子龙列席了会议。会议商定:

一、成立黄谷仓甘薯产业有限公司。注册地洺川县,办公地何家村。由贾明负责落实。

二、注册黄谷仓品牌,设计logo,完成黄谷仓网站、网店、公众号等域名的申请、设计事宜。由徐坤和其他几位同学共同设计完成。

三、黄谷仓的经营理念是:崇尚科学,试错创新,使命担当。

四、黄谷仓的战略目标是:遵循自然农法,通过投入要素和种植方式的改变及消费与生产互动模式的建立,推动供给侧改革。培育出健康营养洺川红薯的新生代,实现产业升级和财富创新双丰收。

五、黄谷仓的经营路径是:坚持农产品产业化中试之路,做好品牌化、规范化、标准化、科学化实验,为下一步的规模化、现代化、国际化做好数据支持和经验准备。

六、首期试验从2016年夏薯开始。从黑山镇何家村转让一百五十亩试验田,麦收后投入使用。

徐坤第一时间进入角色,录制了会议讨论到决议的全过程。最后举起相机,让这一难忘的历史瞬间定格。

(二)

每到麦收季节,何家村的田间地头从早到晚,总能听见一种"旋黄旋割——,旋黄旋割——"的清脆的鸟鸣声。有人说,发出这种声音的是四声杜鹃。四声杜鹃一叫,农夫们就坐不住了。头顶草帽,腰别镰刀,提着一罐水就下地了。光景好的人家还会花钱请麦客或收割机为他们"龙口夺食"。印象中,这是北方农村一年中最苦的庄稼活,也是田间最热闹的日子。

何阳带着黄谷仓的合伙人贾明、学生徐坤作为先头部队,来到了刚刚流转来的一百亩地的地畔前。收割机作业过的麦茬地,现在就属于黄谷仓了。

今天恰好是芒种,是一个具有分界线意义的农耕节气。民谚有"芒种不种,再种无用"之说。红薯虽说并非有芒作物,但贾明选芒种之日种薯少说也图个吉利。

芒种的太阳像一团熊熊燃烧的火球,在挥汗如雨的庄稼人头顶滚来滚去。贾明和徐坤领着村上请来的几个农工,跟在收割机后面,紧张地给刚刚收割完麦子的麦茬地里抛撒着有机菌肥。手挥到哪里,汗水就跟到哪里。阳光下就像一道道晶莹的抛物线,此起彼伏。原计划是边施肥边旋耕,眼看着肥已经铺撒了十几亩地了,旋耕机却仍不见踪影。

担心这么强的紫外线会杀死活性菌,何阳急得百爪挠心。她跑到地头,站在路边停放的拖拉机上,踮着脚尖朝通往县城的公路眺望。

远远地看见满仓骑着他的"电驴子"向这边赶来。车骑到何阳面前,满仓两脚一撑,用衣襟抹了一把脸上的汗,对何阳说:"姨,我忘记告诉你了,上午农机站站长打电话让我给你说,你预订的那台机子发动机出了点问题,他给你重新调整了一台,估计比原定时间晚两个小时,你再等等。"

"噢,我说呢……"何阳心里不悦,她心疼地里的那些菌肥。菌肥打开后不能暴晒,是掐好点儿打开、施肥、待旋耕入土的,早了晚了都不行。"可现在说什么也来不及了,撒到地里的上百斤菌肥基本晒得差不多了。"想到这儿,她立刻打电话给贾明,说:"停止撒肥,等等旋耕机。菌肥不能晒,打开暴晒后活性会大大降低!"放下电话,何阳一屁股瘫坐在地头,顺手拔了一根毛毛草放在牙尖咬着,掩饰内心深处的烦躁与懊恼。这种懊恼说不出、道不明,憋在心里像压了个磨盘一样喘不上气。

马路对面,一望无垠的金色麦浪,随风起伏,像是在给何阳招手。

"布谷——,布谷——"一只布谷鸟落在路边的树上,朝着何阳唱起欢乐的歌。何阳对着布谷鸟苦笑了两声,索性钻进麦地,俯下身子,屏住呼吸,仔细地看,静静地听。

麦穗骄傲地昂着头,被风儿推搡着,沉甸甸的脑袋左右摇摆,发出"沙沙""唰唰"的伴奏声;远处隆隆作响的收割机似低音共鸣;头顶上,鸟儿清脆的高音鸣叫和麦田里人呼、马嘶、犬吠形成独有的合声……"简直就是一首完美的丰收奏鸣曲!"何阳想起她在烟台图书馆曾经翻阅过一部苏联科学家关于音乐发源于大自然的专著。书的结论让她大为震撼并改变了她的认知。

此时此刻,她感觉自己正在大自然的音乐殿堂里徜徉,聆听着一部气势恢宏的天地人交响曲,心中的小懊恼顿时烟消云散。

她摘下太阳镜,轻轻扶起一个颗粒饱满的麦穗,闭上眼睛,用鼻子闻闻麦香,再用大拇指和食指捏住一个麦芒向上一提,一颗胖嘟嘟的包着绿纱的麦粒滚了出来。放进嘴里一嚼,一股甜甜的青涩的香味沁润着她的灵魂。

半生都过去了,何阳第一次在谷物成熟的第一时间尝到了大自然的味道,那么清香、高洁、空灵。对土地的敬畏之心油然而生。

不知从什么时候起,天边出现了浓浓的乌云,乌云和太阳玩起了捉迷藏,田间立刻变得紧张起来。人们呼喊着、奔走着,龙口夺食的一幕在何阳面前拉开。

斜对面就是景昆爷家的承包地,约有二十亩。景昆爷从不用收割机,也不请麦客。景昆爷算过账,每年自己用镰刀慢慢地收割,一亩地最少省几十元,二十亩地下来就能省出一年的柴油钱。

远处传来雷声,景昆爷直起身,手搭凉棚望了望天,扔下手里的镰刀,手脚麻利地把地里割好的麦子打上捆。大黄在地里撒着欢,时不时回到景昆爷身边看看。康民媳妇何雪儿平日里总是病病歪歪,今儿也打起精神,挑着水罐和饭筐往地里送吃的。看见何阳站在地头,朝何阳喊着:"何阳,来喝点扁豆汤。"何阳正渴得嗓子冒烟,但知道这当口谁家水都不富裕,忙说:"婶子,不了,我车上有水。"

地头,康民的儿子拴柱吆着毛驴车过来了,把爷爷捆好的麦子放到车上,往打麦场运。

雪儿招呼景昆爷和儿子吃饭。景昆爷放下手里的活儿,一句话也不说,就势往地上一圪蹴。两只干枯的、长满老茧的手,抓起一个青辣子夹馍,大口地嚼着。一边不停地舔着从指头缝往外流的辣子油,一边对正给儿子盛饭的雪儿叮咛:"下回把油少放些,吃不到嘴里都糟蹋咧,造孽。"雪儿怯怯地回道:"大,我晓得咧!"在康民家,景昆爷的话无论对错,永远是真理。

何阳站在地对面,把景昆爷吃辣子夹馍那股子过瘾劲看得真真的,嘴里忍不住跟着直吸溜。她赶忙转过身,使劲地拽回味蕾、咽下馋虫。

旋耕机终于来了,何阳高兴地迎了上去:"师傅,辛苦你了!""有活干就是好运气,不辛苦。"年轻的司机师傅手握方向盘,探出半个身子,憨厚地朝何阳咧嘴笑着,回话道。一口洁白的牙齿格外引人注目。

旋耕机庞大的身躯伴随着马达的轰鸣声,像一个会变魔法的怪兽,在地里一路狂奔。所到之处麦茬和肥料被一口吃进,顷刻旋进土地,转眼变成疏松平整、散发着泥土芳香的、肥沃的、召唤生命力的农作物孕床。何阳和贾明顾不上欣赏这万物之本,头顶草帽,脚蹬球鞋,裤腿挽得高高的,手里拿着卷尺从地的两头跟着旋耕机,深一脚浅一脚,多点测量旋耕的深度。两个来回下来,何阳已经累得满头大汗,气喘吁吁。

"没想到在疏松的地里跑这么费劲,两条腿就像被吸铁石吸住了一样,沉得抬不起。你怎么样?"何阳对不远处的贾明喊道,贾明似乎没有听见。不等贾明回话,何阳已筋疲力尽,就地卧倒,脑海里立刻浮现出父亲给她讲的当年训练五叔飞毛腿的故事。

1945年,何阳的五叔何勇刚15岁,他缠着何川想参军当通信员。何川就给何勇的小腿上用裹腿带捆了两片瓦,让他坚持在刚犁过的地里跑,告诉他:"你能跑过骡子就没问题。"半年下来,何勇跑得真的比骡子还快,参军当上了通信员。再后来,何勇被选为空军飞行员,在朝鲜战场上任空军中队长,用螺旋桨轰炸机击落了美军的喷气式飞机,创造了世界空战史上的奇迹,被授予"青年空军英雄"称号。何川每次说起何勇,都会骄傲地抬起头,认为何勇的勇敢、耐力和灵动性和少年时的飞毛腿训练有密切关系。

想到这里,何阳抬抬自己的腿,似乎比绑着瓦片还沉。她咬咬牙,拖着腿,走到地头,坐在路边。渴、热、闷、累裹在一起考验着她内心的坚强,父亲和五叔隔着时空鼓励着她。

何阳索性把鞋一脱,扔在路边,提起裤腿,朝旋耕机追去。边追边挥着双手喊:"师傅停一下,深度不够,只有28公分。"专家说过,旋耕深度应该是30公分,才能起到消病毒、去草根、驱虫害和保墒的效果。师傅停下来,调了调机器,对何阳说:"放心,这下没问题了,保证30公分深。"何阳点头感谢。但还是不放心,继续跟着旋耕机来回测量,直到确认完全达标为止。

贾明从车里取了试纸,开始分区域测试土壤的酸碱度,测完拿着试纸给何阳看。俩人乐了,试纸上的数值显示是"7",中性土质,非常适合红薯生长。俩人正往地头走,何阳"哎哟"一声,倒在地里。贾明一看,何阳光着脚,脚被麦茬扎破了,鲜血直流。何阳用手按住伤口。贾明说:"别动,等我一下。"贾明从他车上拿来仅有的半瓶矿泉水,给何阳冲洗了伤口,贴了创可贴。"鞋呢?"贾明问。"在路边呢。"何阳指着前面的路说。贾明跑去取鞋了,何阳用感激的目光追随着贾明远去的身影。

穿好鞋,贾明扶何阳到路边坐下,又转身找水去了。早上走得急,何阳忘记带水了,没想到今天天气特别闷热,车上的气温表指针已到40℃。何阳的嗓子快冒烟了,一阵头昏、恶心。

这时景昆爷吆着毛驴车正好路过,何阳打了个招呼。景昆爷看她脸色不对,俯下身子说:"娃,咋咧,是不是中暑了?"何阳点点头。景昆爷急忙从白粗布褂褂里抹出一包已经磨得看不见字的人丹递给何阳说:"快把这吃了,这药灵得很。"何阳接过人丹,看见景昆爷干枯如柴的被麦芒麦秆拉了一道道血口子的手,心里好疼。她也顾不上考虑保质期了,一仰脖子把药全吞了下去。一股薄荷加冰片的凉气直窜脑门,顿时感觉舒服多了。当她再抬头看时,景昆爷的毛驴车早已不见了踪影,远远还能依稀听见跟在驴车后的大黄的吠声。

徐坤来到地头,将音响打开,播放《垄上行》当背景音。音符被热浪蒸腾着,随风飘洒。舒缓又极富节奏感的旋律为农耕者带来欢愉和凉意。看到远处乌云正在逼近,徐坤拿起相机在田间地头转场。头顶,艳阳似火,又乌云压境;地面,麦浪滚滚,镰刀飞舞,人呼马嘶;麦场,打垛、碾麦、扬场轮番上阵;路上,车水马龙,川流不息。在他眼里,这龙口夺食的每一幕,都像是一幅幅动态的、现实版的凡·高丰收组图。徐坤此刻最奢望的就是让自己的相机能像眼睛一样动态、连续、广角地留住眼前的艺术时光。很快,徐坤锁定了景昆爷。他围着割麦子的景昆爷,仰面朝天,蜷缩在滚烫的麦地里反复寻找最佳视角。想通过光影折射的理想角度,永久性留下景昆爷此刻雕塑般优美绝伦的动感姿势!

在徐坤的分镜头中,是景昆爷黝黑的脊梁,破旧欲裂的草帽,眉骨上滚滚而下的汗珠,弯腰、背弓时棱角凸显的脊柱,下翻的大裆裤腰,教科书般的挥镰动作,骨感、强健、满是老茧和血口子的手……麦子在他一起一伏的动作中,顺从地倒在他的脚下……

镜头里景昆爷的汗珠在阳光的照射下仿佛一颗颗金色的豆子,随着镰刀的挥舞被抛向天空,大地又不舍地将它拉回自己的怀抱,看到这一幕,谁又能说承载万物生长的土地没有汗水的功劳呢?

何阳吃了人丹缓解了一下中暑之苦,但依然浑身无力。嗓子已经干得如同要裂开一般,肚子也咕咕直叫。她尽量不动,保持体能,心里默念：等贾明找水回来一切都会好的。

路边的打碗花被热浪灼烤得直打蔫，何阳望着身边这些患难与共的"战友"，苦笑着打趣说："面包会有的。"

这时一辆黑色轿车向她驶来，她认出是郑子龙的车。郑子龙把车开到何阳身边，二话不说，打开后备厢先递给何阳一瓶水，说："先喝点水，再吃饭，我给你带了你喜欢吃的青辣子夹馍。"何阳接过水，鼻头一酸，眼泪在眼睛里直打转儿，不知是感动还是委屈。她怕郑子龙看见，赶忙低着头喃喃地故作幽默说："谢谢你，堪比及时雨宋公明。"她一口气喝了大半瓶，剩下的水分给了打碗花。

郑子龙转身呼喊地里的徐坤过来吃饭。郑子龙看到朝他跑过来的徐坤，吓了一跳，问道："这是怎么了？像个稻草人。"原来徐坤刚到麦场上去拍扬场了，被扬了一身麦草，从头到脚活像一个稻草人。郑子龙赶忙给徐坤掏脖子里扎的麦芒。徐坤咧着嘴，表情很诡异，痒得难受，又夹杂着创作的爽快。

这时去找水的贾明耷拉着脑袋回来了，一无所获。一看郑书记送来了午饭，愧疚地说："都怪我考虑不周，让大家受苦了。"郑子龙拉他坐下说："这块地离村子远，不方便。都快两点了，快坐下补充点能量。"

这顿饭很简单，就是青辣子夹馍就矿泉水。何阳、贾明、徐坤坐在地垄上，面朝田野，每人的双手都紧紧地捏住馍，如狼似虎地吃起来。

何阳一大口咬下去，油顺着小拇指往下流。她顾不上擦，向后趔趔身子，弓起背，架起胳膊肘继续吃，那过瘾劲儿，胜似山珍海味。吃完一个馍，她才转过身对郑子龙说："我这回切身体会到'人是铁，饭是钢'的真理性了，感谢救星共产党！"郑子龙笑笑说："先吃，一会儿饭凉了。"

眼看首期一百亩试验田就要旋耕完毕，贾明和徐坤去给旋耕机师傅送吃的。郑子龙对何阳说："走，咱们也去看看。"何阳忍着疼，一跛一跛向前走。郑子龙皱了一下眉头，关切地问："怎么回事，刚上战场就受伤了？"他摘下墨镜，蹲在地上说："让我看看，要紧不？"何阳往后退着直摆手，调侃说："没事，擦破点皮，轻伤不下火线。"郑子龙不由分说，几乎用命令的语气让何阳脱下鞋。"你看满脚是泥，还肿着，极易感染。走，我拉你去医院处理一下！"郑子龙严肃地说。何阳想到明天还有许多事要办，真感染了太耽误事，便答应了郑子龙。她给贾明吩咐了一下，跟着郑子龙去了医院。

从医院回来已是黄昏。天上的鸟儿排着队迎着晚霞飞去，寻找它们的巢。地上人、狗、马、驴也都朝家的方向拥去。有骑驴的，坐自行车的，更多的人扛着农具走着。时尚的后生们骑着摩托车带着媳妇，媳妇肩上扛着两件农具，两条腿努着劲儿夹紧后座，飞驰而过。几个老汉坐在手扶拖拉机上吼着秦腔，字正腔圆，神气活现。

拴柱吆着驴车在前面走，景昆爷叼着烟袋远远跟在后边。"景昆大，放着驴车不坐，那让我坐坐。"村主任满仓和他大开着玩笑，摆了个欲上车的样子。景昆抢前两步，用烟袋锅敲打着满仓说："你个倒家子，不知道让驴歇歇。"满仓朝景昆爷做了个鬼脸，只听"嗖"一声，一个漂亮的猴拳亮相，不等京昆爷反应过来，又一蹦三尺高，像风一样"刺溜"一声不见影了。

进村了，家家的婆姨们早早就点起了灶火，风儿把不同味道的炊烟招呼在一起，又向四处弥漫。何阳惊呼道："谁家炸新麦油饼了，真香！你知道吗，我小时候去农村拾麦子，生产队队长看见少先队小朋友帮他们麦收，小脸热得通红，心里感动，就在地头架起大铁锅，倒上油，用新磨的麦面给我们炸油饼吃。我至今都记得那场景，那味道是纯天然的麦香味。"郑子龙看见何阳像孩子一样，手舞足蹈地叙述和表演,说到香处嘴巴还吸溜着,就像又看见了当年扎着两个小辫子捡棒球的小女孩。

他喜欢看着何阳在他面前无拘无束的样子,这一刻,一种幸福感紧紧包裹着他。他抿着嘴对何阳饱含深情地笑笑。那笑容很有层次感,是一种有显有隐的笑。显在脸面的笑是一种社交礼仪,隐在心里的笑是一种不能言状的幸福的秘密,连他自己都说不清是大我的责任、情怀,还是小我的私欲、爱恋。

(三)

在村东南头边上,一棵大柿子树的树荫下,红色大铁门,两边两个威严有余的石头狮子守护着的,就是景昆爷去年刚盖好的新房。

虽被称作景昆爷,可他实际年龄并不大,今年虚岁78。但在村上他家辈分大,比他大得多的老人,也得叫他爷。

景昆爷瘦高个,奔拉眼,旱烟袋不离手。儿子当镇长了,给他买了红延安、金丝猴,他都不要,他说抽着不解乏,不带劲。每次出门必戴一副老旧的,右镜片已横裂了一道缝的茶色石头镜,据说是祖上留下来的宝贝。走起路来,八字脚,跑不快,但背总是挺得直直的。当爷呢,不能含糊!

景昆爷穿衣从不凑合,一定要穿粗布老式衣。夏天白色土布裋,冬天黑粗布大襟棉袄,大裆棉裤,裹腿带。腰里时常扎一根绳子或布带。村上的晚辈们总爱拽着他腰上的绳子跟他开玩笑:"景昆爷,啥年代了还不把它扔了,多土啊!"每逢这时,景昆爷就从腰里拔出烟袋锅,敲着后生们的屁股说:"你们懂个屁,这绳子绑在腰里拘劲。"

他的性格和他的腰带一样"拘"。守旧、死犟、吝啬集于一身,一分钱要掰成几瓣花。景昆爷给谁家行一份礼,他早就算好了怎么补回来。吃不回来就拿回来,横竖不能吃亏。这院新房也是他一块一块捡旧砖瓦、旧木料盖起来的。

景昆爷三代赤贫,穷怕了。村上早就通电了,他还是一盏煤油灯。为了省煤油,天一黑他就去大队部门口看下棋,直到看累了才肯回家,进屋点灯,揭炕席,数钱。这是他给拴柱上大学攒的钱,睡前必数。数对了倒头就睡,数不对不睡,现在拴柱才是他的命根子。

自从康民妈走后,他就一直孑然一身。唯有家里的大黄对他不离不弃,形影不离。身边的这只大黄,已是大黄的重孙辈。

康民8岁那年,康民妈得了肺病,整日咳嗽不止。到最后都咯血了,景昆爷才凑了些盘缠,到省城找何阳三叔何生看病。到何生家天已黑了,何生安排老两口住在家里,好生招待。检查做了几天,结果出来已经是肺癌晚期。

景昆爷知道这都是家里穷,买不起煤,整天烧拾的柴火熏出的病。康民妈那年才33岁,死得很不甘心。那阴影直到今天还在景昆爷脑子里凝固着,化不去,他一下子没话了。

他一人拉扯着康民,有今儿没有明儿地挨着日子。多亏了邻居王家婶子心疼康民,好吃好穿地照顾着,爷俩才有今日。康民从小就把王婶家当成自己家,对王婶像对亲妈一样好。景昆爷也常帮王婶家挑水,干干自留地里的重活。

村子,是一个相对封闭又世代相传、集劳动与生活为一体的超亲密空间。谁家有事,哪怕是屁大一丁点儿事,一觉起来就已家喻户晓。景昆爷和王婶一个鳏一个寡,又走得那么近,闲话自然少不了。景昆爷心知肚明。他对王家婶子满满的感恩,别的不敢多想,也不能多想。就冲王家婶子为康民过年做新棉袄,病了蒸鸡蛋羹,饿了送馄饨馍的热乎劲,他什么都认了。有时把他逼急了,他就在村头暴着青筋,恶口几嗓子。说也奇怪,这一恶口,村上的长舌妇们倒真的被吓住了。

再说何康民,吃百家饭长大,是村上有名的好小伙。勤劳、帅气、乐于助人,还十里八乡有名地孝顺。他大再不讲理,康民也从不顶嘴。村上人背后都说,何景昆的毛病都是康民惯的。

挣工分那会儿,队上揽到了去县城掏大粪的活儿,凌晨两三点就得出发,一路遭人白眼。村上年轻人都躲,康民那年才16,他不嫌,一干就是3年;修水渠又脏又累,康民晚上掏大粪,白天修水渠。苦日子的味道他尝够了,就想凭自己的力气把家里光景过前去。

提起康民,村里人没有不竖大拇指的。一来二去,康民被驻队干部看上了,带到公社当通信员。开始是临时的,后来转正,在公社当办公室主任。没几年就当上了副社长。如果不是没有过硬的文凭,早就升上去了。

康民啥都能忍,唯一不能忍的就是挡住他升迁的路。他的所有辛勤、忍让、委屈都是为了改变命运。他太急于改变命运了。小时候上学,穿着露脚趾的鞋、露腚的裤子被同学们戏弄的情景,就像刀刻在心上一样,一直疼着,流着血,从来没有愈合过。

他当镇长5年了,今年已经53了,镇书记本来非他莫属。郑子龙的空降挡住了他的路,而且挡得死死的。他为此吃不下饭,一晚上一晚上在床上翻来覆去不能入睡。人几乎要被逼疯了。这心思不能给人说,表面上还要态度积极,支持郑子龙。康民的心里一直盘算着找机会突破这个死结。他出身贫寒,但心气很高,这让他从小就学会了察言观色,表面很憨,实则机灵过人。

那晚在何阳家吃饭,郑子龙和何阳一拍即合的势头,让他心里堵得难受。他的心思景昆爷猜到一些,没往深处想。康民也不敢把心里话和盘托出说给父亲。父子俩坐在院儿里，各抽各的烟，各打着各的算盘。

景昆爷盘算着怎么把那块刚收过麦子的三十亩承包地租给何阳。这块地原来当过打场地，土质硬，草籽多。租给本村人一亩的租金也就一百多元，还得求人。他知道何阳的试验田还差几十亩，租给何阳租金最少五百元一亩，加上田间管理活的费用，一亩地就挣六七百，三十亩地下来一年至少一万八，三年稳稳地拿五万四，拴柱上学的学费就板上钉钉了。

想到这儿，景昆爷拾起身到屋里翻了翻皇历。收完红薯就到霜降了，种麦子是晚了几天。但俗话说得好"地湿无晚麦"。如果老天能下场雨，插种一茬冬小麦应该没问题。这么一算，租期一年等于只用半年。听康民说，何阳还要给地里上国家发明专利的有机菌肥，几年下来，他这块场地不就变成肥沃良田了？怎么算怎么合适，越琢磨越有味道，这味道甜滋滋的很诱人。

他把烟锅往地上一磕，朝愁眉苦脸的康民说："你去给何阳说说，把咱家这三十亩承包地租给她。"康民蹲在地上挑起眼眉看着父亲，一脸疑惑地问："啥，你要把地租给何阳？这不行！"景昆爷顾不上听儿子解释，眼看算好的挣钱好事黄了，没好气地说："你不去，我去！"话音刚落，人已夺门而出。

景昆爷背着手，迈着八字步，心急如焚，却装着若无其事的样子，生怕别人看穿他的心思，夺了他的财路。景昆爷才到何阳家门口，就碰上了刚从何阳家出来的满仓。满仓神神秘秘地告诉他："大，原来和黄谷仓签约的几户人家不干了，要毁约，五十亩地呢。眼看就要插苗了，这下子麻达咧。何阳姨订购的有机肥和脱毒苗已经堆到地头了，正发愁呢。"景昆爷一听心里暗喜，三步并作两步进了何阳家的大门。

何阳面对突然反悔的村民,正急得抓耳挠腮,景昆爷适时地和蔼可亲地笑着进了门。何阳从来没见过景昆爷对自己有过这样的笑脸,忐忑地招呼他坐下,带着不解的眼神,两眼直勾勾地看着景昆爷。

景昆爷提了提裤腿,缓缓坐下,慢悠悠地点着旱烟锅,低着头吧嗒吧嗒吸了两口烟,这才张口对何阳说:"阳娃,我那三十亩承包地想租给你,你看咋样?"何阳一听有地租给她,连想都没想接过话说:"太好了,正愁这事呢。您老人家简直就是及时雨。"景昆爷受用地笑笑,不紧不慢地说:"那咱说好,我村东头有十亩地,北坡上有二十亩地,每亩租金都按五百元算,不破坏你给村上的报价。但是,我那块地难管,田间管理的事你要包给我,管理费每亩另加一百元。"何阳迟疑了一下说:"没问题,地从合同签订之日起使用权归黄谷仓,租期三年不能变!"尽管何阳觉得景昆爷要求偏高,但一想到堆在地头的苗子和菌肥,她也顾不上多想。

一看何阳答应了,景昆爷又抓抓后脑勺,小声说:"娃,还有个事爷想跟你商量商量。我就这么多地,拴柱妈是个病秧子,康民又是公家人,家里指望不上。我想在你收薯后墒情好的情况下插种一茬冬小麦,不影响你来年种红薯,你看行不?"

何阳心想,景昆爷就是景昆爷,账算得真精。何阳很为难,答应吧,没有这个先例;不答应呢,地就可能黄了。何阳说:"景昆爷,这事特别,我要和公司其他人商量商量,明天回您话好吗?""行,我等你话!"景昆爷满脸不愠地走了。

康民闷着头抽了三包烟,终于想出了一招釜底抽薪的办法,那就是让何阳的黄谷仓拿不到成规模的土地。现在地都在村民手里,让谁种不让谁种村民说了算。他干了五年镇长,比郑子龙了解黑山镇的村民。村民只看当前利益,如果有出价高于黄谷仓的承租方出现,地自然就跑了。何阳没有了成规模的地,中试数据就会打折扣,郑子龙也就捞不到多少政治资本,他康民就还有出头之日。

一番逻辑推理得出的结论,让康民自信心倍增。他立刻拿起手机寻找逻辑立论的大前提。功夫不负有心人,终于找到南方一个想在黄土地上种玫瑰花的老板。说好了每亩地五百五十元,用三年,外加用工地主优先。一切谈好后,他把满仓叫到家里,兄弟俩人一番推杯换盏后,商量了实施方案,分头行动。

(四)

一觉醒来,何阳的第六感告诉她,地的事情有点儿说不出的蹊跷。她来不及和贾明等人商量,直接找到景昆爷,答应今冬先让他插种一季冬小麦,明年根据情况再定。景昆爷没想到何阳真会答应他这个牵强的附加条件,喜出望外。立刻与黄谷仓签订了三十亩地的土地租赁合同,租期三年,年租金加管理费六百元。承诺绝不反悔,若违约,惩罚违约方双倍违约金。

景昆爷顾不上照顾儿子康民的心思,把地租给了何阳。他有他的老算盘,康民就是说破天,他也不相信外地人比何阳这个他看着长大的知根知底的村里娃靠得住。从何阳家出来,一想到自己三年的收入已板上钉钉,景昆爷两手一背,眼睛一眯,摇头晃脑,情不自禁地哼起了秦腔。大黄似乎懂得主人的心思,紧紧地跟在景昆爷屁股后面,尾巴随秦腔腔调的起伏,欢快地摇摆。

路过大队部,景昆爷看见门口围了一堆人,他凑过去一打看,原来是侠娃又在嚼舌根。只见侠娃边纳鞋底边撇着嘴,唾沫星子横飞:"你们不知道吧,明年南方要来一个大老板,租咱们的地,一亩地的租金五百五,一天工钱八十元。"围观的婆姨们兴奋地议论着,奔走相告。

"你听谁说的,我咋不知道?"景昆爷挤进人堆,气哼哼地问侠娃。侠娃没好气地怼道:"景昆爷,亏你还是满仓他大,这么大的新闻满仓没告诉你?"景昆爷一听,满脸的高兴劲儿一下子打了一层霜。他知道这事与康民有关,二话没说,掉头就走,一脚踢开了自家的大红门。

他把合同摔在康民面前,没好气地说:"我已经和何阳签合同了,三年下来咱拴柱的学费就没麻达咧,你捣啥鬼呢?你信你大一句话,外头的人靠不住!"康民没接他的话茬,递给他老人家一杯水,说:"你别操心了,喝水,压压火。"又把水烟给他点好,小心翼翼地在边上伺候着,只字不提南方老板的事。直到老爷子气消了,才离开村子回镇上忙他的计划去了。

郑子龙好说歹说总算给何阳保住了一百五十亩试验用地。没想到其中的五十亩直接毁约,没有理由。郑子龙第一次尝到了基层扶贫工作的不简单。他站在窗前,眉头紧锁,眺望着远方的山,人生第一次抽起了烟。他想起何阳常挂在嘴边的亚当·斯密的一句话:"一个好的经济制度就是鼓励每个人去创造财富的制度……在竞争中,个人的野心往往会促进公共利益。"

"制度安排最重要且必须先行!"他铆足了劲把烟头按灭在烟灰缸里对自己说。

何阳的红薯产业化中试刚刚开始,就遇到土地问题。这让郑子龙敏锐地觉察到,土地承包制度下的耕地分割现状与农产品产业化对土地集中需求间的矛盾,这已经上升为阻碍农村脱贫致富进一步推进的主要矛盾。

他拿起笔在工作日志里写道:"目前农村一家一户小农生产方式下生产的农产品,其个别成本已远远高于社会平均成本。这意味着农民生产得越多,赔得就越多,农户弃地进城皆源于此。如何在土地承包制度不变的前提下,给农户一个看得见利益的制度安排,推动土地集中和农业产业化,已经成为脱贫致富绕不开的难题。"写到这儿,郑子龙似乎从原理上找到了出路。但这条路从哪里下脚,还是云里雾里。

何阳的来电打断了他的思路。何阳兴奋地告诉他,景昆爷刚刚租给她三十亩地,解决了黄谷仓的燃眉之急。郑子龙听罢,嘴里应着,心里却怎么也高兴不起来。

景昆爷的三十亩地尽管拿得有点"噎",但黄谷仓订购的脱毒苗和碳基菌肥基本有了着落,五十亩违约风波造成的损失得到了一些弥补,何阳的心里还是感恩的。

明天就要起垄插苗了。何阳翻开《回乡记——种薯日记》,仔细研究着红薯研究所刘教授讲过的插苗的几个关键点。转身对贾明说:"贾明,一会儿王贵他们就回来了。你把三爷也请过来,咱们研究一下明天的工作。明天的工作很重要,成败在此一举。"贾明应声出门。何阳来到徐坤房间,见徐坤正在做标识牌,就说:"坤,一会儿要开碰头会,你做会议记录。明天由你负责插秧登记,并做好标识。"

徐坤把自己设计的标识牌拿给何阳看。何阳一看大喜,说:"真不愧是美院的学生,一个标识牌也搞得这么有艺术感。序号、姓名、年龄、性别、插秧方法、土质、斜度、深度、株数、日期等要素应有尽有,好样的。"徐坤听了老师的表扬心里很高兴,说:"谢谢老师,我去做标签了。"何阳又把他叫住,说:"你还要在你的《种植日记——田间管理》子目里做一张对应的平面图,记录红薯成长的全过程。这些数据是我们制定标准化种植与田间管理程序的依据。"徐坤答应着,心里琢磨着找黄鹂和雷志鹏一起,设计一张把所有实时数据都能载入的多功能田间动态管理流程表,纳入电脑随机管理。

三爷是黑山镇有名的种红薯把式。20世纪70年代的"北雷红"就是他亲手培育、种植、推广的。后来谁也没想到它能红遍半个中国。县上现用的红薯栽培标准化程序还是三爷他们当年起草的。此刻,何阳家的院里,黄谷仓的几个合伙人贾明、王贵、王川等正在品尝三爷从自家红薯窖里拿来的去年收储的红薯。"好吃,像毛栗子一样干、面、甜。"大伙不约而同地夸赞着。

"味道还好,就是块头大,还有筋。"三爷看着大家,意味深长地说:"那个年代种红薯主要是为了饱腹。个儿大、产量高、淀粉含量高最重要。现在城里人追求绿色营养,原先的这一套跟不上城里人的胃口了。"何阳听罢,说:"三爷,咱们黄谷仓就是为培育出洽川红薯新生代而诞生的。换句话说,试点红薯产业供给侧改革,引领红薯消费新时尚,让饱腹薯变成功能薯,就是咱黄谷仓的使命。"话音刚落,一阵有力的掌声从门厅传来。"说得真好,让我们也听听。"原来是郑子龙带着县农机局的同志来上门服务了。

"你们来得正好,大家一起来商定一下。这几个月我和王贵研究了大量国内外数据,走访了和红薯种植有关的各路专家,结合洽川的具体情况,初步拟定了黄谷仓以自然农法为守则的新生代红薯种植方案是五无种植法,即无农药、无化肥、无毒苗、无转基因、无化学添加。取而代之的是中药驱虫剂、腐殖基菌肥、脱毒苗、木屑地膜、饮用水滴管。这些投入要素有三项国家发明专利,种植成本倍增,但红薯的高品质、高附加值可期。"何阳一席话像热油锅里溅了一滴水,大家的思路"蹦"的一下被炸开。议论声、赞叹声、笑声此起彼伏。

王贵在合声的簇拥下站起身,两只手向下挥着说:"各位同仁,各位同仁,我再补充一点。据我和食品学院多学科专家预测,如果老天爷配合得好,我们黄谷仓自然农法的新生代五无红薯,应该是一个集多种营养成分于一身的天然维生素薯宝。我琢磨了好几天,给它起了个富含历史、文化基因的名字叫'莘国红'。洽川古称莘国,'莘国'代表地域和文化,一听莘国就会联想到诗经;'红'即代表传承,又是本色与期许。大家觉得怎么样?"王贵说罢眯起小眼睛,用眼角的余光得意地环扫了一下四周,观察大家的反应。大家先是一脸懵懂,眼睛瞪圆了看着王贵。突然,暴风雨般的掌声响起,王贵被几个小伙子抬了起来,"莘国红、莘国红……"欢呼声一浪高过一浪。

何阳趁热打铁说:"我觉得这个名字很有内涵,趁黄谷仓的股东都在,现在我宣布:黄谷仓红薯的品牌名称就叫'莘国红',大家举手通过。"所有在场的人,无一例外举起了双手。

一阵狂热后,郑子龙对三爷和农机局的同志说:"我们虽然不是股东,但我们是洽川人,我们由衷地为'莘国红'的诞生高兴。"何阳插话说:"'莘国红'要红起来,众人拾柴才能火焰高,来这里的每个人都责无旁贷啊。""瞧这丫头嘴利的!"三爷笑着替郑子龙解围道。

这时,王贵和侠娃端着两盘刚出锅的红薯进了屋,王贵放下盘子介绍说:"这是我从学院实验室带来的日本、美国、越南、西班牙的红薯品种,大家尝尝。"

三爷尝了几个外国品种,感慨地说:"种了一辈子红薯,第一次听到这里面有这么多学问,难怪这些年洽川红薯名气小了,看来老一套真的跟不上形势了。"何阳说:"三爷,老经验是个宝,高科技手段和方法只有适合咱们洽川的水土、气候、人文才能生根发芽,您老一定要帮我们把理想落地。"不等三爷开口,何阳已举起右手不带喘气地说:"我提议,聘请三爷为黄谷仓公司农技总监。同意的举手。"股东们一阵掌声,全票通过。

三爷笑得那么开心,脸上的皱纹像盛开的菊花花瓣儿一样敞亮、舒展。

何阳转而对郑子龙说:"书记,我们的工作会开完了,现在听你指示。"郑子龙说:"没想到这么短时间你们做了这么多工作,堪比深圳效率。我没什么说的,今天农机局的同志来了,我建议,咱们直接去地里看看,安排一下明天的具体工作,现场办公,如何?"何阳喜出望外,向郑子龙做了一个举手礼,学着电影里的腔调,调皮地说:"遵令,出发!"郑子龙把手一挥说:"好,向北坡出发。"

(五)

康民的办公室今天格外热闹,有检查精准扶贫的工作组,有北京、广东的投资商,还有何家村开矿征地后的农民告状团。康民左躲右藏,声东击西,总算把工作组的检查应付完,把告状的村民安排给副镇长和律师处理,自己专心接待投资商。

广东的陈阿楠老板一直在做玫瑰精油出口生意。这些年南方的地价和人工费涨得厉害,他不得不重新选择种植基地。他调研了很久,最后聚焦在贫困的洽川县黑山镇。黑山镇濒临黄河西岸,气候干燥,土质松软,土层深厚,劳动力成本低。除酸碱度略偏碱性外,几乎无可挑剔。他想今年就在黑山镇种五万亩玫瑰,以后视订单情况增减。他与康民镇长在电话里已经谈得差不多了,这次是来实地考察定板的。康民把何满仓叫来介绍给陈老板。他拍着满仓的肩膀对陈老板说:"我们镇最适合种玫瑰的地在何家村,我把何满仓村主任给你请来了,让他带你先去看看地,其他的事回头再谈。"看着满仓带着陈阿楠出了大门,康民这才松了一口气。

康民快步走进自己的办公室,转身关上门,似乎要把一切嘈杂和烦恼都关到门外。他放下紧绷的社交面具,瘫坐在铺满文件的办公桌前。闭上眼睛,长长地叹了一口气。这一刻,他感到浑身上下的筋骨从未有过的舒展。屋里很静,静得能听见电脑的电流声。窗外的柳树梢上,一只喜鹊对着他喳喳地叫着,那么悦耳,那么应心。康民打开窗户,静神凝视着这只为他报喜的喜鹊,心中默默地祷告着,期盼着。陈阿楠的到来让他看见了一线曙光。

这时有人敲门,康民赶忙开门。来者是北京的戴红镭戴大老板。"何镇长,可算见到你了,你真忙!"戴红镭握住康民的手说。"戴总开玩笑,哪有你忙呀,全世界跑,快坐快坐。"

戴红镭是山东人,40多岁,人高马大,是典型的山东大汉。1995年从美国斯坦福大学商学院MBA毕业后,结婚生子。1999年到2001年戴红镭受聘到国际知名投资银行美国摩根士丹力国际金融服务公司总部工作。2001年"9·11"事件后,戴红镭为了孩子回国,就职于中国畜牧土特产进出口总公司,做了十几年农副产品出口贸易。自从2007年世界卫生组织把红薯列入13种最佳蔬菜后,因为中国是世界最大的红薯生产国,他的业务量也随之倍增,但由于他出口的红薯缺少高端精品,所以附加值并不高。

戴红镭出生在山东威海,从小吃烟薯长大。这些年的业务重点在山东。2013年10月,他参加了杨凌农博会,第一次被"洽川红"的美誉和美味吸引。他也是在这次博览会上认识何康民的。去年康民给他介绍了何黑娃,他从何黑娃手里进了两批红薯,因为品相和品质不达标,出口大单业务因此没有进展。

"何镇长,去年从何黑娃那里买了两批'北雷红',品质不稳定。今年我想按出口要求直接和农户签订委托生产协议,锁定一批高品质的'北雷红'品牌红薯。想请你帮我选几家信誉好的农户。"康民一听又喜又怕,他给戴红镭递上一杯茶,说:"没麻达,告诉你一个好消息,今年我们镇已经试种了新一代脱毒种苗,品质上乘,正准备大力推广呢,我必须帮你,咱们目标一致。你给我两天时间,我安排好就给你回话。你第一次来洽川,趁这两天等消息的时间,我让司机和黑娃陪着你,先看看我们洽川的金水沟、处女泉、黄河湿地、福山等风景名胜点。再去坊镇尝尝咱中国最古老的方便面——踅面。晚上在县剧院,欣赏一下古老的、洽川独有的木偶线腔戏。等你把洽川的这些宝贝看完了,直接来找我。你看咋样?"

戴红镭还真没有来过这沟壑纵横却文化积淀深厚的黄土高坡。"关关雎鸠,在河之洲,窈窕淑女,君子好逑。"戴红镭兴奋地吟着《关雎》里这句几乎家喻户晓的名言说,"太好了,探究《诗经》的故乡,也是我一直的梦想。实话实说,我选你们洽川的红薯不仅是考虑它的品誉,更多的是这片古老的诗经诞生之地赋予它的文化内涵。"

送走戴红镭,康民陷入激烈的内心矛盾挣扎之中。如果没有郑子龙,何阳的黄谷仓自然农法健康营养薯,正是戴红镭寻找的标的。他俩一联手,洽川红薯走向世界指日可待,脱贫致富的政治任务也将超目标完成,他的升职那还不是板上钉钉?可是,现在有郑子龙,这一切政绩都是他的。"不,一定要想方设法阻止戴红镭和何阳见面!"康民在心里对自己说,他后怕自己刚才说漏了嘴。

康民回到县城自己家,安排雪儿做了几个菜,他要在家里请陈阿楠吃饭。

雪儿是王婶的独生女,从小和康民一起长大。她比康民大3岁,从小体弱多病。25岁时嫁给了后沟村一个比她大10岁的男人,因为不生娃,过了3年挨打受气的日子,实在受不了了,跑回娘家。康民那年25岁,已经是公社干部,他一直把雪儿挂在心上。一听雪儿受折磨,他拉着雪儿找到那男人说:"这是我姐,要过就好好过,不过就离婚,你若再敢动她一根手指头,看我咋收拾你!"事后不到两年,雪儿离婚了。在农村不生娃的女人命运是很惨的,但雪儿除外。康民没忘王婶对他的抚养之恩,他拒绝了所有的追求者,不顾一切娶了30岁的雪儿。他常说:"雪儿是我老婆,也是我妈,我不能没有她。"

康民是基层干部,雪儿的户口还在何家村。康民的工资常常抵不了雪儿的药费。村上的几亩自留地和承包地成了康民一家的主要经济来源。日子紧巴,但夫妻俩把日子过得恩爱、温暖。加上景昆爷的细发和精明,光景在村上属于比上不足比下有余那种。说也奇怪,一直不生育的雪儿41岁时竟为康民生了个大胖小子,就是拴柱。这一下,景昆爷的腰挺得更直了,康民也乐得合不上嘴。村上人说:"这真的是善有善报。"

满仓按照康民的指示,带着陈阿楠从北坡考察回来后直接去了康民家。

(六)

今天通往北坡的路分外热闹,天刚蒙蒙亮,何家村看热闹的老老少少像赶集一样往北坡涌去。站在北坡地头远远地望去,一条红艳艳的条幅映入眼帘,条幅上书"黄谷仓红薯中试试验田启动仪式"。

条幅的一头,何阳和三爷正在和特意请来的中药驱虫剂发明人郑浩教授,研究插苗前给脱毒苗的根部用中药驱虫剂挂浆的方法;另一头,王川配合脱毒苗的育种专家朱教授,给准备插苗的村民示范苗子的正确插法、程序和注意事项。地里,徐坤和黄鹏跟着起垄机测量垄高,然后把早已制作好的田间管理信息标签挨个插在每一垄的地头。

何阳MBA总裁班学生韩飞的农业技术公司在植物工厂智能种植方面有80多项国家发明专利和实用新型专利。该公司也是此次黄谷仓红薯产业化中试的技术合作伙伴,在自动化、智能化、数字化管理中将扮演重要角色。韩飞把专业工具车直接开上了北坡,在雷志鹏和何满仓的协助下,在130亩试验田里布局信息采集点、植保及环境监控系统,铺设自动滴水设施。

村民们对新事物有难以抵挡的好奇心,像看社火似的挤在地头指指点点、窃窃私语。孩子和狗在地里撒欢、打闹。景昆爷也在人群中,戴着标配的祖传石头镜,背着手,把烟袋往腰里一别,表面若无其事,心里在犯嘀咕。脖子伸得长长的,透过人群看着他的地。只见地里各种颜色的管子和数据线整齐排列。种了一辈子庄稼,没见过这阵势。他担心何阳答应他的冬小麦还能种不。

郑子龙和康民带着县水利局的工程师来了。何阳急忙迎上去:"欢迎指导工作。"郑子龙笑着说:"黄谷仓的红薯产业化中试,也是我们今年关注的大事。做好服务是我们的职责,不必客气。"转身介绍从水利局请来的党工程师。"党工是专程来给你们解决滴水灌溉的水源问题的。"康民递给党工一根烟,一边打着打火机为党工点着烟,一边对何阳说着话。

何阳喊来韩飞带着党工连接水源,又拉着俩人见过几位正在忙碌的专家。

人都到齐了,何阳望了一眼地平线,太阳刚刚升起。

何阳宣布:"黄谷仓红薯产业公司何家村产业化中试试验田今天

正式启动!"

黄谷仓的合伙人手持工具,在条幅前等距一字排开。专家们及三爷站在前排,学生和请来的农工站后排。侠娃也站在农工中,一脸好奇地左顾右盼着。这么多年了,女人的第六感告诉她,从此以后,她就是有组织的人了,心里窃喜。

看热闹的村民围了一圈。景昆爷的大黄带来了几个伙伴,似担任警戒任务,围着会场来回地叫着,跑着,撒着欢。

简单的仪式后,郑子龙、何阳、贾明、王川等在鞭炮声和音乐组成的背景音中,每人都说了几句发自肺腑、实实在在的话。像是在对自己,更像是在对这片沧桑的黄土地。

地头会场的另一边,康民眉头紧锁,手里握着一把铁锹,铆足了力气和着挂浆泥,汗水顺着脖子往下掉。满仓帮着加水、添土,时不时怯怯地瞟一眼康民。

太阳就要落山了,还有一半苗子没插,三爷急得直挠头。这些年,村上的年轻人几乎都出去打工了,翻出金水沟成了这代年轻人的时尚。村上留下的多是老人和小孩,五六十岁的都要算是壮劳力。掰着指头数,满共也凑不够30人。地头的苗子直打蔫,三爷用喷壶洒上水,上面还蒙了一层湿布。三爷向在地里忙活的何阳招招手,何阳满头大汗地跑到三爷跟前问:"三爷,咋了?""娃,这苗子等不到明天了,必须连夜干!最晚在明天日头红之前插完,再晚苗子就没劲了。"何阳一听,不假思索地说:"好,连夜插苗。我让贾总搞点饭,把饭送到地头,再给农工每人加一天半工钱。咱们接着干。"

何阳把大家叫到一起,简单说明情况后进行了分工。为了鼓舞士气,徐坤和黄鹂在地头放着《垄上行》《社员都是向阳花》,外加感染力极强的《你鼓舞了我》。田里的气氛就着歌声一浪高似一浪。

"这么热闹啊！三爷，给你们添几个劳力。"郑子龙对着现场指挥官三爷喊道。

镇上刚开完会，郑子龙就把所有在镇上的干部都带来了。三爷高兴地从地里跑出来，紧紧握住郑子龙的手说："郑书记，你们来得太及时了，正愁人手不够呢！"郑子龙说："这是咱们自己的事，是我们应该做的。"接着又转身对大伙说："康民和贾总为大家化缘去了，一会儿就回来了。"郑子龙说着已俯下身子挽好了裤腿，从三爷手里接过挂了浆的苗子，猫着腰干起来。镇上的干部一个个学着书记，在三爷的指导下认真学着插苗。何阳在地的另一头，她听见了郑子龙的声音，微笑着向他招招手，心存感激。

那是一个难忘的夜晚。月亮长着圆圆的脸，高高地挂在天空。地头笼起了几堆篝火，贾明和康民不知从哪里为大家搞来煎饼卷土豆丝和红豆稀饭。几十个人围着篝火吃着，互相揭着短，推搡着，全然不知疲倦。

三爷吃罢饭，抹了抹嘴，站起来给大家说："难得月光下我们有幸一起坐在地头，很浪漫。剩下的活儿不多了，咱苗子多地少，余下的地一个坑插两个小薯苗，苗距不变。"

说罢一搂裤腿坐在地头，从左边裤兜里摸出半小瓶白酒一饮而尽，又从右边裤兜里摸出一个口琴，动情地吹起《花儿为什么这样红》。那琴声如歌如泣，空气顿时凝固，所有人都屏住呼吸，像木头人一样傻傻地听着，生怕错过一个音符。琴声停止了，每个人的心依然惯性地留在歌声里。好一阵寂静后，突然响起了掌声："让三爷再来一个，要不要？""要！要！"大家几乎跳了起来，大声疾呼着。三爷站起来说："好，再给大家吹一首《罗萨舍酒庄》。这是一首意大利博洛尼亚地区风格的圆舞曲，年轻人可以跳起来。"

琴声一起,那美妙而富有节奏感的旋律,在月色中轻摇曼舞,摄人心魄。郑子龙走到何阳面前,仰着脸看着月亮说:"何教授,据说月色会让人的心灵起舞,如果再加上音乐呢?"何阳会意地笑笑说:"岂能辜负!"俩人顺势起舞,恰似一幅移动的圆舞油画画面。几个年轻人手拉手,围着篝火踏着舞步。郑子龙挽着何阳跳着,看着满身满脸都是泥的何阳,微笑中藏着隐隐的疼。

　　月亮悄悄地躲到了云彩的背后,只露了半个脸。风儿把乐符撒向田野,刚刚躺进土地怀抱的"莘国红"小薯苗,似乎也被这优美的琴声抚慰着,迎着月光摇曳着身姿微笑。

第四章 人性绕不开的那些事

恨人有笑人无,是千古不变的故事。

——作者

(一)

黑山镇镇政府会议室里,镇党委和镇政府正在开联席会,各村村主任列席,讨论两项关乎脱贫攻坚、创建红薯镇的重要议题。一、将"莘国红"作为黑山镇的主推红薯品牌,为其发展保驾护航;二、探讨在现行农村土地承包制前提下,农业产业化用地与土地割据的矛盾与对策。

郑子龙主持会议并作了主题发言。他说:

"经过一年多的走村串户调查和国内外大数据对比,我认为,在现有条件下,只有产业化才是黑山镇农业高速发展、农民脱贫致富的唯一有效途径。黑山镇的昨天,我们的'北雷红'曾经红遍半个中国;黑山镇的今天,我们有国家颁布的红薯地标,有黄谷仓创建的'莘国红'。红薯因此成为黑山镇农业产业当之无愧的抓手。

"目前横在我们面前最大的难题就是土地。我大胆设想一下,在现有农村土地承包制度不变的前提下,我们可以试点耕地所有权与经营权规模化分离新模式,撬开千百年来农民对土地的直接依附关系及由此带来的耕地割据局面,从而跳出小农经济陷阱,解放生产力,为'莘国红'的产业化发展打开广阔的制度空间。再通过制度优势去吸引资本和技术,到时候'莘国红'想不红都不可能!"

郑子龙顿了下,接着说:

"我草拟了一个《黑山镇红薯产业化发展方案》的提案,其中涉及以村为单位的耕地转让和证券化方案,可从何家村先行先试。抛砖引玉,大家讨论。"

一石激起千层浪。郑子龙到黑山镇已经两年多了,很少在会上发表个人意见。今天拿出的意见,在黑山镇历史上是绝无仅有开天辟地的。他深入浅出,像剥笋似的耐心细致,层层递进,逻辑严密,无懈可击。

会场气氛民主、热烈。大家先是提出各种疑问,弄明白后,竞相发言。多数人打心眼里赞成提案,认为这才是黑山镇扬眉吐气的大好事。也有人对耕地规模化分离转让及证券化的可操作性感到担忧,认为农民和土地的关系碰不得,弄不好会出大事。

何康民没想到郑子龙走了这么一步棋,剑走偏锋,出奇制胜。他一下子没了主意,不赞成,找不出合适的理由,赞成吧,又不甘心。轮到他表态了,他低着头使劲吸了几口烟,说:"郑书记真不愧是部里来的,思想就是超前。我只知道农村土地承包法本身就允许经营权流转,这不需要试点,也谈不上是突破。至于规模化流转,我倒是第一次听说,需要好好学学才能领会。"

郑子龙听出了康民的画外音,也对这次会议的结果提前有过预估,但康民不置可否的态度出乎他的预料。

郑子龙用坚定的、充满自信和鼓励的目光,扫视了一下大家不知所措的表情,笑着说:"康民镇长说得对,土地承包法中对农村土地的两权分离及经营权转让,早已有了详细和明确的规定。但对于农业产业化而言,没有长期稳定的、可供大型机械操作的规模化土地作基础,产业化就是就是一句空话。我把它叫'规模化流转',是因为它有别于既往的土地流转概念,涉及千家万户,又要求步调一致,没有现成经验,不试点是万万不行的。大家回去后再好好琢磨琢磨,这些天我就住在这里,随时等候听取大家的意见。"

一席话把大家的心点亮了。村主任们七嘴八舌地议论开了:"是啊,这些年来承包地的客商来了不少,没有一个干出名堂的。不是农民毁约,就是客户逃之夭夭。""郑书记说得对,小打小闹成不了气候。"……

散会后,康民没回家,直接去了何满仓家。满仓也刚进屋,正端着老碗吃犒面,一看康民一脸阴沉的样子,急忙让进上房招呼他坐下,转身吆喊媳妇给康民下面。康民说:"我不吃,你吃完饭到我家来,有要事!"说完,甩头就走。满仓点头应着,送康民出了门,返身回屋和端着一大老碗面的媳妇撞了个正着。"没长眼,烫死我了!"满仓没好气地冲着媳妇喊道。媳妇知道闯祸了,忙用另一只手给他扒拉衣服上的油汤,心里恶口康民:"羞先人呢,一有坏事就想起我家满仓了!"

景昆爷家的大院里静悄悄的,景昆爷带着大黄去大队部看下棋了。家里的大公鸡带着几只芦花母鸡在院里闲庭信步、嬉戏玩耍。

康民的屋里黑漆漆的,只能看见烟头的小火圈在烟雾中忽明忽暗。康民凝视着窗子上喜笑颜开的童子窗花,试着咧咧嘴让自己轻松一下,但脸上的肌肉僵硬得不听使唤,嘴怎么都咧不开。他一直是一个实干家,这次他要违背自己的良心一次。他反复说服自己,又一次次推翻。他心里明白郑子龙的方案对彻底改变黑山镇的穷面貌是一剂良药,但对于他康民的仕途就是一步死棋。"无毒不丈夫!"他狠狠地把烟头按在地上,用脚拧了几下。

满仓来了,他起身打开房门,亲切地拉满仓在院台上坐下,强装轻松地拉着家常。直等满仓把话题拉到陈阿楠的玫瑰花时,他才顺水推舟地说:"这可是咱们何家村老乡当下最直接的福音。你抽时间摸摸底,把能出租的地统计一下。尽快与陈老板签合同,要趁热打铁。另外还可以多联系几个村,带动大家一起致富。陈老板的生意做得大,你手里地越多,越好要价。"满仓一听,恍然大悟,说:"康民哥,你说得太对了。陈老板上次考察时的确嫌咱村地少,我立马去联系周围几个要好的村主任,多弄些地,争取给大家讨个好价。"满仓正要往外走,突然转过身对康民说:"康民哥,咱做这事和今天的会议精神好像不太铆?""所以要先下手嘛,快去!"康民不耐烦地挥挥手催满仓说。

目送着满仓远去的身影,康民长长地出了口气。

(二)

插完苗子已经一周了,今天是周末,伍军要带着晓非来何家村看何阳,顺便去洽川中学把晓非下学期上学的事定下来。

一大早何阳带着几个学生跟着三爷上了北坡,去看红薯苗的长势。小苗齐刷刷昂起了头,在朝阳的照耀下泛着朦胧的绿光。"你的脱毒苗移栽成功咧!"三爷高兴地指着小苗对何阳说。何阳蹲在垄间仔细地看,小苗的根扎得牢牢的,一改插苗那天的蔫样,小脑袋挺拔、苗壮。

学生们围着三爷问起了口琴的故事，他们很好奇，三爷的口琴怎么吹得那么好。三爷看看何阳说："今儿高兴，也没外人，我给你们师徒讲讲口琴的故事。这还要从我的出身说起。走，坐到柿子树下凉快。"

大家围着三爷坐好，三爷点着一根烟，眯着眼睛讲起往事：

"我的父亲土改时成分被定为富农，属四类分子，在当时就是阶级敌人，没有公民权。1960年父亲去世，四类分子的帽子按政策由我继承。那年我才20岁，看不见希望，心里总是阴沉沉的。每天干农活，面朝黄土背朝天，队上最苦最累的没人干的活都是我的。那会儿年轻，身上不觉得累，就是心累。小时候读过几年私塾，解放后读过高中，算是肚里有点墨水。总是不甘心，不甘心自己碌碌无为，但又无力回天。

"直到23岁那年夏天，我在北坡割麦子，割完打捆，再一捆一捆往地头背。顶着烈日，干了大半晌，又累又渴头昏脑胀，感觉自己一步也挪不动了。这时不知从哪儿传来一阵阵美妙的琴声，我像失了魂儿似的杵在那里，完全忘记了自己的背上还背着两捆麦子。片刻之间，我就像打了一针强心剂，不累了，也不渴了。浑身上下被一种莫名其妙的兴奋感包裹着，比化学反应还灵验。"

说到这儿，三爷用手指着路东的一片地，说："就是那块地。"

顺着三爷手指的方向望去，那片地足有十个篮球场那么大，地畔上散落着几棵枝干舒展、绿叶茂密的柿子树。

"后来呢？"大家急切地问道。

三爷满脸幸福地说："我放下麦子，像兔子一样连跑带跳直奔琴声飞来的地方。只见几个城里来的知青，正在柿子树下休息。其中一位戴副眼镜,躺在树下吹着一个像长梳子一样的乐器。我顾不上羞涩,直接走到眼镜先生跟前,问道:'同志,这是什么乐器,这么好听?'他停下来,惊讶地看着我,说:'是口琴。''我能看一下吗?'我不知从哪里来的勇气,壮着胆子问道。他犹豫了一下,还是把口琴递给了我。我用双手虔诚地接过口琴,仔细地翻来覆去地看了几遍,把每一个细节都刻在了心里。最后含着感激之心,依依不舍地把口琴还了回去。从那时起,口琴铸在了我的心里。孤独、失落、沉闷的心情从此再也没找过我。"

"太传奇了!"黄鹂跳起来叫道。徐坤着急地绕到三爷前面问道:"然后呢?"

"然后我就开始一毛一毛地攒钱。一有空,就到县城旧货市场找口琴。到现在我都清楚地记得,那是1969年10月28日,我终于如愿以偿地买到了口琴。人家要5元,我刚好攒了5元8角。剩下的8毛钱,我又在旧书摊买了本学口琴的书。从此,口琴成了我形影不离的伙伴。口琴声为我招来了媳妇,添了儿子。"

说到儿子,三爷原本笑容灿烂的脸突然抽搐了几下,痛苦地低下了头。学生们一时不知所措地看着何阳。

何阳起身,坐到三爷身边轻声说:"都过去了,一切都会好的。"三爷抬起头,抹了一把眼泪,拿出他心爱的口琴,吹起了毛阿敏的《思念》。那琴声如泣如诉,在座的每一位都被深深感动。

一辆越野车自远处向北坡开来,何阳认出是伍军的车。她给三爷说:"伍军带着晓非来了,想让孩子体验一下农村生活。"三爷说:"好啊,你去吧,学生们我关照。晚饭到我家,咱们一起吃红薯饸饹。"何阳抿着嘴点点头走了。

三爷看着何阳远去的身影,若有所思地摇摇头,说:"城里什么都好,就是楼太高。我到省城就担心,觉得省城的土地爷真累。"同学们听了三爷的话,又乐又惭愧。整天在那么多高楼大厦中穿来穿去,乐在其中,怎么就从来没替土地爷想想呢?

何阳顺着北坡往下跑,挥着手里的帽子喊:"伍军,我在这里。"伍军把车停在路边,晓非跳下车,像脱缰的小马驹向何阳飞奔而去。

(三)

郑子龙回到县城父亲留下的老房子度周末。自从2014年初请缨回乡,这里就是他的家。县政府给他分了一套临时住房,他不要。他不想因为自己给家乡添一点负担。平时他就住在镇办公室,每到周末他都会回县城取下一周用的东西,但最重要的是每周末要为盲人学校的孩子们做一场电影解说。

房子是父亲留下的,20世纪70年代盖的,红砖墙,预制水泥板做顶,80年代末又加固过,属老公房。房子面积不大,50多平方米,一室一厅,对于郑子龙来说足够了。

他简单收拾了一下,房子就焕然一新。客厅有一张老式书桌,桌上摆着一盆造型考究的文竹盆景。除此之外,还有一把藤椅,一个三人沙发。两个书柜是他这次回来新添置的,书柜里的书摆得满满的,全是他从北京打包运来的。书是他的伙伴,走到哪里就带到哪里,须臾不可或缺。郑子龙与书的关系应了毛姆的那句话:"养成读书的习惯,就如同给自己建造了一座逃避人生几乎所有不幸的避难所。"

此刻,家里的音响反复播放着《音乐之声》的主题曲《雪绒花》。今天是周六,每到周六他都要为盲人学校的孩子们解说电影。今晚讲的是罗伯特·怀特执导的著名电影《音乐之声》。郑子龙斜靠在沙发上,翻着几本书,查找一些电影的背景资料。他喜欢这部电影的内涵:做自己,而不是别人眼里的你。他希望通过解说,让孩子们乐观积极地面对自己,做自己内心真正愿意做的事。

人性有个弱点:恨人有,笑人无。在外人眼里,郑子龙不正常。正常男人哪有不娶老婆的?正常人都往高处走,哪有往低处流的?在农村,在至今还为生存而披星戴月奔波的乡亲们看来,郑子龙才是可怜的,需要同情和帮助的。与此同时,郑子龙身上的光环,也让竞争者心生羡慕、嫉妒,甚至恨。

抖掉身上与生俱来的那些琐事,多数人的灵魂一贫如洗,只剩下炫耀与动物等肩的那些事。造物主给人赋予了灵魂,又按灵魂贫瘠、丰盈把人分为平庸与高贵。郑子龙崇尚的是后者。他从小喜欢读书,尤其是文学社科类的书。只要能搞到一本书,无论是打了卷的、磨掉皮的,还是撕掉了一半没头没尾的,他都去读。边读边记心得。久而久之,书为他铺了一条路,一条通往梦想的路。一钻进书里,郑子龙就什么都忘了。

那个年代,贫困让绝大多数少年的成长局限于为生存而奋斗的眼界里,平淡无奇、平庸琐碎。只有不甘平庸的人才能从身边、从书里看到灵魂发出的高贵的光。书很少,又远离功利,最后,灵魂只能独行。

在那个红色的年代,作为军人的孩子,郑子龙有许多同龄人羡慕的优势,那就是父亲退给他的军装、军帽、军鞋等,甚至军用水壶和背包带都是炙手可热的奢侈品。郑子龙就用这些东西做抵押和家里有书的同学换书看,书看完再把东西换回来。用这种方式他读了《钢铁是怎样炼成的》《安娜·卡列尼娜》《战争与和平》及《暴风骤雨》《红旗谱》《红楼梦》《三国演义》《东周列国志》《创业史》和巴金的"激流三部曲",还有零零散散收集到的契诃夫短篇小说、鲁迅杂文等。

郑子龙15岁进了洽川中学,正赶上学校图书馆刚刚恢复,虽藏书有限,但对一直靠东拼西凑找书看的郑子龙来说,也是久旱逢甘霖,如鱼得水。他读了恩格斯的《家庭、私有制与国家起源》、达尔文的《物种起源》、亚当·斯密的《国富论》、马克思的《资本论》、雨果的《悲惨世界》、肖洛霍夫的《静静的顿河》等上百部世界名著,对他的人生观、价值观、世界观的形成产生了很大影响。

他发现了自己思想的变化,每次从图书馆走出来都有一种愉悦的生命充实感。他如饥似渴地吸吮着书中的营养,除了上课,他几乎泡在书堆里。

打棒球是他唯一舍得放下书的时刻。棒球让他遇见了何阳,那个让他第一次心动就永远住进心里的女孩。他坐在书桌前,下意识地拉开那个藏着秘密的抽屉,里面全是与何阳有关的东西。何阳发表的文章、著的书、出镜的电视影像、讲课的照片。还有那只何阳摸过的棒球,他一直带在身边,思念的时候就拿出来看看。他深信,何阳就是他生命中与他灵魂相互呼应的那个人。

上大学时他到何阳的学校找过她,他看见何阳正和几个男同学在讨论问题,他就远远地看着,没敢走近。再后来何阳就上博士了,结婚了,上电视了,出国了,他越来越赶不上何阳的步伐。他就把这份爱深深地埋在心里。他相信毛姆的那句话:最持久的爱情是永远得不到回报的爱情。他只要爱,不要回报。他心甘情愿这样爱着。

盲人学校的电影厅不大,只能坐一百来人。同学们在老师陪伴下早早来占位子,连走廊都放着各式各样的板凳。郑子龙刚坐下,一个老师模样的女孩向他走来。"我叫何月,是今晚女主角玛丽亚的解说员,很高兴认识你。"何月如一阵风刮来,坐在郑子龙旁边,看着他,介绍着自己。

郑子龙连忙站起身,说:"幸会。我叫郑子龙,担任冯·特拉普上校的解说。"俩人说罢,立刻进入主题,就电影中一些衔接点的处理对接了一下。

电影结束了,孩子们依然不想离开。《音乐之声》的主题曲鼓舞着孩子们,在他们的心灵里点燃了希望之光。郑子龙和何月帮老师送走最后一个孩子,相互道别。临走前,何月加了郑子龙的微信,调皮地说:"上校,再见!"那神态活脱脱一个小何阳。郑子龙猜想这个何月难道就是何阳哪位特立独行的妹妹,和照片上的模样很像,她怎么会在洽川,没听何阳提起。

(四)

眼看就到九月中旬了,黑山镇遭遇了百年不遇的大旱,50多天没下一滴雨。庄稼旱得叶子打卷,地皮龟裂。镇政府组织抗旱救灾。郑子龙和康民没日没夜地轮流在各村抗旱一线办公。黄灌区全面开闸引水、灌溉。何家村不在灌区,村上租来水罐车为大家运水,各家各户的马、牛、驴车一起出动,男女老少也都前呼后拥、各显其能,抬的抬,担的担。一幅抗旱保丰收的战斗画面。

何阳这学期有课。她知道何家村干旱的消息,庆幸韩飞为黄谷仓的试验田安装了滴灌系统,想着忙完学校的事再回乡。这天早上刚起床,何阳接到贾明的电话说滴灌断了,无法正常灌溉。何阳叫上韩飞和王川,带上工具,开车往何家村赶。

一路上,王川把他最近调研的红薯市场的情况详细说了一下,得出结论:本土高端红薯供给基本是空白。何阳听后,异常兴奋。王川是专司高端特色农产品风投的专业人士,他的分析很有说服力。

韩飞握着方向盘，两眼盯着没有人烟和车影的高速路，说："老师放心，咱们黄谷仓的红薯从整地到插苗，再从各种投入要素到成品薯开挖，全过程都可溯源，全过程都很纯粹、美好。这样的红薯简直就是完美的艺术品，我都不舍得吃！"何阳拍了一下韩飞的肩膀笑着说："这话得别人说才对，先好好开车。"

黄谷仓的田间管理有一套严格的操作程序。平日里由三爷根据程序结合红薯长势安排临时劳力，完成除草、施肥、浇水等项事宜。

从景昆爷那租的30亩地也由三爷负总责，景昆爷负责派劳执行。三爷每次给景昆爷提醒除草、浇水、施肥这些事时，景昆爷总是浑身不自在，要么仰脸看着天，要么低头看着地。偶尔躲不开碰上三爷的眼神，也会像触电似的迅速移开。三爷知道他脾气执拗倔强，对他的自负神气不往心里去。对于景昆爷而言，要不是为了给孙子攒上学的钱，他才懒得听三爷排布呢，人穷志不能短！

三爷和景昆爷祖祖辈辈都是何家村人，从小玩到大。开始是富农和贫农的关系，后来是反动派与革命者的关系。1979年三爷摘了四类分子的帽以后，他们变为平等的人民公社社员关系。论起俩人的日子，景昆爷有康民这个当镇长的儿子，精气神足点。三爷早年戴着四类分子帽子，又丢子丧妻，人间的苦难和混乱，几乎覆盖了他大半的人生岁月。

要说三爷有什么与众不同的地方，应该就是他的眼光，他选择了看见美好。他把注意力用在学习上，没事就读书写作。从他的眼神里你一点都看不出悲哀的影子，总是炯炯有神、自信满满。

凭着人缘好又能干，日子总算熬出了头。摘帽后，三爷更加发奋学习，自学写作。在《延河》杂志上先后发表了《口琴的故事》《沉重的父爱》等几篇自传体小说。

在三爷身上，人生的苦难和悲凉，成为他追求理想的内容载体和驱动力。人人都说人生苦短。当苦难成为你淬炼高尚灵魂的财富时，苦就变成了甜，这就是苦难的力量。

三爷的故事传遍十里八乡，何家村的村民们开始不敢相信这是真的。直到三爷的事迹在洽川县新闻中播出，平日冷清的三爷家一下子热闹起来时，往日瞧不起三爷的人，也开始用敬佩、羡慕的眼光追着三爷。灵性点的婆娘把娃带来，交给三爷教导，近水楼台先得月。

两位爷平日里少有交集，彼此知道他们不在一个频道。何阳的红薯把他们绑在了一起，不论愿意不愿意，他们只能揣摩着前行。

贾明最近很忙，他的电容器公司准备上市，各家中介机构把材料堆了一屋子，需要他一一定夺。而黄谷仓是他的理想，在黄谷仓他是执行董事兼财务主管，一有空他就驾车来地里看看，和三爷对接问题，结算费用。每月还要带着几个学生做薯苗的成长记录。今天一大早贾明就接到三爷电话，说滴灌系统出问题了。贾明放下电话就往红薯地赶，想一看究竟。

从插苗那天算起已有90天了，这是红薯成长的关键时期，急需水肥补充。此时滴管出事，对黄谷仓红薯无疑是致命的。贾明刚进地就看见三爷蹲在地头，手里握着一根断了的滴管在沉思。"三爷，您来得早。"贾明向三爷打了个招呼，蹲在三爷身边。

"你看这管子怎么回事，昨天早上我来时还好好的，今天一早就出麻达咧，一点水都没有？都怪我没管好。"三爷自责道。

贾明一看管子齐茬断了好几根，横七竖八乱放着，明显是人为破坏。他脑海里迅速判断了一下，对三爷说："三爷，这事不简单，咱俩先离开现场，等大家都到了再处理，何阳和韩总、王川已经在路上了。"

说着贾明立刻给康民镇长打电话,把地里发生的事详细地做了汇报。

身为食品学院营养专家的王贵负责黄谷仓红薯的品质。为了培育出营养丰富又口感上乘的保健功能薯,他把行军床搬到实验室,边研究边培育新品种,隔三岔五带着各路专家到田间地头观察实验效果,随时对地里的红薯生长元素进行微调。今天他也是一大早来到地里,准备取样检测,没想到在地里碰见了正为滴管的事急得团团转的三爷和贾明。

何阳一行马不停蹄,急火火地来到何家村,上了北坡。贾明、三爷和王贵都在地头焦急地等着他们。韩飞巡查了一圈回来,说:"老师,这管子不是爆裂的,是被人用刀割断的!"大家顺着韩非的指向看去,果然漏水的管子口是齐茬的,明显有人为破坏的痕迹。何阳看着打蔫的红薯秧、干裂的地皮和横七竖八的断头滴管,心乱如麻。韩飞二话不说,立刻要动手修复断开的管线。贾明赶忙拦住韩飞,说:"别急,何镇长已经安排公安的同志过来了,让他们先看看现场。"

康民接到贾明的电话,立刻带着镇派出所民警赶到北坡。民警观察了现场,又调出田间监控摄像,一个可疑的人影出现在屏幕上。但只有背影,看不清脸。民警把何阳叫到一边压低声音问道:"可以断定是人为破坏,你问问你们的人,在何家村有没有和什么人结过仇,或得罪过什么人,滴管上的指纹和地里的脚印被水浸得很模糊,不好辨认。我们会继续侦查,保持联系。"

送走了民警,何阳心里立刻浮现出小时候第一次回乡时她和父亲的一段对话:"到了村子,不要一个人乱跑,一定要跟着大人,要听话!"父亲用力握着她的手一脸严肃地说。"为什么呢?村里有坏蛋吗?"何阳仰着脸看着父亲,不解地问。"没有坏蛋。但是可能会有不友好的人。解放初镇压反革命,爸爸签的令,枪毙了几个罪恶累累的坏蛋。他们的后代有的不服气，可能会报复，要当心。"想到这里，何阳的后脊梁发凉。她思考了一下，又找贾明和王贵了解了一下他们插队时的情况。

王贵说："我插队时有一件事不知是不是和老乡结下了疙瘩。我来到何家村那年刚16岁，人瘦小，个子低。队长看着我直发愁，不知给我派啥活，挠了半天头，才想到让我去看场。场里晾晒着粮食。队长说：'王贵，你的任务就是负责把来场里偷食的猪、狗、鸡赶出去。'我傻傻地问队长：'那它们不走怎么办？'队长顺手拿了一把铁叉交给我，说：'你就拿它叉。'我到场里，果然碰到一头赶不走的小猪，我想起队长的话，一叉竟然戳死了小猪。这一下惹了大祸，小猪的主人拿着铁锹追着找我，要替小猪报仇，我躲在兰香婶家不敢露头。那天何川书记正好在县里开完会来看兰香婶。他听说这事后，坐在我面前拉着我的手，语重心长地对我说：'娃，你不知道，咱何家村老乡的日子苦，一只小猪就是一个家庭一年的希望。走，我带你去给人家认个错，再把这五十元赔给人家。'何书记说完，从怀里掏出五十元递给了我。陪着我去给老乡认错、赔钱，那家人当时很感动。"

王贵说到这，用愧疚的目光看着何阳，继续说道："这件事算有仇吗？"何阳笑笑说："你这不算，不算。我在想，这次何家村旱情这么严重，黄谷仓的红薯能自在地喝上水，自然会使人心生嫉妒，应该不是什么上纲上线的问题吧。"何阳遇事习惯了往好处想。

郑子龙听了康民的汇报，觉得这不是一件小事，也放下手上的工作赶来了，只见他浑身上下都是泥。康民紧走两步关切地问："郑书记，黄河取水还顺利吧？""不顺利。沿黄各镇都在抢水，县上正在做统一安排。"说完安慰何阳："别着急，我们一定会处理好这件事。这是我的疏忽，我保证，以后不再发生此类事件。"何阳点头应着，但心里很不好受。如果是管子裂了,她还好接受一些,但被人割断,她无论如何也想不到。

在她内心,何家村是她祖祖辈辈生活的地方和精神的归宿,是她与祖先对话的地方,是她灵魂救赎的圣地,是美好与温暖的化身。她曾在课堂上骄傲地对学生们说:"回乡最大的魅力是信用链短,都是亲人,彼此信任。"眼前发生的一切,让她不得不反思自己的认知。

一阵锣鼓声打断了何阳的思路,举目一望,一群戴着老虎帽、腰里缠着红绿绸带、胸前挂着神灵脸谱,敲着锣鼓的村民向北坡走来。

贾明掏出他的小红本看了一眼,解释说:"这是洽川东雷村最古老的一种祭祀舞,叫'上锣鼓',相传是一种起源于六七千年前流传至今的部落文化,通常是在正月十五前后举行祈福仪式。今年何家村大地枯焦,旱情严重,村上请了'上锣鼓'来北坡求雨。"何阳一听,情不自禁地感叹:"这也太有意思了!你这小红本是百宝箱啊,怎么什么都有!我看看。"她抓过小红本翻了翻,又还给贾明,说:"真有你的!我小时候听父亲说过'上锣鼓',但从来没见过。走,赶紧去看看!"何阳似乎忘记了刚刚发生的不快,转身向北坡顶跑去,边跑边喊着韩飞和王川,郑子龙和康民闻声也跟了过去。

何阳说得没错,细心的贾明自从黄谷仓扎根何家村开始,就把何家村的风土人情、民俗乡规、历史地理、乡绅游子,甚至各家家风及喜怒哀乐之事,都记在他的小红本里。他的商业经验告诉他,只有知己知彼,才能百战不殆。

"这一天发生的事,件件出乎意料。现如今的何家村,真的还有'阶级敌人'搞破坏吗?东雷村的'上锣鼓'如此恢宏、粗犷、热烈、色彩斑斓,能像华阴老腔一样走红就好了。"何阳在日记《回乡记》里洋洋洒洒,浮想联翩。

（五）

余舍和晓非把家安在洽川县城已经有一个月了。晓非顺利考入洽川中学高一（五）班就学。为了证明自己已经长大，可以独立生活了，晓非选择了做住校生，每周末回来一次。

晓非一住校，余舍清闲了许多。她参与了公益事业，每周有一天到养老院做志愿者。为那里的老人读书、讲故事，还组织了老人合唱团。为了把这一天的义工做好，她做计划、备课、查阅资料，边学边干，忙得不亦乐乎。

她一下子感觉自己年轻了，也顾不上腰疼腿酸了。每晚写日记的时间不断延长，养老院里几乎每位老者心里都藏着一本故事集。老年婚姻、老人与子女、老年孤寂、老年的理想，等等，每个故事都是一部鲜活的生命记录。余舍真诚地倾听，缓缓地思索，编纂着关于人与时代、人与人、人与环境、人与自己的共振、摩擦、纠葛的生命故事。她将日记里积攒了八年的人物故事又翻出来，准备采访到一百人时，以"人为什么活着"为主题出本书。

何月的到来大大地推进了这一计划。

何月是因参加"为中国而教"计划来到洽川的。她将在盲人学校执行三年的教学任务。母亲来到县城，何月特别开心，她一下班就来陪伴母亲。晚上完成了自己的工作，再帮母亲把她采访编纂的故事输入电脑。

随着故事的深入，她对母亲这代经历了特殊年代的老人们的爱情、婚姻、家庭、事业、理想，甚至生死观产生了浓厚的兴趣。开始只是帮母亲打字，后来一有空就和母亲一起去养老院做义工。她对母亲说:"这是人生的横向穿越、纵向体验。"

今天是中秋节,余舍早早就去菜市场采购,准备给大家包饺子。晓非起床帮奶奶摘菜、扫地、放音乐。"奶奶,今天你想听什么音乐?"晓非跑到厨房问正在忙碌的余舍。"海顿的小夜曲怎么样?"余舍反问晓非。"OK,我也喜欢!"跟着一声接键响,舒缓优美的音符在房间里缓缓地流淌起来。

伍军、伍征、何阳几乎同时进了门,一家人在洽川第一次相聚。"就差何月了。"何阳对母亲说。

"过节了,把郑子龙和你三爷都请来,我们一起过节。"余舍提醒道。何阳说:"妈,三爷家今天有大喜事,顾不上来咱家了。"

"什么喜事?没听你说呀。"余舍惊奇地看着何阳。何阳故作神秘地说:"三爷丢了35年的儿子,政府帮他找到了。今天就回何家村看三爷呢,听说儿子还是音乐家。"余舍先是一愣,旋即似从梦中惊醒,拉着何阳的手激动地说:"真是好人有好报!"

何阳遵照母亲的指示,拿起电话呼郑子龙:"郑书记,你在哪呢?我妈请你回家吃饺子。"郑子龙一听是何阳,忙答道:"我正和何月对台词呢,今晚要给盲人学校孩子解说毛姆小说改编的电影《月亮和六便士》。"

"几点开始?"何阳问。"八点。"郑子龙答道。"这样啊。那你把电话给何月。"郑子龙边把手机递给何月,边小声问:"你是何阳的妹妹?"何月从郑子龙手里接过电话,肯定地点了点头,对电话那头大声说:"姐,怎么了?我正对台词呢。""知道你忙呢,明天你姐夫就要回部队,咱家今天聚。你负责把郑书记请回家一起过节。吃完饭再去讲电影也来得及。"何阳用命令的口吻对何月说。何月听罢,按捺不住内心的喜悦,回答道:"保证完成任务!"

全家一起包饺子是经常的事，分工也基本固定。伍军擀饺子皮，并负责煮饺子。晓非是"饺子腿"，负责把饺子皮从厨房送到客厅，再把爸爸煮好的饺子端给爷爷、姥姥和妈妈。

晓非今天特别高兴，俗称"人来疯"。腿跑着，嘴里也不闲着："妈妈，我被选为学校棒球队的准队员了。老师说我投球准，跑垒有速度，有潜力。""你喜欢打棒球吗？"何阳盯着晓非的眼睛问。"当然！"晓非脱口而出。"那好，妈妈支持你。因为妈妈也喜欢棒球运动。记得我在何家村小学上一年级时，几乎天天下午下了课都在操场打棒球，转学到省城后再也没见过棒球。15岁那年回到洽川中学补习，又看见了久违的棒球赛。那种兴奋的心情直到现在都能感觉到。不信，你摸。"何阳抓过晓非沾满面粉的手，贴放在胸前。"哎呀！爸爸、爷爷、外婆，我妈的心真的跳得很快。"晓非惊讶地喊着。

伍军送过饺子皮，笑着对晓非说："饺子腿，赶快，失职了。"晓非还不尽兴，边干边继续说："妈妈，你们何家村有个小孩也在棒球队，我俩是好哥们儿。""叫什么名字？"何阳问。"他叫何拴柱，比我大一岁，他说他在何家村见过你。"晓非说。何阳一听是康民的儿子，就对晓非说："拴柱很懂事，经常跟他爷爷下地干活，你要多向他学习。"晓非答："妈妈，我懂。他生活也很俭朴，有时上学还背馍，带辣子、咸菜，很少在食堂买菜吃。"晓非一番话，让何阳心疼，她对晓非说："拴柱妈常年有病，父亲忙而清廉，家境一直不好，你要尽可能地帮助他。"晓非睁大眼睛看着妈妈，片刻后，使劲地点点头。

余舍和伍征坐在餐桌边包饺子，聊着他们关心的事。好久不见了，两个同龄人有说不完的话。余舍讲了她在养老院做义工的故事，还一脸骄傲地告诉伍征："何林来电话了，说他的直升机公司、保险公司和你们军医大学三方签订了紧急救援协议。以后在四百公里半径内，都可以用直升机救人了。""善举呀,这对危急病人简直是福音。"伍征一拍大腿高兴地说。晓非一听飞机,用两只粘满面粉的手,搂住爷爷的脖子,说:"爷爷,我长大也要像舅舅那样开飞机。"爷爷拍拍晓非的小脸,说:"那当然,我们晓非一定能超过两个舅舅。"

晓非是个飞机迷,只要见着何森、何林就没完没了地问飞机的事。上初中时,何林就给他订了一份《航空知识》杂志。晓非爱不释手,放在枕边,每晚睡前必读。床头贴的全是各种各样的飞机图片。

伍征边包饺子,边用羡慕的眼神瞅着余舍,想对她说什么,欲言又止。这时,何阳凑过来,向爸爸妈妈汇报了种红薯发生的那些趣事。晓非也不甘寂寞,绘声绘色地表演了他在学校的所见所闻。只有伍军在厨房忙碌地演奏着锅碗瓢盆交响曲。伍征听后坐不住了,站起身,挥挥手说:"这多有意思啊,我也要参加。部队上什么都有,用不上我,我来洽川才有用武之地。"

"爸,你说谁有用武之地呢?"伍军逮了个音儿,带着围裙,手里举着擀面杖,从厨房出来打趣道。伍征拍拍胸膛大声说:"你爹,我!我也要来洽川发挥余热!"晓非抱着爷爷撒娇道:"爷爷,我也想让你来,看我打棒球。"然后把右手举得高高的,说:"大家举手表决。"余舍瞧着伍征信心满满的神气,毫不犹豫地举起了手。何阳举着手跑到伍军身边,晓非学着妈妈的样子,举着手站在伍军的另一边。娘儿俩把手在伍军眼前晃来晃去,用眼睛代替嘴:"你呢?"

伍军没吱声,走近伍征,认真地问:"爸,您真的想好了?""我早就想有这一天了。人活着不做点有意义的事,愧对生命。"平日里寡言少语的伍征,终于大声说出了压在心底的话。伍军由衷地被父亲感动,双手为父亲点赞!

说好了,伍征回部队收拾一下,下个月赶来。余舍对伍征说:"他爷爷,就等你了,我负责给你把房间收拾好。"晓非举着盛饺子皮的小木盘,学者新疆舞的样子,敲起了手鼓,在屋里转着圈地跳。

"安静,安静,晓军视频来了!"何阳举着手机,让晓军给爷爷、外婆、爸爸、妈妈送上节日问候。晓非等不及了,从妈妈手里抢过手机对哥哥说:"哥哥,我参加棒球队了,我的化学这次考了100分,我还参加了航模小组,我……"何阳拉住晓非说:"手机给妈妈,听听哥哥最近有什么新闻。"

"妈妈,我拿到斯坦福大学教育学博士的offer了。我的导师罗伯特教授是一位美籍华裔科学家,是著名的发展经济学家、教育家、社会学家。最重要的是他特别关心中国乡村孩子、贫困家庭孩子的教育问题。他认为教育是断穷根的根本出路。三十多年来他一直在中国的贫困乡村做调查,办了几十所实验学校和研究机构。我把您回乡种红薯的事也告诉了罗伯特,教授非常感兴趣。他说下次来中国一定去见您。"晓军兴奋地对妈妈说。

"太好了,你赶快把罗伯特教授这方面的资料先发给我看看。"何阳激动地催促晓军说。

"好!我马上发给您。"晓军回话说。

放下电话,何阳就急忙坐到电脑前,从网络上翻阅罗伯特的资料。罗伯特农村教育行动计划的中国故事,让她茅塞顿开。她激动地直搓手,嘴里念念有词:"0~3岁事半功倍教育、母婴教育行动计划、贫穷的根源……"

晓非敲起了心爱的小手鼓,这是伍军出差时给他买的。每逢高兴的时候,他总要展示一下他在这方面独有的天赋。

郑子龙和何月踏着鼓点进了家。"这么热闹啊,也不等等我!"何月娇嗔地冲大家喊着,包往沙发上一扔,直扑余舍的怀里说:"老妈,想死我了。"郑子龙礼貌地跟大家打着招呼,余舍连忙推开何月,拉着郑子龙的手说:"孩子,你来了阿姨真高兴!这不,家也搬到你身边了,你要常回家。"郑子龙很感动,他对余舍说:"我一定常来看您。"说着,放下手里的红酒和月饼,挽起袖子就进了厨房。他和伍军对视无语,只是用力地握着对方的手。这时,晓非拉着伍军要出去看月亮,郑子龙换下了伍军,熟练地擀起了饺子皮,何阳当起了"饺子腿"。

月亮高高地挂在树梢上,又圆又亮。屋檐下,几个不完整的、不屑与平庸等肩的、自身散发着光和热的人,因为爱——那种对社会,对人类的大爱——聚成了一个完整的、温暖的、神情合一的大家庭。它超越了血脉相连的边界,是由灵魂的温暖搭建的永不枯竭的港湾。

月亮似乎看懂了人间这一切,深情地为他们绽放着笑脸,久久不忍离去。

第五章　东边日出西边雨

人生不如意之事十有八九，不是都能起舞，但生命总会找到出口。

——作者

（一）

不知是古老的"上锣鼓"的虔诚感动了上苍，还是高科技的人工降雨发挥了威力，何家村的天终于降雨了！村里的男女老少，站在雨地里喊着闹着，任凭雨水浇着，似乎只有这样才能让干透了的身子喝个饱。

旱情得到缓解，村子又恢复了往日的平静。

村头的涝池边此刻人声鼎沸，畜禽起舞。棒槌声此起彼伏，笑声朗朗；牛马猪羊饮完水，发出不同音频的惬意的鸣叫；小狗绕着池边追逐嬉戏；一群大白鹅嘎嘎地叫着，大摇大摆地钻进池子，优雅地摆动着脚蹼；涝池中几个光屁股小孩在打水仗，水花四溅。不时有气急败坏的婆姨举着棒槌吼着,吓唬这群不知天高地厚的孩子……好一幅池塘秋色!

满仓村主任这几天忙得两脚不着地,带着陈阿楠走村串户签租地合同,现在是种玫瑰的好时节,不能错过时机。陈老板今年要种五万亩玫瑰,何家村的地远远不够,满仓又帮他联系了比邻几个村的地。因为给的地租高,不到五天,陈阿楠的五万亩地就签到手了。满仓带着陈阿楠兴奋地来到康民的办公室准备汇报。康民关上门对陈阿楠说:"你应该感谢满仓,地归村主任管。我只是给你牵牵线。"满仓立刻会意,拉着陈阿楠说:"走,咱俩喝酒去!"

康民的心里明镜似的,陈阿楠是个典型的生意人,今年是订单多,着急拿地,地价给得超高,但风险也大。只要玫瑰生意有波动,或遇到更便宜的地,随时有可能毁约。前几年周围有水浇地的镇子,就遇到不少生意不好时连租地的人都找不到的窘境。他可不想拿自己的仕途给这些人做背书。

黄谷仓的红薯经过一番干旱的考验,因底肥给力和补水及时,长势十分诱人。按照王贵的安排,何阳和雷志鹏一大早来到地里取样。俩人轻手轻脚挖开一窝红薯,当深红色的薯宝宝对着何阳露出笑脸时,何阳激动地俯下身子抚摸着它,用小铲一点点刨开裹在红薯身上的泥土,就像考古人对待即将出土的文物一样小心翼翼又满怀欣喜。一根藤下竟然结出八个长得十分俊俏、顺溜的小红薯。"老师,你看咱这红薯,不大不小,不粗不细,是难得的商品薯模样。"雷志鹏双手捧着刚从地里挖出的一窝红薯递给何阳。何阳接过红薯仔细观看,只见它们皮红色正,光滑饱满,身材均匀,品相靓丽。"走,拿给三爷看看。"何阳说。

三爷家的小院子难得这么有人气。老远就听见三爷爽朗的笑声和大白鹅欢快的"嘎嘎"声。儿子带着全家回来看三爷了,孙子一声"爷爷",三爷就喜得合不上嘴。"隔代亲"用在此刻的三爷身上那是再合适不过了。自从3岁的小孙子进了门,几乎就没离开过三爷的背,走哪儿背哪儿。

三爷的儿子何乐乐今年40了。5岁那年他跟三爷去十几里远的外村看戏走失。乐乐妈为此整日以泪洗面,一病不起,不到40就离开了人世。乐乐妈只上过3年学,斗大的字不识一箩筐,当深陷思念的痛苦无法自拔时,她就用自己订的小本子和儿子对话。不会写的字就画,她手巧,会绣花,心里想什么都能画出来。这歪歪扭扭由字和画搭建的日记,成了她活下去的精神寄托。

乐乐妈就这样每日写写画画与儿子对话,留下了摞起来足有三尺高的小本子日记。你打开小本子几乎读不下去,每一页都被点点滴滴的泪水打湿过。翻一页,心就会抽搐一下。三爷跑断了腿,花光了钱,也报了警。几十年过去了,儿子一点音信都没有。唯一支撑他活下来的精神力量是口琴,是音乐,还有那些不离不弃先后陪伴他20年的三代大白鹅。

去年,三爷在电视上看了寻亲的节目,心里又燃起了一丝希望,就报了名,没想到居然真找到儿子了!

今年7月11日,当民警把这个消息告诉他时,他就像1979年4月11日,接到洽川县革委会送给他的"四类分子摘帽通知书"一样,泣不成声,感激不尽,彻夜不眠。他想不通,自己的运气怎么这么好,铁树开花的事总能让他遇到。

每个人都降生在一定的时代背景中,我们不能选择时代,但我们可以选择命运。时代没有对错,命运永远是公平的。三爷的故事诠释了丰富灵魂的生命意义。灵魂丰富的人可以从万千世界中感受更多的温暖和幸福,就像一颗向日葵。

再说何乐乐,这名字是三爷起的。他从小听三爷吹口琴,音乐细胞早已渗进骨髓。他走失后被送进孤儿院,又被音乐学院一家姓何的教授夫妻领养,之后一帆风顺成长为今天的音乐学院作曲系教授。

此刻,阳光透过窗花洒在炕上,何乐乐坐在炕头,泪流满面地翻阅着妈妈留给他的泪痕斑斑的日记。字里画间满满的母爱,一点一滴地修补着他空缺的那块心灵。

何阳和雷志鹏抱着红薯进了三爷家的门。"三爷,给您道喜了!"何阳一进门就向院里正在逗孙子玩的三爷做了一个拱手礼说道。三爷乐呵呵地应着,招呼俩人坐下,冲堂屋喊:"乐乐,快来见过何教授。"何乐乐应声即出:"何老师好,很高兴见到你。父亲一直在夸你,让我向你学习。"何阳摇摇头没有说话,只是握住他的手,笑眯眯地仔细端详着何乐乐。

眼前这位英俊潇洒、一脸真挚、憨厚,又透着智慧和艺术气质的后生,酷似当年的三爷。何阳脑子一下子浮现出英国演化理论学者道金斯《自私的基因》书中那些著名的论断让她不禁感叹基因的伟大。从何乐乐身上,她朦胧地感觉到了基因的利己与利他以及由此引发的遗传学、社会学意义。想到这里,她对乐乐说:"欢迎你回家!你不仅是何福来的儿子,更是咱们何家村的儿子,何家村的明天就靠你们了。""这里是我的家,我会努力的。"何乐乐用标准的男低音,毫不迟疑地说出了自己的心里话。

说话间,三爷和雷志鹏已经把红薯烤好了。烤红薯的焦香味把大家聚拢到了一起,院子里顿时有了烟火气。何阳第一次尝到自己亲手种出的红薯,心中敬畏土地的慷慨。

三爷拿着红薯藤仔细看了看,兴奋地对何阳说:"没想到两苗一窝种出的红薯更顺溜,全是商品薯模样。"何阳惊讶地回道:"当时是苗多地少,没想到歪打正着。"三爷说:"咱村过去种的红薯,不是大,就是小,卖相不好,卖不上价。这下好了,我们可以根据客户的需求,控制红薯的长相。加上黄谷仓智能化水肥调节和王贵的分子级微量元素研究手段,满足养生一族消费者的胃口应该没有问题。"

何阳一听坐不住了,站起来问三爷:"三爷,再有一个多月就要收红薯了,王川谈的意向客户基本上都是在春节前后有需求,储存是个大问题。""我正要跟你说这事呢。"三爷接过话题说。"咱村每家院里都有小红薯窖,但不适合黄谷仓。黄谷仓今年的产量保守估计也应该在50万斤左右,你可能要找镇上帮着想想办法。""好!"何阳略感沉重地回着三爷的话。

(二)

从三爷家出来,何阳看见康民正低着头迎面走来。何阳拦住康民,说:"康民,正要找你呢。你地盘熟,麻烦帮黄谷仓的红薯找个合适的窖。"康民先是一愣,他没想到中秋假日就在村上碰见何阳,接着像是早有准备似地对何阳说:"没麻达。我早在康庄子给你预留好了八孔大窖。去年何黑娃在那儿存了几十万斤红薯,今年他自己准备打窖了,正好空着。我已经让人把内皮铲了,随时可用。""还是你想得周到。那咱们去看看?"何阳问。康民说着话就打起了电话:"良哥,你到窖里等我,我马上到。"

康庄子是何家村最南端的一个小队,离何家村一里路。"这窖是前几年搞苹果产业时队上为储苹果专门箍的。但苹果树刚挂果,市场就不行了,这窖基本没用上。后来黑娃贩红薯时把窖改造了一下,用了几年。看窑的叫康忠良,今年67岁了,是村上的在册贫困户。他上过初中,会写会算,为人厚道,只因家里有一个脑瘫的孩子,和一个瞎眼的老母需要照顾,只能在家门口找点事干。大家都叫他良哥,是个老实疙瘩。"康民边走边给何阳介绍。何阳听罢,觉得心口发堵,直往下沉。

"良哥,这就是我前几天给你说过的何阳教授,咱村人。今年在北坡种了一百多亩红薯,要存到你这儿,有啥问题你俩商量着办。"

康民和良哥说着话,何阳在旁边儿打量着良哥。只见他中等身材,肤色黝黑发亮,长着杂乱灰白的浓发,空洞的眼眸偶尔透着忧郁和感伤,前额很宽,额头上刻着三条深深的皱纹,皱纹被汗和土填平了,布满了岁月的沧桑,身着一件洗得泛白的大号绿色旧式警服,脚上一双不跟脚的解放鞋,踢踏踢踏,忠实地传递着良哥的足迹。

良哥给何阳留下的第一印象是憨厚、朴实、认真,浓浓的年代感。老实人身上有一种天然的保护色,让你一见就心里踏实。"是个靠得住的老实人。"何阳心里默念道。

何阳跨前一步伸出一只手说:"良哥好,给你添麻烦了。"康忠良见此状,慌忙地缩回两只沾满泥土的手,在衣服上来回搓着,结结巴巴地说:"不、不,我手脏……走,我带你们先、先看窑,需要啥,我、我再拾掇。"

何阳小时候在兰香妈的院里下过红薯窖,但这么大的红薯窑她还是第一次见。她里里外外看了好几遍,拍了视频,留了良哥的电话,说好下一周来签合同。都走到大门口了,何阳还是不放心。她又反身叮嘱康忠良:"良哥,在签合同之前,这八孔窑你不要消毒,也不要做任何改造,等我问过专家再干不迟。""好、好、好的。"康忠良点着头,吃劲地连声答应着。康民笑笑对何阳说:"良哥嘴不利索,心里有数。在这儿都兢兢业业十年了,你把心就放到肚子里。"

康民不知道，黄谷仓的红薯是"五无"绿色健康营养薯，种植、储存和运输全过程都不能有任何防腐剂、病毒灵等有害成分，同时，还要保证红薯的品相和口味。这一点，已远远超出何家村既往的经验。

何阳把红薯窖的信息第一时间发给了黄谷仓的合伙人，重点交代给王贵，安排好下周请各路专家到现场考察并拿出专业冬储意见。

康忠良红薯窖的出现，让何阳揪着的心轻松了许多。她开车急忙往县城的家赶。她答应过晓非今晚带他去田野里看月亮，十五的月亮十六圆。

"妈妈回来了！"晓非不知从哪里钻了出来，抱住刚下车的何阳大声喊着，脖子上还挂着望远镜，"我正在那边望月亮呢，你的车抢了镜头。""是吗，不是在等妈妈？"何阳抚摸着晓非的头，看着他圆嘟嘟的脸问道。晓非仰起脸，做了一个立正的姿势说："报告，伍晓非是在等妈妈。同时，也在观月。"何阳搂住晓非的肩膀，骄傲地说："有点军人的样子了。走，叫上外婆，追月亮去。"

"妈，我回来了，咱们去城外坡上看月亮。难得有机会能在月亮最亮的晚上，在寂静的田野里观赏月光。"何阳一进门，一边低头换鞋，一边风风火火地喊起来。余舍忙走过去附在她耳边说："你看谁来了？"何阳这才看见郑子龙也在。"郑书记，听康民说你去给镇上的孤儿院和养老院送月饼了？"何阳问道。

郑子龙说："是，昨天上午和敬老院的老人和孤儿院的小朋友在一起过中秋，今晚还要去盲人学校给孩子们加演一场美国电影《心灵捕手》……""我看过，那是一部叛逆少年的励志片，很受感动。"不等郑子龙说完，何阳就抢话说。

"我过来给阿姨送点侠娃蒸的椒叶月饼，这是何家村传统的自制土月饼，咱们这儿的人过中秋节都爱吃这种月饼。让阿姨尝尝，我这就走。"郑子龙说完,看了看表,急匆匆地出了门。何阳来不及换鞋,穿着拖鞋追着郑子龙问:"怎么这么急?"郑子龙转过身,指着手表说:"六点半开始,来不及了。"郑子龙向前紧跑两步又折回来,对何阳说:"你一人带阿姨和晓非去野外不安全,等我和何月结束后,我们一起去田间赏月。""没事,你们忙你们的!"何阳满不在乎地说。郑子龙闻此,停住脚步,一脸严肃地看着何阳说:"这件事没得商量,听我的!你不答应我不走。"

何阳从来没有见过郑子龙这么凶巴巴的脸。"叭"的一声,做了个标准立正军姿,像战士接受任务似的答道:"首长放心,听你的,等你!"郑子龙这才咧嘴笑了下,一路小跑着走了。

何阳看着郑子龙远去的背影,心里有一种莫名的不祥感。是水利设施的案子有了眉目,还是真的有人惦记上了?何阳不愿意再往下想。她从郑子龙的眼神里看到了问题的复杂性。她下意识地裹紧衣服,警觉地回头瞄了一眼。旋即,她又笑了。对从来都大大咧咧又自信心十足的何阳来说,刚才那一瞬间的害怕与莫名的紧张感是她的耻辱。决定回乡搞中试前,她曾经反复地问过自己:"准备好了吗?"毛姆早就说过"追逐梦想就是追逐自己的厄运"。想到这里,何阳心灵深处一个铿锵有力的声音答道:生命的意义就在于此,或者苟且,或者搏击,而唯有搏击才能看见理性之光。她身体里流淌的血液和所受的教育告诉她选择后者。

(三)

村西头何黑娃的家这两天车水马龙,人气十足。有甘肃、青海远道而来订购红薯的商人,有打窑的工匠,还有东南沿海来的想在洽川投资红薯干加工厂的小老板。黑娃忙得从炕上、堂屋、院里来回打转转。几个小时嘴忙得歇不下,唾沫星子乱飞。

贩红薯有年头了,今年这势头,黑娃还是第一次遇到。他嘴上应酬着,心里盘算着从哪里下手收红薯。经验告诉他,出手前不能走漏风声,不然收不上好价。想到这,他赶紧把大门关上,又跑到厨房想要叮嘱他娘和媳妇。

一进厨房没想到和侠娃撞了个满怀。黑娃脑子快,脸上瞬间挂起笑容,慢声细语地对侠娃说:"唉,来了一堆吃闲饭的朋友,就爱吃你做的饸饹饭。嫂子,你辛苦了。忙完了,兄弟给你包大红包。"心里却想:这下子完咧,有侠娃这大嘴在,家里这点儿新闻在村上传得比光速还快。

原来黑娃娘和媳妇,一看来了财神爷,从心里往外地高兴。看黑娃忙不过来,就没给他打招呼,自作主张去何战家请来侠娃当主厨,想好好做一顿何家村有名的红薯饸饹款待客人。三个女人一台戏,厨房里不时传来村里的八卦和毫无顾忌的狂笑声。黑娃心里的小九九,只能随着炊烟飘去。

黑娃这几年借洽川红薯的历史名气,在西北五省倒腾红薯发了些小财,在村里也成了人物,一扫往日低眉顺眼的颓势。走起路来头扬得高高的,夹着钱包,挂着金链子,戴着时尚的金边石头镜,一副不屑的样子,在村上见人打招呼时,也都变得只会"哼哼"和"哈哈"了。

侠娃能上黑娃家帮厨,这在前些年是不可能的,从黑娃大何能起,侠娃从来没正眼瞧过这家人。

黑娃的爷爷给儿子起名何能,就是怕他娃不能。何能生下来是兔唇,因为辈分高,村上人都叫他"豁豁大"。豁豁大是村上有名的懒汉,好吃懒做,家里穷得叮当响。村上只要谁家有红白喜事,豁豁大一定是饿得扶着墙走进去,再打着饱嗝扶着墙走出来,然后回家睡几天不出门。30岁了说不上媳妇,一提何能,家家姑娘都躲。

黑娃娘叫王淑珍,其父在旧社会是恶霸地主并土匪,手里杀过地下党,解放初镇反时被政府镇压了。黑娃娘从小娇生惯养,刁蛮无理,但模样漂亮。在以阶级斗争为纲的那个年代,她出身于反革命阵营,没人敢娶。她浑身上下每个毛孔都散发着仇和怨,年轻轻的眉头早就拧成了一个疙瘩,印堂和太阳穴都掐成黑的了。直到1960年,经人介绍嫁给了豁豁大。嫁是嫁了,但心里不服,不让豁豁大碰她。

嫁了豁豁大之后,成分变成了贫农,政治身份不再低人一等了,王淑珍印堂和太阳穴掐的紫斑也渐渐淡了,在何家村算是站住脚了。两年后她添了个儿子。虽然村上传闲话,说儿子不是何能的,可是人家何能不在乎。说也奇怪,不论儿子是不是何能的,自从有了儿子,何能一下子变勤快了,开始下地干活养家糊口了,家里日子也慢慢有了起色。

黑娃生下来时身子骨弱,在父母的精心呵护下,一天天长壮、长大。他聪明,结实,好奇心强,身上裹挟着一丝匪气。有人说,这是遗传他姥爷的。也许吧,基因这事太深奥,谁也说不清。

玩的事没有他不会的,就是不好好学习,初中留了两级才毕业。在村里偷鸡摸狗,打架斗殴,自称小霸王,村里胆小的都怕他三分。14岁时,洽川的"北雷红"红起来了,黑娃突然对红薯起了好奇心。整天跟着三爷他们到处听人家交流经验。一来二去,对红薯有了感觉。改革开放后,他脑子活,以极低的价格在何家村一带收红薯,再加价卖给西北来的批发商。几年下来,盖了房,娶了媳妇,45岁那年还生了个儿子。去年又买了一辆五菱宏光,两脚从此不用落地了,来回都像一阵风似的,忽来忽去,连黑娃娘在村上说话也都有了分量。唯一让黑娃在人前气不长的是儿子何小虎患有先天性自闭症，8岁了，才勉强入了学。因为性格不合群，在学校常常受欺负。为这，黑娃没少跟人打架。

富在深山有远亲，识时务者为俊杰，侠娃谙熟其中的道理。黑娃成了村上的有钱人后，侠娃一直想找机会攀一攀，今天机会终于来了。此刻，侠娃手里的勺子上下翻滚着，一碗碗香喷喷、油滋滋、麻辣辣的红薯饸饹摆上了桌子。再配上筋道诱人的辣子豆腐，这诱惑力对搞定客户拿下合同，比黑娃说一天都管用。简直绝了！

财神爷们馋得直舔嘴。黑娃忙吩咐媳妇上酒，一巡酒下肚，大家正准备动筷子，只听一个温柔甜美的女高音"慢"从厨房飘了出来。大家的眼球齐刷刷转向厨房方向。只见侠娃端着一盘青翠欲滴的蒜苗花，一扭一扭走过来，给每个财神爷碗里撒了一把。"这色、香、味太难抵挡了！"一个客人忍不住叫起来。黑娃急忙拉着侠娃给大家介绍说："各位，这是我们何家村有名的农家饭高手，大名鼎鼎的何侠娃女士，难请着呢，咱这一桌饭人家是大厨。"

接下来的场面就是侠娃最想要的。认识这些有本事的人，享受着来自四面八方的恭维。有里有面有后路，侠娃陶醉在自己借一把蒜苗花闪亮登场的喜悦中。

经济学的伦理没有医学和教育学那么高尚，它以人的自私性出发，秉承互利原则。尽管黑娃和侠娃对经济学一窍不通，但只要言商，最终的结果一定是互利，损人利己只可成就一时。今天这场饭局，黑娃和侠娃皆大欢喜。不同的是，黑娃笑得没有侠娃畅快，他担心自己是一场空欢喜，今年能不能完成订单，他心里着实没底。

黑娃做的是空手套白狼的买卖，他每年就是靠着这些合同和订单，从何家村的蛋糕里拿走一大块。真正面朝黄土背朝天的农耕者只能回收稍稍高于直接投入的那部分。何家村的农民算账时，习惯地忽略自己的劳力钱。

脱贫攻坚的春风吹进何家村后,扶贫干部帮着贫困户算账,铺路,找市场,拨亮了他们的心灯。黑娃一手遮天的日子再也回不来了。黄谷仓的到来又让农耕者看到了新的希望,对黑娃来说无疑是伤口上又撒了一把盐。当他看到那些常年给他供红薯的农民把地租给何阳时,眼珠子都快气出来了。加上母亲告诉他,他的姥爷是被何川枪毙的,新仇加旧恨,他一见何阳,牙根就咬得咯咯响。要不是父亲那年在北坡吆牛犁地,晴天霹雳遭雷击的天怒噩梦般压着他,黑娃还不定会做出什么出格的事。满仓私下里鼓捣着把村里的地租给种玫瑰花的老板的事,虽然也动了他的蛋糕,但一想到困住了黄谷仓,也算给他出了一口恶气。

(四)

王贵接到何阳的电话,带着红薯研究所的刘教授,马不停蹄地来到何家庄。康民、何阳和贾明已经在窑口等着了。几个人把窑里窑外看了个仔细,刘教授边看边提问,康民一一回答。良哥跟在康民身后,只是不停地点头"嗯"着。

红薯窑坐落在离村子约一里远的地方,借天然土崖断面挖掘而成,每孔窑宽三米五,长一米九,冬暖夏凉,占地约五亩。院墙是土坯垒的,院里有十孔窑洞,一孔住人,一孔放杂物,八孔当储存库。

红薯窑院的墙头上吊满了圆形的仙人掌,麦草泥糊的墙皮已经脱落,胡基裸露着,棱角已经被风雨磨圆。院墙四周,一圈高高的白杨树随风摇曳,时不时还能听见知了的叫声。墙边种些红的辣椒、紫的茄子和绿的西红柿。一棵小石榴树上挂着足有三十个青红色的果实,弯着腰摇摆着,像是在迎客。院中间葡萄架下,几条磨得没皮的、歪歪扭扭的旧木凳围着一个旧磨盘。一只公鸡带着几只母鸡在院里啄米。两只小狗有点欺生,转着圈围着王贵和刘教授叫着、追逐着。可一分钟不到,就开始讨好客人,时不时舔舔王贵的鞋。

王贵转了两圈,向上推了推挂在鼻梁上的眼镜,感慨地说:"这小院真有一种陶渊明《归园田居》中描述的那种感觉:'开荒南野际,守拙归园田。'看得出,良哥是个细心的、有情趣的人。"良哥来回跑着,一言不发,憨憨地冲王贵咧咧嘴,他不懂王贵在说什么。

大家围着磨盘坐下,七嘴八舌地聊起红薯的事。贾明习惯性地掏出小红本开始记录。何阳侧身向贾明朝小红本努努嘴,问:"似曾相识啊?""是,大小事都记在上面,好找。"贾明笑着说。何阳敬佩地向他跷起了大拇指。

何阳看得出来,对面的良哥神情有些紧张,两腿不停地抖动着,两只手也不知放在哪里好。一会儿挠头,一会儿放在两膝中间来回搓着。眼睛不敢看别人,只盯着康民看,他就认康民。这些年都是康民帮他找活干,他家的日子也才勉强维持。在他心里,康民就是他的救星、他的恩人。

整整用了一个小时,双方终于把黄谷仓红薯冬储合同的内容确定了下来,由贾明起草并负责签约。临了,刘教授再次强调合同里必写明的几个要点:1.温度,9℃~15℃;2.湿度,80%RH~95%RH;3.通风;4.防病菌、真菌;5.绿色,拒绝一切有害元素进入。

贾明快速记录着。何阳从经济学伦理的角度出发,建议将激励方法和惩罚条款写进合同,促进互利共赢。

康民看大家对合同如此认真,笑笑说:"挑几条重要的就行了,太多了良哥也不懂。这几年黑娃就是给良哥一点儿看窑钱,没见过合同。"又转身看着良哥意味深长地说："你遇到好人了！"良哥好像听懂了，使劲搓着手笑着，露出一口洁白整齐的牙齿。贾明说："合同还是要的，互相约束。我琢磨琢磨写简单点，不懂的地方，我讲给良哥听。"康民只好点点头。

何阳看了看表，时间还早。她和贾明耳语了几句，对大家说："离吃晚饭还有俩小时，咱们去良哥家看看老人和孩子吧。"良哥急忙拦着何阳说："家、家里脏，不、不敢让人去。"何阳看着良哥尴尬的表情，安慰他说："咱们是一个村的，祖祖辈辈都在一起。今天有缘共事，就是一家人了，不要见外！"良哥又转身看看康民，康民向他肯定地点点头，良哥这才带着大家向康庄子走去。

康庄子最南头用胡基墙和老木门围成的院子就是良哥的家。推开大门，一眼望去和红薯窑院里的场景几乎一模一样。仙人掌、杨树、石榴树、葡萄架、磨盘，连狗和鸡嬉戏的样子都和窑洞院相同。只是后院多了一头牛、两头猪。

两只喜鹊落在了白杨树的枝头上，冲着来人"喳喳喳"欢快地叫着，像是在欢迎客人。王贵情不自禁地惊叹道："又是一个《归园田居》里的理想国！"何阳和贾明紧跟着良哥和康民进了堂屋。"妈，康民和何、何阳来、来看你了。"良哥大声对坐在炕上的母亲说。"好，好，快坐快坐。"老母亲回着话，两只手到处摸她的拐杖。康民把拐杖递给她说："康婶，你别下炕了。何阳要来看你，我们看看就走。""康婶，您好！我叫何阳，村北头仓巷何川的女儿，今年回来种了些红薯。刚去良哥窑里看了，准备把红薯放在良哥窑里。"忠良妈一听何川的名字，直接顺炕沿溜了下来，何阳上前一步扶住她。她握着何阳的手不停地问："你是何川的女儿，是何川的女儿吗？"边问边用两只干枯的手在何阳的头和脸上来回地抚摸着，嘴里喃喃自语道："像何书记，像!""她就是何川哥的大丫头。"康民上前扶住老人家的另一只胳膊对着她的耳朵说。"何川书记是大好人,是我们家的恩人!自从大民死后,他一直寄钱接济我们娘儿俩。没有他,我老太婆活不到今天。快叫忠良来,给恩人磕头!"忠良妈说到这儿,已泣不成声。良哥刚要下跪,被何阳和康民拽住。"不能跪!"何阳大声说,接着又问道:"你父亲叫康大民?""是。"良哥低着头回答道。何阳一下子全明白了,父亲不止一次地给她讲过康大民的故事。

从良哥家出来到了何阳家。大家一言不发,围着何阳,听她讲康大民的故事。

"康大民的死,是父亲一生的痛。那是1947年秋天的一个夜晚,父亲带着西北野战军某团驻扎在金水沟,离何家村很近,就七八里路,上了沟就是。康大民是一排排长,他向连长请假,说老母病重,他想回家看一眼,赶天亮前返回部队。连长觉得这事大,请示了营长,营长又请示团长,批示一层层下来就一句话:绝对不行,何家村驻扎着敌人!

"康大民跟着父亲那两年,一直在黄龙山附近打仗。好不容易转战到家门口,他想他娘,更想他的小媳妇,翻来覆去睡不着。等大家都熟睡了,他就脱下军装,偷偷溜回家了。巡逻的哨兵发现康大民不在了,立刻报告首长,部队连夜转移。

"康大民仗着自己路熟,翻院墙进了家。家里的狗不知情,叫声惊动了敌人,不到天亮,康大民就被捕。敌人把康大民吊在村头的树上,把全村的老百姓叫去看。他们放狗咬,皮鞭抽,用刀子在康大民身上划口子,灭绝人性的手段都用了,康大民的嘴闭得紧紧的。就这样被敌人活活折磨致死。他的母亲经受不住这种打击,不久就病故了。媳妇也哭瞎了眼。唯一让人心里安慰的是,第二年康大民有了儿子,就是康忠良。忠良的名字就是为纪念大民的忠良之举而起的。

"父亲知道这个消息后，心情沉重，好一阵子缓不过来。更让他难受的是，康大民的行为按部队的纪律被定性为逃兵，要按逃兵论处。他虽然没有出卖部队，坚强不屈的行为英勇感人，但逃兵是不能被追认为烈士的，也不能享受相关的待遇。第二年，即1948年，洺川全域解放。父亲第一时间回到何家村看望康大民的家人。为了安慰孤儿寡母，他对忠良妈说：'大民走了，他走得很英勇，部队给了他一笔抚恤金，我带给你。另外，孩子每年的抚养费我会按时寄给你，直到孩子十八岁。'说完把自己筹集来的一百元和自己全部值钱的东西，都放在了母子俩的炕头上。

"忠良妈知道当年大民是偷跑回来的。村上有十几个后生同在何川的部队，也都知道这事，但从来没有人在她面前提起过。面对父亲的关怀，她的内心充满感激。

"后来，父亲调到省委工作，每年都会在康大民去世的那一天从自己的工资里拿出一笔钱寄给忠良妈。每次回何家村，也都会去看望忠良母子，并专门嘱咐村主任一定要照顾好康大民亲人的日常生活。他虽然不是烈士，但为洺川解放事业做出过贡献，没有理由丢下他们，有任何困难都可以找他。就这样，直到今天，村主任换了一代又一代，对良哥母子关怀从未断过。"

故事讲完了，大家仍沉浸其中。"原来是这么回事啊！良哥从来没说过。"不爱说话的康民突然感慨起来。贾明说："刚才看到良哥家的境况，我的心流泪了。咱们黄谷仓要帮着他们重拾生活的信心。""对，咱们想到一起了。父辈没完成的心愿，我们接过来！"何阳握着拳头说，像是对自己，更像是对父亲。王贵着急地拨开贾明，插话道："我也算一个，和良哥一起再建一个理想家园。"

(五)

郑子龙提交的《黑山镇关于红薯产业化发展的几点意见》得到了县委、县政府的肯定。县委就此专门召开了常委扩大会,讨论黑山镇关于在土地承包制度不变的前提下,以村为建制,实现经营权向农业产业化公司长期、规模化流转;再通过农业产业化公司经营权收益的有限出让,发行资产支持证券,实现土地变资产、资产变资本的转变;最后,通过上述一系列的制度设计,完善承包制下土地割据与产业化要求的土地聚集之间矛盾的制度解决方案。

与会人员大都是从基层干起来的,对这一点深有体会。人家认定这是发展方向。接着又就实施方案的完善,提了许多建设性意见。最终,会议决定黑山镇先行试点,稳步推进。

报告中的耕地规模化整村流转和证券化思路,让县委书记李为民激动不已。会后,他留下郑子龙,握住他的手语重心长地说:"子龙,你们这份报告意义非同一般啊。如果试点成功,我们就能挣脱洽川县农业产业化中土地难以聚集的羁绊,为改变洽川的贫困面貌,推进了一大步。这也将改变千百年来洽川农民只能被捆在土地上,靠天吃饭的悲壮史。从某种意义上讲,这是一场农耕走向农商的变革!"讲到这儿,李书记俯下身子对郑子龙说:"这场试点成功的关键是,做深入细致的群众思想工作,群众想通了,事情就成功了一半。好好干,我做你的坚强后盾。"

李书记的这番话,让郑子龙心里涌起一股强烈的使命感。他诚恳地对书记说:"谢谢领导的信任和支持,我会尽全力去做的。耕地资产证券化的建议,原本是何阳教授提出的,我参考了她的观点。她是金融专家,也是洽川人,今年回乡搞红薯产业化中试,就遇到了土地集中和土地融资的难题。它诱发我们调研、思考,最后拿出了这个方案。"

"何阳教授也是咱们县的经济顾问,你们镇何家村人,著名经济学家,我认识呀。她回来怎么没来找我?"李书记惊讶地问。"何阳说了,中试成功了再向您汇报。"郑子龙忙补充说。"哦,我明白何教授的意思了……我等着她吧!"李书记拍了拍郑子龙的肩膀,很有把握地说。

从这天开始,黑山镇政府郑子龙卧室的床下,每月都要增加一双磨透了的、踏过千家万户的运动鞋。郑子龙的办公室几乎夜夜都亮着一盏灯。那灯光微弱又渺小,却聚集着磅礴的力量!

为了支持郑子龙的工作,把调查来的数据第一时间整理出来,何阳派学生黄鹂去黑山镇实习,雷志鹏也成了该项目随叫随到的机动兵。

伍征和余舍每周都坐着班车从县城来何家村做三天义工。伍征义诊,余舍教书。

为了支持两位老人的善举,何阳把老家堂屋改造成一个书房式的教室。中间一张乒乓球案子铺上军毯当阅读桌,四周书架上摆着几盆兰花和何阳精心挑选的杂志、报纸,还有朋友们捐赠的各类图书。墙角放着一架旧钢琴,是伍晓军小时候用过的。墙上挂着中国地图和世界地图,桌子上还有一个像篮球那么大的地球仪和一个小音响。

何阳在何家村这段日子里,对人们精神世界匮乏造成的空虚和木讷深有感触。她相信,何家村的乡亲们只有掌握了知识,了解了世界和中国,才有可能真正认识自己,改变命运。

听课是自愿的,开始只有那些曾去过余舍家的老乡来。他们不是来听课的,是来感谢余舍的。余舍对老乡的热情、亲切、周到,在何家村是出了名的,是老乡们公认的大好人。只要有老乡来到省城何川家,余舍总是尽其所有招待老乡。常常把大床让给老乡睡,自己挤在孩子的小床上。把新被子给老乡盖,自己盖打着补丁的被子。

有一年,三爷带着病重的乐乐妈去省城看病,住在何川家。三爷开始还担心余舍是大户人家的女儿,会嫌弃农村人。当他看到余舍把自己的棉袄直接脱下给病恹恹冷嗦嗦的乐乐妈穿上,自己找了几件旧绒衣、毛衣套在一起穿在身上时,三爷的眼泪止不住地往下流,心里念叨着:"这世上还有这么好的女人,真是菩萨下凡。"

自从余舍和伍征来到何家村,三爷几乎每天都来看看,帮着忙前忙后。慢慢地三三两两看热闹的人来了。无论是听余舍讲故事、唱歌、聊外面的世界,还是听伍征普及医学常识,都让来者疑惑着进、敞亮着出。这个小小院子的诱惑力越来越大,被大家亲切地称为何家村的"乡村夜校"。就连景昆爷都感觉新鲜,时不时站在门口瞭上两眼,转两圈。

东厢房北屋也被何阳改造成了"义诊堂"。消息一出,前来咨询的老乡便踏破了门槛。伍征常常忙得没时间上厕所。余舍调侃地对伍征说:"你可真是充实有余了。"

何阳聘请了侠娃负责黄谷仓及夜校工作人员在何家村日常的后勤工作,工资日结。何阳这次请侠娃共事,是经过一番思考的。毕竟侠娃的小心思是在明处,知根知底,也许会随着日子好转而改变。最重要的是她想拉侠娃一把,不忍心看到侠娃在贫困和道德底线的边缘打转。何阳从心底翻过了那不愉快的一页。

侠娃没想到何阳会用她,上次的贪心有点大,连她自己都恨自己。她心底滋生了一种对何阳从没过的、由衷的敬佩感,她看到了一丝改变命运的希望。她算了一下账,这份在家门口的后勤工作,让她每月能赚两千多,只一年下来就是两万多。她占了半辈子小便宜,用尽了小伎俩,到头来还是穷得叮当响,她想不通这里面的道理。

感恩归感恩,但近在眼皮下的小便宜不占点儿,侠娃的感觉就跟自己丢了东西一样挠心。葱头蒜脑、馒头粮油,时不时顺点儿带回家就够何战吃了。省下自己的就是赚的,她坚信自己是对的。"人不为己,天诛地灭"是她常挂在嘴边的圣言,殊不知真正意义上的圣言正好打在自己脸上。

余舍和何阳知道侠娃的毛病,念在她家日子紧,又是亲戚的份上,小事就睁只眼闭只眼不和她计较。账不平时,余舍悄悄补上。遇到大账,也为公司利益,余舍笔笔支出亲自把关,让侠娃没机会犯大错。

中秋时节都过了,烈日仍威风不减。这个周末的中午,伍军开着车,拉着何阳和晓非来到景昆爷家地头。

这是收红薯前最后一次锄草了。同样的时间和劳力数,同样的锄草次数和成本,景昆爷的三十亩地,草长得像茂密的灌木丛,压得红薯喘不过气来。何阳想亲自参与一下景昆爷的锄草队伍,弄个究竟。伍军也想让晓非学学锄地,就一起赶来了。

伍军绕着地转了一圈,指给何阳看:"这片地像是做过麦场地,草籽多。"然后像老把式一样,给何阳和晓非示范锄地要领,那娴熟劲让何阳刮目相看。何阳拽住伍军的胳膊,仰脸看着他说:"没想到啊,你也是务农把式。"伍军诙谐地抿嘴笑着,指着脚下的一棵牛筋草对何阳和晓非说:"锄草重在锄根,不然永远锄不完。"说完一锄头下去,牛筋草的根就亮出来了。再用锄头尖轻轻一撩,草根朝天一头栽下去了。

他收起锄头,双手一拄,问晓非:"晓非,还记得《悯农》那两句你常挂在嘴上的诗句吗?"晓非张口即出:"锄禾日当午,汗滴禾下土。""知道爸爸为什么要在日当午带你来锄地吗?"伍军凝视着晓非饶有兴趣的小脸问道。"爸爸要锻炼我吃苦耐劳的精神。"晓非并齐双脚,用坚定的语气回答。

"答对了一半。主要是中午烈日当头,草根被暴晒后,就不易复活了,就像它一样。"伍军说完,俯身捡起那根牛筋草,在手里掂了掂。"原来是这么回事啊!"何阳和晓非几乎同时顿悟似的齐声喊道。

伍军故作一副老把式的姿态,朝手心啐了口唾沫,双手举起锄头,锄落话出:"这回让你们知道咱家谁厉害。"何阳走近伍军,揪着他耳朵小声说:"你厉害,行了吧?"

伍军一听话里有话,忙转移话题说:"何阳,这北坡真的很美。寂静、辽阔、四季瓜果、五谷飘香,符合我的审美。我愿在此化作泥土,滋养万物。白天观赏远处的地平线,晚上数星星看月亮。愿与我共舞否?""当然,舍我其谁。"何阳背靠着伍军答道。

这边,晓非睁圆眼睛,拿过伍军手里正在打蔫的牛筋草,翻来覆去地看着,心里由衷地佩服爸爸。

晓非拉着伍军教他锄草去了。何阳俯身又捡起那颗打蔫的牛筋草默默思量。片刻间,什么都明白了。她感伤地仰面朝天叹了口气,有力地举起了锄头……

下午两点左右,景昆爷带着锄地的婆姨、叔大们陆陆续续懒洋洋地来到地里,开始锄草。看见何阳一家三口已经在地里干得汗流浃背,景昆爷饱经风霜的脸有点挂不住了,从没有过的一种愧疚感折磨着他。

何康民最近的日子比热锅上的蚂蚁还难熬。县委扩大会通过了黑山镇发展红薯产业的方案,郑子龙已经知道了是何满仓蹿腾着把何家村的地签给陈阿楠的。为了确保红薯产业用地,这两天镇政府上下只忙一件事,就是从兄弟镇为陈老板找地换地。

"万一郑子龙揪出这事是自己在背后捣的鬼,破坏脱贫攻坚的帽子可就戴定了。"康民越想越后怕,他失眠了。每天晚上夜深人静时,一个人坐在院里,一根接一根地抽烟。干哑的咳嗽声常常把景昆爷从梦中惊醒……

第六章　老实人陷阱

当老实的面孔被无知、空洞的灵魂驱使时,邪恶之魔就无处不在。俗称蔫驴踢死人。

——作者

（一）

何阳上完课站在窗前,窗外"嘀嗒嘀嗒"的雨声敲得她心烦意乱。眼看就要收红薯了,老天偏偏下起了连阴雨。

这时,贾明打来电话:"何教授,我查了一下天气预报,洽川在霜降前会有三到五天不下雨。这是我们抢收红薯的最好机会。""太好了,老天爷开眼。我和王川还有学生们明天就回洽川,咱们做好一切抢收准备。"何阳兴奋地回贾明道。

太阳终于出来了,离霜降还有四天。王贵在第一时间将不同方位采挖的样品寄往农业部杨凌检测中心检测。县农机局派来了拖拉机。贾明、王川和三爷,指挥着几十个劳力,配合拖拉机收薯和人工翻晒。

当轰鸣的拖拉机把红薯一排排翻出地面时,老乡们都看傻了,感慨道:"好冷怂,我活了一辈辈,从来没见过这么齐整的红薯!"

三爷手捧着一窝长相顺溜、紫红色的薯宝宝给何阳看。何阳乐呵呵地数着问三爷:"一窝八个,亩产估计上四千了吧?""没问题,只多不少。"三爷答道。景昆爷也吧嗒着烟锅凑过来说:"咱村原来种的红薯,虽然产量高,但不好看。不是大头细脖子,就是歪瓜裂枣、筋头巴脑。何阳这回算是让老乡们开了眼了。明年爷也跟着你种红薯。""何老师,我娘说了,我家也种。"一个年轻的姑娘抓住何阳的手说。

闻着音儿的老乡们纷纷围了过来,用期待的眼神看着何阳。一时间,何阳激动得不知说什么好,只是一个劲地点头说:"好好,一定。"

嗅觉灵敏的各路红薯客商早已掺杂在人群中。他们在观察、比较、询价。两个耐不住性子的兰州客商找到何阳,给的地头价是每斤七角。何阳知道,这比去年黑娃给老乡的价格高出两角,也是黄谷仓的成本价,但黄谷仓不能走这条低端循环的路子。为市场供给高端品牌营养薯,为老乡们蹚出一条红薯产业致富的路子,是黄谷仓的初衷。想到这些,何阳婉言谢绝了客商。

远远地,在柿子树下站着一个人,他让何阳浑身上下有一种目光追随的不宁感。抬头一望,原来是黑娃。

天色渐渐黑了,劳累一天的人们都回村了。刚出土的红薯需要晾一天一夜才能入库。黄谷仓人今夜要与红薯共舞。

深秋的北坡已经弥漫着浓浓的凉意,星星在天上不解地眨着眼睛。王川和徐坤点起篝火烤红薯,贾明、王贵、何阳围着篝火期待着。那焦香味让人难以抵挡,更何况是自己亲手种的呢,想想就流口水。黄谷仓的开园横幅在篝火的照耀下闪着暖暖的光,划亮了夜空,洒在刚见世面的红薯宝宝身上,圆滚滚,红艳艳。徐坤拿起相机"咔咔咔"地抓拍着,要把这一幕难忘的瞬间留住。

临时灯光师黄鹂,一只手举着灯跟着,另一只手拿了一件衣服披在徐坤身上,徐坤回过头,用柔情的眼神回馈黄鹂。

"简直就是一幅烤薯油画!"郑子龙一声京剧道白,把几个专心吃红薯的人吓了一跳。"郑书记呀,快来,尝尝咱们的红薯!"贾明起身把靠近篝火的位子让给书记。郑子龙盘腿坐下,亲切地看着大家说:"受苦。今晚我和雷志鹏在地里看红薯,志鹏让我派去取军大衣了。饭也给你们准备好了,一会儿就送到地头了。"郑子龙话音刚落,毛驴车的叮当声已经到了。三爷吆着车,侠娃和黄鹂跟在后面。

这么多有趣的人,在这么浪漫的旷野里碰到一起,接下来的场面就可想而知了。一阵歌声连着一阵笑声。郑子龙坐在何阳对面,看着被篝火映红的满脸是土、双手捧着焦香的红薯正吃得开心的何阳,眼圈湿润了。这一夜,谁也没舍得走,直到篝火与朝霞相接。

贾明跑到正在地里忙碌的何阳跟前,气喘吁吁地说:"明天就是霜降了,洽川县气象预报说,半夜气温将降到零度左右。白天红薯晾晒一天,要赶晚上气温下降前把地里的红薯全部入窖。""好!你给满仓打个电话,三爷和志鹏那边还需要二十几个劳力。入窖前要筛选、过秤。伤的、病的都不能入窖。入窖后还要一个一个错位摆放。工作量大,人手不够。"何阳着急地对贾明说。

"明白了,我这就去办。"贾明感觉到了时间的紧迫,他一边回答着何阳,一边已拨通了电话,向何满仓求援。满仓回话说,村里能出的工基本都来了,实在找不到合适的人了。没办法,贾明把这边的情况告诉了康民。康民正愁没机会弥补上次租地的事对何阳的亏欠,一接电话,二话没说,带着手下十几个人直接来到地里帮黄谷仓收薯。村上几个平日里身子骨还算利落的老者也来到地里,帮着倒水、点数、看场子。

为了抢时间,侠娃和几个婆姨把饭送到地头,换着吃,轮着干。吃饭的当儿,景昆爷半开玩笑地对何阳说:"娃,当年'大跃进'咱村就是这个场面。"何阳难得看见景昆爷的笑脸,忙回话说:"那时您正年轻,又遇上一个火热的年代,一定很留恋吧?"景昆爷苦笑了一下,站起身,头也不回地走了。何阳愣了半天,想不明白是哪句话伤着爷了。

无论人们怎么挽留,太阳还是无情地落山了,黑暗夹着冷风徐徐袭来。还有十几万斤红薯躺在地里,等着入库呢。何阳急中生智,让王川把车灯打开,又去村上小卖部把库存的二十只手电筒全买来发给大家,同时宣布今晚加班的工钱改为按斤付酬,多劳多得。

这一下不得了,本来坐在地上磨时间、捡一圈红薯挪一下屁股的婆姨们,一下子跳了起来,眼尖手快,效率大增。

约莫晚上八点来钟,郑子龙不知从哪里得知了消息,带着十几个人赶来增援。大家一看书记来了,各路神仙明显地干劲更足了。夜里十一点整,三爷和志鹏那边传来好消息,黄谷仓红薯平均亩产达到了六千斤!当何阳把这个消息在地里当众宣布后,场面沸腾起来。郑子龙激动地说:"这产量打破了洺川县红薯产量的历史纪录。"

何阳突然感觉一阵天旋地转,一下子瘫坐在了红薯地里。她挣扎着站起来,看了一下表,已是午夜十二点。她果断地从满仓手里抢过喇叭,用沙哑的嗓子对乡亲们宣布:"从现在开始,大家从黄谷仓地里捡的红薯全部归自己!"话音一落,呼叫家人的电话声此起彼伏。不一会儿,各家老的小的齐上阵,人声鼎沸。家里的筐子、盆子、蛇皮袋子各尽所能,能装尽装,转瞬就盆满袋圆……

一副久违的'大跃进'时代才看得见的你追我赶、力争上游的场面在星光照耀下的地头重现。

黑娃也摸黑来到地头，五毛钱一斤，现场收购。手里白捡的红薯直接变现钱，傻子才不干。一时间，你争我抢，光影交错，买卖场面十分热闹。

何阳晕乎乎地看着眼前为交换取利而争先恐后的老老少少，想到亚当·斯密的著名论断："一个好的经济制度就是鼓励每个人去创造财富的制度。"从这里，她看到了人性解放的力量！

郑子龙在地里忙，但他一直让何阳在他的视野之内。当他透过车灯的光柱，看见何阳东倒西歪地站不住时，一个箭步上去扶住何阳。对身边的满仓说："快，叫车，送县医院！"

徐坤没忘记自己的职责，扛着摄像机来回跑着，黄鹂举着摄影灯紧跟其后，他们生怕错过任何一个捕捉人性在遇到巨大的利益刺激下感官变化的镜头。他长这么大，从来没见过这么热火朝天、人人喜笑颜开的动人场面。

今晚随着何阳一道道鼓舞人心的激励措施的宣布，抢收现场怀着不同目的的参与者，其心灵深处的善与恶、悲与喜、敦厚与狡黠的本能反应，把人性的光辉与邪恶泼洒得淋漓尽致！

夜空中《社员都是向阳花》《谁不说俺家乡好》《你鼓舞了我》等或高雅或通俗的旋律随风弥漫。音乐用爱和力量鼓舞着士气，敲击着人们心灵深处的寂寥。

（二）

黄谷仓的红薯终于在霜降前安全入窖了，三爷总算松了一口气。天刚蒙蒙亮，他就顺手拿了件外套，双手一背，出了门。他家的两只大白鹅,也"嘎嘎"叫着,迈着八字步,一摇一摆地跟在他身后。二十年了,这一幕几乎每天都重复着。村里有人说,三爷家的鹅每天散步,都活成精了。也有人说,那不是鹅,是乐乐娘托生的,专门来陪三爷的。三爷听到这些善意的闲话,笑笑了之。甚至一些难听的,比如说他和兰香相好的传言,他也是左耳进,右耳出。他心里的准则是:活自己,没必要向任何人解释。

田间小路两旁的狗尾巴草已经挂了白霜。放眼望去大地就像将要出嫁的新娘一样蒙着一层薄薄的白纱,典雅而梦幻。北坡的红薯地里,影影绰绰地看到不少捡红薯的人。三爷走近一看,地里散落的红薯仍依稀可见。

景昆爷更绝,把他那三十亩地一圈,谁也不许进。吆着牛又犁了一遍,白捡的红薯自然比别人都多。最令他得意的事是,今年墒好,何阳上的底肥又足,草也大都被连根拔掉了,加种的这茬冬小麦明年一准儿是个好收成。如果再算上租地赚的租金,三年下来供拴柱上学已绰绰有余了,一举三得啊!

景昆爷越想越觉得自己这步棋走得妙,走得过瘾。他捡完红薯直接交给黑娃换回钱,又摇着耧开始种小麦。鞭子一甩,情不自禁地哼起《三滴血》:"祖籍陕西韩城县⋯⋯"

三爷回到家刚准备吃早饭,康忠良就急火火地找上门来,手里还拿着一份康忠良、何黑娃在窑里摆红薯的加班签字单。三爷看了一眼,觉得莫名其妙。"忠良,当晚不是结过工钱了吗,怎么回事?"三爷抖着单子问。康忠良结结巴巴地说:"那晚你、你走后,有、有两个窑的红、红薯堆,顶上塌、塌了,我和黑娃又干、干了半天,天亮前才、才堆好。"

三爷疑惑地看着康忠良,半天没有说话。康忠良被这种眼神扫得浑身不舒服。他把头压得低低的，不敢碰三爷的目光，死死盯着自己颤抖的脚尖。稍后，三爷说："你先回去，我一会儿去窑里看了再说！"望着忠良微驼、宽厚的背影，想到他背负的瞎娘和瘫儿，三爷心里五味杂陈。但同时他心里也有底，自己摞的红薯不会塌。

何阳住院了。医生诊断为原发性高血压，进院时的血压是170/102mmHg，原因需进一步检查。何阳知道自己平日里身体没毛病，这次的血压异常应该是连续劳累造成的。她请求医生打完吊针后给她开点药，让她回家休息。郑子龙不同意，他劝何阳，等所有检查结果出来再定。

郑子龙坚定不容商量的语气和焦急不安的眼神让何阳妥协了。何阳右手摁住输液针，用脚蹬开被子，坐起来说："好吧，听你的。先别让家里其他人知道，把何月叫来就行。"郑子龙紧绷的面孔终于放了下来。"放心养病，其余的事有我呢，何月一会儿就到。"

郑子龙给何阳倒了一杯水，放在她身边轻声说："记着，按时吃药。我回镇上了，晚上再来看你。"何阳舔舔干裂的嘴唇，感动地点点头。

镇政府会议室里，一场关乎全镇十个行政村、三万人口摆脱贫困面貌的镇党委扩大会议正在紧张进行中。各村村主任列席会议。会议讨论的中心议题是"黑山镇关于红薯产业化发展及耕地资产证券化试点的实施意见"。

方案以大数据为基础，结合每一个自然村人口和耕地的具体情况，运用历史文化对比，脱贫方法对比，可行性依据佐证及风险可控性措施展示等方法，图文并茂，给与会者抛出了一幅黑山镇从未有过的两年脱贫致富发展蓝图。在座的各位，多多少少都参与了该议题的民情调查、数据收集工作，莅临大小讨论会也不计其数。所以，今天的会议气氛热烈，意见也比较集中。

康民主持会议。他一反常态，高调表态："同志们，咱们今天讨论的议题是郑子龙书记带领镇党委、镇政府经过近一年多时间的调研，踏遍了我们镇的沟沟坎坎、家家户户，对比了无数国内外资料，最后用大数据和数学模型的科学方法得出的。是我们黑山镇有史以来一份具有划时代意义的文件，已经得到县委首肯，它的重要性与当年的土改比肩。我相信，它的实施必将为各村生产力的解放释放更大的空间。我个人坚决拥护，无折扣执行。也希望各村村主任吃透精神，抓紧落实。"康民慷慨陈词一番后，会场先是一片寂静，大家惊讶地对视着。郑子龙第一个站起来鼓掌，与会者这才缓过神来，仪式性地拍起手。

太阳落山了，黑夜像一张无形的大网，将村村寨寨笼罩着。何家村的灯火一盏一盏点亮，只有景昆爷家还黑着灯。康民骑着自行车回到家，抹黑进了厨房，熟练地操持着灶盆锅碗，借着心情好，不到半小时，两碗油泼面就端上了桌。景昆爷和大黄踩着点进了门，父子俩相对而坐，一句话也不说，各吃各的。吃完饭，景昆爷"吧嗒吧嗒"地抽着旱烟，对康民说："明天摇耧你要去一下，我一个人忙不过来。"康民不想跟着爹去做占小便宜的事，但又不想让爹失望。他蹲在门槛上，吸了几口烟，顿了半晌才说："明天我要去县里开会，我找满仓去帮你。"

景昆爷早就习惯了康民的这种回答，知道指望不上。他抹抹嘴，揭开炕席数起了钱。只听他食指放在嘴边"呸"地一唾，便又开始了一天一次周而复始的自言自语、自娱自乐："一百、两百……一千……两千……"灯影照着他越数越喜、皱纹都随着钱数的上升而变得越来越舒展的脸。

康民揣了一瓶西凤酒来到满仓家。只见满仓正挽着袖子，手里举着扫炕笤帚满院子追着打儿子，满仓媳妇在边上护着儿子，丫头吓得哇哇叫。满仓脸色铁青,边打边训斥:"你的脑子让狗吃了,考试又不及格!"又转朝媳妇喊道:"都是你惯的,你没文化,难道让儿子也当文盲?"一想起儿子一连串的不及格和渺茫的前途,满仓的气就不打一处来,"你个没出息的东西,给我滚,滚得远远的!"

康民忙跑过去拉住满仓正要落下来的胳膊说:"你疯了!你是练武的,娃咋受得了你这一巴掌?"满仓一看是康民,不好意思地摇摇头,说:"哥,见笑了。走,进屋说。"说着一撩门帘进了堂屋。康民从怀里掏出西凤酒,往桌上一墩,满仓心领神会,忙招呼媳妇整两个下酒菜。

几杯酒下肚,满仓打儿子的气也消了,又想起陈老板的烦心事,憋不住问:"哥,你这葫芦里到底卖的什么药?陈老板说我不讲信用,村民也骂我,我现在两头不是人!"康民看着满仓一肚子委屈倒不出来的样子,诡异地笑了笑。他拿起酒瓶,给自己斟满一杯酒,说:"一切尽在酒中,我先自罚三杯。"说完,一仰脖连闷三杯。

三杯酒下肚,康民酒后吐真言:"这弯转得有点急,哥也没有办法。县上已经定了,要把黑山镇打造成国家级红薯示范镇。镇上十万六千亩耕地,百分之七十的陆续都要用于与红薯相关的产业,包括种苗、生产和加工基地。红薯产业化未来几年将使黑山镇大变样。哥现在是一镇之长,不能为了自己的小心思影响乡亲们的大利。陈老板说到底只是租地,不是产业,不是长久之事。再说,这红薯产业化、耕地证券化的主意都是何阳提出来的,算政绩也不能只算给郑子龙,你说哥该不该转这个弯?"满仓很少听过他康民哥对他说肺腑之言,在他眼里,康民就是他从小崇拜的偶像。他一时不知说什么好,一个劲儿地说:"对,对,就是的!"

一瓶西凤酒让康民和满仓的心都放进了肚子。康民不再担心满仓把陈阿楠的事捅出去,满仓也不再纠结老鼠钻进风箱两头受的那点委屈。临出门康民想起他爹嘱咐的事,对扶着他的满仓说:"明天你去北坡帮帮我大,我去不了!"满仓说:"你放心,以后家里的事你就交给我。"

(三)

何阳住了三天院,一切正常后,回到学校参加毕业班的学生论文预答辩。

住院期间,何月悄悄地告诉何阳她心中的一个秘密,那就是她对郑子龙有一见钟情的感觉,而且这种感觉越来越强烈。说起郑子龙时,何月那一脸幸福的模样,时不时在何阳脑海里浮现,她第一次看到何月这种饱含炽爱的眼神。她既为妹妹高兴,又有一种说不出的失落感。近一年来郑子龙对自己的呵护和用心,何阳能感觉得到。那是一种久违的、朦胧、极富吸引力的情感召唤。何阳一直把这种感觉压在心底,为伍军,为郑子龙,更为自己。何月的心思搅动了她心底那种难以言状又真实存在的情愫。她告诫自己,不要胡思乱想。

转眼间,黄谷仓红薯入窖已经一个月了。王贵从杨凌报来喜讯说:"黄谷仓红薯经农业部食品质量检测中心检测,其维生素C和钙、铁的含量数倍于同类食品,农残留等其他各项指标也均优于国家标准。食品学院各路专家初评认为,黄谷仓红薯符合健康食品的标准和称谓。"

红薯研究所刘教授也给何阳打来电话,说:"我从事红薯研究三十多年,还是第一次看到这么好的红薯指标。完全符合绿色、安全、营养的食品要求。何阳,你们把这次黄谷仓中试种薯的农艺流程和田间管理经验好好梳理一下,形成规范,以便推广。"何阳兴奋地回话说:"刘教授放心,种植试验中,所有的原始数据和信息都留底了,拉出种植标准化,应该没有问题。"

王川和学生们设计的黄谷仓网页、公众号及网店,以其自然农法、绿色营养、地缘优势、教授团队等特色,吸引了来自全国二十多个省区市养生一族的关注和购买热情。黄谷仓网店以每箱五斤六十元的价格开始试销售。优良的检测指标为黄谷仓的薯宝宝保驾护航,一路绿灯。

康忠良也忙得不亦乐乎,接到王川的单子,就忙着装箱,再把装好的箱子,用一辆借来的旧摩托车送到八里以外的镇上,再由此经快递送至全国各地。康忠良的口袋也随着摩托车轮子的飞转而日渐其鼓,加上看窑的钱,一年下来能挣两万多元。他开始琢磨着给家里买个大一点的电视机,他不在家时,瞎娘和瘫儿有个会说话的伴。剩下的钱再把院墙修修。他打心底里后悔,不该听黑娃的话,从三爷手里骗工钱,偷鸡不成蚀把米。

这期间,洽川县紧紧围绕两件大事做文章:一是怎么把洽川红薯地理标志产品做大做强;二是如何提前打赢脱贫攻坚战。作为戴了三十多年国家级贫困县帽子的洽川县,各级干部在兴奋之余,有的感到茫然,不知从何抓起;有的人云亦云,走过场;还有的盲目傻干,只见流汗,不见实效。

针对上述情况,李书记连夜召开县委紧急扩大会议,明确目标,部署任务。会上,李书记充分肯定了黑山镇红薯产业化中试的做法。要求在一年内,稳步扩大试点范围,做出规模效益,力争全县的脱贫攻坚决战,从这里获得突破性经验。

郑子龙开完会回到家,翻来覆去怎么也睡不着。何阳的中试检测数据已经证明,黑山镇的土地上,能种出受市场高端消费者青睐的高价值绿色营养薯。这破解了初级农产品无话语权、农业生产力低下、农民在贫困怪圈里打转等诸多以前难以解答的农村发展中的现实难题。现在要将这一模式在黑山镇进一步推广,唯一受限的因素就是土地。如何在保证农民生存发展权的前提下,实现土地承包经营权以村为建制的规模化流转?怎么才能将耕地证券化这么高深的金融工具实施的意义和方法给老百姓讲清楚。这两个问题都是农业产业化绕不开的难题,一个是基础,一个是命脉,缺一不可。

这些问题超出了郑子龙既往的经验底线,他想起了何阳。

一大早,郑子龙把镇上的工作安排了一下,带着喜讯和满脑门子问题,开了二百多公里车,来到学校找何阳。何阳刚刚结束毕业生论文选题审查准备回家,迎面遇见郑子龙。"你怎么来了?"何阳问。郑子龙打开车门说:"先上车,咱俩一起吃个午饭,给你说点儿事,我下午还要赶回去。"

"离学校不远处有家星巴克咖啡,喝杯咖啡吧?"何阳和郑子龙几乎是异口同声地说道。言罢,两人相视而笑。"太困了,昨晚审题熬到凌晨一点,上午又是两节课,就想喝杯咖啡,清醒清醒。"何阳说。郑子龙神秘地笑着说:"我有解药,保你一会儿就精神了。"

两杯咖啡、一份三明治下肚,何阳的倦意退去了一半。郑子龙见何阳缓过神来了,就把昨晚会议上的好消息和他的困惑一口气告诉了何阳。何阳听罢,兴奋得不知说什么好。"这简直就是久旱逢甘霖呀!"

何阳站起身,拽着郑子龙的袖子就往外走:"走,我回家取两件衣服,咱们回洽川,其余的事路上说。"郑子龙望着何阳自信、骄傲又得意洋洋的笑容,又恍惚回到了棒球场。他做梦也没想到那个甩辫子的小姑娘,不仅占据了他的心,如今还成了他事业上的伙伴和知音。他知道，他已经不能没有何阳。

黑娃今年日子不好过，黄谷仓的成功，调高了老乡们的胃口，他靠低买高卖赚差价的空间越来越小，基本是赔本赚吆喝。原打算花三万元打一口新红薯窑的事也随之搁浅。他找过几次康忠良，想把他刚收到的十几万斤红薯像往年一样先放到窑里，等春节后价高一点再卖。康忠良的嘴一直闭得严严的，就是不吐口。

凭借自己这么多年和康忠良的交往经验，黑娃晓得他的软肋。他想了一个康忠良无法抗拒的招儿来到康忠良家。

"康婶，我是黑娃。"说着黑娃一撩门帘进了屋。"黑娃，忠良不在，你有事？"忠良娘正在给瘫儿捏腿，一听黑娃来了，两只手先摸拐杖。黑娃赶忙过去扶住她，把拐杖递到老人家手里。"我今天不找良哥，我刚从县上回来，顺路看看您和娃，给您带了最好吃的正宗坊镇饪面。赶紧的，趁热吃！"说完，帮康婶把饪面打开摆好，就出了门。

自从眼睛瞎了，康婶再也没闻过饪面的香味了。此时此刻，她像做梦一样，双手捧起一碗热腾腾香喷喷的饪面，泪如泉涌。她依稀记得结婚那年，大民带她去县上吃饪面的幸福情景，那滋味从舌尖到心间怎么那么舒坦啊！她舍不得吃，只是使劲闻着，想着等忠良回来一起吃。

康忠良心软，受不了他娘流泪。他知道黑娃平日里不是送温暖的主儿，给他看了十年窑不及何阳一年给得多，但娘的眼泪戳得他心颤。娘给他讲了当年他大为给她挣一碗饪面钱，到煤矿去挖煤，差点儿送了命的故事。他看着娘一口面一把泪地吃完饪面，脸上浮现出一种从未有过的满足感。他全身的热血直往脑门儿蹿，转身就去找黑娃。

康忠良边走边想，反正还有三孔窑空着一小半，黑娃的红薯不多，不会耽搁何阳的事。话说回来，就是何阳知道了也不会怪他，因为何阳说过，她种红薯是为帮家乡脱贫致富的。娘也常说，能帮人家解难是积德的事。

"从来都是被人帮助，这次也该我康忠良挺起胸膛做一回人了。"康忠良自言自语地给自己壮着胆，越琢磨越坚定了自己帮黑娃的决心，脚下的步子也随之快了起来。一想到马上就要看见村里的名人黑娃对自己笑脸相迎、感激不尽的一幕，康忠良人生第一次隐隐体会到了受人尊重的满足感，他的心笑了。

(四)

"教授回乡种红薯"的新闻借着脱贫攻坚战役的东风被各类涉农媒体轮番报道。戴红镭拿着报纸找到何阳。共同的海外留学经历和专业背景，共同的人生观、价值观和世界观，让两人一见如故。一杯咖啡的工夫，两人已就黄谷仓红薯合作推广的重大问题达成共识。

当何阳把下一步红薯产业化推动土地集中化及耕地资产证券化的设想告诉戴红镭时，戴红镭站起来，向何阳伸出右手说："何教授，这是我的本行，我在摩根投行干过，人脉和渠道熟。如果你信任，我可以协助你找合适的SPV(结构化投资机构)，向国际市场发行证券。用我们的订单为投资人增信。"何阳毫不犹豫地握住戴红镭的手说："有你加盟我们更有信心！走，我带你去见黑山镇的郑子龙书记。他是咱们这项计划发起和实施的核心人物，他本人很有见地。"

何阳带着戴红镭来到郑子龙办公室。三人相见，心照神交。一番寒暄后，直扑主题。这一夜，办公室的灯光一直亮着。棋逢对手，将遇良才……当晨曦微露时，三十多页的从耕地规模化流转到耕地资产证券化整套方案完成稿已从打印机里诞生。黑山镇历史新的一页从这里开始。

洽川县的街上,这两天出现了一位穿着时尚、气质不凡、骑着一辆顶级捷安特变速车的女士。她的出现吸引了不少来来往往的路人的目光。

"一看就不是咱这儿人,这么高级的人,咋还骑自行车呢?"两个提着篮篮赶集的大妈指指点点地议论着。

"你们不懂,现在有钱人玩的是骑行,是健康,坐轿车过时了。"旁边一个过路的中年男人捡话说。两位大妈愣了半天也没想明白。其中一个穿黑棉袄的圆脸大妈朝插话人翻了一下白眼,不满地说:"就你能!"

话音刚落,时尚女的自行车已停在她身边:"大妈您好,能告诉我何家村怎么走吗?"她很礼貌地问道。圆脸大妈吓了一跳,半晌才反应过来,旋即回话道:"我不晓得,你问一下警察。""好的,谢谢大妈!"时尚女微笑着回道。

看着时尚女一蹬脚,自行车就像离弦的箭一样,一转眼就不见了。圆脸大妈不无感慨地说:"我的爷呀,人家说话咋就听着那么舒服呢!"

这位时尚女士不是别人,正是"都市家庭农场"的发起人兼"健康一族家庭主妇农产品采购协会"会长傅丽丽。她是加拿大UBC大学食品卫生与营养学专业的高才生,是何阳的校友。她是从食品杂志上看见了何阳回乡种红薯的消息后专程赶来的。

她按照警察指的路线,骑车来到何家村村南头的涝池边。刚准备问路,一眼看见擦肩而过的手扶拖拉机拉的纸箱上印有黄谷仓的

logo——一个金黄色的小粮仓图案。

她上前拦住拖拉机司机,问:"老乡你好,这是黄谷仓的红薯,何阳种的?"康忠良正要去镇上发快递,被这突如其来的拦车人吓了一跳。他一抬头,眼前这个女人的艳丽和着装让他不敢正视。他低下头说:"是、是的。"他的心跳得很快,很紧张,想赶快走开。"何阳家在哪儿,能带我去一下吗?"傅丽丽恳切地问。

"你跟、跟着我、我的车。"康忠良不敢抬头,吞吞吐吐地说着,随即掉头就走。傅丽丽笑了笑,跟着手扶拖拉机进了村。拖拉机在村北头第一个巷子口停下了。康忠良指着巷子东头第一家,说:"那、那就是何、何阳家。"不等傅丽丽答话,他一脚油门就走远了。傅丽丽无奈地摇摇头,推着自行车往前走。

眼前这座敦实、厚重又朴实、典雅的西北乡村老建筑,让她着迷,她不由得驻足观望。

何阳家的门前有一棵大槐树,大门是民国时期陕西、山西一带大户人家流行的老榆木铁铆钉镶嵌工艺。大门由两个磨得几乎看不清图案的刻着西厢记故事的方形石墩守护着。门头右上方的"光荣之家""革命军人"的牌子威严醒目,大门正中还贴着一张精准扶贫时"贫困户帮扶责任书"告示。门廊分内外两间,顶上是木质阁楼。迎面的照壁墙前用青砖垒了一个六边形镂空花台,青砖上长满了青苔。花台上放着一盆兰花,在青砖照壁墙的映衬下越发显得典雅。"幽兰在空谷,馥馥吐奇芳。"此情此景让饱含文采、浪漫脱俗的傅丽丽脱口而出。

"这是谁家的女子,怎敢不请自来?"傅丽丽背后传来一个熟悉的声音,回头一看,原来是何阳。两人极夸张地张开双臂,紧紧拥抱在一起。

"两年不见了,没想到你居然种起了红薯!上次温哥华同学聚会没听你说呀,搞出其不意?"傅丽丽直言快语道。"那是,跨界创新,出奇制胜!走,进屋,容我慢慢道来。"何阳说着话,搂着傅丽丽的肩膀,推车进门。

傅丽丽走到门廊中间,仔细地看着那张告示,笑着对何阳说:"没想到你们村精准扶贫工作搞得这么细,层层责任人都列在责任书里。""这是我兰香妈在世时村上贴的,去年兰香妈去世了,我留着它做个纪念。"何阳回道。

傅丽丽和她的家庭农场的出现,让何家村的人第一次知道了黄谷仓红薯的价值。

第七章 两次踏入同一条河

希腊哲学家赫拉克利特说过：人一生中不可能两次踏入同一条河流。两次陷入老实人陷阱的何阳，从伦理学角度，重新诠释了这一命题。

——作者

（一）

转眼已是十二月最后一个周末，晓非和伍军都要回来。何阳带着爸妈一起返回县城的家。

晓非像只小喜鹊似的，一进家门就叫喳喳，恨不得把学校一周发生的事，一股脑儿全说完。"妈妈，你知道吗，我和拴柱这学期坐同桌，我们俩还被学校棒球队录取为正式队员了，还参加了一次正式比赛，我们赢了。你看，这是棒球队的队服和奖状。"

何阳给了晓非一个大大的拥抱，说："我的好孩子，妈妈为你骄傲。"晓非又说："妈妈，拴柱是我们棒球队的主力队员，但这次因为没有队服，差点没能参加成比赛。后来还是老师给他借的服装。他不参赛我们很难赢。"

何阳睁大眼睛看着晓非同情又难过的小脸,对他说:"不是每个小朋友都像你一样幸运。"晓非点点头,似乎懂了。"妈妈,我能用我的压岁钱帮助拴柱吗?"何阳思索了一下,用手抚摸着晓非的头,说:"人都不喜欢被人同情和怜悯。拴柱有自己的骄傲和自尊,你要用不伤他自尊的方式帮助他,他才能感到舒适、温暖,才能接受。再想想。"晓非思索了一下说:"妈妈,我知道怎么做了,我明天就去找老师。"何阳听罢,朝晓非努努嘴,点点头,投去赞许的目光。

一阵喧闹后,爷爷带着晓非下象棋去了,何阳和余舍在厨房包饺子。每逢周末全家在一起吃顿饺子,已经成了何阳家几十年来不成文的固定仪式。远在美国吃不上饺子的晓军,也总能在周末时刻从视频中感受到饺子的香味和家的温暖。

窗外的路灯亮了,平日里这个点,伍军早就回来了,今天这是怎么了?何阳坐不住了,又不敢打电话,怕影响伍军开车。她解下围裙对余舍说:"妈,我去路边接一下伍军。"余舍看出她不安的眼神,急忙说:"去吧,就剩一点儿馅了,我一会儿就包完了。你穿上棉袄,外面冷。"何阳顺手拿了件棉衣急冲冲地出了门。

冬日的夜晚,天总是黑得早些。为了留住秋的味道,洺川的一些偏僻的小路会刻意不安排人手扫落叶。何阳踩着落叶,古人"秋来山雨多,落叶无人扫"诗句中描述的秋意萧瑟的味道扑面而来。何阳的心里莫名地平添了少许惆怅。她加快脚步,穿过满地的落叶,就着被干枯的叶子遮挡的忽明忽暗的路灯,向大路走去。

这是伍军回家的必经之路。她在路边来回地踱着步,两只眼睛瞪得圆圆的,不放过任何一辆牧马人汽车。足足一个小时过去了,依然没有一丝音信。她打了电话,没有人接。她开始紧张起来,直接打电话到部队。伍军的副手回话说:"嫂子,别急。我刚从现场回来,部队长还在武器试验现场,一会儿就可以接电话了。"听到这个消息,何阳松了一口气,赶忙给爸妈报了平安,自己也调头往回走。

  盲人学校的电影室像往常一样座无虚席。今晚放映的电影是《简·爱》。电影中,男女主人公的不幸命运及跨越各种世俗障碍不懈追求崇高爱情的感人故事,在郑子龙和何月声情并茂、全情投入地讲解中,捕获了全场每一位学员的心灵,在他们的无光世界里点燃了希望之光。

  电影结束了,何月还深深地沉浸在简·爱和罗彻斯特的爱情故事中。"我对郑子龙的心又何尝不是执着、热情和勇敢的,为什么就不能打动他的心呢?"她满脑子都是问号,百思不得其解。直到郑子龙轻轻拍了拍她的肩膀,示意她该走了,她才从思绪中回过神来。

  伍军晚上十点才回到家,老人和孩子都睡了。何阳在客厅等着伍军。见伍军浑身是土,一脸疲惫。何阳心疼地摸着他的脸问:"这是怎么了?"伍军耷拉着脑袋没作声。"洗洗脸先吃饭。"何阳把热好的饺子端上桌,对伍军说。"吃过了,我去洗洗澡,你先睡吧。"伍军头也不抬地去洗澡了。

  何阳很少见伍军像今晚这样情绪低沉、闷闷不乐的样子,不知道他是累了,还是遇到烦心事了。作为妻子,她突然有一种负罪感,自从开始回乡种红薯,她对伍军的关心甚至不及红薯的一半。她默默地洗着伍军换下来的衣服,衣服上那独有的浓浓的汗味让她又心醉又心酸,泪珠儿止不住地往下掉。这泪珠儿一半是愧,一半是疼。

  整整一夜,伍军一言不发。何阳假装睡着,实则彻夜未眠。

  太阳出来了,何阳家像往常一样祥和、快乐。吃完早饭,伍军带着全家去了洽川的著名景点——黄河湿地。那里的万亩芦苇、千眼神泉、百种珍禽、十里荷塘让人流连忘返；那里秦晋相望的黄河，阅尽了人世间三十年河东三十年河西的轮回变迁；那里"关关雎鸠，在河之洲，窈窕淑女，君子好逑"的诗句，含蓄唯美，千古流传。

伍征和余舍去了处女泉。芦苇、莲藕、白鹭、红嘴鸥和悲凉的唢呐声，勾起余舍对何川的思念。四十七年前，也是在这个季节，何川曾经带她来过这里。当年两人就坐在处女泉边，何川拉着她的手给她吟《蒹葭》。"蒹葭萋萋，白露为霜。所谓伊人，在水一方。"那情那景似乎就在昨天，那声音此刻就在耳边。余舍下意识地左右看看，像是在找什么，心里反复念着这几句诗。当她怎么也找不到身边的他时，眼泪不禁夺眶而出。

伍征一回头，看见余舍流泪了，着急地问："你怎么了，哪里不舒服？"余舍摇摇头擦干眼泪说："没有，只是触景生情。"

何阳独自一人来到黄河岸边眺望。只见冰凌相互推搡着、拥挤着自西向东奔涌而去。黄河执拗向东的力量携带着一股股冷风扑在何阳脸上，让何阳顿感轻松。昨夜的烦恼一下子被川流不息、滚滚向前的黄河水带向了大海。回过头看着伍军和晓非骑着马在河滩上奔驰的洒脱劲，何阳的心又飞扬起来。"等等我——"何阳大声喊着，朝着马儿的方向跑去。

美好的一天随着晚霞落幕。伍军又要回部队了，何阳送伍军到了高速公路口，仍然依依不舍地拽着伍军的衣角不松手。她心里感觉到了伍军内心的不悦。

结婚二十六年了，伍军从来没有对她发过脾气，一言不发就已经是最大的愤怒表现了。她不想让他带着郁闷和失望离开，她主动打开僵局，说："伍军，都是我不好，让你受委屈了。我保证改正错误，重新做人。"说完，向伍军致了一个军礼，赖唧唧地看着伍军。伍军憋不住了,终于张开尊口对何阳说:"是我不好,没时间照顾你和家里。但你以后病了一定要告诉我。我是你丈夫,从别人嘴里才知道你病了,我很难受!"原来是这么回事,何阳惭愧地扑进伍军怀里。伍军抚摸着何阳乱蓬蓬的头发,心疼地流下了眼泪。

(二)

再有二十天就是春节了,黄谷仓网店超乎寻常地忙碌。王川带领的销售团队在短短两个月内,把黄谷仓红薯卖到了二十六个城市,累计售出约二十万斤,其中不乏感人的故事。

上海的销售商为了选择消费者最爱吃的红薯品牌,采购了来自全国十多个红薯主产地的红薯,办了一个匿名红薯沙龙,邀请消费先导者前来品尝。最终他选择了用嘴投票得票最多的黄谷仓"莘国红",作为主推品牌。傅丽丽旗下的养生一族家庭主妇农产品采购协会北京分会的热心会员们,组团来到何家村现场品尝,观光体验,远程采购。戴红镭的国际推广也在有序推进。一些不产红薯的寒带国家和地区的代理商,对在洽川建立红薯联合种植基地表现出极高的热情。俄罗斯西伯利亚公司的业务代表先行先试,经实地考察和谈判,已与黄谷仓公司签订了"合作种植意向书",包括联合建立脱毒苗种苗基地、标准化红薯种植基地、现代化储藏与物流及加工基地等全流程合作事项,还特意选派了刚从西安外国语大学硕士毕业、说着一口流利陕西话的哈萨克斯坦"陕西村"姑娘安娜当联络员。

烦恼也相伴而生。最近一段时期,网店陆续接到了一些投诉,反应售出的红薯有黑斑和腐烂现象。王川把客户反馈的照片传给刘教授,刘教授看完照片连夜给王川打电话,说:"如果窖里温度没有降到

9℃以下,基本可以断定是病菌感染。应立刻去储存现场排查、处理。我准备一下,明天早上九点钟,咱们在高速公路入口见。"

听了刘教授的判断,王川感觉到了事件的严重性,如果窑里的红薯出了问题,销售就要立刻停止。王川一看表,已经是晚上十点钟了。他心急火燎地把这一情况告诉了何阳。何阳刚从省决策委开完年会,接到王川的电话,立刻召开了黄谷仓紧急电话会议,商量应急预案。会议决定销售暂停。如果确属问题薯,将给予受害消费者双倍赔偿。

天阴沉沉的,就像随时要塌下来似的。何阳一行三人驾着车往何家村赶。一路上谁都不想说话,死一般的寂静。一种从未有过的憋闷的、令人窒息的空气笼罩着车厢。只有车轮飞速前行中与路面摩擦发出异响声和毫无提防时的刹车声,才会让三人同时感觉到彼此的存在。

王川握着方向盘,被自己瞬间意识流似的驾驶吓出一身冷汗。他打开音箱,让舒缓的旋律打破沉闷。何阳也意识到了危险,断开思绪,和着音乐,硬着头皮唱起来。

离洽川县还有约二分之一路程时起雾了,越来越浓,车窗外浓雾弥漫,路旁的小树挂上了霜,白茫茫一片,视线被限制在三十米以内。车打着雾灯,停停走走。像吃了慢慢草的乌龟一样,缓缓爬行。王川说:"两位老师,雾太大了,高速路上车速快,路面打滑,随时会有危险。咱们应尽快找到出口,使出高速。""好,好,安全第一。"何阳和刘教授连声应道。

王川听得出来,遇到这种情况,大家都神经紧绷,两眼圆睁。他越发谨慎起来,心里默默对自己念叨:"王川同志,你手里的方向盘此刻决定着车上三人的命运,要千万小心!"

车下了高速,路两边更是什么也看不清。开始还能沿着导航指引的方向一步一步向前挪着。突然车身猛地一震,撞上了土崖,三人都被震晕了。醒来时，他们互相一看，都受了伤。王川的右腿、刘教授的左腿撞伤了，疼痛难忍。何阳坐在副驾驶的位子，额头碰破了，只觉得头晕沉沉的。她用纸巾擦擦额头上的血，用丝巾包扎起来。王川报了警，又给贾明通报了情况。一切安排就绪，三人对视，无奈地咧咧嘴。

音箱还在反复播放着贝多芬的《命运》交响曲，就像上天派来这位坚韧的音乐巨匠，用不屈的、悲怆的旋律，给正在遭受磨难的朋友以心灵的安慰和抗争命运的力量！

中午时分，雾渐渐散开，王川按下车窗往外一看，说："我的妈呀，幸亏咱的车撞向右边了，要是滑向左边，咱们就见到马克思了！"何阳扒着车窗探头一看，出了一身冷汗，说："真悬啊，左边是一眼望不到底的深沟！老天有眼，知道我们壮志未酬，真是阿弥陀佛了。"王川和刘教授咧了咧嘴，不知是疼，还是在苦笑。

说话间交警和贾明都来了。受损的车被交警叫拖车拖走了。贾明拉着三人先去县医院简单处理了一下外伤，裹上绷带，带上药，四人又马不停蹄地赶往何家村。

郑子龙带着黄鹂、徐坤和镇政府一班人组成宣讲队，走村串户，座谈宣讲镇政府关于《红薯产业化、耕地规模流转及证券化实施方案》草案，征询每家每户的意见。一时间，家家的炕头、村村的巷尾，耕地变革的事成了头号新闻。老乡们又欣喜又担忧。欣喜的是不种地也能挣到钱，不愁没劳力吃不上饭；担忧的是红薯产业化如果失败了结果谁承担？不种地的农民能干什么？多数人不相信不种地还能分到钱的道理。

宣讲队来到何家村，那些肚子里有点墨水又肯动脑子的人知道这是大趋势。他们很少说话，听完就回家算账，琢磨政策，讨价还价。咋呼的人多半没主见，人云亦云。

郑子龙觉得老乡们的担心很正常。改革开放三十多年了，城市的发展吸引了农村的新一代。洽川的后生和姑娘也随着这股潮流，成批成批翻越金水沟去大城市打工了，农村家里剩下的基本上是老人和小孩，有的干脆把门锁了，全家进城，空户荒地现象比比皆是。但是，农民祖祖辈辈都围着土地转，你要把他的土地换成本本，出让给别人，他就觉得没处挖抓了。老人们更是倔，宁肯地荒着，也不愿让给别人，任你把嘴皮子磨破，他也不相信手里的土地股权证本本能养活他的家，尤其像景昆爷这种还有能力经管自家土地的农把式，就更挺直腰杆子反对了。最后景昆爷索性大小会都不参加，谁的面子都不给。

黄鹂平日里是学校的辩论高手，满腹经纶，总在寻找用武之地，这回算是领教了现实生活的复杂性和人性在利益面前的形形色色。作为郑子龙的助手、何阳的得意门生，她一肚子的理论不知怎么才能给毫无金融意识的老乡们讲明白。无意中她看见了徐坤播放的景昆爷套牛犁地的短视频，一下子有了灵感，拍了一下徐坤的肩膀，说："有了！"徐坤一脸懵懂："有什么了？"黄鹂把自己的想法给徐坤一说，徐坤高兴得跳了起来。

两人征得郑子龙同意后，将镇政府方案中老乡们关心又难以理解的问题，以及不同家庭在土地改革中表现出的不同心态等，用通俗易懂的动漫加微电影形式表演出来，让老百姓从电影里找到自己，找到答案。

黄鹂和徐坤通过网络组成团队，连夜赶制。

亚当·斯密《国富论》关于人性、利益、财富关系的基本原理包括：1."从来不向他人乞求怜悯，而是诉诸他们的自利之心。" 2."从来不向他人谈自己的需要，而是只谈对他们的好处。" 3."一个好的经济制度就是鼓励每个人去创造财富的制度。"这些著名论断中阐明的逻辑,编纂出不同人物在利益博弈中的心理与神态,所失与所得。运用蒙太奇思维和技术激发联想,把主人公在土地变革中的困境与烦恼、矛盾与纠葛、财富与希望,以及心理空间和现实空间汇于一瞬。满足了每一个观看者渴望跨过时空,了解和感知自己的昨天、今天和明天的愿望。

微电影的播出,引发了黑山镇村村户户的热议。微电影的宣讲效果在矛盾最突出的何家村出乎意料地好。自愿报名参与整体土地流转和耕地证券化试点的农户一下子超过半数。郑子龙最担心的群众思想不通的坚冰正在一点点融化。他由衷地为两个年轻人跷起大拇指说:"你们为黑山镇的老乡们脱贫致富立了大功,谢谢你们。"

黄鹂和徐坤突破了自己,赢得了掌声,也萌发了爱情。

何阳一行心急火燎、水米不打牙地来到康忠良的红薯窑前。三爷和康忠良早已在窑前等候,一看除贾明外,车上下来的几位个个头上、腿上抱着纱布。"这是怎么了?"三爷心疼地摸着何阳额头的伤口问道。"没事,路上雾大,出了点小事故。"何阳回道。康忠良像个木头人一样低着头,站在一旁一言不发,时不时用余光观察着每个人的表情。他知道自己没管好窑,但不知道窑里的红薯到底是怎么坏的。愧疚、委屈、害怕的情绪挠得他心慌。

刘教授、贾明和三爷跟着康忠良进了窑。十五分钟后,刘教授把每个窑里的取样拿到院里研究。他详细询问了康忠良日常管理流程与细则,查看了每日温度记录。他指着样品表面的黑斑给大家讲:"窑里的红薯染上了黑斑病菌。其中三孔窑病菌已扩散,剩下的五孔窑目前情况还好。但黑斑病菌的孢子会借助空气、人、昆虫、老鼠等的流动而扩散,很难避免重复和继续感染。"

刘教授的判断让何阳倒吸一口凉气。她凑到刘教授耳边轻声问:"教授,这是不是意味着黄谷仓的红薯今年不能再卖了?""是的。从保品牌的角度出发,这三口窑的红薯销售应立刻停止。其余窑里未感染的红薯也要尽快处理。咱们的红薯是机收,又逢阴雨天晾晒不足,极易感染。好在这次的病菌是入窑后感染的,如果是土地感染了这种病菌还需休作或轮作,那损失就更大了。"刘教授看着手里两颗染菌的红薯惋惜地说。

三爷满脸愧色,一遍遍地说:"都怪我,都怪我!我要是早发现就不会出这样的事了。"说罢,狠狠地瞪了一眼康忠良。三爷一进门看到窑里红薯堆放形态的变化,大致就猜到了祸根在哪里。

"染了这种病菌的红薯还能吃吗?"王川眉头紧锁,着急地问。"严格说来是不能再食用的。这种病菌不易被高温杀死或破坏,人吃了会中毒的。"刘教授斩钉截铁的专业结论,出乎在场所有人的意料。

康忠良的两腿不停地抖动,牙齿碰得咯咯响,脑袋低垂着,恨不能塞进裤裆里。

何阳强压住内心的痛和苦,抖了抖精神,说:"事已至此,悲伤是没有用的,稀释悲伤的办法只有直面悲伤。先吃饭,饭后开紧急会议,理出解决方案。"

"你们先吃饭,我和忠良再进窑看看,一会儿过去。"三爷对何阳说。

三爷拽着康忠良的胳膊进了窑,指着那一堆长得歪七扭八的红薯愤怒地问:"这是怎么回事?如实说!"康忠良再也绷不住了,"哇"的一声哭了,跪在地上,说:"这、这是黑娃的。他求我,我、我只想着帮、帮他,没、没想到闯下这么大、大的祸。我死、死的心都有,你打我、打我。"三爷看着康忠良那不争气的样子,气得直哆嗦,一个巴掌抡过去打在了自己的脸上:"你让我这老脸往哪里搁?对不起人啊!黑娃给了你多少钱,让你背信弃义?!""一、一百元。"康忠良委屈地抽泣着说。三爷拉起他,又恨又疼地说:"你让我咋说你呢,一百元就把自己饭碗砸了,把人丢尽了!"

黄谷仓的紧急会议是在何阳家的"乡村夜校"里召开的。经过反复讨论,会议决定:一、停止一切销售行为,如实向消费者说明情况;二、已售出的问题红薯,双倍价召回;三、对所有参与黄谷仓红薯产业化中试的人员开展专业培训和考核,成绩合格者才有资格被继续聘用,积极寻求专业农耕公司合作;四、立刻启动红薯冬储窑计划,不能把鸡蛋放在同一个篮子里;五、适时增资扩股,控股黑山镇红薯脱毒苗基地,布局黄谷仓红薯加工基地,进军红薯高附加值低风险领域。其中一、二、三项由王川负责,冬储窑由雷志鹏拿出方案,其余由贾明管理团队负责落实。

会后三爷把真相悄悄地告诉了何阳。何阳一时不知说什么好,痛苦又无奈地长长叹了一口气,右手指下意识地在桌子上敲击着。

黄谷仓的现金流水一夜之间从滚滚涌进转为哗哗流出,亏损已成定局。

好事不出门,坏事传千里。"何阳的红薯出事了"一时成了头号新闻飞速在何家村传播开来。各色人等的反映莫衷一是,有唏嘘不已的,有指桑骂槐的,还有幸灾乐祸的。黑娃就属于最后一类,他仰天长笑,攥紧拳头,心里一个劲儿地对自己喊:"天助我也!"

黑娃这次着实为自己的足智多谋、歪打正着感到无比的幸运和骄傲。这一下,不费吹灰之力,老天爷就帮他出了几辈辈压在心头的恶气,还为手里的购货订单逮了个机会。老天真有眼啊!

趁着运顺,他提了一捆啤酒径直向康忠良家走去。

"良哥在家吗?"黑娃站在院里朝屋里喊。康忠良这些天良心难安,最不想见的人就是黑娃。一看黑娃已经站在窗户外就要推门进来了,为了不让娘知道,他硬着头皮撩起门帘,说:"走,院、院里说。"他把黑娃拉到后院,揪住黑娃的脖领,双目圆睁,脖子上的青筋暴得鼓鼓的,从牙缝里挤出一句话:"你、你还有脸见、见我,赶紧给我滚、滚出去。"黑娃知道康忠良是孝子,不敢在院里动他一指头。他满脸堆笑,说:"良哥,你先消消气,我也是受害者,我的红薯也坏了,我的损失找谁要去?"康忠良一听这句话,立马愣了,心想:"是啊,黑娃也赔了。难道他是来算账的?"他两腿一软,瘫坐在地上。

"良哥,我知道你心里堵,兄弟我今儿就是来给你解闷的。先喝酒,消消愁。"黑娃说完,就地盘腿一坐,递给康忠良一瓶啤酒,两人对喝起来。一捆啤酒下肚,康忠良和黑娃都释然了,竟相拥而泣。康忠良哭他的惝惶,而黑娃则是如愿以偿,喜极而泣。

何阳回到家,趁爸妈不注意,先溜进了厕所,伪装一番。她吸取了上次的教训,第一时间把自己受伤的事发短信告知伍军,只盼着伍军能早点回到他的身边。

面对两位老人,她只能坚强。她从厕所出来,装出一副若无其事的样子说:"爸,妈,今晚别做饭,我带你们去吃剪刀面。"余舍看见何阳头上裹的纱布,心疼地问:"这是怎么了?我看看。"何阳说:"没事,走路不小心磕的。"伍征知道何阳说了谎,为打消余舍的疑虑,故意轻描淡写地顺着何阳的话说:"小伤没事,按时换药,几天就好了。"

正在这时,传来一阵急火火的敲门声,何阳一开门,原来是郑子龙。郑子龙还没张口就被何阳的话堵住了:"郑书记来了,好久不见了,正好一会儿一起去吃剪刀面。"郑子龙一下子明白了,把冲到嘴边的话先咽了回去,说:"阿姨好,叔叔好,刚听说何阳回来了,来看看。今晚我请大家吃剪刀面,一起唠唠家常。"何阳接过话,故作轻松地说:"真是有福不在忙,谢谢了。"

一顿滚烫的麻辣剪刀面化解了笼罩在每个人心头紧张的气氛。何阳长长地出了一口气。饭桌上,她悄悄告诉郑子龙:"一切都安排好了,放心。"郑子龙脸上这才挂了点笑意。

晚上,伍军发来视频询问伤情。何阳捂着伤口,那娇嗔的模样让他心疼。在他眼里,何阳就是个长不大的孩子,毛手毛脚,丢三落四,每次出门他都千叮咛万嘱咐,一次没说到就准出错。本想重重地说何阳两句,话到嘴边又不忍心了。作为丈夫,他不能陪在她身边已经很愧疚了,他没有资格责怪何阳。

"没事,只是向你汇报工作,想你了。"何阳赖唧唧地说。"看见你我就放心了,这周我有任务回不了家了。你可以来部队看我。"伍军说。"嗯,我去。"何阳对着视频一个飞吻道。

放下手机,何阳已经困得睁不开眼了。睡梦中,她梦见自己躺在伍军宽厚温暖的怀里,甜蜜地笑着,一切痛苦都在瞬间化为乌有。

何阳数着日子挨到周末,放下手里所有的事,一路歌声来到部队看望伍军。不知怎么回事,自从上次车祸后,虽然只是一周没见伍军,她总感到就像生离死别过一次一样,特别渴望。

到了驻地,伍军还在武器试验现场,警卫员带她到伍军房间休息。她看见床上扔了几件满是汗渍的脏衣服,抱在胸前吻了一下,那熟悉的味道让她泪流满面。结婚二十六年了,她习惯了被伍军照顾,总觉得伍军一切都有部队管着,不用她操心。今天看见房间里乱作一团,活脱脱一副没人疼没人爱的场面,何阳心里好不自责。她脱下外衣,挽起袖子干起来。

夜幕降临了,院里出奇地静,一轮明月悄悄地爬上窗户对着何阳笑,伍军最喜欢的《蓝色多瑙河》圆舞曲在屋里缭绕。何阳坐在桌前,右手指熟练地就着旋律敲击着,憧憬着与伍军相逢的时刻。突然,院里的哨音和救护车"唔哩——唔哩——"的警笛声一阵紧似一阵,杂乱的脚步声把何阳的心撕得阵阵发疼。她不敢多想,心里默默祷告:保佑,保佑伍军平安无事!

有人敲门,一定是伍军回来了,何阳不顾一切地冲了过去。门开了,门口整齐地站着几百个军人,向她行注目礼。她用焦急的目光寻找着那张熟悉的脸,可却怎么也找不到,她抓住副部队长的手摇晃着问:"伍军呢,他人呢?"所有的人都脱下帽子,深深地低下了头。"嫂子,你要挺住。部队长在刚才的新式武器试验中牺牲了。他是我们学习的榜样,是军人的骄傲!"何阳只觉得脑袋里"嗡"的一声如天崩地裂般炸响,眼前一黑就失去了知觉。三天后,当她醒来时,发现自己已经躺在了部队医院的病床上。副部队长和何月、郑子龙站在病床两侧用焦急的目光看着她。

何阳左右找伍军,当她看见副部队长眼眶里噙着的泪水时,她才意识到她的伍军再也回不到她身边了!她浑身颤抖,心如刀割,泪如泉涌。

(三)

过年了,侠娃家今年格外热闹。何兵回来了,还通过自学考试拿到了大专文凭。人也长高了,沉稳了。侠娃房前屋后地张罗着,逢人便按捺不住地把这条新闻用号外级声音播报出去。最让她高兴的是安娜今年也在她家过年。安娜觉得中国年很神秘,喜欢中国农村的年味儿。她特意留下来在侠娃家过大年。两个年轻人给这座古老的院子带来了欢歌笑语,撩起了满院的活力。

三爷家的灶火也燃烧个不停,何乐乐带着妻儿第一次回家过年。寂静了几十年的院子,在大年初一零点钟准时放起鞭炮,炸响了何家村的春天。三爷家多年不来往的亲戚今年踏破了门槛。大鹅也不甘寂寞,骄傲地仰起雪白的脖子,尾巴神气地向上翘着,时不时"嘎嘎嘎"地从人群中穿堂而过,悠然一副准主人的模样。

黑娃帮康忠良把问题薯按要求处理完了。另五孔窑里剩下的二十多万斤红薯,也用扫地价处理得干干净净,腰包鼓鼓地过大年。手上的金扳指和两颗新镶的金牙成为黑娃今年成功的象征。他逢人必握手,见人就咧嘴笑,生怕在村民眼里失去何家村首富的光辉形象。

康忠良今年也挣到钱了。尽管犯了大错,按合同黄谷仓公司不应再给他付钱。但何阳念他不易,又非故意为之,自己掏腰包把看窑费一分不少地付给了他。康忠良家里今年也酒肉不缺,粮仓满满。老母和瘫儿都换上了新买的羽绒服。康忠良觉得自己拿何阳的钱心中有愧,他不放炮,不声张,不给自己买新衣,暗暗下决心要用行动报答何阳,跟着何阳干,不讲任何条件。

景昆爷家更是喜气洋洋。除了康民媳妇身体没见好外,孙儿拴柱的学费攒够了,学习成绩也升为全班前三了,作为棒球队主力还找到了成就感。这不,早上吃完饺子就去学校操场和晓非切磋球艺了,说是要在球场共庆新年呢。

景昆爷带着大黄,哼着秦腔,穿着新衣裳,在村里的中轴线——南北道上来回溜达。他很享受乡亲们投来的那一撇羡慕的眼光。多少年了,他头一回感到肚子里气顺,扬眉吐气,使劲把腰杆往直里挺。直到康民说老舅家来人了叫他回家,景昆爷这才罢休。

何家村近千户人家数何阳家年味最浓。院里的枣树上挂着十来个像柿子一样红彤彤的小灯笼,侠娃新剪的红纸小猪窗花格外醒目。白天阳光一照,憨憨的小猪呼之欲出;晚上随着油灯忽明忽暗闪烁的微光,小猪宛如天使,抚慰心灵。

院里摆了一张八仙桌,余舍打着腹稿编纂对联,伍征挥动毛笔写对联。安娜守在一旁像只小喜鹊一样来回飞舞,把家里家外的门上都贴上了新春联。这一贴不要紧,左邻右舍都来讨要。两位老人和安娜为此忙了好几天,直到大年三十晚上才消停下来。

何森、何林、何月今年都跟着何阳回何家村过年了,打算过了十五再走。年三十晚上,四人一起带着父亲生前最喜欢吃的羊肉饺子、兰香妈爱吃的煎饼,何阳也悄悄地为伍军做了他最爱吃的红烧肉,来到北坡祭奠亲人。

何森双膝跪地,把酒洒泪,似在告慰天堂里的亲人,又像是眷恋着这片故乡的黄土地,或是为自己刚刚解体的婚姻在呐喊、叹息。他已经决定回国和何林一起创业,为国内刚起步的通用航空领域填补一些急需的技术空白。

何林在北坡顶放了一挂十万响的鞭炮,对着苍茫大地怒吼:"故乡,我回来了!"

何月挽着痛不欲生的何阳轻声说:"姐,这儿没人,你放声哭,把心里的痛和苦都撒给大地吧。"

伍军去世二十多天了,何阳一直瞒着爸妈和孩子,谎称伍军去外地执行特殊任务了。她知道自己当下无法承受更多的压力,只盼望时间帮她稀释痛苦,渡过难关。选择在老家过年,也是因为这里祖祖辈辈、拐弯抹角都是亲人，可以让两位老人和晓非感受无界墙的大家庭那种厚重的乡情与博爱，也为自己留一点疗伤的空间和时间。

何兵几乎每天都来何阳家。明着看姑姑、叔叔，实则为见安娜。何兵对何阳说："姑姑，我想回乡跟你一起种红薯。咱村几个和我一起去南方打工的年轻人都有这个打算。父母年纪大了，也需要我们留在身边尽孝。这几年农村政策好，特别是有你亲自带领我们干，我们能看到希望，你就答应我吧！"何阳笑笑说："好孩子，你从小就和姑姑亲，姑姑巴不得你回来呢。过完年把那边的工作交接好就回来，姑姑等你。"

何阳打心眼里喜欢这个帅气、豪爽、好学的侄子。何兵小时候长得虎头虎脑，很亲何阳。有几个暑假何阳都专门把何兵接到城里和伍晓军一起玩。她希望何兵开眼界、见世面，长大有出息，侠娃也能享上何兵的福。眼前的何兵的确比他的爸妈有出息，何阳心里暗自为侠娃高兴。

站在一旁的安娜把何阳和何兵的对话听得真真的，她凑过去悄声对何兵说："我也等你。"说完拉着何兵在院里跳起圆舞曲。

何月一看，这月色、灯光、气氛已经把农家小院的舞会推到了眼前，何不借此让大家轻松一下。于是她就势把爸妈、哥哥都请到院里，踏着《春之声圆舞曲》的歌声起舞。一对对舞伴随着悠扬的旋律旋转起来，就像花儿一样绽放。

何月做梦也想不到此情此景还是刺激了何阳脆弱的神经。"要是伍军在该有多好，他最喜欢在农村过年了。今晚舞池里最闪耀的人一定是我的伍军。"想到这儿，何阳只觉得脑袋发胀，顷刻间眼泪像开了闸的水止不住地往外流。她怕被人看见，急忙转身出了大门，一个人向黑漆漆的北坡走去，身后一个身影追了上去。

郑子龙这个年过得很沉,很累。何阳遇到的接二连三的命运打击,生生撕碎了他的心。把何森、何林叫回家,分解一点何阳的压力是他和何月的主意。他把何阳接回家后,嘱咐何月照顾好何阳,不能出任何差错。

郑子龙作为黑山镇的父母官,把年关必做的事列了个一人高的清单。孤儿院、五保户、贫困户、病残户等需一一登门送温暖,解决实际问题。近几年各村出现的留守儿童、留守妇女、留守先生、光棍汉也要安抚。一直忙到大年初四,他才稍稍能喘口气。

这期间,每天忙完不管多晚,他几乎都去何阳家转一圈。毕竟何阳的痛苦和幸福才是他内心深处最痛的神经,丢不掉,抹不去。

今晚一进村,就隐隐约约望见何阳一人朝北坡去了。郑子龙三步并两步追了过去。追到何阳身后十米远时,一看四下无人,他大声喊道:"何阳,往前看,别回头,生命没有回头路!"何阳听出是郑子龙的声音,他在用美国最富影响力的励志演说家莱斯·布朗的思想激励自己。

一句话敲醒了何阳。她停住脚步,片刻凝神后转身向郑子龙走来。走到郑子龙身边,她仰起脸对郑子龙说:"谢谢你,我知道我现在还没有资格流泪,走,咱们回家!"郑子龙透过月光,看到了何阳脸上的泪痕。他心如刀割,眼泪像断了线的珠子滚落下来。

院里舞会还在延续,看热闹的人越围越多。满仓追着何月给他教舞,晓非努着劲儿把何林往外拽,边拽边喊:"小舅,给我讲讲飞机的故事。"何林轻轻地捏了捏晓非冻得红扑扑的小脸,说:"小家伙,过年还在想飞机。明年舅舅要新进一架法国的'海豚'直升机,等你考完大学,带你去坐飞机,在飞机上现场讲,怎么样?""太爽了,小舅真好!"晓非一蹦三尺高,何林用一只胳膊吊着晓非转圈,直到晓非喊晕才放下他。

拜年的老乡和亲戚从早到晚川流不息，何阳强压内心的悲痛，带着弟弟妹妹们走亲串邻，回拜看望。

"眼前好好过年才是最重要的，无论你内心是悲伤还是欢喜，日子没有回头，日月轮回没有放慢脚步。"何阳时不时为自己打着强心针，生怕自己顶不住身体里蕴含的无处不在的悲伤。

晚上的时间属于何阳。她可以静静地躲在自己房间给伍军写信。自从郑子龙那晚北坡月下追何阳后，郑子龙的眼泪和带给她的感动时刻提醒着她要坚强、要勇往直前。何阳再也不忍心让亲人、朋友为自己痛苦和操心了，她每晚都用写信的方式和伍军对话，寄托对伍军的爱与思念。在她心里，伍军真的只是去了远方。

（四）

雷志鹏这个年，过得是荡气回肠，悲喜交加。

从小在农村长大的他，目睹了爷爷、爸爸、叔辈们种了一辈子庄稼还穷得叮当响的日子。从回乡那天起，就决心跟着老师把红薯产业做大。黄谷仓红薯去年冬储出了问题后，何阳把这个难题交给了从小在庄稼地里滚大的雷志鹏。一句话，找到最安全的冬储方式，不能把鸡蛋放在一个篮子里。

雷志鹏知道肩上这副担子的重量。接到任务后，一刻也不敢懈怠。白天他遍寻务农老把式当面请教，晚上他把自己关进屋里就着微弱的灯光查找资料。

功夫不负有心人，一次偶然的机会，他去二爸家串门，发现他家地窖存的红薯临近春节了依然色泽鲜艳，口感甜面。他一打听才知道，十几年了，二爸家地窖里存的红薯到来年五六月口感都没问题。他喜出望外,钻进二爸家地窖里看了个究竟,还三天两头缠着二爸讲冬储红薯的故事。几天下来,二爸那点经验和教训让他掏了个底朝天。这还不罢休,雷志鹏为了保证品质,把二爸地窖里存了一冬的红薯选样寄给王贵老师做检验。检验出来的结果出乎意料地好。他这才坐下来,用自己所学的生物学理论,结合当地经验和检测结果,赶在大年三十前向黄谷仓董事会提交了一份有血有肉、有理有据的《红薯窖储可行性方案》。

雷志鹏是家里的独苗,上个月母亲查出肝癌晚期,医生说顶多活三个月。雷志鹏怎么也不相信母亲有一天会离开自己。他东拼西凑,到处借钱给母亲看病,希望奇迹能出现在母亲身上。父亲知道志鹏妈没多少日子了,忙着托媒人给志鹏说媳妇。一来想冲冲喜,二来想让志鹏妈临死前看到志鹏成家。

志鹏家虽然穷,但志鹏人长得帅,又是大学生,愿意嫁给他的姑娘还真不少。在他爸的威逼下,姑娘见了十几个,但雷志鹏始终不开口。他爸气得拿扫把打他,他一动不动。他压根儿也没想过,事业还没起色就找媳妇,更没想过在农村找媳妇。

志鹏妈今年才四十八岁,她不甘心就这样死去,把一肚子的怨气全倒在志鹏爸身上,白天骂:"你这挨刀子的,没本事的怂,咋不死呢!我跟了你三十年,没过过一天好日子,你让鬼来缠我。我不想死,不想死!"晚上躺在床上也不消停,在志鹏爸身上乱抓乱拧,直到她拧不动了,才肯松手。就连给雷志鹏准备结婚用的被褥,她也逼着志鹏爸拉出来自己先享用。她知道自己日子不多了,她后悔自己把命都给了丈夫和儿子,一点都没给自己。

志鹏妈就这样没黑没白地闹,村上老人看了都说,志鹏妈这是在"辞人"呢,怕她死后亲人难过。志鹏爸是个老实疙瘩,整日挨累受气,没多久也累倒了。

同村有一个姑娘叫雷喜凤,比雷志鹏小三岁,没考上大学就在家待着。她从小就喜欢雷志鹏,听说雷志鹏父母都病了,天天来家里照顾老人,赶都赶不走。

春节期间,在媒人和父亲的撮合下,为了给喜凤一个名分,雷志鹏被现实推搡着违背了自己的初衷,同意和雷喜凤结婚。女方知道志鹏家穷,答应彩礼钱先欠着,并陪嫁全套家具。但喜凤要求雷志鹏在结婚前要给她爸说句好话,把娘家置办的家具拉回新房装面子。雷志鹏不想拿女方家的东西装面子,更不愿意求老丈人,他张不开这口。小两口为此大吵了一架,谁也不理谁。临近婚期,还是雷喜凤让了步,自己把家具拉到婆家。

雷志鹏觉得自己就像个提线木偶,尊严扫地,负债累累。这门婚事对雷志鹏来说是八分无奈,两分默许。对于雷喜凤,那是心满意足,如愿以偿。婚礼当天下午,志鹏妈驾鹤西去。洞房花烛夜顿时被守灵替代,"逝者为大"是民俗,更是天理。雷志鹏双膝跪地,悲痛欲绝。只是委屈了新媳妇,刚进门就要披麻戴孝,顺天应人。雷喜凤干哭无泪,直呼命苦。

"年总算过完了!"雷志鹏站在地头,抬头望着阴沉沉的天,长长喘了一口气,对自己说。他知道何阳这个年也不好过,家里发生的这一切都自己扛着,没有告诉老师。

转眼间春天来了,田野里万物复苏。黑山镇村村牛、马、骡、驴跟着拖拉机一起出动,人呼狗叫奔向田间。拖拉机干主场,够不到的田块,还得牛上。

在三月初召开的黄谷仓公司股东扩大会例会上,股东们先就年前紧急会议几项议题的执行情况——对照检查,同时根据去年中试数据,通过了几项新议题。其中最重要的一项是,提升规模效益参数价值。从农业部杨凌检测中心反馈的数据看,黄谷仓去年在沙土和黏土两种不同的土质上的小规模自然农法试种,采用了不同的投入要素,相同的工艺流程,取得了同样的高品质营养薯效果。公司决定将今年红薯试种面积扩大到两千亩。

租地的事何阳一点都不敢马虎,过年期间就和满仓商量过,满仓一口答应没问题。想到去年租地的难过劲儿,何阳不放心。满仓就带着何阳专门走访了打算出租耕地的几十户老乡家,还真是有迫切需要。

"看来郑子龙几个月来土地变资本的耕地证券化改革宣传有了效果。老乡们不再纠结地是谁种的,只要能比自己种有更多的利益就行。"何阳不无感慨地说。

最让她不解的是景昆爷,一面坚决反对土地变资本,另一面却主动托满仓告诉何阳,以后不再插种一茬冬小麦了,把地全须全尾地交给黄谷仓了。"这不像景昆爷呀?"没等何阳倒过味来,满仓悄悄告诉她:"去年景昆大花了不少心思和钱插播的几十亩冬小麦,眼看丰收在即,偏偏赶上了连阴雨,赔了个底朝天。景昆大赔怕了,所以今年不干了。"

"噢,原来是这么回事。"何阳听罢,心里如同一块大石头直往下拽。景昆爷的遭遇不正好说明,面对天灾再好的小农把式也无力回天的悲哀吗?"唉——"何阳长长叹了口气,欲言又止。

这次会议还商定所有土地都将按计划纳入"良好农业规范认证"和欧盟有机认证程序管理,为黄谷仓红薯准备好与世界各国交换的通行证。

会上,何阳提议,从今年起每年从耕作的土地里拿出一定数量过度耕作的土地轮作休耕,以修复生态,提升地力。

会议讨论通过了贾明副董事长《关于融资收购黑山镇"红薯脱毒苗种苗基地"控股权建议案(草案)》的报告。由王川拿出具体融资方案并负责收购谈判、签约事宜。

考虑到生产规模扩大对机械化、现代化操作手段的迫切需求,经贾明提议,公司决定委托何森技术团队,加快智能红薯插苗机、自动收薯机和红薯深加工自动化生产线的开发研制。

冬储安全是黄谷仓今年工作的重心。对雷志鹏年前提交的《红薯窖储可行性方案》,列席专家经反复论证,认为是当前条件下黄谷仓公司切实可行且最具性价比的好方案。会议决定,投资八十万元,分两期在雷志鹏老家雷家寨,打三口车辆可以进出的卧式地窖,每个窖储量三百万斤。计划五月动工,七月底之前完工,十月底投入使用。雷志鹏担任项目负责人。

会议认为,冬储窖项目唯一的缺憾是雷家寨比较偏远,位于洽川县的东北端,离何家村种植基地有七十多里路,会加大运输和管理成本。但它背靠黄龙山,处在陕北高原与关中平原的过渡地带,土质、气候条件、交通状况都不错,加上土地和人工成本低,又有雷志鹏亲力亲为,红薯的冬储窖品质和安全应该是有保证的。两害相权取其轻,在运输成本和失信成本两者中,黄谷仓股东会最终选择了前者。

末了,王贵突然发话:"或许雷家寨的黄土坡地更适合种红薯呢,我是说,雷家寨一带有没有可能成为我们新的种植基地呢?"王贵的话就像小苏打进了热水锅一样,会场立刻沸腾起来。列席会议的雷志鹏猛地站起来,激动地说:"对呀,我们村年年有人种红薯,家家都有红薯窖。今年可以在我家承包地试试。""好主意!"大家七嘴八舌热议一番,全票通过王贵的建议。

对于何阳提出的土地轮作休耕建议，会上争论激烈。多数人认为如果这样做，黄谷仓明年经济损失过大，不合算。王贵明白其中的道理，他笑着说："轮作休耕看起来损失点当前利益，长远看这是一着妙棋。地的生态环境养好了，才能可持续贡献。推荐大家一本书，日本石川拓治写的《这一生，至少做一次傻瓜》。主人公木村率先在全世界培育出无农药、无化肥、自然生长的奇迹苹果，即使是日本顶级糕点店，都必须提前两个月才能预订到木村的苹果。对于木村，每一颗苹果都是他的灵魂。"

王贵一番话，又一次勾起何阳对木村的崇敬之情。她激动地说："我也是受这本书的影响，深深爱上这样的'傻瓜'的。我周围有十几位木村的崇拜者，用自然农法，用对土地的爱，用生命的全部能量，种出了奇迹桃子、奇迹苹果、奇迹葡萄，享誉国内外。黄谷仓秉承的正是这种精神，让土地自由呼吸，生态链自然成长，只有这样愉悦的土地，才能长出黄谷仓特有的奇迹红薯'莘国红'！"

"精辟！""透彻！""原来如此啊！"一阵阵发自内心的赞许伴着掌声，久久回荡在古老的庭院里。

久旱恰逢及时雨。正当黄谷仓重整旗鼓准备全产业链试水的关键时刻，何兵信守承诺，如期而归。他带着十来个何家村早年走出去的年轻人，翻回金水沟，加盟了黄谷仓的队伍。他们先在贾明领导下负责何家村红薯种植基地的工作。黄谷仓的农耕团队瞬间焕发了生机。

技术上，刘教授亲自上阵，用木屑、秸秆渣、草木灰、有机肥等改良黏土地的透气性，配上高垄、滴灌和中药驱虫等一整套的技术解决方案，以确保红薯的品质。

田间管理上，康民向何阳推荐了镇上新组建的"秦农农耕专业合作社"。何阳毫不犹豫和秦农公司先签了五百亩地、五十万元的代耕管理合同,合同有效期一年,预支了百分之五十的合同款。双方约定,合作成功后再扩大面积。

何阳所学的经济理论告诉她:分工是提高效率和品质的前提。成熟、稳定的农耕劳动力是黄谷仓的短板,即使在机械化条件下也是不可或缺的。秦农公司的出现让何阳喜出望外。签约仪式上,她握着秦农公司掌门人秦红军满是老茧的手说:"有缘相识在种红薯的日子里,愿真诚合作,共创未来。"秦红军点着头连声说:"一定,一定,你放一百个心!"

是啊,怎么能不放心呢!和种了三十年地的老把式秦红军及其带领的经验丰富的社员相比,黄谷仓一族在种地上都是门外汉。

可是谁知道一动真格的,秦农公司的人直掉链子。腰来腿不来,出工不出力,让人哭笑不得。这不,今天黄谷仓红薯基地开始起垄、拉条子、插苗,说好来三十人,可脱毒薯苗运到地头都放蔫了,秦农公司只来了五个年老的半劳力。贾明急得像热锅上的蚂蚁,就地打转。不得不临时请村主任满仓帮忙高价找人。康民也觉得不可思议,一打听才知道,秦红军给社员的工钱低,还常常拖欠,没人愿意来。农民很现实,钱落到口袋里才是钱。

贾明找秦红军谈了几次,秦总答应得很诚恳,但没有什么改进。贾明代表黄谷仓提出终止合同,退还相应预付款。秦红军一脸歉意,见了贾明连声说:"贾总,对不起,实在对不起。我认账,我退款。"谁承想,几个月过去了,贾明打电话催,秦红军就和他玩躲猫猫。催急了,干脆连贾明的电话都不接了。

劳动力短缺给一线负责生产的贾明平添了不少困难,最后不得不放弃掐顶、除草、翻藤等一些田间管理环节。半年后,第二代黄谷仓红薯凭借投入要素的天然营养成分充足、抗病毒能力强、土地肥沃,亩产虽有降低,但各项营养成分却并不比去年差。看到王贵发来的这一串检验指标,贾明才长长地出了一口气。

王川带领的销售团队又开始活跃起来。去年的红薯品质和黄谷仓勇于担当、信守承诺的诚信举动,给消费者留下了深刻印象。2017年11月5日,在第二十四届中国杨凌农业高科技成果博览会上,黄谷仓"莘国红"一炮打响,意向订单比去年销售总量翻了两倍,网店零售也远超去年。

为了配合销售,何兵被调到销售供应团队担任负责人。负责订单拓展、配货、包装、发货等任务。何兵在南方干的就是销售主管,这又回到了自己熟悉的环境,简直就是如鱼得水,迅速赢得了客户和同事的一致好评。王川逢人就说:"我和何兵配合工作就是一种享受,一点就通,不言自明,一个字——爽!"

王川、何兵率领的黄谷仓年轻的工作团队,上下配合,不到一个月时间,就弥补了上年度的亏损,实现了盈利。何兵被提升为黄谷仓公司副总经理。

何兵要在第一时间把这个好消息告诉安娜,他一路飞跑冲向北坡。安娜正在金水沟边的地里采样,远远听到有人叫她。她跑到地头一看是何兵,忙挥手喊道:"何兵,我在这里,往这边看。"何兵顺着安娜挥手的方向,从包谷地里斜插了过去。

北坡的地平线上,一对年轻人手拉手,像陀螺一样在地里旋转,笑声在金水沟里回荡。

(五)

去年发生的契约失信事件,让何阳在黄谷仓一片莺歌燕舞的大好形势下,不敢大不咧咧地傻乐了。她没有安全感,脑子里考虑的全是风险点。今天天刚蒙蒙亮,她和贾明就到了黄谷仓红薯的新过冬地雷家寨。

吸取去年的教训,黄谷仓为春节档期预留的三百万斤红薯,全都用大卡车运到了雷志鹏新建造的卧式地窖里。雷志鹏带着村里一帮年轻人把红薯摆放得简直就像艺术品,即通气又美观。何阳和贾明一看这阵式,转忧为喜,笑逐颜开。何阳对贾明说:"还是自己人可信。"贾明赞同地点点头,说:"谁说不是呢,有知识、有文化就是不一样,不比不知道啊!"

两人把通风口、防冻措施、进出窖注意事项等,一一检查了一遍,何阳语重心长地对雷志鹏说:"志鹏,这里的红薯安全是黄谷仓今年经营计划完成的关键。一定要严格按刘教授的要求执行,确保这批高品质'莘国红'在春节期间满足市场需求。重点保证已签订了买卖契约的傅丽丽家庭农场成员的需求。"

"老师,我全记在心里了,保证完成冬储、销售、队伍建设三项任务。"雷志鹏很有信心地回答。"志鹏,有任何问题随时联系我,我二十四小时开机。"贾明左手拍着雷志鹏的肩膀,右手用力握着他的手说。雷志鹏感觉到了贾总手掌里隐喻的嘱托和分量。

从雷家寨回县城的路上要路过坊镇,贾明对何阳说:"走,我带你尝尝正宗的洺川饸面和辣子豆腐,香得太太。"何阳这才感到肚子"咕咕"叫了,忙说:"早就听说坊镇饸面最地道,今天可算赶上了。"

两人找了一家老店,参观了制作饸面的全过程。摊煎饼、切饼条、老汤氽面、猪油辣子、小蒜苗,外加红薯鱼鱼。一碗饸面端上桌,荞麦香味被老汤一呛,猪油辣子的油花花在碗里漂了一层,小蒜苗再往上这么一撒,氽得人味蕾直痒痒。此时此刻才知道什么叫"迫不及待"。

趄面让何阳的兴致来了,她给贾明绘声绘色地讲了一段她带着几位南方教授来洽川,让他们"带着感情吃趄面"的故事。贾明听完,笑得两手捂着肚子直不起腰来。何阳想起那滑稽的场面,也笑得眼泪直流。两人从里到外透彻地过了把肆意挥洒情绪之瘾。

已经是腊月十八了,何阳和贾明正在何阳家堂屋整理销售数据,匡算今年的利润完成情况。贾明计算完王川发回来的数字,高兴地对何阳说:"教授,截至目前我们已销售出去三百六十万斤红薯,实现销售收入一千八百万元。照这速度,节前余下的老乡窖里零零散散的红薯就卖得差不多了。"

何阳按捺不住内心的激动,像在问贾明,又像是在对自己说:"这么说,黄谷仓今年的利润计划基本上是板上钉钉了?""应该是,雷家寨地窖的红薯放到明年六月都没问题,这一部分属于傅丽丽家庭农场和西伯利亚公司的订单产品,只要质量和服务不出问题,今年咱们就圆满了。"贾明胸有成竹地答道。

民谚有句话,叫"人算不如天算"。就在何阳和贾明的笑声被西伯利亚吹来的北风高高抛起还没来得及落地,一切风控措施看似完美无缺,春节红薯供应档口来临之际,王川却怎么也联系不上雷志鹏了。最终导致订单失约严重,投诉铺天盖地。

消息传来,犹如五雷轰顶。何阳和贾明立刻放下手头所有的事,冒着大雪来到志鹏家。

志鹏家院子很窄,家徒四壁,清冷凄凉。父亲瘫痪在床,喜凤已有八个月身孕,一点没有过年的味道。何阳见此状,眼泪绷不住冲了出来。她扶住雷喜凤让她坐在炕沿上,递上一杯热水。雷喜凤已哭成泪人一个,好一阵子才缓过气说:"老师,对不起。志鹏给她娘治病时借了几十万外债。快过年了,债主天天来催账,白天黑夜赖在屋里,还给院子墙上抹屎,扬言要打断志鹏的腿。志鹏实在没办法,就去南方打工了。他临走前告诉我,红薯的事他委托给村主任了。他没脸见老师,让我替他给您磕个头。"说着就要往下跪。

何阳听到这儿,已是泪流满面,赶忙扶住喜凤说:"快起来,是我做得不好,不知道志鹏这么难。"又回过头对贾明说:"贾总,你当地人熟,先请个阿姨来志鹏家,照顾老人和喜凤,工资我付。"贾明说:"这事交给我,这一两天保证人就到位。"

从雷志鹏家出来,何阳找到雷家寨的村主任,请他找两个人临时招呼一下。立刻返程赶回何家村,十万火急,派何兵前来接管雷志鹏的工作。

这一夜,何阳失眠了。眼前发生的一桩桩事情,又一次颠覆了她的认知。她似乎更深层次地理解了管仲"衣食足而知荣辱"的含义,品尝了老实人苦涩的味道,开始怀疑契约失信与道德评判的必然联系……

"当失信、痛苦、希望、幸福在被生活长久折磨的贫穷者空洞的眼神中没有区别时,一切努力都只是杯水车薪。"何阳默默地说给自己。

回乡一年半了,她越来越强烈地感觉到,真正的贫穷在心里,灵魂的贫瘠比生活赤贫更可怕!她似乎有了答案,又一次次推翻。纠结中,她辗转反侧夜不能寐。她紧紧抱着伍军的枕头,睹物兴悲,不觉潸然涕流,心口猛地划过一阵刀割般的痛。

"如果伍军在该多好!他温暖的怀抱能化解我所有的烦恼。"何阳颤抖着双手,把整个脸埋进枕头里,泪流满面地在心里对自己说。她用鼻子拼命地从枕头里捕寻着伍军的气息,追忆着往日那一幕幕欢乐的时光。这是身边唯一沁有伍军体味的物品,她一直放在枕边,舍不得洗。

第八章　大食堂的歌声

　　无意中看到的法国医生托马提斯《莫扎特效应》一文，敲开了何阳的困惑之门。

——作者

（一）

　　伍军去世一年多了，除了学校和黄谷仓公司必须处理的工作外，何阳很少出门。春节她也是借故躲开家人，独自在外地度过的。表面看起来心如止水、静若安澜，但郑子龙心里明白，沉默才是最深度的绝望，是他最不愿意看到的，最让他揪心的状态。郑子龙挖空心思营造新气氛、新环境以转移何阳的注意力。

　　今天又逢周六，今晚郑子龙和何月将在盲人学校讲解经典电影《放牛班的春天》。他知道这是何阳最喜欢的电影。吃完早饭，他就来到何阳家。

晓非一开门看见是郑子龙,高兴地喊道:"叔叔好!您好久没来了,我还等您打棒球呢。我现在已经是洽川中学第16届棒球队队长了,想和您这位洽川中学棒球队的老队长讨教一二。"

郑子龙看着晓非的脸,惊奇地问道:"你怎么知道叔叔会打棒球?""妈妈告诉我的,校史里也有记载。"晓非道。"好,明天叔叔就和你去。"郑子龙掩饰不住内心的激动连声应道。"谢谢叔叔,我今天就把作业写完。叔叔,明天咱们打比赛怎么样?"晓非仰着脸,两只手拉着郑子龙的大手摇晃着,用期望的眼神着郑子龙说。

郑子龙被晓非激了一将。"是啊,黑山镇素有打棒球的传统,不缺人手,何不就此打开一片天地,让大伙儿乐和乐和。"想到这儿,他双手握住晓非的肩膀,斩钉截铁地说:"好,打比赛!"意外的惊喜让晓非心满意足,连蹦带跳地跑去做作业了。"爷爷和姥姥呢?"郑子龙追着晓非问。"去养老院做义工了。"晓非头也不回地答道。

"郑书记来了,快坐,我给你倒杯茶。"何阳接过话说。"不坐了,我来想告诉你今晚盲人学校的电影是《放牛班的春天》,你要有空,带上晓非一起去,好吗?"郑子龙盯着何阳的眼睛,试探着问。"好啊,正想见见马修老师。"何阳笑着说。"那好,晚上我们一起见马修老师。道白部分由你解说,我一会儿把台词转发给你,我走了。"郑子龙边说边往外走。

何阳送郑子龙到门口,眼睛里似有千言万语,话送到嘴边,硬是抿着嘴角,咽了下去,只是用感激的目光怔怔地望着郑子龙。郑子龙知道她想说什么,他不想勾起她的痛。忙朝前小跑了几步,回过头告别说:"晚上见。"

没想到何阳这么快就答应了,更没想到何阳还知道他打棒球的事。郑子龙喜不自胜,一路吹着小曲儿回到家中。

侠娃最近喜事连连。何兵回来了，还和安娜定了婚约，婚期就定在来年春节，家里的钱包也总算有点垫底的了。这一年多光景，压在她心头的三座大山搬走了两座。如今她走到哪儿都是人没到，笑声先到。只剩下不争气的何战整日浑浑噩噩，赌博成瘾，一屁股的外债，戳得她心口疼。

要账的时常找上门来，在院里连骂带喊。侠娃怕安娜看见了丢人，碰到要账的上门，就悄悄地从自己裹了又裹、藏在猪圈里的塑料袋子里，哆哆嗦嗦抽出几张钱先把人打发走。她咬着牙撑着，把苦嚼碎了咽进肚子里。她下定决心，等儿子结完婚，就和何战离婚。她不想把自己的后半生吊在提起来一串放下去一摊、半死不活的赌徒身上。她早已从心底里深深地厌恶何战了。

今儿侠娃在炕上缝棉被，这是为何兵和安娜结婚用的。这白生生的棉花都是她这几年给种棉户拾棉花时，神不知鬼不觉弄到手的。

拾过棉花的人都知道，裹在腰里的大布兜拾满棉花后，要先过秤，过完秤再往棉花堆里倒棉花。侠娃在倒棉花时，两只手攥住布兜底部的两个斜角，看似抖得很卖劲、很彻底，实则斜角里攥了一大把棉花。趁人不注意时，偷偷塞进自己裤裆里，裤口扎得紧紧地一点都看不出来。这被子就是这样一把一把攒出来的。

侠娃的内心里一直为自己的聪明干练、持家有方沾沾自喜。她时常指着何战的脑门子骂道："我这辈子遇到你真是倒了八辈子霉，我扔掉脸皮往家里扒，你鼓圆了劲往外拽，这日子实实地没法过了！"这些话，何战听得耳朵都起茧了。只要骂声一起，他索性就不回家了。国家给的转业费和伤残补贴够他吃喝了。

侠娃和何战的博弈每每闹到最后，总是以侠娃认怂把何战请回家而宣告结束。其实侠娃本性浪漫，不是一个甘心把婚姻过成"生育合作社"的俗女子。她做梦都想像安娜·卡列尼娜那样冲破牢笼真爱一回。她经常毫不掩饰地给人说:"这辈子能像安娜·卡列尼娜和沃伦斯基那样爱一回,也算没白来世间走一趟,死也值了。"

好在听她说这些话的婆姨们根本不知道她在说什么,加上命运从开始到现在,让她的两只脚一直深深陷在为生存博弈的烂泥里。侠娃心中渴望的浪漫,只是也只能是夜深人静时的意境,或月光下的自语。

何兵接管了雷志鹏的工作,他把自己的家临时安在了雷家寨。手把手教新员工填写发货单,还建立了三级核对机制。他郑重地告诉员工:"不要小看填单这件事,名字写错,是对客户的不尊重,地址写错了,纠错成本是小事,影响黄谷仓的商业信誉是天大的事。去年黄谷仓就发生过发货单上把客户的姓写错的情况,这个客户是何阳姑姑的同学,他收到红薯给我姑打电话,调侃说:'黄谷仓的红薯的确好吃,但代价也大呀,吃你的红薯还要改姓,我姓了五十多年闫,现在改姓王了。'姑姑忙笑着道了歉,从那以后就对发货填单制定了今天大家手里拿的这份严格的流程和制度。"

这个春节何兵是在雷家寨过的,都是新手,他走不开。他将出库、包装、填单、运送、跟踪反馈等业务程序和工作规则作了修订和完善。每天早上员工上班的第一件事,就是背制度、考规则。三个月下来,一支业务熟练、操作规范的工作团队组建起来了,窖里的红薯销得也差不多了。雷志鹏家地里试种的红薯的检测数据回来了,十分理想。按贾明指示,何兵又在雷家寨为黄谷仓流转整理出了一千多亩荒坡地。

过几天何兵就要回何家村接受新的任务了。

离开雷家寨的那一天,他替姑姑何阳给雷志鹏家送了些粮食、蔬菜,给志鹏父亲送去了轮椅,还带去了黄谷仓给志鹏结算的各项费用五万元。

喜凤一听何兵来了,抱着孩子就迎了出来,对何兵说:"听说你要回何家村了,我真不知道该怎么感谢你。你是我和娃的救命恩人,我想让你给娃起个名,给娃当干大。"说完"扑通"一声,跪倒在何兵面前。

何兵怎么也拉不起来,忙说:"我答应,你赶快起来,地上凉。"喜凤一听何兵答应了,激动得直给何兵作揖。"我给你儿子起个小名吧,就叫雷诺,一诺千金的意思。志鹏回来再给娃起官名。"何兵抱着孩子,轻轻地抚摸着孩子的小手对喜凤说。临走他把五万元递给喜凤说:"这是黄谷仓给志鹏结的费用,里面有清单,你交给志鹏。我走了,有事给我打电话。"喜凤接过钱,已泣不成声。此刻,喜凤内心的痛苦和惭愧远远超过拿到钱的喜悦。

原来何兵来雷家寨前,何阳给他讲了志鹏家的故事,让他尽可能照顾雷志鹏一家。何兵记在心里,一有空,就去志鹏家帮忙。有天下午刚进门,遇到喜凤难产,身边没人,情况十分危急,是何兵及时送喜凤去的县医院,直到母子平安后何兵才离开。为这事,喜凤逢人就夸,发誓儿子长大必报干爹大恩。

离开雷家寨那天,何兵在他住的院里给刚刚组建的团队讲了一个他亲身经历的、改变他对商业成功秘籍认知的故事。村上一些年轻人听到这个消息也跟着凑热闹去了。

何兵用目光扫视了一下面前几十位熟悉或不熟悉的,但都充满期待的面孔,娓娓道来。

"在深圳那几年,我有幸在一家刚刚在中国上海落户的加拿大木材加工公司深圳办事处搞销售。我第一单能成功,要感谢我遇到的那位难缠的客户。明明所有指标都符合他订单的要求,他却要以木质节疵点多为由退货。那是一单一百立方米的加拿大枫木，价值二十多万元。我跑断了腿，磨破了嘴都无济于事。

"老板杰克陈正在加拿大办理原木出口手续，知道这件事后，立刻返回中国，赶到深圳。杰克陈用心倾听客户的需求细节，答应给客户无条件退换不满意的木材，直到客户满意为止。客户感动得向杰克陈跷起了大拇指，从此他们成了杰克陈的铁杆客户。无论遇到什么情况，涨价、轮船晚到、低价诱惑，他们都只认杰克陈的木材。他们还把与杰克陈的故事分享给广东和深圳的同行，我们的订单量因此大增。

"经过这件事我成长了，一下子对'做事先做人''客户是上帝''酒香不怕巷子深'这些商业名言，有了亲身体会。从杰克陈身上，我悟出挣钱的秘密，那就是产品品质和诚信服务。我开始按公司的要求，系统地学习相关知识，充实自己。几年下来，我考取了大专文凭，整个人都变了。其中对我影响最大的几本书是艾米《极简的力量》、里斯·特劳特的《定位》、西奥迪尼的《影响力》、罗宾斯的《管理学》……

"我崇尚梅丽尔·斯特里普的那句名言：'自己才是你生命的中流砥柱，借别人的光照亮不了自己。'"

"能带着我们也学学吗？听得人心里直痒痒。"人群里一位身材瘦小、眉目清秀、穿着一件旧军衣的年轻人打断何兵的话，急切地问。

这句话捅到何兵心里了，他接过话茬高兴地说："那是必须的。知识是帮助我们脱贫的武器。黄谷仓公司对所有参与者、加盟者都是有学习要求的。这边的工作暂时还由我负责。我以后每周末都来检查工作，每周都带大家学习。天已经暖和了，咱们就在这院里，一起读书，一起充实成长，自己改变自己的风水，发家致富。"

刚问话的年轻人突然站起来说："我叫雷耀祖，昨天刚加盟黄谷仓。爹娘给我起这名字是想让我光宗耀祖。我初中毕业，种过地，放过羊,倒过粮,现在都三十岁了,还一事无成,全绊倒在无知的坎上,连媳妇都说不上。父母把我含辛茹苦地养大,我给他们看病的钱都掏不起,我现在尝到了肚里没知识的苦味。就冲你这几句话,跟定你了!"说罢,从怀里摸出一瓶酒,昂首挺胸、气宇轩昂地灌进肚里。

"好样的!"大家齐声喊起来,为雷耀祖的壮举鼓掌,为自己可期的幸运呼喊。

掌声和呐喊声在这个小小的、几乎一无所有的农家院上空震荡。墙头上傲立的仙人掌第一次感到了迎面扑来的人气。在场的每个人像喝了酒一样,热血沸腾,畅想着致富的味道。何兵走过的路,院子里的每个人并不陌生。

去雷家寨救火的这几个月,何家村的业务何兵交给和他一起从南方回来的康二强负责。

说起康二强不能不多说几句。他在家中排行老二,家境贫寒,父母早逝,只有个比他大两岁的哥哥,叫康大强,俩人相依为命。康大强长得敦敦实实,浓眉大眼,又是高中毕业生,干得一手好木工活,憨厚踏实,人见人爱。二十二岁时邻村的美女王彩凤不嫌他穷,非他不嫁,穷追不舍。

大强哪儿能扛得住这攻势,不到半年就被拿下,拜堂成亲。结婚不到一年,大强得了"羊羔疯"病[①]。犯病时丧失意识,两眼翻白,口吐白沫,四肢抽搐,样子很吓人。好在几分钟过去又跟正常人一样。有一次去村头打水,晕倒在井边,差点掉进井里,几个人把他抬回家。王彩凤这回说什么也不过了,死活闹着和大强离了婚。

---

① "羊羔疯"病,即癫痫。

大强被这女人折磨得筋疲力尽,也死了再娶媳妇的心,闷着头在四邻八乡揽活干,日子还算能过得去。几年下来,大强为二强盖了房,娶了媳妇。二强从小缺奶,身子骨小,体质弱,但脑瓜子灵。他想多挣点钱让大哥和媳妇过上好日子。娶完媳妇的第二年,儿子刚满月,就和何兵一起去了深圳。一年半载回来不了一次,老婆孩子全由大哥关照。二强媳妇发烧了,浑身滚烫滚烫。大强一手抱娃,一手扶着弟媳上医院;孩子得了百日咳,小脸咳得涨红,大强和弟媳一趟趟去县城寻医找药,悉心照料。

人都是感情动物,这么一来二去,日厮夜守,俩人似乎谁也离不开谁了。村子里那些道德敏感度高的婆姨自然不肯放过,闲话很快就吹进了二强的耳朵。二强急死忙活地从深圳赶回来,咋看大强和媳妇咋不对劲,但又说不出个一二。离婚吧,他不舍;揍大强一顿吧,他又不忍。于是整日疑邻盗斧,忧心忡忡,心如刀绞。

一个是如父亲般爱他的大哥,一个是他的心中挚爱。他无论如何也恨不起他们,但又怎么也咽不下这口气。表面上,他一天到晚装着没事人一样,其实心里憋屈着,一天也没痛快过,杀人的心都有。

看着回来这些天,媳妇对自己还像以前那么好,他劝自己先沉住气,看看再说,万一不是那么回事呢。

康忠良自报家门给康二强做了助手。康二强压根儿也没想到忠良大这么能干,还这么肯干,一个人能顶几个小伙子。康二强腾出手来,把主要精力用在经管黄谷仓刚刚收购的脱毒苗基地上。

的确,今天的康忠良再也不是昨天的样子了。何阳的包容与善良唤起了他内心深处早已麻木的良知。一次不经意间在何阳家的"乡村夜校"看了一部电影《失信的村庄》,电影中老丁的遭遇让他看到了自己恩将仇报、失德取利的影子,他追悔莫及,老泪横流。

从那天起,他认准了一个死理:跟着何阳干不计得失,吃亏都认。他像变了一个人似的,管窑、配货、填单、发货、登记。何家村没有快递站,每一次发货,康忠良都要送到十里外黑山镇街上的快递点,风雨无阻。

何家村的南北大道上,日头一出总能看到康忠良忙碌的身影。婆娘们抱着娃晒太阳,嘴不闲着,三五成群议论说:"良哥这是咋咧,打了鸡血咧?""你知道啥,人家良哥今年挣大钱了,要娶媳妇了。"黑娃媳妇夹着低沉、沙哑的公鸭嗓说。立刻,大家惊奇的目光齐刷刷瞅了过来。"我娘家和良哥老舅家是一个村的,他老舅亲口给人说的,不信走着瞧。"见有人怀疑,黑娃媳妇满脸不高兴地甩了几句狠话,重重地朝地上吐了一口瓜子皮,眉毛一挑,眼一翻,扭着屁股走了。

康忠良整日里,还是那么沉默寡言,憨头憨脑,但眼睛越来越明亮,连憨笑也变得比说了媳妇还灿烂。

(二)

盲人学校礼堂里,电影《放牛班的春天》放完了。主题曲《眺望你的路途》,插曲《风筝》《纸飞机》仍在一遍遍循环播放。音符上下跳跃,直扑心灵。所有在场的人还都沉浸在故事里,脸上挂着泪珠,一动不动地坐着。他们担心"池塘之底"孩子们的命运,寻找自己黑暗中的方向;期待马修老师从天而降,带他们看到黑暗尽头的闪光;感慨皮埃尔的幸运,渴望在黑暗中用生命中的热忱转动风向,抵达荣耀之港……人群中,不知是谁开始低声吟唱,接着和声渐渐泛起。何月坐不住了,这几首歌她已经带孩子们唱过几十遍了,歌词就是记不住,今天他们竟然能一字不差唱出来！她站起来，有节奏地敲击着桌子，指挥合唱。天籁般的声音悠扬、雄浑、感心动耳、超凡脱俗。何月抑制不住内心的激动，双目紧闭，潸然泪下。多少个心酸、彷徨、痛苦和看不见光的日日夜夜终于成为过去。

为了让这些生命中没有光的孩子，在歌声中感受着生命的温度，用歌声传递着他们内心深处的快乐，何月付出了超乎常人想象的努力。盲人孩子学唱歌最大的障碍是自卑心理和记不住词。何月首先要耐心引导他们树立自信，再把歌词转变成盲文，校对其中的多音字，然后一字一句带着大家朗读理解。确保读音准确后，还要训练旋律。遇到孩子们不理解节奏时，何月只能通过敲击、拍打等方式帮同学们辨别节奏，最终闯过难关。

何阳被眼前这动人的一幕感动得热泪盈眶，敬佩得五体投地，她情不自禁地紧紧拥抱了何月。这场景，让她想起法国医生托马提斯提出的"莫扎特效应"。国内外学者、音乐家在用音乐改变自闭症和问题儿童方面出现的一个又一个奇迹证明，音乐的联觉性对人的心理、生理的影响作用是确定的。它能刺激人的正情绪和愉悦感，提升认知水平。而最终决定人与人不同格局与命运的正是认知水平。

景昆爷、侠娃、黑娃、良哥……一个个熟悉又陌生的面孔，一桩桩悲壮又无奈的画面在何阳眼前划过。"认知水平低、目光短浅、狭隘、固执，不正是何家村人祖祖辈辈走不出贫穷的重要因素吗？"想到这里，她突然转身对身后的郑子龙说："我们何不试着开办一所'乡村音乐教室'，来唤起何家村的春天？"郑子龙看着何阳挂着泪珠的脸，诙谐地说："怎么搞的，咱俩竟想到一块去了。"说罢，又凑近何阳耳边轻声说："真是英雄所见略同。"

何阳张着嘴，惊讶地看着郑子龙。郑子龙略带得意地接着说：

"今晚请你来参与解说《放牛班的春天》,就是想在此就此事达成共识。""原来你早有预谋啊!"何阳说着,按捺不住内心的激动,拉了一把身边的孩子,"噌"的一下站起来,就着节拍大声唱着。孩子们也一个拉一个站起来,在黑暗中昂首挺胸,提眉展目,放声唱出压抑了很久很久的心声。

直到学校熄灯铃声响起,仍然没有人舍得离开这里。盲人学校的合唱团就这样起意、诞生。何家村的春天就在这冰冷、板结、贫瘠的黄土地上开始孕育。

周日,阳光明媚,春风送暖。洽川中学的操场上,郑子龙受洽川中学棒球队队长伍晓非邀请,带领着临时组建的、平均年龄四十五岁的黑山镇中年棒球队,正在进行一场别开生面的少对中的棒球友谊比赛。

来之前,郑子龙预计,除了速度差距外,这些中年队的队员都是棒球运动的痴迷者,有童子功,应该不会太差。简单热身后,郑子龙提醒了几个注意事项,比赛就开始了。

轮到伍晓非发球、郑子龙击球时,晓非冲郑子龙做了个鬼脸,一个漂亮的转身亮相将球准确地投给郑子龙。在球出手的一瞬间,晓非喊道:"叔叔,接球!"话音未落,只听"砰"的一声,棒球沿着一条标准的抛物线仰角射向远方,那动作简直就是教科书式的!

守垒少年何拴柱,像离弦的箭一样飞驰而去,但抵不住球落得太远,郑子龙顺利跑完了四个垒,轻松挣得一分。少年队的孩子们佩服得直跷大拇指。比赛最终打了个平手。

比赛结束后,郑子龙当场宣布:"黑山镇农民棒球队正式组建。从今天起黑山镇十个自然村将相继成立棒球队,开展村与村之间的棒球友谊赛。"

在场的半老爷们儿们没想到，在抱孙子的年纪还能实现少年时的梦想。他们乐得直拍大腿说："好冷怂，这么好的事咋让咱碰上咧！"顿时聊发少年狂，挥动着球棒，自个儿发球、击球、传球、跑垒……撒着欢地眷恋着球场。临走时又把晓非和拴柱团团围住，摸摸他们神气的棒球服，戴戴他们的棒球手套，心里畅想着农民棒球队的未来。

郑子龙并非心血来潮，去年镇党委、镇政府制定的"黑山镇脱贫攻坚行动计划"里，"开展形式多样的文体活动，丰富农民的精神生活，提升综合幸福指数"已纳入议程，成为全县十个乡镇规划中的亮点。只因镇上财政囊中羞涩，捉襟见肘，才迟迟未动。今天他所以敢宣布是因为口袋有钱了，他刚刚收到五万元的稿费，因小说畅销，后续还有版税等一笔不小的数目呢。

究起郑子龙的写作才能，不能不提他的伯乐——洽川中学才高八斗、爱生如子的老师雷烽。雷老师是洽川县城关镇人，1958年毕业于复旦大学中文系。毕业后到延安大学中文系任教。为了照顾多病的母亲，于1975年从延安大学调到洽川中学教语文。

雷老师博学多才，谦和低调。正在洽川中学上初二的郑子龙有幸遇到雷烽先生担任语文老师兼班主任。初次见面，这个穿着旧军装、一脸不屑、坐在最后一排、上课还偷偷看课外书的大个子，没给雷老师留下多少好印象。

一次，雷老师去校图书馆借书，看见角落里低头看书的郑子龙。他走到郑子龙身边，俯下身子，用手指轻轻点了点书问："看什么书呢，这么着迷？"郑子龙抬头看见是雷老师，忙恭敬地站起来说："《现代翻译小说选》。""很难得，它是茅盾先生早年的作品。"雷老师拿起书翻了翻，又放下，对郑子龙说："好，读完这本书到我办公室来一下。"

第二天一下课郑子龙就去找雷老师了。雷老师的办公室也是他的宿舍,门开着。"报告。"郑子龙站在门口大声道,雷老师闻声让郑子龙进来。郑子龙一撩门帘,只见雷老师身边放着一个小药箱,正蹲在地上给一个个头很小的学生挑脚上的血泡,原来这位同学是为了回家背馍,步行一百四十里路刚回到学校的。

那个年代穷,洽川中学除了家住城里的和村里家境好点的学生外,一到周末,几乎都要回家背馍。回来后,按自己的饭量每天把馍交给食堂,由食堂按饭点帮着加热,这叫"搭灶"。

看见郑子龙来了,雷老师起身洗了洗手,给他沏了一杯茶,让他先坐下等一会儿。雷老师从药箱里拿出一卷纱布,一边熟练地为那位学生裹起脚来,一边和郑子龙聊起了自己少年时读书的趣事。

郑子龙开始有点局促不安,长这么大从来没喝过茶,更没想到一个"大学问家"会给学生端洗脚水、挑血泡,还给他这个小屁孩儿倒茶。听了老师讲的读书故事,又看见老师像慈父一样爱自己的学生,郑子龙感到心里一股暖流涌动,雷老师瘦小的背影在他心里一下子变得高大起来。

雷老师从书架上取了一本发黄的旧杂志递给郑子龙,说:"给你推荐这里面陈嘉教授的一篇论文,陈嘉是我国著名翻译家和英美文学专家。这是他早年对毛姆戏剧介绍比较全面的一篇文章。图书馆没有,你拿去看吧。"郑子龙接过来一看,竟是一篇罕见的民国时期的论文《英国二十世纪戏剧家毛姆的戏剧评论》。他喜出望外,高兴得不知说什么好,深深地给雷老师鞠了一躬,抱着书跑了。

从此,他的世界变大了,心中装着无数个疑问。雷老师成为他探索世界的启蒙导师。他们聊天、聊地、聊人生。高兴时,师徒两人会一起朗诵普希金的诗。遇到晴朗的夜空,雷老师拿着手电筒,对着自己绘制的星座图,带着他坐在操场找星星。

雷老师的肚子里总有讲不完的故事,其中一些还被他们师徒编成了小话剧,学工学农时,在工厂、农村演出。郑子龙的写作才能就是这样练就的。这次郑子龙又出版了第一部长篇小说,因一直用笔名,除了雷老师,几乎没有人知道他还是作家。

何森发明的"无人驾驶微型智能红薯插秧机"简直就是今年黄谷仓春耕农忙时的福音!试验田一下子扩增到两千亩,劳力少得实在跟不上趟。要不是机器来得及时,可真是崴了泥了。何森、何林把机器送到地头的那一天,忙得天旋地转的贾明、何兵及地里干活的农工们,一个个乐得顿足踏地,把兄弟俩围在中间,高高举起。

何森两脚刚挨地就迫不及待地对贾明说:"贾总,智能收薯机也设计完了,估计再有三个月样机就出来了,保证误不了黄谷仓的收获季。"贾明握住何森的手说:"大博士,太感谢你了!为了我们的小机器耽搁你研究飞机的大事了。""那是必须的,何阳下令了,我哥哪敢不从?"何林半开玩笑地插话道。

老天爷也真是给足了面子。智能插秧机把红薯苗刚栽到地里的第二天,细如牛毛的春雨就温柔而至。

何阳昨晚从地里回来,吃完饭衣服都没脱,往床上一靠就睡着了。一觉起来,天刚蒙蒙亮。何阳只觉得一股股清新的空气直往鼻子里钻。她披上衣服,跑到院里仰脸一看,看不见雨线,只感到细细的清凉和朦朦胧胧的湿气扑面而来,屋顶上笼罩着一层白烟,浮来飘去。

"好美的春雨呀。"何阳心里感叹着,顿觉生活无比美好,十几天连轴转的劳疲之感仿佛顷刻间腾云驾雾而去,一种说不出的轻松与自在包裹全身。她不由自主地吟咏起杜甫《春夜喜雨》中的名句:"好雨知时节,当春乃发生。随风潜入夜,润物细无声。"一边吟咏,一边鬼使神差地向北坡走去。她要去看看机器插的苗长得怎么样。

北坡上,三爷和大白鹅早已守候在晨雾细雨中,为每一株跃跃欲试的小薯苗祈祷:愿它们不负天意,苗壮成长。

借三爷的吉言,加上老天保佑,黄谷仓又是一个丰收年。这一年,何家村村民人均纯收入达到4900元,这还是打有何家村起开天辟地头一次。其中从与黄谷仓红薯基地直接或间接的参与中获得的新增收入占比80%,实现了脱贫攻坚的阶段性目标。

何家村的经验很快被黑山镇政府在全镇推广、复制。

(三)

转眼就是冬至了。

当何家村的晨昏线刚刚完成昼夜交替,饺子的余香还在家家户户的灶火里缭绕时,村南头"大跃进"时期建造的千人食堂里突然敲锣打鼓,一阵喧腾。接着,唢呐声、鞭炮声走街串巷,让冬日里寂静的村庄一下子沸腾了起来。

村上上了年纪的人,不由得想起这个千人食堂"吃饭不要钱,老少尽开颜"的无限美好充满激情的岁月。土地承包之后长大的、没有体验过集体主义大锅饭温暖的后生们,除了惊讶,更多的是好奇。几个性子急得索性端着饺子就追着唢呐声找来了,边吃边梗着脖子往里挤,想看个究竟。

约莫点灯的时候,当帷幕拉开、灯光变暗、无伴奏合音渐渐响起时,这座被遗忘了快六十年的千人食堂,安静得掉根针都能听得见。

后生们端着碗,张着嘴,眼睛舍不得眨一下。抽烟的老汉,牙咬着烟嘴空吧嗒,烟灭了都没感觉;抱着娃看热闹的媳妇、纳鞋底的婆姨们,天生就喜欢美。台上的服饰、造型,配上柔美的灯光、轻柔的旋律,这每一样,都像磁铁一样吸引着她们。她们看傻了。

景昆爷背朝着三爷斜坐在最前面。他跷着二郎腿,叼着烟袋,下巴颏儿抬得几乎与天花板平行,偶尔故作绅士模样,僵着脖子,目不斜视地扶扶快要掉到鼻翼上的、据说是祖传的又沉又破的石头镜。景昆爷平生第一次这么紧密地和他一辈子看不顺眼的何福来靠在一起,心里感觉十分不自在,两条腿下意识地不停地抖动。如果不是稀罕大食堂这点事,他早走了。

当帷幕拉开,灯光突然暗下来的刹那间,景昆爷迅速用余光扫了一瞥身边的人群,只见里三层外三层围得水泄不通。他得意地舒展了一下很少抽动的笑肌,庆幸自己今天在第一时间得知消息,能端坐在嘉宾的位置上。说也奇怪,笑肌拉开的同时,腿竟然不抖了。

节目演到一半时,郑子龙和康民悄声来到大食堂,挤到人堆里观看。他们刚从县里开完会回来。

今天县委、县政府召开"岁末年初重点工作总结部署"大会。郑子龙关于黑山镇在新的一年,除继续把脱贫人口增收任务落到实处外,将把"精神文化扶贫"摆在后脱贫攻坚阶段工作重中之重的理念和做法,在会上引起很大争议。以基层干部为主的一派认为,这种做法不务正业,偏离脱贫攻坚主题。另一派则相反,认为此举抓住了脱贫攻坚工作的要害。

面对争议,郑子龙早有思想准备,他诚恳地自嘲道:"我也是在何阳教授家偶遇一本书,从书里刚学了点皮毛,在这里现蒸现卖,只为抛砖引玉。这本书的书名很吸引我,叫《贫穷的本质》,作者是美国麻省理工学院的两名教授。我的工作任务是脱贫,太想了解这个主题了,我是一口气把它看完的。书中所描述的种种贫困的陷阱、贫困的怪圈、贫困者的短视,以及悲观情绪驱使下的所思所想又导致的新一轮贫困出现等论述,让我深受启发。我反思自己的工作重心,觉得贫穷不是简单的缺钱问题,因生活贫困引起内心深处的超低自我评价,进而导致的悲观、恐惧情绪才是贫穷的症结。因此,真正意义上的脱贫,按哈佛大学教授拉蒙的观点,是要帮他们提高自我评价。运用社会学中的'赋权'的方式,让他们自信、自强、自立,能看到希望,有成就感,有梦可追!基于此,我想到,在消灭了绝对贫困后,应该把精神扶贫摆到下阶段工作的重心。能否做到、怎么做,我们还在探索,请大家多提宝贵意见。"

大部分从基层提拔的干部,脚步很少跨越眼皮子下的这片土地,他们的目光所及极其有限,且习惯于站在原地往外看,很少转过身从外往里看,这无可厚非。但这种认知,往往导致偏执和政治上的近视。

主要领导见识广,一眼就看出了这一举措的实质,认为精神文化扶贫才抓住了贫困的根。一个精神文化贫瘠的乡村是没有希望的,很难走出贫困的怪圈。会议最终决定:"暂不行文,先行先试。"

会议在激烈的辩论声中结束。郑子龙看看表已是晚上八点十分,他拉上康民赶到了何家村。大食堂今晚的演出及组建农民合唱团的事,对何家村的农民,甚至整个黑山镇来说,都是一件从未有过的功在当下利在千秋的大事,他想看看村民的反应。康民对此没多大兴趣,只是想换换脑子,看看老爹,同时送郑子龙一个顺水人情。

大食堂的舞台上,一曲何家村男女老少都熟悉的《社员都是向阳花》像一把火点燃了台下几百个曾经的人民公社社员内心深处积压了几十年的对青春年少、激情燃烧岁月渴望的欲火。一阵沧桑、悲凉,厚重的呐喊声从台下泛起,渐渐演变成与台上的合音。指挥合唱的何月,干脆转过身,指挥起台下自发的众多歌者。歌声如洪钟,荡气回肠,敲击着每个人的心灵。

何阳站在侧幕后,就着灯光惊喜地发现,台下一双双平日里木讷、无神、空洞的眼眸,在歌声里,竟然像神话般闪烁出喜悦、多情、羡慕希望的光芒。寥落、斑驳、布满岁月尘埃的,承载集体主义精神的大食堂,在歌声中也重获新生。

她长长松了一口气,转身对旁边的何乐乐说:"看到了吧,何家村的莫扎特效应。"俩人对视,会心一笑。一个月以来的奔波和没日没夜的排练,总算看到了一丝希望。

音乐会结束了,满仓代表村委会,对何月指挥的盲人学校合唱团的友情演出,表示衷心的感谢。人群先是一片哗然:"我的妈呀,唱歌的娃原来是瞎子!""娃们真不容易!"喃喃自语声伴着惊讶的目光在人群中传递。接着掌声雷动,眼软的女人们已是满面泪珠。

村主任满仓大声问大家:"娃们唱得棒不棒,要不要向他们学习?"大家异口同声地呼喊:"太棒了!要!"满仓接着说:"经何阳教授提议,村委会研究决定,从今天起,何家村'乡村音乐教室'及农民合唱团正式筹建。今晚这就是第一节课,愿意参加的人找何月报名。下面我们用掌声欢迎何教授给我们讲话。"

何阳还是第一次当着这么多父老乡亲的面讲话,她整整衣服走到前台,向大家鞠了一躬说:"大爷大妈、叔叔婶婶、兄弟姐妹们,今天是冬至,祝父老乡亲们冬至快乐!黄谷仓的红薯今年卖得不错,为了感谢父老乡亲的支持和厚爱,公司决定,从今年起,每年拿出百分之十的利润,资助并负责何家村'乡村音乐教室'及合唱团的组建和运营。聘请音乐家何乐乐教授担任音乐总监,争取在今年大年三十晚上,办一场何家村村民自己的春节晚会。届时邀请十里八乡的乡亲们来观看、分享。今后,黄谷仓公司还将配合村委会,在何家村开展各种形式的文体欢乐活动,让何家村农民有自己的合唱团、图书室、话剧团、棒球队等,尽享快乐并出售快乐。黄谷仓公司今天已向何家村村委会递交了申请,希望早日成为何家村名副其实的新村民。"

何阳的讲话,几次被密集的掌声和狂热的呼喊声打断。这些事样样都新鲜,件件都说到了村民的心窝里,远远超出村民们的预料。

"何教授,何教授,合唱团要不要娃?"舞台右侧的角落里,突然传来一阵气竭声嘶的呐喊,像一道闪电携带的暴雷震惊了全场,掌声戛然而止。所有的脑袋顺着声音寻去,原来是黑娃。只见黑娃满脸是汗,两目圆睁,青筋暴起,脖子上架着他那个患自闭症的儿子小虎,正用期待的眼神等着何阳回话。

何阳的神经不由自主地抽搐了一下,当她的目光和小虎的目光相撞的一瞬间,她表情凝重地看着黑娃说:"要!"黑娃二话没说,高兴得原地打了两个转,架着小虎冲出了人群。大家还没回过神,何乐乐冲到前台,接过黑娃的话题说:"家里有孩子的可以报名,我们可以专门为孩子们设立少年合唱团。"人群中不知谁喊了一声:"他是三爷的儿子,叫何乐乐。""哇!"台下一片唏嘘。

"不错,比预想的效果圆满,咱们走吧。"郑子龙悄悄地对康民说。"好,这下可以把心放进肚子里了。"康民怪笑着说。不等谢幕,两人趁乱悄悄离场。

(四)

借着大食堂歌声撩起的热乎劲儿,何家村大食堂的修缮和'乡村音乐教室'及合唱团的事情提上了村委会的工作议程。

为了抢时间，合唱团的报名工作次日晚就在何阳家的院里启动了。院里摆了一张八仙桌、一盏油灯、一条民国时期的老榆木长凳，何满仓和何兵坐在两头，一个维护秩序，一个负责登记。何乐乐和何月担任考官，安娜站在堂屋门口里外张罗着，当起了考场的临时秘书兼联络员。

在何家村有史以来的记忆里，与歌唱有关的集体活动这恐怕还是第一回，看热闹的人把小院围得水泄不通。

安娜从何兵手里拿过报名册对大家说："现在我按照报名顺序点名。点到谁，谁就按要求准备试唱。试唱结果明天晚上在村委会门前张榜公布。第一名何黑娃、何小虎准备。"

安娜的话，就像捅了马蜂窝一样。人群中嘘声四起、骚动不安。"啊，这还玩上了上阵父子兵？"一个随何兵从南方回来的后生好奇地自言自语道。"黑娃咋这么积极呢？不像他呀！"说这话的是黑娃从小玩到大的伙伴。

院里的灯光很微弱，但黑娃不同寻常的装扮和举止还是让人眼前一亮。他上身穿着一件中式对襟黑底暗花缎子棉袄，脚蹬擦得锃亮的三接头黑皮鞋，满脸堆笑地拉着小虎穿过人群，在安娜的引领下，恭敬地走进屋里，向两位老师鞠躬问好。何乐乐听说过黑娃的过往，今天第一次见真人，在他圆形略胖的脸上，却怎么也看不出传说中的那股子痞气。

堂屋里，何月用钢琴定音准，何乐乐负责试声。一袋烟的工夫，黑娃试唱完毕。音准还好，就是嗓子有些沙哑。何乐乐建议他先别抽烟，多喝水，明天上午再来试一下。何小虎平日很少张嘴说话，更别说唱歌了。何乐乐接触过自闭症的孩子，耐心地用启发式方法教了他几句，静默了几分钟后,小虎居然能准确地唱出来。何乐乐和何月十分惊喜,黑娃也激动得说不出话,一个劲地给老师鞠躬。

接着,侠娃、良哥、何兵、安娜、康二强、满仓等三十多个村民,在夜幕中开启了他们生命中别样的一幕。

第二天一早,村小学的学生也赶来试唱。由于合唱对参与者在音准、节奏、乐感、力度、声部人员结构等方面是有一定要求的,第一轮筛选下来,成人组合格的就十几个人,不到报名人数的一半。儿童组三十人绝大多数一次过关,何小虎和另外三个患有轻度自闭症的孩子属于有条件录取。

第二天傍晚,第一批试唱合格的学员名单在大队部门前张红榜公布。喇叭一响,村民奔走相告,从四面八方来到大队部门前。榜上有名的一个个涨红着脸,比分粮、分地还激动。试唱不合格者列入了候补名单,他们知道自己训练训练还有希望,先乐再说。

黑娃架着小虎挤到前排,当他看见他和小虎的名字时,只觉得眼眶发酸,两行热泪直往外窜。他怕被人看见,揉揉眼转身就走。一路小跑进了家门,把自己关在屋里,用被子捂住脑袋,大声号哭。他娘和媳妇不知咋回事,在门外急得直跳脚。问小虎,小虎无语,脸上毫无表情,坐在门口呆呆地看着地。

俗话说馅饼总是掉在有准备的人身上,黑娃一反常态的举止绝非偶然。黑娃就是黑娃,从小就脑子活泛,爱追新鲜事。他从组建合唱团的消息里,立刻嗅到了他多年来无比渴望的味道。

自从小虎得了自闭症,黑娃几乎把他的十八般武艺都用上了。钱没少花,药没少吃,病却越来越严重。黑娃好面子,走麦城的事从来不跟任何人说,包括他娘和媳妇。他向来认为女人的嘴不可靠,他家这两位更是有过之而无不及。经验告诉他,任何事只要让她们知道了,不出一顿饭工夫,保管全村皆知。

一次偶然的机会,他从电视里得知音乐能帮助自闭症的孩子改善症状,甚至治愈。他背着家里人,去城里碰运气,费尽千辛万苦,尝遍世态炎凉,算是找到了几家专门的培训机构。但是,价低的没名额,价高的他又掏不起。就这样一拖再拖,眼看着娃一天天长大却不能自理,这成了黑娃内心深处不能触碰的伤疤。他正愁没处挖抓时,黄谷仓竟要在家门口办起合唱团。这简直就是急他黑娃之所急的天大的福音。

黑娃更多是喜极而泣,是一路走来的辛酸和从天而降的慰藉。这一刻,黑娃观察和认识世界的时间维度被大大缩短,与何阳家的前世旧恨,在黑娃心里正在化为金水沟底淡淡的溪流,缓缓地远去。

侠娃这回可真是鱼刺卡在喉咙里,咽不下又吐不出,两个字——"憋屈"。谁都知道,她是村上有名的大喇叭,张榜的名单里连小时候患小儿麻痹的瘸腿寡妇都上榜了,偏偏没有她,连候补都没资格,这口气她咽不下。

她气哄哄连跑带颠来到三爷家,要找何乐乐问个究竟。她捎着一阵冷风呼啸着进了屋,一看何乐乐不在,三爷和何阳正在用毛笔抄写歌谱,便一屁股坐在炕沿上哭天抹泪地嚎起来:"丢死人了,这让人没脸活呀!乐乐不答应,我今儿就死在这儿了!"

见侠娃为参加合唱团的事这么难过,何阳和三爷一时不知怎么安慰才好。他们听何乐乐说过,侠娃试唱时五音不全,怎么也矫正不了,实在没法进合唱团。

一看眼下这阵势,三爷预感不妙。在农村这个年龄的女人一旦发起飙来是没有底线的。他赶忙去厨房给侠娃倒水,轻声细语地小心招呼着。何阳扶住侠娃的胳膊,轻轻地为她揉按着像风箱一样抽拉起伏的后背。十几分钟过去了,无论三爷怎么劝、何阳怎么送温暖,都无济于事。

生物学里,食腐的动物中有个"鄙视链"的概念。比如,秃鹫就瞧不起乌鸦,狮子鄙视鬣狗等。何家村的婆姨们中间同样存在着鄙视链。有儿子的瞧不起没儿子的,有两个儿的鄙视独儿户,而独女和无娃者,自然排在鄙视链的最底端。侠娃有儿有女,又嫁了吃公家粮的男人,婆家还是村上有头有脸的大户,自然高高在上,平日里只有她鄙视其他女人的分,为此,她常常自我感觉良好。

能入选今天这张红榜,在何家村是一件很光彩的事情,偏偏没有她。在她心里,这等于重重地打了她的脸,动摇了她以往在婆姨们心中被仰视的地位。她不懂什么叫音准,更不明白合唱的规矩,她认准是三爷瞧不起她,在报复她,她死活咽不下这口气。

哭声一阵高似一阵,长短调交替,哭唱交融,越哭越伤心。直到把眼泪哭干,只剩下声嘶力竭的干号时,侠娃竟一口气没倒过来,背过气去,倒在炕上一动不动了。

何阳吓傻了,扶住炕上直挺挺的侠娃,连摇带喊:"侠娃,侠娃,快醒醒!"三爷心里明镜似的,知道侠娃这"一哭、二闹、三上吊"的三部曲到收场的时候了。他不急不缓地走到何阳身边,故意提高嗓音对她说:"这下子麻烦大了,咱们要赶紧找何兵!"

一听三爷要找何兵,侠娃腾的一下从炕上坐起来,没事人似的拽拽衣服,起身就走。身后,何阳和三爷目送着她的背影走远,一个惊诧不解,一个淡然诡笑。

从三爷力挽狂澜的技巧里,何阳多少明白了侠娃的心思。她不忍心让侠娃为面子这么痛苦,更不想看到这种情绪的蔓延影响到好不容易搞起来的"莫扎特效应"实验。

怎么办？她突然想起安娜。安娜学过音乐，懂得其中道理。加之从小在关中习俗浓郁的哈萨克斯坦陕西村长大，懂乡情民俗，又是侠娃当下最信任的准儿媳，安娜出面一准行。想到这儿，何阳立刻打电话给安娜，把自己的担心告诉了她。电话那头，安娜笑着说："老师放心，我会让侠妈妈高高兴兴心服口服地支持咱们合唱团的。"

不知安娜当晚使了什么魔法，第二天一早何阳再撞见侠娃时，侠娃已是春风满面，笑逐颜开了。她拉着何阳的手，不好意思地低着头说："别笑我，下次有机会别忘了我。"何阳双手扶着她厚实圆润的肩头，微笑着说："一定！"心里的一块大石头总算落了地。

三天后，在一个暖洋洋的早上，"乡村音乐教室"的揭牌仪式在村小学礼堂举行。

徐坤和黄鹏早早来到教室，为两台摄像机找好机位，力求全程、立体记录下这一不平凡的历史时刻。何月和安娜负责会场布置和招呼来宾。

何阳为了检验"莫扎特效应"，专程请了对微表情心理学摄影颇有建树的、年轻的新华社驻县摄影记者呼延智。任务是在开班前和毕业季，给每个学员照一组脸部微表情对比照。这些照片将放进"乡村音乐教室"档案和何家村的村史，挂在每个学员家里最醒目的墙上。为此，满仓和徐坤专门在学校门口搭了个临时摄影棚等着呼延智。眼看学员们都陆续到齐了，何阳到摄影棚看了几次都没见呼延智的人影。正想打电话联系，只听"咔嚓、咔嚓"两声，何阳从焦急到惊讶，两张瞬间转化的微表情照，已收入呼延智的镜头。

呼延智脖子上挂着一个沉甸甸的、价格不菲的佳能照相机。何月紧跟其后，替呼延智背着一款经典的带有美国国家地理杂志标志的照相机包,一前一后出现在何阳面前。

呼延智笑呵呵地对何阳说:"何教授,我的任务已经完成。"何阳好奇地问:"没见你进摄影棚,怎么就完成了?"

呼延智边收拾相机边回何阳的话说:"微表情照是一种捕捉瞬间闪现在人们面部的能反映内心真实感情和情绪微妙变化的反射照。一进影棚,被拍照者就会本能地转化为表演情绪,就抓不到他的真实表情了。所以,我是在何月老师的配合下,动态、隐秘抓拍的。"

"原来如此,专家就是专家,不服不行啊,非常感谢!"何阳握住呼延智的手不无感慨地说。回头看何月,何月对视着何阳,抿着嘴笑而不语。

合唱团第一期学员代表四十二人,整齐地坐在教室里,每人眼前放了一沓打印好的、散发着墨香的歌谱。何乐乐教授的两名学生刘越和万声坐在前排。会议由满仓主持。何乐乐宣读了第一期音乐课课表设计、注意事项及任课教师名单。接着,学员代表黑娃发言,郑子龙代表镇上表示祝贺、鼓励和支持。最后,揭牌仪式在刘越和万声演唱的激情四射和优美绝伦的世界著名乡村音乐《加州旅馆》《乡村路带我回家》的歌声中结束。

何月一看郑子龙要走,连忙叫住他,给他送了一套学员的歌本,小声说:"你也是一期学员,本老师特批你自学,不会的地方别忘了请教。"郑子龙故作严肃又不无调侃地回答:"好的老师,学生谨记教导。"何月得意地咬了一下嘴唇,笑着跑掉了。

看热闹的老乡们平日里听歌唱家唱歌都是在电视里,今天开了眼看见了真人,更被美国的乡村音乐起源的故事震撼。

"没想到乡村音乐也那么好听,太喜欢了。我家黑娃和虎子能跟人家学真真是烧高香了!"黑娃媳妇总算说了一句实话,她由衷地双手合十放在胸前默默祈祷。这话被刚赶来叫客人吃饭的侠娃逮了个正着,她斜了一眼黑娃媳妇,得意地说:"谁说不是呢,我家何兵和安娜可都是合唱团的主力军。"一听这话里有话,向来不吃亏的黑娃媳妇梗起脖子正欲怼侠娃,却被散会的人群撞了个趔趄,只好嘟嘟囔囔地骂着脏话,气鼓鼓地回家了。

合唱团的事在何乐乐的专业指导和鼎力支持下终于走上了正轨,日常事务由何月、安娜等年轻人操持。

眼看就要到腊八了,合唱团各项工作已安排就绪。何乐乐想带父亲去城里家中住几天,年前再一起赶回来。三爷也想见见世面,抱抱孙子,但他放心不下大鹅。余舍知道此事后,主动请缨照管大鹅,三爷这才痛痛快快地答应了儿子,把大门钥匙交给了余舍。

何乐乐开车接走三爷的那一天,何家村像过集一样热闹。这家送核桃,那家送枣,直到何乐乐车后备厢盖关不上为止。侠娃压轴登场,抱着一包老酵坨塞给何乐乐,说:"这是我自己做的糜子面酵坨,蒸馍香,你拿着!"

村上人一般不给人送酵坨,酵坨的寓意是"发",把"发"送人的那是傻子。侠娃能送给何乐乐酵坨,这是几层意思?三爷看着侠娃,逗她说:"送这等宝贝,想好了?现在后悔还来得及。"侠娃脸红了,推了一把三爷,说:"不悔,都是一家人,咋能悔呢!"侠娃不干吃亏的营生,她看好音乐的吸引力,开始给她的后人铺路呢。

何阳一家和送行的老乡们依依不舍地把三爷送到村外,就连平日里和三爷不对付的景昆爷,也站在不远处,两条腿不听使唤地随着送行的人群往前挪。他装着没事人儿似的眯着眼,叼着烟袋,格外使劲地吧嗒着烟嘴,眼角的余光却一刻也没离开三爷的脸,心里琢磨着:"这老家伙今天总算享上儿子的清福了!"

第九章 蜕 变

当小农生产方式导致的土地割据成为农民脱贫致富的桎梏时,摆脱土地裹挟,变资产为资本,才是坦途。对延续了数千年、习惯了附着在土地上的农民来说,无疑是一场脱胎换骨、触及灵魂的蜕变。

——作者

(一)

黄谷仓红薯产业中试规模效益的显现,及何家村"乡村音乐教室"的鹊起,让何家村的名声大振。这都到年底了,何家村老的小的也没有闲着的。一来,县上决定大年三十要在何家村大食堂举办新年现场会。何家村要出节目,各乡代表、中外客商都要来,电视台还要全程直播。这不,腊八过了,邻村的农家都开始杀猪宰羊了,何家村音乐教室还在忙着练歌,大食堂修缮工程也在紧锣密鼓地进行。二来,何家村今年申请成为洽川县"耕地整村流转并行证券化改革试点"村。这可是何家村历史上从没有过的事,牵着每个人的神经,从村委到农户都在各算各的账。

正值盛年的村主任满仓，自然踌躇满志，心高气傲。每天不等天亮，一套八十三式的长拳就已习完。擦汗工夫，接到康民司机的电话说批文已经送到村委会办公室了。满仓手里还攥着毛巾，用跑垒的速度冲向村北头的办公室。

果然，桌上躺着一个红头文件。他用毛巾擦擦手，敬畏地捧起墨迹未干的批文，看了一遍又一遍。越看眉头拧得越紧，活像黄龙山里被霜打了的干核桃，瘪、干、皱。

文件中，何家村被批复为试点后备村。这"后备"两字，怎么看怎么别扭。进门时那一脸的高兴劲儿，瞬间消失得无影无踪。他一屁股瘫坐在椅子上，闭上双眼，脑子飞速旋转着对策。冥冥之中一个声音反复对他说："如果能在现场会前去掉'后备'两个字，何家村才真正称得上扬眉吐气。"

按县上文件的要求，进入试点村的行政村，"村农户耕地整体流转并资产证券化方案"及"村民精神文明建设方案"两个文件需经村民大会全票通过。何家村的现状是，以黑娃为首的十几户村民至今没表态，景昆爷为代表的三户一直投反对票。

为这事，一年来村上没少开会。大会、小会、地头会、炕头算账会不计其数。绝大多数村民通过算账和微电影直观展现，明白了其中的道理，认为这是解决农村当下地荒、人少、农民收入挪不前去的好主意。跨越过井底的年轻人觉悟更高，认为这场土地改革是甩掉穷帽子，摆脱土地捆绑，进入农业产业化、现代化的前提。

十几家有劳力的农户，会上会下你看我看你，谁也不表态。景昆爷态度强硬，他逢人就理直气壮地喊道："不同意就是不同意，这还要啥理由呢！农民不能离开土地，这是祖祖辈辈传下的规矩。你以为你是吃公家粮的,胡日鬼!"

康民倒是打心眼里赞同改革方案,觉得于公于私都是好事。他是干实事的人,这些年,他目睹了农村一家一户小农经济扛不住天灾人祸,越来越跟不上科技进步、市场需求变化脚步的一桩桩冷酷的事实。但是他拗不过父亲。他做梦都想让他老人家放下土地,跟自己在县城里过几天清闲的日子,可是父亲有自己的老主意,谁说也没用。去年为占便宜走麦城的事,更是谁也不能提,谁提跟谁跳着脚得急。顶多想孙子了去城里看看,看罢连夜赶回。

景昆爷有个癖好,每天早上不等日头出来,都要赶到地里拉屎。这是他爹传下来的,几十年了,风雨无阻。肥水要留在自己地里。景昆爷这点秘密,村上上年纪的人没有不知道的。只要一大早在地里碰见他带着大黄,十有八九是留肥去了。

满仓和康民私下试过好些花招,想改变景昆爷的看法。老爷子软硬不吃,最后干脆把康民也关到门外去了,害得康民夜里还得翻墙回家。

满仓不死心,活到四张把了,第一次感觉到干了件脸上有光、对得起祖宗和村上老少爷们的事。他坚信人为财死,鸟为食亡,舍不得孩子逮不住狼。他眼珠子一转,有了主意。他把文件揣进怀里,叫上徐坤和黄鹂来到了会上没表态的黑娃家。

一进大门他愣住了,那十几个没表态的农户,正在黑娃家七嘴八舌地议论耕地流转和证券化的事呢。

"你们都在?这太好了,不用我挨家挨户找你们了。快过年了,咱今儿打开窗子说亮话,把你们想说的话都倒出来,能解决咱现场解决,现场不能解决的,我保证事后给大伙儿一个满意的答复。"满仓给每个人散了一根烟,就手点上。又从厨房提出来两个小凳,吹了吹,递给徐坤和黄鹂,说:"娃,别嫌脏,坐。"自己就势圪蹴在黑娃旁边的碌碡上,叼着烟,斜仰着脸说:"黑娃兄弟,你见多识广,你给咱开个场。"

黑娃平日里虽然牛,但对满仓还是高看三分。满仓从小习武,为人仗义,好打抱不平。他做生意遇到麻烦,满仓没少帮忙。看见满仓这次对"试点"这件事动了真心,也想帮他。但一码归一码,"精神文明建设"文案他举双手赞同,可这耕地改革涉及饭碗,一定要有万无一失的把握才行。黑娃毕竟是黑娃,大会、小会他一直不表态并非不懂,其中的好处他心里明镜似的。他绷着脸轴着、吊着,就是为了拿到更多的筹码。

今天这局正是黑娃有意做的。他早听说了文件精神,一大早就把听他指挥的没表态的十几户人请到家里来商量对策,专门等满仓来表态的。满仓的不约而至,让黑娃喜出望外。满仓进门的时候,大家相视一笑。这笑容,一半是成功钓上大鱼的得意,一半是皮笑肉不笑的客套。

黑娃故作悠闲地朝天吐了几口烟圈,接着语重心长地对满仓说:"哥给你交个底,哥不反对耕地改革方案。这些年哥跑市场,高科技高端农产品成了抢手货,能卖上好价钱。咱农民自己种的产品只能卖个扫地价。农村走产业化、现代化、标准化的路是早晚的事。大伙当下担心的事是,用什么来保证咱的土地资本化后,农户的收入不低于从前。你只要把这个问题解决了,我们立马就在决议书上签字。"黑娃话音刚落,院里坐着、站着、靠着的那十几个人,立刻像打了鸡血一样激动地喊起来:"黑娃哥说得对,我们就等村上给一个兜底保证了。"

听到这儿,满仓微微一笑,心里暗暗得意自己的猜测。他从碌碡上一个鹞子翻身跳到院子当中,自信满满地拍了拍肌肉发达的胸脯对大伙说:"没问题,这事包在我身上,我愿意用我全部的家产对赌,我说到做到,可以给你们立字据!"只听"哗"的一声,十几个人齐刷刷地围过来,对着满仓直跷大拇指:"好样的!"黑娃见此状拉了一把满仓,附在他耳边悄声说:"你傻呀,找黄谷仓呀。何阳能提出这个方案,一定早就想好对策了。"

"是啊,应该先找黄谷仓要个说法。"满仓接过黑娃的话呢喃道。

如今的满仓信心满满,生怕何家村有史以来的高光时刻毁在自己手里。回家先进后院解决了一下内急,抬起身子就往外蹿。媳妇一把拉住他,说:"不要命咧!"顺手塞给他一个热蒸馍。"还是媳妇疼我。"满仓边吃边跑边回过头冲媳妇喊。

满仓心急如火,脚底生风,一溜烟儿地跑进何阳家,把正往堂屋送稀饭的余舍撞了个趔趄。"满仓一把搀住余舍,脸憋得通红,用手指着碗,半天说不出话,噎得直倒气:"水、水……"余舍顾不上问满仓发生什么事了,赶紧把碗递给满仓,说:"温乎的,喝吧。"一面用右手顺着满仓的后背向下捋着说:"这孩子,吃饭都不消停,慢点喝……"

(二)

堂屋里,何阳、贾明、王贵、戴红镭和刘教授围着桌子坐着,每人面前都放着一份早餐:馍、鸡蛋、红豆稀饭、青辣子。他们刚从试验田回来,桌上堆满了表格和王贵从农林大学带回的检测单。

戴红镭不紧不慢地从挎包里取出一张印刷精美、橙心绿圈图案的证书在大家面前一晃,神秘地说:"还记得吗,去年中央一号文件鼓励农业企业加入国际农产品管理体系,黄谷仓第一时间申请并加入国家认证程序的事吗?哈哈,这是国家给黄谷仓红薯颁发的'良好农业规范认证'一级认证证书,终于审验通过了!"

"这可是重大好消息!拿到这个宝贝就等于拿到了咱'莘国红'走出国门的通行证,真带劲!"王贵一拍桌子站起来,情不自禁地喊道。

戴红镭按住王贵的胳膊说:"王教授,稳住,且听我往下说。按照中国与欧盟签署的《技术合作备忘录》,获得ChinaGAP可与EurepGAP,乃至国际GAP互认。"

"哎呀,我的妈呀,你咋还大喘气呢?咱俩一上午都在一起,为什么不早说呢?"王贵被接踵而至的一连串好消息乐蒙了。戴红镭拽着王贵的胳膊连声说:"我错了,错了。我本来想焖一焖,焖足了气乐个痛快,咋就忘了'近水楼台先得月'这档事呢?请王教授海涵。"戴红镭一个夸张的舞台抱拳致歉动作,把王贵逗得合不上嘴,直说:"好了好了,本教授免你无过。"

一番打趣后,戴红镭接着说:"给大家披露一组最新的数字。2017年欧洲市场对红薯的需求量平均增长了12%,总消费量超过了30万吨,这个数字尚未达到增长曲线的高峰,其中德国的需求量呈爆炸性上升。红薯的价格,尤其是紫薯的价格平均上升了1欧元左右,市场价每公斤2~2.3欧元。英国、荷兰、比利时的需求量较去年相比都有不同程度的增长。俄罗斯近年的红薯市场也是暖风劲吹。俄罗斯是个传统的土豆消费大国,每年人均消费土豆100~200公斤。在俄罗斯红薯相比土豆算是奢侈品。前两天我在资料里看到,市场上一个300克重的红薯的价格约为10元人民币。俄罗斯基本上不生产红薯,主要靠进口。我们和西伯利亚公司合作生产的高端营养红薯,有望成为俄罗斯健康消费一族的市场新贵。除此之外,加拿大、澳大利亚等国,市场的季节性需求今年也十分亮眼。

据大数据分析，十年前几乎没有哪家出版物谈到红薯，而现在已经成了热门话题。红薯伴随健康走进了千千万万个家庭，成为常规必备食品之一，高端营养红薯未来的市场越来越广阔。只要我们不放弃自然农法理念，不懈努力，'莘国红'的国际化就在眼前。"

戴红镭话音一落，大家激动得把桌子当鼓敲起来。余舍和满仓闻声进了屋。

"50多岁的人了，乐起来一个个像个孩子！"余舍笑着按住何阳笑得发抖的肩膀打趣道。

王贵看见余舍，高兴地跑到她身边问："余老师，您的《人为什么活着？》大作我一直等着拜读呢。这个话题直戳人性本质，很期待。"余舍说："还差两个代表性人物的故事没搞定，计划年后出版。届时，王教授要多提意见啊。"王贵急忙说："余老师您折煞我也。紧着学还跟不上您呢，您坐。"说着拉过一把椅子放在余舍身后，余舍刚坐下，复起身说："哎呀，我忘了给你们煮茶了。"说完转身去了厨房。

满仓一听说国家的证书批下来了，走到何阳身边俯身问道："老师，要不要请上锣鼓或唢呐队来庆贺一下？"何阳拉满仓在身边坐下，摇着头说："不用，不用。攒着劲，有得用。你来了正好一起听听。"

满仓还没坐稳，旁边的刘教授一只手拉住他的手，另一只手冲他跷着大拇指说："满仓村主任，何家村了不起啊！没想到你们这片土地保护得这么干净，土壤中重金属含量几乎是零，农药残留指标也远低于全国平均水平。"满仓丈二和尚摸不着头脑，连忙恭敬地站起身，嘴里"嗯……嗯"应着，一边用求救的目光直瞅何阳。

何阳接过刘教授的话题，略带得意地说："这也是贫瘠的一种贡献。污染是经济发展的副产品，反之，也应成立。我们何家村穷，地势高，又不在黄灌区。农耕者不得已至今保持着较为原始和传统的耕作方式。没想到歪打正着，倒保护了土壤成分的天然禀赋，乘上了农产品消费升级的东风。这次GAP证书得以顺利通过，与黄谷仓一直秉承的自然农法理念密切相关。GAP是允许农产品生产中有条件合理使用化学合成物质的，而黄谷仓是零使用。就这一点来说，我们获得一级认证证书是当之无愧的。当然，我们离有机产品标准还有一定差距，目前的两千亩土地已经全部纳入由常规农田向有机农田的3年转换期，还有很多工作在等待我们去学习，去努力。怎么样，准备好了吗？"

"准备好了！"屋里的人个个兴致高涨，像掉进水里的皮球一样，怎么也按不下去。不知是谁起了个头，大家齐声唱起《毕业歌》："同学们大家起来，担负起天下的兴亡……"此时此刻，似乎只有这首歌才能表达回乡人内心的抱负与惆怅。古老的房梁也被这充满力量与希望的声波震得抖起了精神，发出嗡嗡的共鸣声。

就在这时，侠娃踏着莲花步，端着一个核桃木方盘，笑盈盈地把一份早餐放在满仓面前，轻声说："村主任，您慢用。"满仓顿时起了一身鸡皮疙瘩，浑身上下不自在。长这么大，第一次听见侠娃对自己这么温柔，第一次在这么多有头有脸的人面前受到贵宾级礼遇。

他急忙站起身，连声说："谢谢，谢谢婶子。"侠娃瞥了他一眼，环视了一下，看大家并没注意她，趁摆菜的工夫，凑到满仓耳边，咬着后槽牙，脸上挂着笑，从牙缝挤出一句话："别得意，出了这门老娘才不伺候你呢。"说罢，在满仓屁股上狠狠拧了一把，一阵风似的旋出了房门。

满仓习惯了侠娃时不时莫名其妙喜怒无常的眉眼和做派，就像什么都没发生一样坦然。

另一边，王贵抿着嘴，用佩服的语气接过何阳的话，说："好一个'贫瘠贡献'，又一次刷新了我的认知。"贾明挡住王贵，认真地插话道:"不管怎样,这对黄谷仓来说,是一个打着灯笼都找不来的好事。""那是,那是……"王贵一面应着贾明,一面抓起脸前的馒头,掬上青辣子。喊道:"各位同仁,先打发了肚子再说,开吃!"说罢,一口下去,大半个馍顿时被吞灭。"这是当知青时练出来的工夫,狼多肉少,必须一分钟内解决战斗,不然就得饿着。"王贵头也不抬,尽情享受着抢食独具的味蕾满足感。

何阳说:"今天趁各位专家和满仓都在,咱们边吃边议明年黄谷仓红薯加大规模的事。黄谷仓在何家村两年又六个月,种了五季红薯。我们的中试目标,即用自然农法在沙土和黏土上采用标准化、规范化、现代化方式种出无公害、绿色营养薯的目标已经实现,规模效益初见端倪。如果土地改革进展顺利的话,黄谷仓红薯产业化、规模化推广已是蓄势待发。可以负责任地说,红薯产业化规模所及之地,必将给那里的老百姓带来更多的收入和福利。现在我们估算一下,今年还需要扩增多少亩地?"

话音刚落,戴红镭和满仓几乎像说双簧一样同起同落。满仓愣了一下,马上缓过神说:"戴总,您先说,您先说……"

戴红镭清了清嗓子,呷了一口茶,一脸自信地对大家说:"根据我多年外贸工作经验和对今明两年世界红薯市场前景的判断,保守地计,仅欧洲市场的新增需求量应在24896~37344吨之间。欧洲消费者一贯崇尚自然农业,如果我们何家村打这张牌,加上GAP保驾护航,黄谷仓红薯今年实现欧洲市场零的突破应是题中应有之事。当下我们需要足够的能够机械化作业的、品质纯净的连片土地。"

"大约需要多少?"贾明问。"按亩产4000斤算,若签下8%到10%的增量市场份额,光这一块儿,起码需新增1500多亩初储地。"戴红镭回道。贾明又转身问满仓:"满仓,何家村是黑山镇人均耕地面积最多的村子，现在整个镇子都动起来了，咱们何家村有何打算？"

满仓急得直挠头，支支吾吾嘟囔道："贾总，说实话我比谁都着急。如果流转和证券化试点的事能定下来的话，这还有啥说得，就是……"

"满仓，别急。你慢慢说到底困在哪儿了？"何阳问。满仓这才放下筷子，委屈地说："何教授，黑娃他们要一个兜底保证，怕红薯万一赔了，他们没饭吃。我回答不了，专门来找你想办法的，他们说一会儿要来找你。"

（三）

何阳刚张开嘴准备回答满仓的问题，晓非像子弹一样冲进屋子喊道："妈，不好了，拴柱晕倒了！""晓非，别急，说清楚，在哪里？怎么回事？"何阳双手扶住晓非颤抖的肩膀，压慢语速问道。

晓非气喘吁吁地说："我们在学校操场练棒球，拴柱刚击过一个球就倒下了，脸色煞白，叫不醒。"何阳预感事情不妙，吩咐满仓："你马上叫救护车，联系康民。"又对大家说："贾明和我随我爸去现场，戴总和两位教授原地不动，帮着想想满仓刚提的问题。"说完拉着晓非就往学校跑，贾明扶着伍征紧随其后。

何阳家离村小学不到200米，等何阳一行赶到时，只见操场上几个半大小子围着躺在地上的拴柱边摇边喊，吓得直哭。伍征见此状一个箭步赶上去大喊一声："不敢摇，让开！"孩子们颤抖着退后，站在旁边焦急万分。伍征迅速检查后对何阳说："初步诊断是脑出血。小孩患这种病多数是脑血管先天畸形造成，抓紧时间送军医大，争取六小时黄金抢救时间内完成手术。"何阳想到何林的直升机与军医大合作的一站式救援计划，立刻打电话给何林。何林的飞机正在处女泉附近商飞。他告诉何阳，飞机将在30分钟内赶到学校操场，一小时内落在军医大急诊室门前。

何林的回话让大家紧绷的心情稍缓了一下。这时，康民、郑子龙、满仓赶到。康民的脸色黑黄，两眼黯然无神，两条腿直打软，一下子就像老了十几岁，郑子龙和满仓在两边扶着。

康民看见伍征，双手紧紧握住伍征的手，泪流满面，哽咽得半天说不出话。伍征宽慰他道："孩子可能是脑出血，多半是先天性血管畸形所致，需马上手术。据我了解，军医大这方面技术很成熟，我已联系了我的学生，他是目前这方面的权威，他答应亲自手术。放心，如果手术及时、顺利，孩子应该不会有大问题。何林的直升机一会儿就到。"

康民一听是脑出血，两眼一黑，瘫坐在地上。郑子龙把康民拉起来，对康民说："康民，振作一下，孩子还靠你支撑呢，你没有资格倒下。赶快回家收拾一下随飞机走。我开车过去做你的后盾，陪着你，直到孩子脱离危险。"康民用惊讶、感动、愧疚交织的目光看着郑子龙，狠狠地抹了一把眼泪，浑身感觉有了力量。他内心对自己说："我没有资格倒下，对！我没有资格倒下……"直起身往回走。

远处，只见景昆爷绊绊磕磕、连跑带哭向操场扑来。"拴柱、拴柱，我娃在哪儿，在哪儿呢？……"景昆爷失声喊着拴柱的名字，老泪纵横，后边跟着刚和拴柱一起打球的几个小伙伴。康民见此状，惊恐地朝景昆爷喊："大，你别急，别跑。"话音刚落，只见景昆爷一个跟头栽倒在地。"大，大……我的大呀！"康民扑倒在景昆爷身边，抱着他的头，撕心裂肺般叫着，泪流如注。

突然发生在身边的人间悲剧，让所有在场的人惊愕，不知所措。围观者惊恐地交头接耳，寻根溯源。学校看门的老汉不解地摇着头说:"记得那年黑娃他大,青天白日在北坡犁地,被雷当场击死的事不?阴阳先生说是他家前几辈辈做下缺德事,欠下阴债了。老天爷是来找他讨债的。今儿这碎碎①个娃惹谁了?""唉,你没听人说么,绳绳容易从细处断呢,拴柱的命太稀罕咧……这回把他爷也搭上咧。""哎呀,这也忒可怜了!"人群中你一言我一语地议论着,这时不知是谁说了句:"这有啥稀奇的,快过年了,这是雪儿她娘想外孙子了。"一时间,景昆爷和雪儿娘的那段陈年往事又被重新抖搂出来,演绎出各种传奇的版本。

直升机的轰鸣声和救护车刺耳的"嘀呜"声打断了人们或善意或歹意的种种极富创意的联想,各种因此而起的八卦,被飞机的螺旋桨击得粉碎,瞬间丢进无垠的旷野。郑子龙一把拉住康民的手说:"康民,挺住!你先上飞机。景昆爷交给我,我和满仓陪他坐救护车去县医院,安排好后我去军医大找你。"

幸亏郑子龙在场,一度近乎失控的局面总算安顿了下来。

伍征目送直升机远去,这才在何阳的搀扶下,迈着不听使唤的双腿,疲惫地往回走。

何家村从来没来过直升机和救护车,听见螺旋桨的轰鸣声伴随着救护车揪心的鸣笛声,谁又能在家坐得住呢?一个个夺门而出,不约而同地往出事地点跑。校门口被围观的村民堵得死死的。他们目瞪口呆地看着眼前发生的这一幕,久久缓不过神来。

远远地就听见侠娃的大嗓门:"我的妈呀,这好好的一个家,咋就说塌就塌了,作孽呀!"看见伍征和何阳出来了,侠娃赶忙招呼大家:"快让道,快!"又帮着何阳把伍征扶住,边走边急切地问:"伍教

---

① "碎",关中方言中指小。

授,娃咋样,景昆爷要紧不?"伍征看着眼前一张张紧张、期待又不安的脸,停下脚步对大家说:"乡亲们,放心,一切都安排好了,回家等消息吧。"

话说贾明到了操场,协助何阳处理完紧急事项后,拉着惊魂未定的晓非早早回到何阳家。他担心晓非和家里的余舍,担心顾此失彼出现次生事件。贾明是个很理性的人,这一点正好弥补了何阳率真、果断、感情用事,常常顾前不顾后的性格短板。

贾明回到家把现场情况一说,一颗颗悬到嗓子眼的忐忑不安的心终于回到原位,一个萝卜一个坑,分头处理各自手头的工作去了。

贾明、王贵和刘教授在戴红镭的指导下,将有机认证所需的材料分类整理就绪,等何阳回来拍板。

余舍挑了几个舒缓的小夜曲,把小音箱的音量开到最小做背景音,又去厨房精心地熬制了一锅红枣山药姜汤,为大家驱寒、压惊。晓非惊魂未定,一步不离地跟在姥姥身后。

何阳扶着伍征一进家门,扑面而来的红枣生姜香味承载着轻轻的旋律,飘浮在寒冷、干燥、紧张的空气中,让这个小院的每一个角落,被宁静与典雅的气氛沁润。何阳满脑子杂货铺一样的乱麻,即刻疏泄条达。她长长地吸了一口气,感激地看着迎出来的贾明说:"谢谢你!"贾明忙着招呼伍征休息,冲何阳笑着说:"快进屋喝点姜汤。"

堂屋里烟气腾腾,以黑娃为首的十几家未表态的农户正围着戴红镭询问这次耕地流转和证券化的详细流程。一听有担保公司和保险公司对证券化产品的收益和风险进行了兜底担保。黑娃一拍大腿说:"这还有啥说的,现在、立刻、马上在决议和申请书上签字!走,填表去。"十几个人呼啦一声跟着黑娃往外走,和正进屋的何阳碰了个脸对脸。黑娃忙退后半步,关切地问:"何教授,景昆爷和拴柱咋样?刚听见飞机声了。""已经送医院了,等消息。"何阳回道。黑娃恭敬地朝何阳点了个头,急匆匆地出了门。

不得不说,黑娃这次的确又抓住了问题的要害。担保公司不是"散财童子",它的兜底是以黄谷仓的反担保合同为前提的。对于黄谷仓,要想推动红薯产业化、规模化、现代化进程,最有说服力的证据,莫过于何家村第一单"耕地经营权资产支持证券"成功发行。为此黄谷仓必须丢车保帅,不惜代价。

在这一片忙乱无序的"熵"态下,黄谷仓的产业化、现代化、国际化梦想及何家村的耕地证券化困点,开始破茧、孕育。

傍晚时分,何阳接到郑子龙的电话,郑子龙说:"景昆爷醒了,说话还不利索。初步诊断为中风,可能会落下偏瘫后遗症,最终身体状况要视康复训练情况而定。康民媳妇正在医院陪着景昆爷呢。拴柱的手术也很顺利,让大家放心。我今晚和康民一起陪拴柱。医生说,如果今晚能挺过去,就脱离危险了。"

何阳听完电话那头熟悉又温暖的声音,想到郑子龙全然不顾自己的一日奔波,一股热泪直涌眼窝,夺眶而出。她对郑子龙第一次发自内心地牵挂,言由心生地说:"你也关照好自己,别累着。"电话那头,郑子龙听出了其中的味道,嘴上故作平静地"嗯"着,心里却燃起了灼热的火焰。脸发烧,手发烫,眼睛冒着热辣的光,浑身的倦意一扫而光。他怕被康民看见,出去买了一盒烟,想用尼古丁压一压心跳。试着吸了几口,呛得直咳嗽,只好作罢。

他抬头看着月亮,由衷地对自己说:"天涯共此时,此生足矣!"

（四）

一周后，郑子龙、满仓把景昆爷从县医院接回家。景昆爷的命算是保住了，但落了个半身不遂，眼下还不能自理。满仓一路开车一路琢磨怎么安排他景昆大。康民和媳妇要在西安照顾康复中的拴柱，顾不过来，景昆爷平日脾气倔，没有朋友，放在自己家吧，实在顾不过来。眼看就进村了，满仓急得猫爪挠心，烦躁不安。

这时，坐在副驾驶的郑子龙接到一个电话。"你在哪里？黄谷仓今年的经营计划想和你商量一下。"何阳在电话那头问。"是何阳啊，我在车上，马上就到何家村了。"郑子龙道。"这么巧，说曹操，曹操到。"何阳掩饰不住内心的激动，声调微微颤抖。

郑子龙把景昆爷的情况大概给何阳说了一遍，何阳不等郑子龙说完就急忙抢话说："把景昆爷就安排在我家，由我妈和我爸照管，还有侠娃帮忙，应该没问题。""谢谢何阳，我们说话就到。"郑子龙放下电话，对满仓做了个鬼脸，得意地吹起口哨。

在郑子龙心里，早就把何阳的大家庭当成自己心灵的归宿了。那里的每一个人都让他牵挂，带给他宁静和温暖，让他割舍不下。

车后座上的景昆爷闭着眼睛，似睡非睡。他一言不发，一副任凭命运摆布的神态。听了郑子龙和何阳的对话，只觉得胸口一阵热浪翻腾，脑袋发胀，眼眶一酸，竟催得老泪横流。这是他有生以来从来没有过的感受，他赶忙用那只还能动的右胳膊，悄悄地抹去眼泪，怕被两个后生看见。

都说人是靠撞南墙成长的，不是靠灌输改变的。这话用在景昆爷身上,那叫灵验!一场大病,让景昆爷思想大变。

这些天住在何阳家,在两位老人的精心照料下,不到一周时间,景昆爷就能拄着拐杖,下地走路了,说话也顺溜多了。碰到谁都满脸堆笑,主动打招呼。尽管笑容很僵硬,可总比从前的冷脸和蔼了许多。被景昆爷"主动"过的人不敢相信自己的眼睛,疑惑地问:"这还是那个犟老头吗?"

景昆爷感觉到了乡亲们异样的目光,他不在乎。在他心里,死了一回的人了,活着就为积点阴德。这样,阎王爷再叫时心就踏实了,也为拴柱积福了。他不信佛,但笃信因果,那年黑娃他大晴天白日被雷劈死的事,让他一想起来,后脊梁就阵阵发凉。这次拴柱的病,他归结到自己平日行善少、积怨多上。再看看人家余舍和伍征,和自己非亲非故,起早贪黑地照顾自己,他除了感激无以回报。他想好了,等拴柱回来,让他给两位老人磕头,做干孙子。自己病好了也跟着余舍和伍征做义工去。

当下最要紧的事是安顿好自己余生的饭碗。景昆爷很现实,自己这身子骨再也种不了地了,得好好想想何阳说的"地变资本"挣钱的事。每天他除了喂大黄,就是到大队部缠着满仓给他算账。

他白天算,晚上琢磨,床头的账本摞了半尺高。这账越琢磨,越觉得参加证券化改革更划算。比自己雇人种地,每亩地每年至少多赚五六百,还不担风险。他庆幸自己聪明过人的脑袋这次没出大麻达。他翻来覆去怎么也睡不着了,拿起康民刚给他买的老人手机,给满仓打电话说:"娃,我想好了,我同意参加咱村的土地改革。你现在就把表拿来,我马上签字。""我的大呀,你老人家终于想明白了,我马上到!"满仓大声应着,双拳紧握、高举,激动之情溢于言表。一袋烟的工夫,满仓已一阵风似的进了屋,后边还跟着之前追随景昆爷的那两家反对户。

景昆爷从满仓手里接过表,看都不看,用右手颤颤巍巍地在签名一栏把"何景昆"三个字画了上去,然后缓缓地略带骄傲地抬起头,对两个还在发愣的伙计说:"签吧,我把这账来回都算了一百来遍了,咱吃不了亏。"两位一看,村上最精明的铁算盘都签了字,接过笔,不问三七二十一,拿表就签。

满仓第一次发现他景昆大身上蕴藏的非凡魅力。"谢天谢地,谢我大,终于攻破了最后一个堡垒!"他心里对自己默念道。拿过三张表,转身像个孩子似的,一蹦三尺,头撞顶棚。好像突然又想到什么,突然脸一变,眉头紧锁地贴在景昆爷脸边,用手指戳戳景昆爷的肚子说:"大,这地交了,以后你这肥水可往哪里流呀?"大家一下子明白了,哄堂大笑。

景昆爷没笑,严肃地说:"你们懂个屁,你小看你大了。地交了,祖上传下的规矩不能停,以后肥水还要流到地里,啥都不能糟蹋,糟蹋了作孽呢!"后生们一看爷认真了,忙捂住嘴,点头应着,再不敢笑出声了。

从景昆爷屋里出来,夜已深了,北风呼呼地直往脖子里灌。满仓下意识地裹了裹棉袄,把手里攥的三张表揣进怀里,两只手往袖筒里一揣,缩着脖子顶风前行在黑漆漆的平日里何家村最热闹的南北道上。凭着感觉,满仓三步并两步来到大队部,他打开文件柜,双手平举,郑重地把这压轴的三张申请表放了进去。至此,何家村在册的970家农户,共3358人全部在两个文件上签了字。

明儿就是腊月二十了,不争分夺秒就又虚度一年光景,3000多口子人的命运就在此一搏了,耽搁不起。满仓就着灰暗的灯光,搓搓冻僵的双手,提笔起草"何家村申请成为耕地整村流转并行证券化正式试点村"的报告。

（五）

何月这次被村委会推举为何家村新年现场会的总策划，何乐乐任总导演，节目的品质由他俩全权负责。满仓负责后勤与协调，何阳担任顾问。

何月对她的总策划一职感到很荣幸。从小就听父亲叨叨何家村，长这么大，还没给家乡做过一件像样的事，这次她想要好好表现表现。寒假一回来，她就一直住在何家村，全力以赴投入工作。除了每日排练大合唱、儿童合唱等传统节目外，她想把何家村不同层次、不同身份现代农人的喜怒哀乐，通过节目设计多棱立体地展示出来。为此，她走访了几十家有代表性的农户，在县档案馆翻阅了何家村村史资料，拉出了一个地气十足的节目单。

有反映留守儿童、留守妇女、留守先生的小品故事，有出外打工一族的活报剧，有农村光棍谈恋爱的小话剧，还有反映黄昏老人寂与乐的三句半，最后压轴的是何家村有名的唢呐大合奏。

以何家村为背景拍摄的，以何阳回乡种红薯为题材的纪录片《红薯的故事》，以及反映何家村人走出井底，过上新时代新生活的故事片《何家村的春天》，由徐坤负责制作，也将在现场会开幕式中首播，届时将在网络视频平台同步转播。

每一个设想、每一次改动，何月都在第一时间告诉千里之外正在青海民院讲学的何乐乐。何乐乐非常惊奇何月的联想能力和跨界创意。除了在专业上、细节上给她提点儿修改建议外，他还真是找不出更好的替代方案，即便他是个不折不扣的反向思维专家。

何家村新年现场会的节目单就这样在时空传递中形成。何乐乐确认后,何月按程序向村委会递交了最终定稿。村委会当晚邀请了县委宣传部及与现场会相关的各方代表参加的村委扩大会,就节目单、会议内容、会议程序、成立筹备组等重大问题现场拍了板。

会议最终决定委托何乐乐、何月负责晚会节目制作,徐坤和黄鹏继续完成纪录片《红薯的故事》和微电影《何家村的春天》,贾明和何兵负责节目布景、灯光音响、服装等配套设施的落实,满仓和村委会成员负责大食堂修缮的收尾工作,并安排各方来宾的吃住行。经费由县、镇两级财政资助,黄谷仓公司赞助。筹备组由何阳和满仓担任正、副组长。最后,郑子龙在会上表态说:"这次新年现场会的召开,不仅是何家村的骄傲,也是整个黑山镇人民的骄傲。镇政府将尽一切力量支持村委会和筹备组的工作。"

扩大会开完,筹备组立刻开始安排具体工作,直到凌晨五点才结束。

当大门拉开的一瞬间,北风卷着雪花扑面而来,所有的人都被眼前的雪景惊呆了,漫天的雪花张开晶莹的笑脸,在北风的挥动下跳起了华尔兹。悠扬、潇洒、洁静,把夜色中的何家村装扮得妖娆、美丽。

送走了客人,大家各回各家。

郑子龙走到南北大道中央,停住脚步,仰着脸看着天空,久久不舍离去。雪花落在脸上,化成冰水,顺着脖子流进胸口。这是今年冬天的第一场雪,他伸开双臂,迎着来自上天的神秘的银色精灵,脑子里想着地里那久旱饥渴的麦苗、油菜此刻欢快的样子。想到这儿,他对身后不远处正在抓雪球的何阳说:"还有劲儿吗?想不想去北坡看看麦苗?"

何阳是个典型的骨子里充满浪漫主义的人。她抬头看了一眼朦胧的雪花飘飘洒洒的梦幻般的天，再看看眼前这位顶天立地气宇轩昂有着父亲般高贵品质和温暖的男人，幸福感油然而生，她回道："好主意。雪花、晨曦、麦苗、洁白的大地、清新的空气……样样都令人陶醉！岂有不去之理？"她用力团了一个雪球投向郑子龙说："接球！"

说时迟，那时快，郑子龙一个箭步向前，接住雪团，只听"刺溜"一声，摔了个四脚朝天。何阳赶忙过去扶起郑子龙，心疼地说："还以为自己是少年呢？"郑子龙伸伸腿脚感觉还好，就得意地挑着眉毛回何阳道："谁说不是呢？"

风雪中，两个志同道合、乡愁满满、怀揣浓浓使命感的回乡人，踏着祖祖辈辈劳作眷恋的黄土地，迎着早上第一缕晨曦上了北坡。

北坡都是土路，路又陡又滑。郑子龙不由分说向何阳伸出手，用坚定的目光看着何阳说："来，一起走。"何阳顺从地把手放在那只温暖有力的大手里，顷刻间，幸福的电流传遍全身。

到了坡顶，雪下得越来越大，郑子龙把围巾摘下来为何阳包住头说："这样暖和点。"他从军大衣口袋里掏出一个棒球递给何阳说："这是你十四岁那年，在洽川中学操场递给我的那只棒球，我一直珍藏着，今天把它送给你，做个纪念。"

何阳双手捧着棒球，睁大眼睛看着郑子龙，听他讲这只棒球引发的爱的故事。

她清楚地记得那一幕，但她没想到眼前的郑子龙竟是当年球场上那个英俊少年，更没想到它竟撩起一段刻骨铭心的暗恋！她感觉整个灵魂此刻就像炭火上滴的一滴糖，沸腾翻滚。她情不自禁地伸出双臂，拥抱了郑子龙，附在郑子龙耳边说："外交礼仪。"郑子龙双手紧紧地把何阳搂在胸前，会意地轻声应道："是，恰似《雪花的快乐》。"

远处，满坡遍野的柿子树上，挂满了红灯笼般的柿子，被雪花一裹，露出一张张娇媚的、红扑扑的小脸，见证着这美好的一刻！

大食堂的修缮只有不到一个月的时间，还要求修旧如旧保留年代感，这把满仓难住了。村上倒是不缺匠人，半老爷们放下农具，人人都会几样拿得起的活儿。木匠、铁匠、泥瓦匠、裱糊匠等，一抓一大把，就是缺个懂行的牵头人。为了这，满仓打听到山西搞古建维修的人才多。他连夜过黄河请了名师设计图纸，监督施工。内行就是内行，不到二十天，一座被风雨侵蚀了六十年近乎被遗忘的满目疮痍、断壁残垣的大食堂就重现了昔日的辉煌！

完工那一天，正逢腊月二十三，要祭灶王爷。全村男女老少，只要还走得动，都来大食堂祭灶，这里是村民心里最大的灶王爷。鞭炮声、呼喊声、笑声交织在一起。景昆爷是最后一个赶来祭灶的。只见他右手拄着拐，大拇指和食指捏着一根香，怀里还揣着一瓶酒。他把正在门口忙活的满仓喊过来，帮他把香点着。用右手拉住左手，面朝大食堂作了三个揖。作罢，把酒往地上一洒，饶有兴致地给后生们讲起大食堂当年辉煌的故事，那是他一辈子最高兴的一段日子。他喝了一口酒，抹抹嘴说："那年头，家家户户把锅都砸咧，炼钢铁。炼完钢铁就拿着碗筷，到大食堂吃饭。开始是尽饱吃，后来就只有动心眼子的人能吃饱。"

"爷爷，那你是动心眼子的人不？"景昆爷一看，问话的是满仓家六岁的碎女子。满仓媳妇紧着拦也没挡住。景昆爷把小家伙拉到身边，拍拍她圆乎乎的小脸温存地回道："娃，你爷我是咱村有名的铁算盘，咋能把爷饿下呢。当年我刚二十一岁，肚子就没有饱的时候。每次来大食堂吃饭，都是吃着碗里的，瞅着锅里的。先盛一碗，吃一半时再赶紧到锅里把碗添满。添饭时，恨不能给碗再捏个沿沿。那个香呀，这辈子都记着呢！"景昆爷说到这儿，咂巴咂巴嘴，抹了一把嘴角的哈喇子。身边的几个孩子也学着景昆爷的样子,抹抹自己馋得发痒的小嘴。

天黑了,祭灶的人都回家了。大食堂内灯火通明,满仓和工匠们还在搭建舞台。大食堂门外,景昆爷和几个同龄人,边聊边围着大食堂的外墙转圈,饱含深情地这儿摸摸,那儿拍拍,就像是自己丢失多年的孩子又回来了。早已昏花的眼眸,变得精神矍铄,那眼神里蕴含了多少青春时的梦想和只属于那个火红年代的故事。

大黄今晚表现得格外乖巧,寸步不离地跟着景昆爷,时不时地朝人摇摆着它自觉迷人的、毛茸茸的小尾巴。

要说何家村当下最忙的当数何阳了。点子是她出的,能不能成功就在这几天了。会议议程还要不要改动?各路来宾要不要现场座谈?节目内容、演员的服装还要不要调整一下?后勤的接待、伙食、安全防范、住宿、村史馆的布展……真是千头万绪,无穷无尽。

不过让何阳欣慰的是,一遇事何家村的老乡们个顶个地能。男人们会三五种手艺是常事,女人们更是心灵手巧,像侠娃这样能做饭、织布、缝衣、剪纸、育儿、管家、饲养无所不能的占半数以上。这不,大食堂昨日重现的旧时物件,上锣鼓原始粗布演出服的制作,家家户户焕然一新的对联、窗花等,全是何家村地地道道的农民自己动手完成的。

何阳一边坐在侠娃的织布机上,踏着脚板左右穿着梭子,一边想着何家村"能人多"现象。这是典型的小农经济的表现,是贫困的起因之一。自给自足,没有分工,没有交换,没有效率。假如何家村的能人有一天能用他们的手艺或作品参与社会交换,他们的手艺或作品成为社会分工的一部分,他们就不会再受穷了。

想到这儿,何阳刚刚还欣慰的心情一下子变得沉甸甸的。因为她知道,让"能人们"靠自己的认知和能力跳出井底,何其艰难。要经历无数次的市场打磨、锤炼甚至牺牲。"引入市场,让需求来催化分工与交换,或许是一条事半功倍的捷径。"何阳一边对自己念叨着,一边放下梭子,从包里掏出《回乡记》本子,记下这一思路。

眼看离现场会开幕的日子就剩几天了,黄鹂和徐坤承担的两项任务至今还没最终敲定。一是纪录片《红薯的故事》还达不到要求与设想,无法准确、立体、生动地反映农耕现状与农业产业化的矛盾与出路,远没有一叶知秋的效果;二是纪实故事片《何家村的春天》还不够接地气,特别是演员的表演还很不到位。

这两件事是此次新年现场会的核心内容和重中之重,关乎农业产业化和土地资本化进程的士气与相关经验的传播。为此,何阳、郑子龙配合黄鹂、徐坤和剧组人员,连着熬了几个通宵。

黄鹂点子多,出手快,两天时间就将《红薯的故事》的拍摄素材重新编排、剪辑,突出了困境和效益的比较,结果"矛盾和出路"主题一目了然,生动感人,很快通过验收。徐坤的故事片千回百转,却一直没有出现期待的效果。

徐坤眉头紧锁,压力如山。按计划,再有四天就是杀青的日子。他原本最担心的景昆爷和满仓,本色出演,拍出来的效果还算说得过去。反倒是态度最积极,表演欲超强,能说能闹的女一号侠娃,面对镜头,脸就像浆过的布一样,死板、木讷。还有几个村民演员,状态怎么也调不到位。

徐坤急得团团转,自感浑身的招数都用尽了,就是扭转不了这尴尬的局面。他突然想起他无所不能的班主任老师任何,拿起电话向任老师求援,最后还特地加了一句:"老师,十万火急!"

不到半小时,任老师回话说:"你小子有福,关艺老师是我的好朋友,省话剧院的台柱子,刚从延安回来。她答应我去增援你,今晚就到洽川,你去高速路口接她。""老师万岁!"徐坤激动得不知说什么好。

关艺,上戏表演专业毕业,浙江人。1985年毕业时随陕西籍男友来到省城,分配到省话剧院,现是国家一级演员,院里的台柱子。她在两小时的路程中已经对剧本进行了一番研究。一到村上顾不上吃饭,先把村民演员集中在一起,手把手说戏,教大家在表演时如何运用肢体语言,在面对远景、中景、特写镜头时,通过什么样的声音、手势、表情、眼神,表达剧中人物的喜怒哀乐。

她对村民演员说:"剧中的人物都是你们平日里最熟悉的人,剧情也是咱身边的事,没有人比你们更有资格扮演他们。要相信自己,一定能成功。"

大课上完,关艺留下她的两个学生陪村民演员练习,自己特意要求跟着侠娃回家做饭、吃饭。

在侠娃家厨房,关艺一边帮侠娃拉风箱,一边仔细观察侠娃的表情和动作。一副麻利婆娘进厨房的张罗劲儿,手不停,嘴不歇。那嗓音像吵架似的,大门外都听得见。热情起来仿佛你就是她最亲的人,没有遮拦。

关艺就喜欢这种直爽的人,一顿饭下来,两人已经无话不说。关艺帮侠娃捋了一下戏,纠正了几个动作,临走时拉着侠娃的手说:"你天生就是当演员的料,动作和表情都极富感染力。明天按我教你的方法,把握好镜头感就完美了,期待你的作品早日完成。"

饭后,关艺被何阳拽走了。侠娃像打了鸡血一样兴奋,她对着镜子或挑眉瞪眼,或含情脉脉,直练到自己满意才肯睡。

微电影剧组的村民演员在关艺的指导下,经两天两夜专业训练,大有长进。当徐坤扛着摄像机再拍女一号的近景时,侠娃的眼睛竟然会说话了!他在镜头后直愣愣地眨巴眨眼睛,简直不敢相信。

送关艺走的那天,徐坤才知道,关艺的爱人也是黑山镇人,去年因公殉职。

浪漫的人大多是完美主义者,何阳也不例外。

从腊月初十开始,何阳鸡鸣即起,夜静而归。每天最多睡三四个小时,把余舍心疼得直掉眼泪。伍征给何阳调了个补气养血的汤,每天睡觉前看着她喝下才离开。好在何月、戴红镭、贾明、满仓都在身边,左膀右臂,个个给力。加上郑子龙一有空就来现场把关,处理棘手问题。现场会的各项准备工作忙而有序,就差最后一哆嗦了。

戴红镭近日茶饭不思、魂牵梦绕、夜不能寐。他做梦也没想到,能在筹备现场会期间遇到他心目中的白雪公主。何月一出现,她身上那股钟灵毓秀中透出的洒脱气质就深深地吸引了他,让他身不由己,她的一举一动都牵动着他的心。

曾经一段足以摧毁他对爱的向往的婚姻经历,使他的情感生活跌入谷底。那年他二十五岁,刚从斯坦福大学商学院读完MBA,英俊潇洒,风华正茂,气宇不凡。找工作期间,遇到了一位同校上大二的美丽女生。俩人一见钟情,很快坠入爱河并结婚生子。

美国法律规定,十三岁以下的孩子不能单独一人在家或外出,必须有人陪伴。附近唯一可供选择的私立幼儿园也要一岁以后才可入园,但价格昂贵。于是两人商议,先由戴红镭带孩子,等妻子修完学业,再重新规划。戴红镭比妻子大六岁,自觉应该多担当家庭责任,加上山东人骨子里的固有厚道和仗义,他就一心一意当起了奶爸。孩子稍大时,他带着孩子送外卖,补贴家用。这期间,他曾经收到全球著名的摩根士丹利国际金融服务公司的Offer Letter，考虑到孩子太小，他放弃了。

好不容易熬到妻子毕业，等待他的却是一封离婚协议。妻子丢下他和儿子嫁给了她的美国老师，一个比她大二十岁的美国中年有产者。

从此，戴红镭不再相信爱情，不再对任何女人感兴趣，离婚十七年，依然孑然一身，他以为自己已经丧失了对爱的渴望、爱的能力。

何月身上散发出的善良与优雅、纯真与美丽，正是戴红镭心目中康德笔下真善美的化身。他内心的坚冰被击碎，完全被这种灵魂深处醉人般的感觉俘虏了。表面上，他依然保持着矜持有度的绅士风度，配合何月指导合唱团的工作。内心里，爱的荷尔蒙在燃烧，让他热血沸腾，春风荡漾。

戴红镭的父亲是金融学教授，母亲是钢琴家，他家教好，从小多才多艺，酷爱萨克斯。他的萨克斯已经达到专业演奏级水平，在美国曾多次参加乐团演出。

在合唱团演出训练的关键时刻，负责成人班的刘越老师却因故不能到位。离演出没几天了，成人班的混声四部还乱作一团，听不出个张道李胡子。这可急坏了何月，她东挡西杀，焦头烂额，急得前脚不搭后脚跟。戴红镭见状，自告奋勇来帮何月。只两天工夫，戴红镭就让合唱团各声部合音一下子变得协调、悦耳、美妙无比了。何月惊讶万分，激动地拉住戴红镭的手跳起来说："戴总，没想到你还有如此敏锐的乐感和高深的音乐造诣。真人不露相，露相非真人啊！我真有福气，在关键时刻'高山流水遇知音'合唱团成人班的训练就交给你了，有你在，我心里一下子有底气了。"

说者无心听者有意，戴红镭立刻联想到下一句"彩云追月得知己"，脸"唰"的一下红到了脖子根，结结巴巴地说："哪里，哪、哪里，刘越老师已经把他们训练得很到位了,我只是学过萨克斯,略懂乐理,调理了一下,教合唱,尤其是四部混声,我是外行。"何月一听戴总还会吹萨克斯,惊叫道:"哇,那可是无与伦比的风流乐器啊!不行,得让大伙儿先过把瘾。"她兴奋地看着戴红镭,脑子快速思考,想到三爷父子的口琴加上自己的小提琴,够办一场像样的小型音乐会了。立刻决定,晚上搞一次别开生面的篝火"音乐闪送"。

只一顿饭工夫,何家村打麦场今晚有篝火晚会的消息通过村上大喇叭,一级一级传到了方圆十里开外。晚饭后,南北大道上就像过会一样人头攒动,相互招呼着朝村北麦场上涌去。篝火越烧越旺,映红了一张张充满期待的笑脸。何兵、康二强、雷耀祖等年轻人手拉着手,围成一个圆圈当演出场地。满仓、黑娃、大个孙、康忠良等敲着锣鼓烘托气氛。

七点整,何月手持喇叭宣布:"乡亲们,'篝火音乐闪送'开始。"说完立刻消失在人群中。

篝火腾起,夜空映红,掌声雷动。约莫半分钟,人群中开始出现躁动。"啥叫'音乐闪送',这咋不见人呢?""是啊,我也正纳闷呢。"两个坐在前排的小青年嘀咕着,脑袋转来转去,四下寻找"可疑目标"。突然,在人群后面的黑暗处,走出一个身材高大魁梧,怀里抱着一个像大烟斗的乐器的人,他朝篝火方向,边吹边走。那大喇叭里流出来的声音,圆润饱满,委婉悠扬,浪漫又温柔。配上熊熊的火焰和浩瀚的星空,撩得人热血沸腾,屁股底下直冒烟。

这个人正是戴红镭。他充满激情的萨克斯独奏《回家》和《斯卡布罗集市》两曲,让现场的几百人先是惊讶,转而悄无声息,如入无人之境。

场上的庄稼汉和终日里围着锅台转的婆姨、媳妇们,没见过这种乐器。它发出的时而激烈狂躁，时而安稳深沉，似滑稽、伤感，又富有感情的召唤，在寂静的夜晚就像是金水沟里的回声，拨动心弦。他们张大嘴，睁圆眼，心脏就着音符跳动，比喝了一斤西凤酒还陶醉。仿佛这旷野就是电影里看到的飘扬着优雅情调的法国街巷、舞动着热情探戈的南美酒馆。

曲尽，戴红镭立刻消失在夜色中。另一头，三爷吹着热情奔放、又耳熟能详的口琴曲《打虎上山》进了场。引起全场强烈共鸣，独奏瞬间变成合唱伴奏，将欢乐气氛推向高潮。

待曲中的杨子荣上完山，何乐乐如从天而降，来到父亲身边，父子俩人即兴来了一曲口琴二重奏《白桦林》。重音的浑厚与张力，徐徐飘出，空灵震神，让人潸然泪下。它穿越篝火，穿过夜幕，徘徊在寒风凛冽的村口，在旷野里悠悠荡荡。在场的每个人似乎都听到了自己心灵深处惆怅的声音，不由自主地产生了一种梦幻般美丽的联想，如同徜徉在处处可见民间艺人的俄罗斯街头，享受着音乐带给心灵的抚慰与欢乐。

篝火将尽，夜色拉起帷幕的那一刻，何月拉着小提琴从东边走向篝火，戴红镭吹着萨克斯从西边走向何月。性感的萨克斯遇见柔美的小提琴，《We Don't Talk Anymore》，简直好听到爆炸！俩人表演感十足的优美舞姿，冲击力爆棚的澎湃激情，让全场跳跃欢腾、忘情狂欢。口哨声、赞美声、惊叹声直冲夜幕。气氛又一次被火焰和人气推向高潮，全场起立，随旋律舞动。一场让庄稼汉大开眼界的乡间篝火音乐快闪，随篝火熄灭消散在夜幕中。

黑娃拉着满脸兴奋、迟迟不想离开现场的小虎往家走，暗下决心，一定要让小虎学萨克斯。

腊月二十六是黄道吉日,侠娃家在这一天给何兵和安娜举办结婚仪式。结婚证都领了几个月了,婚礼一直没顾上办。在农村人心中,婚礼比证更重要,领不领证没人关心,不办婚礼就等于没结婚,老乡们不认。

今天这阵势可了不得。红布毯从洞房门口直铺到大门外,路两边散满了红窗花纸屑和鲜花花瓣。十几个唢呐手头上裹着红布,仰着脖,踏着鼓点,在南北大道上扭着秧歌。

嘹亮、高亢、极富感染力和穿透力的唢呐声,撩起了何家村人骨子里的浪漫。

婆娘、娃娃、后生和那些被苦闷日子压得喘不匀气的半老爷们,谁又能抵挡得住这从天而降的欢乐呢?听说何兵娶了个洋媳妇,左邻右舍,十里八乡没有不羡慕的。

与父母不同,何兵豪爽、正直、肯吃苦、爱学习,走到哪里人缘都好。村上人都说何兵像他太爷爷,也就是何阳经商成功的曾祖父。其实,何兵的不同,更多的来源于相比村上其他小朋友,他小时候有机会见过更大的世面。上小学时,好几个暑假,他都是在城里的何阳姑姑家和伍晓军一起学习一起度过的。何阳带着他俩参观博物馆、图书馆,还特意安排他们参加了一次北京夏令营。他对何阳说:"姑姑,世界真大,城里真好,我长大也要来城里。"何阳俯下身,抚摸着他的头说:"孩子,城里的人绝大多数都是从农村奋斗出来的,只要你肯努力,你就能实现自己的理想。"何兵使劲点着头,幼小的心灵里早就埋下了奋斗的种子。

今天道喜的人踩破了侠娃家的门槛,好些都是远道而来。何兵在深圳打工的老板杰克陈也来了,给何兵送了一套用他们公司木材定制的上等枫木家具,大木头箱子摆了半个巷子。

老人们指指点点回忆说:"这阵势堪比他太爷爷呀。听我大说,当年几十辆马车进了村,拉着砖瓦、门窗、梁柱、红亮亮粗大的橡木……那阵式大得怕怕。"周围的人心不在焉,点头如捣蒜地应着,他们这会儿更关心眼前发生的事。

杰克陈问何兵:"还记得你在深圳分公司推销第一单枫木时结识的那个老板吗?""记得,记得。他约莫四十岁,个子不高,胖胖的,是地道的生意人。"何兵比画着回道。

杰克陈接着说:"他逢人就夸你,说第一次见你时他的腿骨折了,不能走路,你二话不说,背着他上楼下楼去医院,风里雨里一个多月,直到他能拄拐走路为止。他的家具厂本来并不用枫木,就是因为你,他才换了原料。你走后,他拿着你的名片来找我买枫木,我们俩成了好朋友。你的故事我还是从他那里听到的。听说你要结婚,我们俩一合计,就做了这套家具送给你,借以纪念我们之间的友谊。"

杰克陈一席话,让围观者对着何兵直跷大拇指。当杰克陈伸开双臂拥抱何兵时,院里响起经久不息的掌声。"何兵,你真是好样的!"后生们围着何兵夸赞着,用敬佩又羡慕的眼神看着他。

安娜父母没搞明白眼前发生了什么,但看见大家对着他俩直跷大拇指,知道是好事,也跟着乐起来。侠娃手里提着锅铲倚着厨房门框站着,杰克陈的话她听得真真切切。她为何兵骄傲,又为自己脸红,不好意思跨前一步面谢杰克陈。

这群后生中只有一个人没有跟着喊,但他的敬慕之心形诸辞色。他一字不漏地把整个故事吃进心里,两行泪水顺着腮帮子往下流,他就是雷耀祖,他发誓要做何兵这样的人。

今天上午他在何兵家的家族故事里,听到了一个外婆在世时嘴里常念叨的名字——何川，一打听才知道原来何川是何兵的大爷[①]。

何兵给伙伴们介绍说："我大爷是我心中最敬佩的人，他是咱们县地下党创始人，是八路军，是区委书记，是党的干部。大爷曾给我们讲过一个他永生难忘的故事。1948年2月底，他带部队参加了西北野战军黄龙山麓战役。战斗中身负重伤，出血过多，又染上肺炎，瘦得皮包骨，后脊梁都粘在担架上了。当时前有阻击，后有追兵，为了不影响大部队转移，大爷请求部队把他就地放在老乡家，不用管他。敌人追来了，黄龙山的老乡就把他藏进山洞里。天天想方设法绕过敌人，上山给他送饭吃，他才慢慢活了过来。解放后，大爷每次回老家，都去看望这位救命恩人，嘘寒问暖，像亲人一样来往，直到她老人家去世。大爷常对我们说，'我们任何时候都不能忘本，更不能忘义，没有他们就没有我们的今天。记住，让老百姓过上好日子是我们的初衷。'何阳姑姑正是为了这个家训，才回乡种红薯的。"

"黄龙山这个老乡就是我的外婆，外婆也给我们讲过同样的故事。"雷耀祖简短的一句话，如同惊雷一声响。何兵先是一愣，瞬即反应过来，他走到雷耀祖身边，紧紧地抱住他说："好兄弟，原来我们是一家人。"

十二点整婚礼正式举行，何阳是证婚人。证婚仪式完毕，何阳刚要入座，身后有人拍她的肩膀。一回头，两人同时惊呼道："啊，怎么是你？"

原来何阳和杰克陈是2001年在温哥华飞往上海的飞机上认识的。杰克陈来上海创业，何阳从加拿大留学返回。两人座挨座。一个是美国MBA，一个是投资学教授，谈起创业有说不完的话。杰克陈在

[①] 在关中一些地方，大爷指爷爷的大哥。

上海的基地选择、分支布局、税务、工商、海关手续都是何阳托上海交大的同学帮着办理的。

"没想到在这里见到你。"杰克陈盯着何阳左看右看直摇头,依然不敢相信这是真的。"杰克,是真的,我就是何家村人,何兵是我侄子。去年我回乡种红薯,把何兵也请回来加盟了。"何阳笑着指着何兵对杰克陈解释道。

杰克陈因突然降临的双喜激动不已,他双手合十,对满院来宾说:"谢谢何家村,这里是何阳的家,从今天起也是我的家!"

按安娜父母的意愿,这次婚礼要按渭北当地最土的风俗办,贴窗花、挑灯笼、坐花轿、过门槛、高馍盘、挂老虎、挤洞房、耍公婆……一样都不能少。

此时,坐在何阳家堂屋的安娜父母,就好像自己又回到离别已久的故乡一样兴奋、亲切。记得何兵去哈萨克斯坦营盘陕西村提亲那天,营盘陕西村的村民载歌载舞欢迎何兵,说好了结婚这天安娜父母出席婚礼,并要全程参与所有仪式。

当花轿抬起时,安娜的爸爸、妈妈在轿前跳起了俄罗斯传统婚礼舞蹈《卡林卡》,以此祝福女儿幸福。舞姿奔放、洒脱、滑稽,满满的异国风情。轿夫和看热闹的人笑得下巴颏都快脱臼了,乐得那叫一个过瘾。

坐在轿子里的安娜含泪微笑,对亲人的不舍和对幸福的渴望交织在一起,心里是一种甜甜的又涩涩的味道。

安娜的中国娘家临时安在何阳家,因为离得太近,花轿施展不开。司仪灵机一动,临时加了一段南北大道颠花轿的插曲。没想到,欢乐的气氛被顶到了巅峰。

何兵和安娜喜气洋洋,拜天地、拜父母、夫妻对拜,共入洞房。

洞房花烛夜、金榜题名时,原本是中国人生命中最幸福的时刻,可是眼下这对新人心里惦记的头等大事却是晚上的彩排。他们端起酒杯,敬完亲人,给宾客们深深鞠了一躬,手拉手向大食堂奔去。

何阳和杰克陈正欲起身,侠娃不知从哪里钻了出来,她神秘兮兮地把何阳拉到一边,趴她耳边悄声说:"我以后再也不占小便宜了。"何阳看着她涨得通红的脸惊愕地问:"啊,你这是?"侠娃小声说:"我现在明白了,占小便宜吃大亏,吃小亏才能占大便宜。"说着话用手指指那套家具,用眼神示意何阳代她感谢杰克陈。听了这番发自肺腑的醒悟之语,何阳由衷地为侠娃高兴。她伸开双臂紧紧地拥抱着侠娃,告诉她:"你太了不起了!忙完现场会咱俩再聊,你先招呼客人。"

何阳走了两步又转过身问:"何战哥呢?这大喜的日子去哪儿了?"侠娃一听何战,脸"唰"的一下变得铁青,气得直哆嗦,说:"快别提他了,前些天又去赌,新旧债主把他按住灌醉、画押,把咱这房也抵出去了,当晚就脑溢血住院了,得亏何兵在家,送得及时,不然他老命早没了,我忙完这边的事还得去医院,他咋不死呢!""唉,我哥怎么这么糊涂!"何阳无奈地叹道。

何阳来不及细问了。侠娃的认知改变尽管浅显、粗糙,甚至仅仅是一种现实利益反射的感知。但无论如何,即使是一点点微小的认知之光,也是弥足珍贵的。能改变惯性,本身就是一种自我超越。

孩子们走了,客人也散了,侠娃抹去挂在脸上的微笑,露出痛苦不堪的真容。她冲进西厢房,关上门,抱住心如死灰般的女儿大哭。墙角,十三岁的外孙低着头,来回搓着手。

原来杨赞嫁给朱家老二后,夫妻感情一直不好。近十年,丈夫一直在外打工,前几年过年时,还回来照个面,带点钱。从去年开始就无影无踪了。前几天，杨赞接到朱老二的死亡通知书。朱老二为一个女人和人家丈夫打架，被对方用水果刀捅死了。看罢，杨赞当场晕死过去。

杨赞今年已经三十五岁了，还拖了个十三岁的患孤独症的儿子，叫朱铁蛋。当时给娃起这名字，是想让娃像铁一样结实，谁知道连脑子也瓷①成一块铁了。她不知道今后的路该怎么走，几次想自杀，看看娃又忍了。

侠娃得知此事后，连夜和何兵去了朱家河，把杨赞和孩子接回了何家村。何兵抱着脸色苍白、浑身发抖的姐姐说："姐，都是为了我，你才委屈嫁给他的，别回去了，有我在，你和孩子我管！"何兵的话像一股暖流流进杨赞冰冷、僵硬的血管中。她感觉自己还活着，还能活着，干枯无神的眼眶中居然流出了眼泪……

（六）

从下午三点始，装点一新的大食堂先后播放纪录片《红薯的故事》和纪实微电影《何家村的春天》。在场几百人一同观看，现场鸦雀无声，一支笔掉在地上都显得那么不协调。一个小时后，放映机戛然而止，银幕一片空白。人群中不知谁喊了一声："这么快，能再放一遍吗？还想看看侠娃，演得还真像。"话音刚落，赞同的呼喊声此起彼伏。

何阳看了看时间还来得及，示意放映员再放一遍。坐在放映机旁边的徐坤，头发杂乱无章，眼睛布满红血丝。当掌声响起时，他紧握的拳头松开了，转过头对身后的黄鹂得意地咧了咧嘴。放映机又响了，

---

① 瓷，关中方言中指傻。

里面的每一个画面、每一句台词，甚至演员的每一个动作，徐坤都如数家珍。此刻他闭上双眼，默默地享受着黑暗中光影艺术美妙的声音及扑面而来直钻鼻孔的新桌凳散发出的松木香味。

黑暗中，县宣传部、电视台及相关媒体、黑山镇全体干部和各村村主任等，一面聚精会神地观看，一面各想各的着力点。

徐坤第一次感觉到了专业成就带来的快感，看到了纪录片、纪实故事片形式的可期前景和社会价值。在光影交错的何家村大食堂，他默默地认定了自己未来的事业内容和奋斗方向。

就在大食堂彩排如火如荼进行的同时，贾明、王贵和刘教授已经出现在北风呼啸的北坡上。他们将主持一座新建的现代化植物实验工厂的收尾验收工作，这是黄谷仓为刘教授的"皇后蔬菜"赶建的实验室。

所谓"皇后蔬菜"，是一种取自菜用甘薯茎蔓顶端10~15厘米幼嫩部分的甘薯茎尖蔬菜，营养价值极高，含有多种保健活性物质和药用成分，且口感好，制作简单。在日韩、东南亚和我国大陆、香港、台湾地区很受欢迎，中高端市场前景可期。这是黄谷仓为何家村后耕地资产证券化时代，储备的又一新的利润增长点。

当炊烟乘北风之势腾云驾雾飘往天际，昏线借地球自转之力手持黑纱遮盖万物时，何月、戴红镭、何乐乐带着装扮一新的演员们，从村小学出发，排着队来到了大食堂。队伍中有三爷、景昆爷、康忠良、伍征等老一辈，还有满仓、黑娃等中年人，主力部队是何兵、安娜、黄鹏、康二强、雷耀祖等年轻人，队伍的最后是祖国的花朵——少年合唱团的小朋友。

下午七点整，红色帷幕被康忠良徐徐拉开，全场爆发出经久不息的掌声,这掌声中有真心祝福的,也有碍于面子不得不来的。

彩排由何月和三爷主持。先是成人合唱团演唱《社员都是向阳花》和《在希望的田野上》两曲。由戴红镭指挥,安娜、何兵领唱。

这二十二名庄稼汉和二十名婆姨,从一个音符都不识的乐盲,经过刘越、戴红镭一个多月没日没夜的重复训练,蜕变成今天舞台上精神抖擞、自信满满的合唱团团员。尽管他们还很青涩,每个人手里还捧着歌页,但他们的混声四部合唱,音质浑厚饱满,音色优美动听,时而气势磅礴,时而袅袅余音,宛转悠扬,把大食堂的气氛一下子烘托了起来。

接着,三爷父子上台,用吉他和口琴合奏了欧美经典乡村音乐《雨中的旋律》和俄罗斯名曲《贝加尔湖畔》。舒缓、优美的旋律,配上异国风情的布景及父子俩情真意切的演奏,让观众陶醉其中。

小品《我要爸爸》和《夜不能寐》分别讲述了何家村留守儿童和近几年出现的留守先生的生活现状。主人公在"空心村"与城镇化变革的拉锯式进程中,遭遇到的利益纠结、亲情缺失的烦恼和渴望,催人泪下。

康二强主演的活报剧《我想回家》,把常年在外打工有家不能回,守不住媳妇、不农不工的尴尬处境表演得入木三分。伤心处,声泪俱下;高兴时,纯真灿烂;真可谓冷暖自知。

小话剧《光棍的幸福时光》,是雷耀祖以自己的亲身经历口述,由黄鹂编写的喜剧,描述现代农村年轻小伙子婚恋中的无奈与欢乐,幸福与烦恼,为农村娶不上媳妇的小伙子发声。

最引人注目的是何月指挥、何小虎领唱的童声混声三部合唱《听妈妈讲那过去的故事》。何月报幕的话音刚落,台下就一片哗然。黑娃有名,黑娃的娃也是无人不知。"这娃不是有自闭症,咋还能领唱?"

说话的是邻村的村主任、黑娃的好朋友,边说边伸长脖子好奇地瞅着台上的小虎。

何小虎今晚穿着一件白色羽绒服,戴着虎头帽和红领巾。只见他表情温和、含着微笑走到队前。钢琴的前奏曲一落,何月一个手势,何小虎铜铃般清脆、纯净的天籁之音,像一股清流,沁润着每个人尘埃弥漫的心田。知道小虎的人,看到这一幕,没有一个不流泪的。

黑娃更是喜极而泣,泣不成声,泪流满面,欢欣若狂。他一个箭步跨上舞台,把小虎紧紧地搂在怀里放声大哭。

满仓和何兵反应快,赶紧把黑娃扶下舞台,说:"娃还有节目呢!"黑娃无酒自醉,傻笑着说:"明日喝酒、喝酒,我娃好咧,我娃好咧!"

小虎的故事在会场不胫而走,各路宾客闻之无不动容。"全场起立,为何小虎送上祝福的掌声!"一个洪亮的声音从人群中响起,大家的目光不约而同地循声而去,原来是李书记。

李书记走上台,抱起小虎,问道:"小虎,你喜欢唱歌吗?""喜欢。"小虎回道。"过完年爷爷请你去县里唱歌可以吗?"小虎迟疑了一下,说:"爸爸不让我跟陌生人走。"孩子的回答引得全场大笑。李书记只好放下小虎,说:"我知道了,我请你时,先要你爸批准。"

"李书记,我愿意!"黑娃在台下着急地喊了起来。李书记向黑娃做了个拱手礼说:"谢谢你!谢谢为小虎付出爱与温暖的老师们,谢谢为这场晚会贡献智慧和汗水的所有奉献者。今天我来晚了,却幸运地听到了小虎的歌声,聆听了小虎的故事。音乐让小虎获得重生,也让咱们县千千万万个和小虎一样遭自闭症折磨的孩子看到了希望。我代表他们谢谢你们!"话落,李书记郑重地、深深地给大家鞠了一躬。

插曲过后,三爷、康忠良、伍征、景昆爷四个光棍老汉,手里分别提着锣、鼓、镲、碰铃,登台表演三句半《过年》。四个老汉一亮相,那夸张的服饰、滑稽的表情,就让满场子的观众笑得东倒西歪。

三爷穿了一身渭北农村老汉传统服装,儿子给配了点时尚元素,黑棉袄、黑棉裤、棉窝窝,外加乐乐刚给买的西部牛仔呢子帽和格子羊绒围巾,嘴上还添了一个精美的斯大林烟斗做道具。这身装扮配上三爷洒脱、儒雅的气质,那叫一个绝!

台上的康忠良一身戎装,憨笑登场。崭新的军大衣、军帽和军用巡洋舰皮鞋,都是郑子龙特意把压箱底的纪念品拿来送给他的。

从没登过台的伍征,本来是B角,因A角有事未到,临时替补上来。混搭的服饰和一副严肃有余活泼不足的窘样,与乡亲们平日见到的自信满满的伍军医判若两人。

一听伍征要上台,全家总动员为他装扮。余舍把过年为伍征添置的新衣拿出来,何阳一件件为公公穿上。有何阳为公公过年买的飞行员皮衣,余舍送的红色羊绒围巾,孙儿晓军从美国寄来的意大利手工皮质贝雷帽。临出门前,伍晓非拦住伍征,郑重其事地为爷爷系上他送的红领巾,说:"愿爷爷'归来仍是少年'!"伍征心疼地摸摸晓非冻得红扑扑的小脸说:"在外边疯了一天了,在家好好做作业、陪姥姥,等爷爷和妈妈回来。""是,保证完成任务,祝爷爷彩排成功。"晓非行了一个标准的军礼,回爷爷道。

望着何阳和伍征急急忙忙出门的背影,余舍鼻子一酸,两行热泪滚滚而下。她把晓非紧紧地搂在怀里,抚摸着他蓬乱的头发。两年多了,一直没有伍军的音信,从何阳脸上,她隐隐揣测到了不幸的存在。她忍着内心的痛,默默地用自己的智慧和爱,安抚着何阳和伍征。尤其对伍征,多了一种莫名的牵挂和心疼,她分不清这是同情还是感情。

在三句半的四个演员里,最有个性的还得数景昆爷,他不知从哪里搞来一身五六十年代农村最土的老头行头:大襟棉袄、大裆裤、红布裤带、粗布袜子、毛毡靴子、瓜皮帽,腰里还不忘扎上他"形影不离"的、汗味体味冲鼻、磨得溜光的麻绳。再把那根烟袋锅往腰里这么一别,拐棍一拄就上了台。虽然已经半身不遂了,可爷就是爷,势不能倒。他头抬得高高的,脖子梗着,俨然一副舍我其谁的架势。三句半里最后半句的角色他当仁不让,可是那只不争气的右手,动不动掉链子,锣绑在左胳膊上,好几次半句话说完该敲锣了,右手就是敲不着锣。大家使劲为他鼓掌,掌声越响,越敲不上,身边的三爷只好过来帮他解围。

三句半演完了,四个饱经沧桑的单身老人,幽默、滑稽、苦寂又快乐的表演风格,把场内气氛再次推向高潮。何月踏着掌声出来报幕,被景昆爷用拐棍拦住。"娃,等一下,我有几句话要在这里说。"

景昆爷扔下拐棍,抓住麦克风说:"我做了一件对不起何阳的事,一直在我心里憋着,喘不过气来,今天当着大家的面,我给何阳认个错。去年旱情严重时,红薯地里的水管子是我剪的,本来想剪一根给自留地浇点水,谁知道人家是自动的、智能的。剪断了,水就不往外流了。那天康民把警察叫来咧,吓了我一跳。好大大,剪了几根管子就是破坏水利设施,是犯罪,要判刑,还要罚款,我吓得不敢言喘了。今儿该罚、该判我都一人担着,这样能活得舒坦些。"

景昆爷说完,长长地喘了一口气。

"爷爷,爷爷。"是拴柱的声音。只见拴柱从台下撒了欢似的朝自己跑来,拴柱身后跟着康民和雪儿。看见他日思夜想的孙儿,景昆爷老泪横流,激动得差点儿绊倒。何月和后台闻讯赶来的何阳赶忙把他扶住。

景昆爷不走,右手抓住麦克风不放。"我还有话要说,何川当年要找的那个娃就是我。那天我拉肚子,天不亮我大领着我去地里拉屎,遇上了敌人。敌人用刺刀对着我大，我吓得裤子都提不起来。我大被敌人拉去带路，我提着裤子，逃到狼子胡同，碰见何川带的部队。我认识何川，他不认识我，我告诉他北坡上有敌人，他们就撤退了，事情就是这。我大不让我说这事，我再不说这事就跟我进黄土了，我想积点阴德。"

景昆爷的话就像引爆了一枚十吨当量的原子弹一样释放出巨大威力，把全场老老少少炸蒙了！空气瞬间凝固，人群鸦雀无声。半晌，何阳、何月才缓过神来，紧紧拥抱着这个犟了一辈子，十头牛也拉不回头的景昆爷。

何阳用手轻轻地抹去老人家脸上的泪珠，深情地对他说："景昆爷，我替死去的父亲给你磕个头。"何阳从来没给任何人磕过头，但这次她无以言表。景昆爷一听怒了，用拐棍敲了一下何阳的胳膊说："不许跪！要跪该你爷我给你跪！"李书记一个大步跃上舞台，握住景昆爷的手说："谢谢您老人家！"

郑子龙、康民、满仓就势把景昆爷抬起来，在舞台上转了一圈。"军队和老百姓，咱们是一家人，哎嗨，咱们是一家人……"背景音乐不知什么时候变了，人群就着旋律有节奏地拍手庆贺。何家村的人从来没见过景昆爷有这么风光的时候，那张整日像挂了霜似的冰冷无情的脸，居然也能笑得这么灿烂。

三爷弯下身，从纷乱的人群脚下，捡起景昆爷丢在台上的拐杖，用手捋了捋，拉着拴柱向后台走去。

十几个身着白粗布对襟衫、羊皮背心的唢呐手和腰扎红绸带的小伙子，一字排开上了舞台。三爷给了一个手势，说了声："起！"寓意着黑夜消逝朝阳升起的唢呐名曲《百鸟朝凤》欢腾而起。那奔放、热烈、爽朗、活泼、粗犷的旋律和高亢悦耳的音调，把整个村子都搅动了。家家闭门锁户,寻着唢呐声,奔向大食堂。

几乎在同一时间,一架从大洋彼岸飞来的航班正缓缓地降落在首都国际机场。飞机上有一双眼睛急切地向远方眺望。离开几年了,很快就能见到久别的亲人了,他激动得坐立不安,他就是伍晓军。

他身边坐着一位身材高大,古铜肤色,灰白头发,鼻子上架着一副金边细丝眼镜,儒雅气质十足的中年男子,他就是伍晓军的老师,著名的美籍华裔社会学家罗伯特先生。他是美国斯坦福大学教授、国际教育家、世界贫困问题专家。此行受郑子龙和何阳之邀,专程来何家村搞调研,探讨教育脱贫的有效方法。

师徒两人一下飞机,就急急忙忙地转乘,日夜兼程奔往何家村。

黑暗中,一个人影伫立在大食堂门外,只探头向里张望,不往进走。身边放着一个贴着"酒"字红贴的大酒罐。时不时冻得搓搓手、跺跺脚,像是在等什么人……

第十章　枳生淮北可为橘

何家村的人祖祖辈辈习惯了往里看，很少有人站在村尽头往外看。在他们眼里，活着的真理都穷尽在这里。

越来越多的来客，带来了外面的世界，让他们看到了真理的无尽。一个崭新的何家村，像母腹中快要成熟的胎儿一样开始躁动。环境变，枳生淮北可为橘。

——作者

（一）

何家村的尽头在南北大道的最南端，它是何家村的大门，迎来送往的必经之地。尽头有一个直径约三十米、深五米的涝池，有何家村时就有了它，从来没干涸过。老人们说它是神泉，会潜水的半大小子说池底真的有泉眼。

两千多年来，它像一面镜子，出远门的人，走到这里，总要习惯性地蹲在涝池边，伸出双手掬几捧水，捋一把脸，照一照，再饮饮牲口，下意识地向空中撩几撒水,听听叮咚叮咚的响声,才肯离去。回乡的游子不等进村,必先到涝池边洗去一路风尘,方才兴尽而归。

自从有了铁路桥洞后,不知从什么时候开始,出远门的何家村人又添了一个仪式:穿过桥洞时,要用粉笔记下出去的日子,回来时再抹去。最后留在洞壁上的就是那些没回来的人,有的就永远回不来了。

何家村人千百年来就认一个理,能去外头干事的人,都是有出息的;没出息的人,只能在村上"修地球",过穷日子。

那些"有出息"的人回乡,一走到涝池边,就会被人认出来了。立刻,消息会不胫而走,散播全村。乡亲们从四面八方迎出来,嘘寒问暖,前呼后拥地一直把你护送到家里。那眼神里的羡慕与稀罕,能让回乡的游子心里充满自豪与温暖。纵使在外日子不宽裕,回来一次要花去几年的积蓄,他们也乐此不疲。

进了家门,游子要先给爷、大们敬烟,再给孩子们发水果糖,给婆姨、姑娘们带些卡子、头绳、洋布手帕之类,最后才坐在院里唠家常。第二天开始,通常由家人领着,提上礼,走亲串邻。亲戚串完了,差不多也该走了。

外边世界的故事就是这样一代又一代,一点一滴地渗入何家村人的心里。后来有了电视,外边的世界更近了,更精彩了,何家村人也更坚信,出去才是硬道理。

自从郑子龙来到黑山镇,何阳带着黄谷仓在何家村搞起产业化和夜校,村头涝池边出村的人少了,回来洗尘的人多了,千年不变的风水悄悄地转了向。

今儿是农历除夕,天阴沉沉、黑洞洞的。鸡叫三遍了,村上才有几户勤快的人家点了灯。一阵刺耳的喇叭声,撕破了凌晨凝滞的空气,一遍一遍地响着,把人从暖暖的被窝里惊醒。"各家注意,现在我念一个村委会通知,九点钟在大食堂召开临时村民代表大会,宣布几个重要的事,各家的代表要准时到。"听得出是满仓急切的、带着浓浓大叔级气场的声音,铿锵有力,毋庸置疑。

何阳起了个一大早,和郑子龙一起到北坡的金水沟边,去接罗伯特和伍晓军。

这是一条从何家村通往县城的羊肠小路,离县城二十里路。自从公路修到何家村,这条路几乎没有人走。罗伯特听过晓军讲述他姥爷把"天井"做庇护所的故事,对"天井"很感兴趣,非要亲自体验一下。按晓军打电话的时间算,早上六点两人从县城出发,八点半就应该到了。郑子龙一看表,已经过了八点半,还不见人影,心里有点忐忑。"何阳,咱们顺着小路去找找他们。他俩路不熟,沟里信号不好,别走偏了。"郑子龙对正在东张西望的何阳说。"好啊,我也正想走走这条小路,体验一下父亲当年的感觉。"何阳回着话,随手捡了一根树枝,左右晃着说:"走,咱们重走红军路。"郑子龙说:"这路窄,路况复杂,你别大意。你跟在我后面,安全些。"

两人一前一后踏着小路往沟下走,刚下过雪的小道很滑。郑子龙从背包里拉出几根麻绳往鞋上一缠,给何阳也缠上说:"这样走起来就不那么滑了。"何阳睁大眼睛看着正在给她缠鞋的郑子龙说:"我说你怎么背那么大个包,原来里边装着麻绳。"郑子龙说:"岂止麻绳,手杖、攀岩绳、水、创可贴都带着,以防万一。"说着从包里拿出两根伸缩手杖,递给何阳一根。何阳接过手杖,骄傲地摆了一下头说:"出发!"心里得意地对自己说:"何阳,你没看错人!"

大食堂门口挂着两个大红灯笼,在雪景映衬下格外醒目。远远地就能听见会场扩音器里一遍一遍地播放着欢快喜庆的流行歌曲《新年好》。村民们一听有重要事宣布，早早就等候在大食堂，交头接耳猜测、议论。

景昆爷一来就被大伙团团围住，大家都期待能从有内线的景昆爷嘴里套点真情。"这是村上的机密，知道也不能说，咱得听满仓说。"景昆爷一本正经地说道。

九点整，满仓走进会场，徐坤和黄鹂跟在后面抱着两摞文件。满仓跳上舞台，抓起麦克风说："现在开个短会，通报几件事。首先，报告大家几个好消息。第一，何家村腊月二十六日现场会节目彩排顺利通过验收；第二，何家村耕地经营权整村流转及证券化改革试点村正式批准；第三，黄谷仓从今天起正式成为何家村的新村民；第四，何家村艺术团将在年后注册运营。'乡村夜校'和'乡村音乐教室'向周边村庄开放；第五，由何阳策划编写、省电视台纪录片中心主任王建勇任导演、徐坤和黄鹂任执行导演的纪录片《在希望的田野上》，今天在何家村正式开拍。其次，何家村村委会将作为耕地所有权人代表，成立何家村耕地投资经营发展有限公司。为了不突破有限责任公司股东五十人的法律限制，农户以承包地经营权先折价入股，组建各队合作社，再由各队的合作社入股村上的投资公司。折股数额的测算表，徐坤和黄鹂正在给大家分发。各家如实按表上要求填写，由专业机构帮咱们测算各家经营权的标准折股数。村委办公室从初一到十五都有专业人士值班，有任何问题找专家。表格最晚在正月十五'上锣鼓'演完后交到村委办。最后，今天现场会后，黄谷仓在大食堂，就在这儿，召开新年答谢酒会，酒会上有红薯酒、红薯馍、饺子。还有精神食粮圆舞曲、秦腔、线胡戏，欢迎全体村民参加。我的话讲完了，赞同的举个手。"

话音刚落,"哗"的一声,全体举手通过,无一例外。欢呼声、口哨声此起彼伏。满仓大声喊:"散会,赶紧回去准备晚会。"

如今的何家村人,对满仓讲的这些内容早已烂熟于心。股东、股权、分红、证券化等专业名词,已经成为村里人茶余饭后街谈巷议的热门话题。然而,今天这张表的分量可不是一般地重,从某种意义上说,它关乎这次耕地改革的成败。比如,"折股"这词是啥意思,第一次听说。

问满仓,满仓也不懂。一看大家对着"折股"挠头,黄鹂站起来说:"折股,又称经营权入股量化。理论上是按耕地级差收益折股,同样是十亩地,因位置、品质不同,投入产出比就不同,经营权折出的股数就有差异。"大家听完黄鹂的解释,又多了个"级差收益",反倒更糊涂了。

按耕地级差收益折股是土地经营权整体流转及证券化产品设计绕不开的基础环节。这一点,涉及一些村民的切身利益,他们很有可能想不通,一场争执在所难免。为了不误农时,何阳和戴红镭争分夺秒,把这最难攻克的一关,安排在了春节。

台下贾明代表黄谷仓出席会议。他等满仓走下台,拉着他的手大声说:"赶紧找几个壮劳力,跟着这娃拉酒去。"满仓仔细一看,贾明指的娃竟然是雷志鹏。"志鹏不是已经离开黄谷仓了,这是?"他一头雾水不知究竟。刚要问个明白,一转眼,贾明已消失得无影无踪。

(二)

今天是除夕,是旧历年的最后一天,为了赶路,晓军和罗伯特摸黑动身,当阳光慷慨地把光明和温暖抛洒在大地时,他们已经来到金水沟沟底。他们穿过沟底的小河向何家村进发。

太阳出来了,雪开始融化,河道边的小路变得越来越泥泞。两人鞋底粘了一层厚厚的泥,怎么甩都甩不掉,走几步就得用树枝清理一下。罗伯特边抠着鞋底的泥边问晓军:"导航怎么没声音了?"晓军拿出手机一看说:"老师,这里根本没有信号。"罗伯特赶忙拿出自己的手机一看,果然无一幸免。两人一下子傻了,不知该怎么走,或者说根本就找不到路。

连续几日的奔波,师徒俩一直兴致勃勃的,这时忽然觉得有点儿累。暖洋洋的阳光照在身上,浑身的骨头都酥了。晓军真想立刻躺在地上睡一觉,罗伯特的眼皮子也直打架。想到下午何家村难得的现场会在等着他们,罗伯特躬下身子抓了一把雪往脸上擦了擦说:"晓军,要能遇到老乡,问问路就好了。""是的,现在是早上七点半,路上该有人了。"两人为自己振作了一下精神,沿着河道寻找通往何家村的路。

走了约两里路,晓军望见不远处有户人家,屋顶冒着炊烟。"老师您看,那边有一户人家,您先休息一下,我过去问问路。"晓军兴奋地对罗伯特说,不等罗伯特回话就快步向农舍跑去。"等一下,咱们一起去!"罗伯特边喊边追了过去。两人一前一后气喘吁吁地来到农舍前。晓军刚要敲门,被罗伯特拦住:"等等,有人出来咱们再问,尽量不打扰他们。"

这时只听"吱扭"一声,门开了,一个妇女顶着头巾,脸裹得严严实实地出来抱柴。晓军忙上前问道:"大姐,您好!请问往何家村的路怎么走?"女人吓了一跳,本能地往后缩了一下身子。然后才抬起头来,用慵懒无神的目光上下打量了一下眼前这两个背着大背包、戴着墨镜的不速之客。她摇摇头,转身回了屋,"砰"的一声把门关上了。

晓军和罗伯特一看这情形,心凉了半截,摊开手苦笑着。晓军突然想起背包里的地图,说:"老师,我有当地地图!"两人刚把地图摊开,还没找到定位,身后又响起"吱扭"声。这次出来了一个中年男人,黑脸膛,大眼,中等个头,身材敦实。只见他手里拿了三根木棍,径直走到晓军面前用浓重的地方土话说:"我给你们领路,我头里走,你们跟上。"

说着把两根木棍递给晓军和罗伯特,抬腿就走。晓军还没反应过来,罗伯特倒是理解得快,高兴地一把拉过晓军紧跑两步追上老乡,用流利的中国话对他说:"谢谢,谢谢,非常感谢你!"老乡头也没回,说了声:"没麻达。"这句罗伯特听不懂了,用眼神询问晓军,晓军小声翻译:"No problem."

罗伯特感动地冲着老乡的背影跷起大拇指。向导说:"这条路不好走,有好多个'暗天井',你们最好踩住我的脚印走,不然很容易掉下去。"罗伯特一听,做出一副像孩子般调皮的表情说:"我喜欢'天井',我要好好看看它。"

侠娃安顿好何战,已是日上三竿了。她卸下围裙,抖了抖,大声呼喊着杨赞:"赞娃,赶紧地,伺候你爸吃药,我今天忙,你操点心。"说完,不等杨赞回话,就着急慌忙地来到何阳家,与刚要出门的余舍撞了个正着。

侠娃一把拦住余舍,愧疚地说:"大妈,我来晚了,你有啥事叫我去。"余舍拉着侠娃的手说:"今天晓军和他的老师一起回来,我去把三爷请来,村上的事三爷比我们知道得多。"说完刚要走,又似想起什么事,转身说:"侠娃,我知道你最近家里事多,别慌,慢慢来,中午的家乡饭可全靠你了。"侠娃嘴上应着:"没麻达。"心里盘算着怎么才能露一手,让这位教授记住自己。

杨赞这些日子慢慢缓过来了，开始帮着母亲照顾瘫在床上的父亲。

雷耀祖的出现，让她死灰般的心重新复燃。

自从雷耀祖知道了何兵和何川的关系后，俩人变得形影不离，亲如兄弟。在业务重心转移到何家村后，雷耀祖就住在了何兵家。上班一起干，下班一家人。何兵家的事，雷耀祖责无旁贷，照顾何战、体贴关心杨赞母子、帮助侠娃干农活，样样都有雷耀祖的影子。

久而久之，杨赞心里有了雷耀祖。不等下班，饭就做好了等着他回来。晚上两人常常坐在院里，聊到深夜。最让杨赞感动的是雷耀祖对铁蛋的那份真情。天天送铁蛋去音乐教室，他希望虎子的奇迹能降临到铁蛋的头上。一有空他就给铁蛋读格林童话，教铁蛋读书认字，还悄悄地为铁蛋用八号铁丝做了一把冲锋枪和弹弓。

快过年了，耀祖专程到县上，为铁蛋买了一身新衣服。就在今天早上，当耀祖给铁蛋换上新衣裳，又让他左手提着冲锋枪、右手握着弹弓时，铁蛋的脸上居然有了笑容！

耀祖见状，欣喜若狂，把铁蛋高高举起。杨赞、何兵、安娜闻讯，一起聚在铁蛋身边，为铁蛋祝福。刚才侠娃叫杨赞时，几个年轻人正在里屋逗铁蛋呢。

何兵从耀祖看杨赞的眼神里看出了名堂，扒在耀祖耳边问："耀祖，你和我姐啥时好的，告诉我，年后我给你俩择吉日张罗喜事，咋样？"雷耀祖的脸红得像关公，看着杨赞深情地说："你问你姐，我都听她的。"

（三）

　　下到金水沟半坡的何阳和郑子龙远远看见了三个人影朝这边走来。郑子龙后悔没带望远镜，只好两只手捂在一起当喇叭，扯着嗓子喊："喂喂，是晓军吗？"悠长的声音在沟谷中回荡。不一会儿传来一阵微弱的回音："我是晓军，我是晓军。"晓军拼命挥舞着手里红色的围巾回应道。

　　"老师，一定是我妈派人来接我们了，应该是快到沟顶了。"晓军兴奋地对罗伯特说。"Good news！"罗伯特激动得跳了起来，落地的瞬间，一只脚踩歪了，瞬间滑进了"天井"。

　　晓军只听身后"扑通"一声，转身不见了罗伯特。他喊了几声没有回音，急得打转。还是向导有经验，他退后几步，找到了"天井"口，趴在井口向里喊："先别动！我来想办法。"晓军也学着向导的样儿，朝井里给老师喊话。

　　晓军心急火燎地问向导："老乡，要不要报警？老师有危险吗？""不用，没信号，也没法报警。放心，你老师没有危险，这口井不深，不到六米，里面也没有大石头，有些老树根，可能一下子碰晕了。"向导说着，从腰里拽出一根绳子，一头绑在腰里，另一头想绑在不远处的柿子树上。绳子短，两人怎么拽也够不着。正急得挠头，井底传来罗伯特的声音："晓军，我在这里，我没事儿，井底真的有柿子兜兜。"晓军喜出望外，对向导喊："老师说话了，他活着！"又对罗伯特喊："老师，老师，你等等，我们救你出来。"

　　就在这坎结上，何阳和郑子龙及时赶到。郑子龙看了一下地形，掏出攀岩绳，把滑轮固定在柿子树上，把绳头熟练地抛向罗伯特。大家齐心协力，不到一袋烟的工夫，罗伯特就被救了上来。只见罗伯特满脸是泥，浑身是土，两只手背被树枝划破了，血还在流。他腰里系着绳索，两只手紧紧地握着一把干枯的柿子兜兜，笑嘻嘻地说："谢谢你们救我，我终于见到柿子兜兜了。"说罢，经晓军介绍，罗伯特和何阳、郑子龙、向导老乡，一一拥抱致谢。

郑子龙拉罗伯特坐下，从怀里掏出一个手帕，为罗伯特包扎了一下手背的伤口。

一小时后，几个泥蛋似的人进了何阳家。伍征第一个迎过来，关切地拉着罗伯特受伤的手，进了堂屋。

晓军抱抱爷爷，亲亲姥姥，刚要转身找晓非，晓非一个背后包抄，差点把晓军抱起来。"哎呀，小家伙长得真快，马上就追上哥哥了。"这时，三爷提着一筐鹅蛋兴冲冲地进了门，余舍拉着晓军见过三爷。一阵寒暄后，晓军带三爷进堂屋见罗伯特。

堂屋里，小药箱在地面摊放着，刺鼻的酒精味弥漫开来。伍征戴着老花镜，就着微弱的灯光为罗伯特两只泥血模糊的手背处理伤口。血口子足有一寸长，一毫米深，里面的木屑需要清除干净，郑子龙蹲在一旁扶住罗伯特颤抖的胳膊。何阳一只手端着医用小白盘，另一只手帮伍征转动着灯光。当看见一粒粒沾满血液的小木屑被伍征用小镊子一个个夹了出来放进小盘时，何阳的脸都变白了，心突突乱跳。

晓军一进屋看见妈妈不对劲，一个大跨步上前换下何阳。三爷扶何阳坐下，说："娃，别紧张，越紧张伤员会越疼。"说也奇怪，三爷这句话就像喷了舒缓剂，屋里紧张的气氛一下子变轻松了。

罗伯特疼得脸上直冒冷汗，却故作轻松地笑笑，一面和三爷亲切地打着招呼，一面和何阳调侃道："我跟'刮骨疗毒'的中国英雄还差得远着呢。你的父亲当年打仗、钻天井，不知划过多少血口子，连哼一下的机会都没有,我这点伤还让大家跟着受惊,我很惭愧。"

伍征直了直腰,用放大镜又仔细检查了一遍伤口,说:"OK!清理完毕,现在开始包扎。"伍征边缠纱布边交代:"为保险起见,吃完饭,最好去县医院打个破伤风针。""好,我一会就送他去。"郑子龙拉起罗伯特,两人对视一笑。"Thank you very much!"罗伯特感激地对郑子龙说。"不用谢,应该的。"郑子龙歉疚地回道。

伍征起身,把放在腿上包伤口用过的手帕递给何阳。何阳刚准备洗洗再还给郑子龙,郑子龙拽着手帕说:"何阳,你忙你的,手帕给我,我回家洗。"拉扯中,何阳发现着手帕上绣着一朵兰花,她展开一看,和兰香妈樟木箱子里的那只兰花粗布手帕一模一样。她浑身打了一个寒战,问郑子龙:"这是你的手帕?""是的,是我生母留给我的物品,我的护身符。"何阳猛地一下从郑子龙手里抓过手帕,转身往东厢房跑去。

她打开樟木箱子,拿出另一只兰花粗布手帕,凑到窗前仔细对比,竟然一模一样,连绣线的颜色都分毫不差!她的心一下子像吊了个秤砣似的往下沉,只觉得喘不上气,泪水喷涌而出。

身旁的三爷把眼前这一幕看得真真的。他眯着眼瞅了瞅正在里外张罗的郑子龙,转身来到东厢房中屋门前,轻轻敲了敲门。何阳出来了,两眼红红的。她把两块手帕递给三爷,哽咽地问道:"三爷,真的是他吗?"三爷瞅了一眼,接过手帕,直接装进口袋,说:"孩子,振作起来,手帕我先收着,忙完今晚现场会再说。"一句话提醒了何阳,她朝三爷点点头,咬咬嘴唇,又去忙活了。

三爷站在院子里闭目凝神,思绪万千。他看得清清楚楚,郑子龙兰花手帕的右上角,有一个明显的烧过的痕迹。五十八年前那个大雪纷飞的夜晚发生的故事,一幕幕在他心头连皮带肉撕扯着翻过……

马上就要演出了，何月这会儿正在大食堂后台，带着演员们一遍遍地查找演出中可能出现的问题，发现一处就迅速拿出应对方案。何月嘴里一个劲强调："大家放松，放松。今天是直播，不能出差错，拿出往日的功夫就足够了，大家有没有信心？""没麻达！"大家七嘴八舌地回道，声音杂乱而有力。

这些演员中没几个人知道直播是怎么回事，自然一点都看不出有紧张感。

反倒是何月的心怎么也放松不下来。一来她是头一次担任总导演，对演出效果有期待，却没底；二来演员们毫无演出经验，平日又习惯了自由自在的生活，没有被约束概念；其三，排练时间短，演员对节目内容没有吃透。一旦演出中出现忘词、错位、失误等问题，很可能乱作一团。

她多么希望郑子龙此刻能站在他身边，哪怕就给她一个鼓励的眼神，她心里也会踏实许多。想到这儿，她拿起电话就给郑子龙打了过去。郑子龙回话说："何月，我正往你那儿去呢，一袋烟工夫就到。"何月放下电话，心里美滋滋的。她知道郑子龙今天特别忙，她没想到他也在惦记着她，忙里偷闲专门来看她。一种被自己崇拜的男人关注和宠爱的幸福感，顺着血液迅速地流遍全身。

何月久久地抱住电话，娇嗔地咬着下嘴唇，用心享受着这从天而降的温暖。

（四）

村委会办公室，几十个当家的村民，围着戴红镭请来的建农证券投行总经理龚继海专家团队,计算自家的耕地折股数。

何家村位于黄土高坡,常年干旱少雨,水土流失,属于"望天田",实打实的旱塬,按国家十五级耕地级别算,基本处于倒数一二的级别。即便这样,何家村几百号人家仍为折股的事,茶饭不思,夜不能寐,挣得面红耳赤,都说自己家地好,要多折股。

景昆爷这次一反常态,每天早上准时来队部,坐在角落里吧嗒着烟,只听不言。谁都知道景昆爷的地多半是场地改的薄地,只长草不长粮。按三年平均产量折,落不下多少。但景昆爷不争不闹这一反常态的样子让乡党们多少有点看不懂,搞不清这位何家村有名的铁算盘葫芦里到底卖的什么药。

人群里,数侠娃和黑娃媳妇闹得最凶。看那架势,随时有可能就地撒泼打滚。侠娃出头露面是因为当家的太怂,怕自家吃亏。黑娃把媳妇推到前台闹,一来他知道他媳妇闹事没底线,没人敢惹,二来这是他的缓兵之计。龚继海被这两个女人胡搅蛮缠、不讲道理的闹法搅得晕头转向。

龚继海从业十年,作为保荐人,再难的投行业务没有他拿不下的,身经百战,经验丰富。这次是主动请缨,挑战新业务门类。他研究了大量国内外土地证券化案例,认为这项业务在中国农耕文明转型升级时期将大有可为。但是当他真的面对毫无金融知识的何家村老乡提出的千奇百怪的问题时,却怎么也解释不清,他感觉到了他和老乡之间缺乏对话基础。想到这里,他推开满桌子的文件、表格,拔腿来到何阳家,找师哥戴红镭想办法。

戴红镭和何阳正在堂屋议事,就见龚继海急冲冲进了门。戴红镭一看师弟的脸色就知道出了什么问题,忙拉龚继海坐在身边,说:"知道难了吧?我正与何教授商量对策呢。"何阳递给龚继海一杯水,说:

"小龚，我问了一下老村主任，1998年何家村最后一次分地时，基本没考虑地好地坏，是挨着户分的。从那以后，无论家里增人减人，地再也没动过，不公平是客观存在的。老乡们这些年来从来没为此争议或闹事。我们眼下需要做的是，制订统一的土地经营权入股量化标准和折算方法，经村委会同意后执行，就事不就人。"

戴红镭接过何阳的话说："我和何教授这几天已经把村上的耕地资料和现状分析了一遍，何家村耕地的原始条件差别不大，每年的产量家家都是明的，"级差收益Ⅰ"好定。因后期投入使土地改良，收入超出平均收入的"级差收益Ⅱ"，不超过何家村总耕地面积的十分之一，可以个案个议，不会引起群体事件。"

听完这番有理有据的分析，龚继海茅塞顿开，阴沉沉的脸一下子转晴了。他一拍桌子说了声："妙！"起身就要走。何阳拉住他说："该吃午饭了，你俩都别走，一起吃饭，边吃边聊聊细节。黄谷仓今天中午招待美国斯坦福大学的罗伯特教授，你们一起见见母校的老师。"两人一听有这等好事，击掌欢呼："太OK了！"

侠娃闹归闹，但场合和分寸拿捏有度。她有一个别人学不去的本事，在她用得着的人面前露几手绝活，把自己的底牌亮出去博得好感，是她的天赋异禀。今天招待罗伯特，她是主厨。她从电视里知道美国人喜欢中国最土、最地道的乡俗。所以，从着装到菜肴，从碗碟到筷子，她搜罗了一色古老的、乡土味道浓厚的玩意儿，有何战祖爷留下的一套青花瓷碗、婆婆陪嫁品里的红木筷子，就连桌旗都是侠娃妈民国时期学做的苏绣。

至于到底该穿什么衣服亮相，侠娃昨夜着实动了一番脑子。把箱子翻了个底朝天，左试右比。最后搭配了一身她认为最能吸引眼球的衣服。上身是她结婚时穿过的红底小碎花布大襟棉袄，里衬母亲留给她的民国时的阴丹士林衬衣。她特意翻出领子,露出袖口。下身穿黑粗布棉裤扎着裹腿,脚蹬母亲结婚时自绣的鸳鸯绣花厚底棉窝。

罗伯特一行一上桌,立刻被桌上的绣品和古瓷碗吸引,不由惊呼:"Oh my god, That is too sumptuous!"罗伯特俯下身子,仔细地观赏把玩,赞不绝口。何阳立刻把侠娃隆重请出,介绍给罗伯特。"这是我嫂子,是我孩提时代的伙伴,叫何侠娃。这绣品是她母亲早年的作品,她是我们何家村有名的巧媳妇,农家饭大厨。一会儿你就可以品尝到她的厨艺了。"

只见侠娃低着头,两只手下意识地揪着衣角,脸涨红到了脖子根,那矜持的样子特别温婉、可爱。罗伯特看见侠娃先是一惊:"拙朴又不乏时尚的乱搭,倒映出她内心的挣扎与追求,这绝不是个一般的农村女人。"熟谙心理学的罗伯特一边揣测,一边怀着敬意和感激走近侠娃,用熟练的中文对她说:"侠娃,很高兴认识你,谢谢你为我们做的一切!"侠娃抬起头,握住罗伯特的手说:"谢啥呢,你是晓军的老师,都是自己人,快坐,饭马上就好咧!"说着话转身去了厨房。

一进厨房,侠娃忍不住掩面自喜,激动得原地打转。她没想到自己这么快就被美国老师认可,她从罗伯特眼睛里,看见了她所期待的效果。

堂屋里,不同肤色、不同文化、不同背景、不同社会角色的朋友,为了同一个目标走进了何家庄。他们品尝着何家村乡土的味道,决心用他们的智慧和力量,为黄土高原上这个小小村落命运的改变竭尽全力。

吃完饭,大家刚准备去大食堂开现场会,满仓急火火地跑来找何阳:"何教授,不好了,有几户农家因为折股的事不满意,拒绝参加演出,还要到会场找郑书记评理。"何阳一看表,离嘉宾进村的时间就剩半小时了，如果在这个节骨眼上掉链子，将功亏一篑。

她心急如焚，转身吩咐戴红镭："戴总，你招呼罗伯特先走，我处理一下事情就来。小龚，跟我来。""我也去！"何阳回头一看，说话的是侠娃。侠娃卸下围裙，随手往门墩上一扔，跟上何阳就往外走。

大食堂门口，几十个村民红脖子涨脸地把郑子龙团团围住。领头的是村北头有名的大个孙。村北头有几十亩地靠近狼子胡同附近，位置不好，是常年不见阳光的阴坡地。还有些沟坡地是刚开垦的荒地，这两类地按规定折股数少。拥有这些地的农户，觉得自己的地被打折入股吃亏。他们揣着满肚子委屈，一个个像斗鸡一样怒目圆睁，头颈昂起，青筋鼓暴，声嘶力竭，二十米以外都震耳欲聋。地上还躺了一个边哭、边骂、边嚎叫的主，任谁都拉不起来，大有不达目的誓不罢休的气势。这人不是别人，正是黑娃媳妇。

郑子龙铁青着脸，双手叉腰站在人群中间，一言不发。何月在边上苦口婆心地劝道："大爷、大叔、婶婶们，开现场会的领导和来宾马上就要到了，有问题咱们会后说，好吧？这样闹，影响咱村的名誉。""饭碗都保不住了，还管个屁名誉！"大个孙怒怼何月道。

何阳、侠娃、满仓、龚继海一路小跑赶到现场。侠娃一个箭步冲进人群，拉起正在地上打滚的黑娃媳妇，在她耳边悄声说："你还来真的了？听我的，赶紧回去。"黑娃媳妇抹抹脸，低着头，顺从地溜出人群。其余的人一看，嚣张气焰顿时减半。

何阳冲进人群，大声说："乡亲们，你们把心放到肚子里，此次折股一定会充分考虑何家村的历史现实、乡规民俗，参照国际惯例，制订折股规则，就事不就人。别的我现在不敢说，但保证每家的饭碗比以前端得更牢，兜里的钱更多，是这次耕地改革的基本目标。折算系数太专业你们搞不明白不要紧，如果证券化后你家的收入低于前三年你自己种地收入的平均值,咱就推倒重来。现场会后我们专门留出一周时间,对有疑问的农户,一户户走访解决问题,直到家家户户都满意了咱们再往前走,好不好?"

一番发自肺腑的、有血有肉的干话,让闹事者的情绪平抚了许多。"如果是这样的话,我们没吃啥亏呀。"一个壮实的穿着一件款式新颖黑棉袄的中年男子,双手揣在袖筒里,缩着脖子,翻着白眼,瞅着大个孙说。其余人的目光也都齐刷刷地瞄向大个孙。大个孙避开众人的目光,抻着脖子单挑何阳道:"何教授,你说话算数?""算数!"何阳斩钉截铁地回道。

郑子龙扫了一眼心已基本落到肚子里的老乡们,语重心长地说:"大伙儿想不想让何家村好,让更多的人关心、关注何家村,来买我们的东西,住我们的农家乐?""当然想了!"大家不假思索,脱口而出。"那好,今天正是给咱何家村脸上争光贴金的时候,常言道,有理不打上门客。咱先迎客,再翻腾咱自家的事咋样?""行行行,书记和教授都把话说到这份上了,咱不能不讲理。我们走,忙完现场会再说。"领头闹事的大个孙从何阳的话里吃了定心丸,先走了。其余的人也跟着散了。

郑子龙和何阳长长地出了一口气,会意地对视了一眼,看看表,离现场会开始只剩八分钟了,急忙向村头跑去。他们谁也没料想到会出现这样一幕插曲。倒是侠娃好像知道点什么,临危不惧,先弄走了最棘手的黑娃媳妇,挽救了被动的局面。何阳心里默默地记下这一笔欠侠娃的人情账。

现场会出乎意料地顺利。各级领导和来宾自始至终眼里闪烁着惊喜的目光。他们不相信台上的表演者都是何家村地地道道的农民。

最后,罗伯特、晓军、何小虎和何月即兴加演了一个小品。讲的是十五年前，陕北农村一个残疾母亲带了一个八岁的残疾儿艰难度日，后在"中国农村儿童教育扶助计划"的帮助下，经十几年的不懈努力，孩子大学毕业，母子最终过上了受人尊敬的好日子的故事。

四人既真情投入又栩栩如生的表演，把全场观众的情绪带入了一个虚拟现实世界。当看到儿子考上大学、背着母亲去上大学时，全场掌声四起，为这个坚强、勇敢、孝顺又自强不息的孩子欢呼、点赞。

幕落，扮演成年孩子的伍晓军走到幕前说："我是何阳的大儿子伍晓军，是何家村的孩子。那位长者是我的导师罗伯特教授，他也是黄土地的儿子，他的祖籍就在蒲城。他的父亲是杨虎城将军的部下，他是斯坦福大学教授，却近乎半生都在忙碌中国贫困乡村儿童教育的事。刚才的故事就是他参与的无数个感人故事之一。他只有一个愿望，那就是让千千万万个像剧中一样的贫困农村孩子的命运，通过知识而改变。"

台下沸腾了！全场"哗"的一声站了起来，学着晓军的模样，向老师致敬。黑娃和满仓几乎同时跳上台，满仓激动地握住罗伯特的手说："谢谢您，谢谢！我是何家村的村主任何满仓，我代表何家村全体村民欢迎您！"

黑娃不由分说，抢前一步，抓住罗伯特的胳膊说："老师，我是刚才演碎娃的娃他爸。我代表我娃何小虎谢谢你！"罗伯特扶住黑娃，说："每个孩子都有受教育的权利，不用谢我，要谢就谢小虎遇上了一个好时代。"黑娃意识到自己的莽撞，连忙起身说："不好意思，我高兴瓜咧。"罗伯特冲黑娃笑笑，觉得他很憨厚实诚，上前拥抱了黑娃。

闭幕后，李书记带着各级领导和嘉宾上台致谢。李书记握住罗伯特的手激动地说："罗教授，我代表全县人民欢迎您的到来，您给洽川县的孩子们带来了福音！"又走到何乐乐和何月面前由衷地说："你们让我看见了音乐的力量,看见了人的无限可塑性。我将号召全县人民向何家村学习,用音乐启迪心灵,改变面貌。"

临走前,李书记找到正在张罗新年酒会的何阳说:"何教授,我感谢你,洽川的乡亲们感谢你,你是洽川的好女儿。"何阳笑着答道:"李书记,我本来就是洽川的女儿,责无旁贷。""有你这句话我就不客气了,我已经给县委办公室的同志说了,以后来洽川的客人就用黄谷仓的红薯酒、红薯馍、红薯粉条等产品来招待。你们好好研究一下,尽快推出何家村独具特色的红薯宴,完善红薯深加工系列产品,早日把小红薯做成大产业,全县人民期盼着你们。"李书记握住何阳的手,接着说:"担子不轻啊,教授,有没有信心?"何阳高兴地说:"有县委、县政府作后盾,我们保证完成任务。这不仅是责任,更是使命。"

送走了客人,黄谷仓的新年答谢酒会正式启动。鞭炮齐鸣,锣鼓喧天。何家村家家户户扶老携幼来到大食堂,吃饺子、喝红薯酒、跳圆舞曲、吼秦腔,过了一把六十多年前共乐同享的大食堂瘾,过了一个别样的、无眠的、大团圆的除夕夜。

这一夜数景昆爷最忙,嘴没歇,烟没停,品着红薯酒,吃着红薯馍。一群年轻人缠着他,非要听他讲当年吃大食堂的故事。这正踩在景昆爷的兴头上,那可是景昆爷人生中的高光时刻。三两酒下肚,有几个好汉能忍住不提当年勇呢?何况是已在鬼门关遛了一圈的景昆爷。他心里有谱,讲"当年勇"也是积阴德,要让村上的娃们知道,拴柱他爷当年绝非等闲之辈。

门外北风拉着哨可劲地撒着欢地叫着,何阳和雷志鹏并排坐在台阶上,面前放着一罐已打开的雷志鹏研发的黄谷仓红薯酒。雷志鹏坎坷的还债经历和励志故事揪得何阳心疼。她抚摸着志鹏低垂的头对他说:"孩子,我想送给你一句德鲁·巴里摩尔导演的话——'生命中有些最深刻的痛苦,最终会变为你最强大的力量'。曾经结过痂的地方,会变成保护你的铠甲,痛教会你建立新的边界和认知,痛会让你记住并成长。"

志鹏抬起头,眼泪汪汪地看着何阳,斩钉截铁地说:"老师,我懂了!"说罢起身整了整衣服,恭恭敬敬地给何阳鞠了一躬。

(五)

今天是大年初一,村里人都相信,谁家过年炮放得最早,声音最亮,谁家新的一年日子就最红火。

每年过年不等天亮,何家村的男人们就争先恐后地爬起来开始放鞭炮。不出半个小时,整个村子就像水珠子掉进热油锅一样炸开了!那些年家里穷,村里人宁愿少吃肉也要买鞭炮,谁不盼着新年有个好兆头。这些年条件好了,放鞭炮的习俗升级了,不光比早、比响,开始比长、比高、比花样了。

晨曦中,黑娃家初一早晨要放烟花,成为村上不胫而走的头号新闻。人们抹黑儿早起,就是为到黑娃家看烟花。烟花炮一响,半个天都是红的。"我的乖乖,这阵势以前只在电视上看见过,黑娃把这整到咱何家村咧。"人群中不时有人惊讶地赞叹着。黑娃家门口,门庭若市,大人喊,小孩叫。大人找不见娃了,娃找不见鞋了,真比娶媳妇过事还热闹。

相比之下,康忠良家就显得形单影只,冷清得多。瞎娘和脑瘫娃蜷缩在炕上。康忠良挤在人群中看着腾天而起的火焰,心里却乐不起来。"是啊,黑娃家小虎看到了希望。我那苦命的丫头和瞎眼的妈什么时候才⋯⋯"他不敢往下想。

太阳升到一杆高时，满仓来给何阳一家和罗伯特教授拜年。"各位老师新年好！小辈满仓前来拜年。"说罢，上身前俯，左手撑掌在前，右手握拳在后，拱手相揖。

罗伯特学着满仓的姿势还礼，结果左右手搞错了，惹得大家直乐。罗伯特没搞明白左右手的事，给红包的习俗却没忘。他从挎包里摸出一个用红纸叠的红包，双手恭敬地递给满仓，说："恭贺新年！"满仓笑着拦住罗伯特，说："红包你留着，碰见给你磕头的碎娃，你就给他发压岁钱。""哦，我懂了，给孩子。"罗伯特得意地双手一摊，耸耸肩，继而又拍着满仓的肩膀问道："村主任先生，今天我们能一起去见小朋友吗？""不瞒您说，我今天就是专程请您和何教授一起去看看何家村人是怎么过年的。"

满仓一边和罗伯特说着话，一边用期待的目光看着何阳。何阳明白满仓的意思，也正合她的心意。她进屋拿了条围巾，对罗伯特和满仓说："走，咱们一起给老乡拜年去。"又朝里屋喊道："晓军，快，我们去拜年了。"晓军听见喊声，一手抓着外套，一手拿着笔记本，一溜小跑追了上去。"尽快了解何家村孩子们的成长状况，是当务之急，一天都不能耽搁。"这是罗伯特新年第一天一大早发给晓军的信息。

余舍和伍征带着晓非提着年货来看望康忠良的母亲。大门开着，院里静悄悄的。芦花鸡和小黑狗正在院里觅食。老黄牛一见来人了"哞哞"叫，小黑狗尽职地"汪汪"两声，摇着尾巴跟了过来。这是康忠良家独特的新年迎宾仪式。

余舍走到屋前隔着门帘，打招呼道："她董婶，我是余舍，我和他爷爷带着晓非给你拜年来了！"

"快进来，进来。"忠良娘闻声赶忙招呼，余舍来到炕边，亲切地拉着忠良娘的手说："何川在世时常念叨你，过年了我和晓军他爷爷想请咱们几个老朋友一起在我家过个小年。热闹热闹,你看如何?"

忠良娘激动地抚摸着余舍的手说:"嫂子,你想到我心里了。这么多年,我个瞎老婆子几乎没出过这大门,日子苦,不受人待见。你给我送来了想都不敢想的好消息。高兴,真高兴,谢谢你还想着我。晓非来了?快过来,让奶奶摸摸……哎哟,这小脸冰凉,奶奶给你捂捂。"

晓非轻轻地揽住奶奶的手说:"奶奶,我不怕冷,我去看看姐姐。"说完,连蹦带跳去了旁屋,给姐姐送去晓军哥哥从美国带回来的糖果。

晓非跟着爷爷来忠良家送过两次药,亲眼看到了战争、疾病、贫穷给一个家庭带来的苦难。在家也常听妈妈讲康忠良一家屡遭不幸的故事。他小小的心灵里埋进了一颗善良的会换位思考的种子。"人人平等","不是每个人生来都会像你一样被命运眷顾",妈妈常教导的这些话激励着他,此刻他能做到的是倾听和尊重,他从脑瘫姐姐的笑容里感受到了关爱的力量!

这边,余舍接过忠良娘的话,说:"应该的。我们的男人曾在战场上并肩作战、浴血奋斗,我们姐妹应该互相惦记,彼此关照。我还请了雷家寨耀祖他娘,咱村的景昆爷和三爷。初五,我让娃来接你过去。"

临走前,伍征为忠良娘量了血压,送了降压药,吩咐她按时吃药。自从今年暑期忠良娘因高血压病晕倒后,伍征就每月都按时为忠良娘义诊、送药,从来没有间断过。

伍征掀开门帘欲往外走,和看烟花回来的康忠良碰了个迎面。康忠良一看是伍征,忙拦住他说:"伍教授,您是我的大恩人,您的大恩大德我无以回报。今儿过年,就让我给您磕几个响头吧!"说着"扑通"一声跪倒在地,给伍征磕了几个响头。伍征急忙俯身将其扶起,只见康忠良已老泪横流。

生命中常有不能承受之重。面对饥饿、贫穷、疾病甚至侮辱，康忠良都能扛得住。偏偏何阳一家对自己家人的照顾，尤其是非亲非故的伍征对忠良母亲亲人般的关怀，让他的内心有一种无名的、难以言状的痛苦感。几个响头磕完，康忠良一直以来仿佛压着一块石头的心似乎轻松了许多。

贾明、王贵和刘教授一年来几乎浸泡在试验田里，全力以赴扑在引进的叶菜型红薯从实验室到商品化、产业化的孵化进程中。这是黄谷仓新的一年将要奉献给参与此次耕地证券化投资人的礼物，也能够为洽川县薯农创造一个盈利新品种，马虎不得。

为了提前捂热市场，占领脱毒菜用红薯茎尖菜市场先机，从实验成功那天起，王川就带领销售团队东奔西跑。嘴皮子磨破，鞋底子磨薄，为多拿意向订单，不待扬鞭自奋蹄。

大年初一，王川和何兵已经坐上了开往上海的列车，满怀信心地去开拓新的销售半径。车厢几乎是空的，何兵高兴地对王川说："王哥，咱这是专列啊。"王川从包里取出一包老铁家腊羊肉，一瓶西凤酒，两只酒杯，外加一包花生米说："来，咱哥俩儿干一杯，不负韶华、不负新春！"

列车嘶吼着像一头睡醒的狮子，在冰封的大地上狂奔，一觉醒来已是满园春色。王川望着车窗外瞬息万变的世界，享受着绿皮车的狂野和穿越时空的快感。他把这种感受称作"立体收获"。

贾明和王贵一大早就赶到刘教授家拜年，为年后要在何家村开始叶菜型红薯育苗做最后的冲刺。说起叶菜型红薯，刘教授侃侃而谈："叶菜型红薯顾名思义，是主要以采摘包括茎、顶叶和叶柄在内的红薯茎蔓顶端10~15厘米幼嫩部分作茎尖蔬菜用的红薯品种。研究发现，红薯茎尖蔬菜含有丰富的蛋白质、胡萝卜素、钙、磷、铁等人体需要的12种营养成分和微量元素。茎尖菜中含有的一种脱氢表雄甾酮化学物质还可预防结肠癌和乳腺癌，这几年在法国及东南亚地区广受中高端消费者青睐，被誉为'蔬菜皇后'。黄谷仓要是今年能把它推向市场，效益可比单种红薯翻几番。"

王贵一听翻几番，抢话道："了不得呀，如果加上黄谷仓的自然农法理念和苗、药、肥等多项高新技术和发明专利的应用，黄谷仓茎尖菜的品质和效益一定会超越目前市场的现有产品。"

"你说得对。"刘教授说，"进入中高端消费层次的有机农产品其竞争的核心点是刺激、增强农作物自身的免疫系统，形成天然的抵御病虫害入侵的自我保护屏障。关于这一点，还得说是咱们何教授有远见。她为黄谷仓甄选的西农大刘存寿教授的植物碳基营养菌肥创新成果，在改善土壤健康方面的技术已经达到了国际领先水平；选用中医专家郑教授的中药驱虫壮根营养素，在保护植物根系天然微生物菌群领域属国家发明专利。两强相助，会让黄谷仓的红薯及叶菜从根子上就独具竞争优势。"刘教授的话中包含赞许与自信。

贾明低着头，把刘教授对有机农产品精髓的提炼一字不落地记在小红本上，又就叶菜红薯种植中的土质、防虫、温湿度等操作中的具体问题一一向刘教授请教，心里默默地匡算着今年春耕需增加的耕地数。

不知不觉到吃午饭的时候了，贾明和王贵正要起身，刘教授拦住他们说："今天不能走，我一个学生在广东的农科院工作，听说我正在研究叶菜红薯在黄土高原落地实验，给我寄了些他们那边的红薯茎尖菜，我已给内人招呼过了，就拿它做几样菜，你俩先尝尝。配上你们送来的黄谷仓红薯酒,咱们几个小酌几杯,岂不美哉?""有这等好事,自然是却之不恭了。"王贵鼓起掌,赞许地点着头,又冲贾明道:"咱们恭敬不如从命。""谢谢刘教授!"贾明连忙起身,左手握右手,以抱拳礼向刘教授致谢。

尽管已是春节了,太阳一落,黄土高原上依旧寒风瑟瑟,刺骨拔凉。热闹了一天的何家村人,除了几个天不怕地不怕的孩子还打着灯笼玩碰灯外,南北大道上几乎已不见人影。大人们不是猫在屋里的热炕上看电视就是在打牌。

村北头何阳家东厢房中屋的灯亮着,那对小红猪就着灯光像往常一样对着人憨笑。三爷和郑子龙表情凝重,对坐在何川和兰香结婚时留下的那张红木雕花八仙桌前。三爷从怀里掏出一对右下角绣着一朵兰花的粗布手帕,平铺在桌上,两只眼睛直勾勾地看着郑子龙。郑子龙惊讶得几次欲言又止,半晌吞吞吐吐也没说出一句完整的话:"这、这怎么两个……"

一个埋藏在彼此心底五十八年的秘密正在一点点被三爷的故事揭开,所有的细节都对接得严丝合缝。郑子龙再也忍不住了,拿起桌上的兰花手帕贴在胸口,扑倒在亲生父母睡过的炕上,掩面痛哭,哭声里有找到根的喜,有失去爱的痛。

对面西厢房中屋的何阳和余舍听见哭声,什么都明白了,一个心如刀绞,一个惊喜万分。

第十一章　在希望的田野上

人们寻着资本流动的方向发现希望之地的逻辑,就像牛顿的苹果牵出地心引力说一样,无可置疑。

——作者

（一）

满仓这个年过得从未有过地充实。戴红镭和龚继海要跟着他一家一户落实折股数,大会小会炕头会连轴转,二月底之前必须完成村上投资公司的设立。何阳、罗伯特和晓军做学龄前儿童及何家村人口基本情况调研,自然也离不开他。满仓媳妇逢人就用得意的口气抱怨说:"我家满仓一天忙得屁股不沾炕沿,简直就是卖给何家村了。""呸!"这话说到黑娃媳妇脸上时,她重重地吐了一颗瓜子皮,扯着公鸭嗓怼道:"是啊,谁让你家男人是一村之长呢!"说完背过身去,似乎还不解气,又重重地跺了一脚,嘟囔道:"得了便宜还卖乖,脸皮真厚。我家黑娃要是当上村主任,忙死我也乐,脸上多有光呀, 哼!"

满仓媳妇和黑娃媳妇平时相处得不错, 虽说都没文化, 但就人品而言, 俩人绝不在一个段位上。满仓媳妇望着黑娃媳妇的背影莫名其妙地自语道:"今儿谁又惹她了, 鼻子不是鼻子, 脸不是脸的。"

自从知道自己的身世后, 郑子龙的内心世界乱作一团。一方面, 他必须把一生感情积累点燃的爱情火焰彻底扑灭, 转变成手足亲情, 这对郑子龙来说已经够残酷了。另一方面, 他还不得不重新调整自己的工作, 党的纪律不允许他以黑山镇委书记的身份支持妹妹的黄谷仓。但是, 在他心里, 黑山镇不仅是他的工作, 更是他的理想, 是他心中的桃花源, 现在刚看到希望, 自己却得离开。"不行, 这条路绝不能走, 宁愿辞职!"他把拳头狠狠地砸在桌子上, 对自己说。

郑子龙把自己关在父亲留给他的小屋里, 就着悲壮的《命运》交响曲, 一遍一遍地听, 一瓶一瓶给自己灌酒。比起他心里的苦, 酒已经没有了滋味, 整个人从里到外已经麻木。他躺在沙发上, 任凭自己的情绪随着旋律的起伏自由流淌。地上到处撒落着他珍藏了几十年的何阳的照片和文章。他顺手捏起一张, 心里就会猛地刺疼几下。他对着照片反复问自己:"命运为什么这么捉弄人?"

这时, 突然有人敲门:"郑子龙同志, 明晚要给盲人学校的孩子解说电影《人生》, 咱俩对台词。"

"是何月, 明天都是小年了? 这么说我已经昏睡了整整三天了。"郑子龙下意识地自语道。他像个木头人一样, 无精打采地起身给何月开了门, 他已经无力顾及自己的窘相被何月看见。

一阵寒风裹挟着何月进了门, 只见她手里提了几个饭盒。本来想趁对台词的机会和郑子龙单独喝两杯, 听听音乐, 如果再能来个对酒当歌,那这个年对她来说就算过圆满了。可眼前的一切让她蒙了。她做梦也想不到,她眼里英俊潇洒、风度翩翩、一身正气、无所不能的白马王子竟然会有这副颓态。更让她不解的是郑子龙心里竟然装着姐姐何阳!她的心碎了,一句话也说不出来,她用尽全身的力气摔门而去。

盲人学校宿舍,何月把自己关在房间里,捂着被子大哭,伤心和委屈的泪水像黄河水一样汹涌澎湃,欲罢不能。

罗伯特这些日子几乎走遍了何家村的南北东西,家家户户。他的笔记本里密密麻麻画满了表格和数字。每天晚上回到家里,他都要趴在桌子上,将这些调查数据,填进他设计的一张大的调统表里。

他住在何阳家何月住过的西厢房北屋。屋里盘了一个土炕,一张八仙桌,一把祖传下来的榆木圈式太师椅。土炕右上方有一个搁板,上面架着一对樟木箱子。下面是一个精美的长方形炕桌,那是兰香妈早年的陪嫁。炕头靠近窗户的地方,摆着一张灯杌子。虽然有电灯了,家家的炕桌上依然摆放着带玻璃罩的煤油灯,常备不懈。

罗伯特一点不掩饰他对这间屋子里摆件的赏识,特别是这把摇摇晃晃的圈椅和灯杌子,他爱不释手,开玩笑说:"一坐在圈椅上,智慧就来了;一点着煤油灯就仿佛点燃了阿拉丁神灯。"

罗伯特调统表的标题是"何家村人口分布及现状"。在这个统计调查表里,何家村谁家有几口人、老中青少幼人口年龄结构、性别及婚姻状况、健康及受教育程度、家庭收入来源、支出比重等一目了然。

晓军和伍征住在一起,每晚给伍征端洗脚水,为伍征按摩腿。伍征年轻的时候参加过陕北医疗队,半夜去乡下抢救病人,寒冬腊月蹚水过河,落下了严重的老寒腿。

伍军在时,每晚都为伍征泡脚、按摩。伍军不在了,何阳和余舍无微不至地照顾着伍征。晓军从何阳手里抢过洗脚盆,说:"妈妈,让我来照顾爷爷。"何阳抚摸着晓军的头,看着面前的儿子一举一动都越来越像伍军,忍不住转过脸去。

何阳从来没有和儿子正面提过伍军去世的事,但就在母子相拥的那一瞬间,彼此都感觉到了对方身体里亲情的缺失。

那是一种神秘又微妙的、难以言状的、流淌在血液中的生命感应。伍军去世的那些日子,大洋彼岸的晓军心烦意乱,寝食难安。他给家里打电话,妈妈总说一切都好。可是晓军从妈妈低沉的声音里捕捉到了不祥的信号。他又给爸爸打电话,一直不通。有一天终于通了,部队首长婉转地告诉了他伍军牺牲的消息。

对于一个二十出头的孩子,这简直就是晴天霹雳!也就在这一天,他感觉自己瞬间长大了。他开始考虑爸爸去世后,妈妈、晓非,特别是爷爷和姥姥的感受,思考自己肩上担子的重量,权衡自己下一步的行动。爸爸不在了,他就是家里的男子汉、顶梁柱。想到这里,他擦干眼泪,挺起胸膛,加快了学业进度。这次随老师罗伯特回来,他是做足了功课的。他查阅了大量世界各国治理贫困的方法,锁定治本之策是教育。

他赞同罗伯特关于三岁以前儿童教育是教育成败的关键的理论,决定将博士论文定格在"母婴教育与贫困的关系"方向。《何家村学龄前儿童及母亲基本情况表》由他在罗伯特指导下独立设计,独立完成。何家村的实践既是他的理想,又是传承。他很享受和一群逐梦人在一起的充实感。妈妈、郑叔叔、罗伯特、小姨,还有爷爷和姥佬,都是他的榜样。

伍征每每看到低头为自己洗脚的晓军,都会想起伍军。"晓军,你说你爸到哪里执行任务去了,两年多了,怎么一点消息都没有?要不你哪天有空去你爸部队问问?"伍征边看报纸,边若无其事地和晓军聊着。"好的,爷爷。"晓军每次嘴上应付着爷爷,心里却宛如刀绞。疼爷爷白发苍苍,思儿心切;疼妈妈年过半百,形影相吊,孤枕难眠;疼自己再也见不到那个世界上最爱他的爸爸!

每到晚上晓军特别怕爷爷问他爸爸的事,怕自己的眼泪绷不住流出来。幸好姥姥每晚睡觉前都为爷爷送一杯热水过来,帮爷爷把炕火煨好。这儿摸摸,那儿拽拽,直到她觉得一切都满意了,这才放心地拉上门。妈妈也同样,每晚都例行给爷爷、姥姥问安。爷爷被家人的温暖包围着,没有孤独寂寞的时间去想别的。晓军也得以打个岔,缓缓心情。

(二)

余舍的书《人为什么活着?》正式出版了。她历经数十年时间,采访了一百名六十岁到九十岁的各行各业饱经风霜的老人,记下了十几本日记,最终以报告文学的形式完成了对人物的塑造。消息一出,反响强烈。

有位读者来信说:"从来没有一部作品,这么全面地讲述老年人自己的故事。余舍先生的书,把老年人对事业、爱情、友谊、财富、亲情、健康、生死等方面的渴望与困惑、抗争与隐忍、孤独与恐惧等现实问题,通过故事的形式,剖析得淋漓尽致,让我们重拾自信。"一位年轻读者说:"它穿透生活表象,直戳生命本质,是我们成长的镜子和彷徨时的方向。"余舍看了这些来信,波澜不惊,淡然一笑。她内心真正的期盼是,能遇到一位反向思维的高人,指点她成长。

趁着正月初五过小年的机会,余舍为何川的故友举办家宴,请来了三爷、景昆爷、忠良妈、耀祖妈和村上几位德高望重的长者,在堂屋欢聚一堂,宴会由何阳和伍征负责承办。

王贵得知余舍的书出版了,专程赶到何家村祝贺。见了余舍,握住她的手说:"余老师,咱俩说好了您的书出来要告诉我,怎么把我落下了?"余舍抱歉地说:"小王,今天是我们老朋友聊天,你还年轻,有些话你听不懂。""我不管,反正我要参加,回家给我妈传达。她老人家听说您出了一本关于老年人生命意义的书,整天催我帮她请一本。"王贵说着话,抬脚就迈进了堂屋,给在座的长者拜年问好,接着端茶倒水,敬酒夹菜,盛饭跑腿,紧着一通张罗。

王贵对各位长者恭敬地说:"大爷、大妈们,说句心里话,我今年都五十八岁了,经历了许多坎坷,知道了人生不易。每每看到比我年龄大的人从我身边走过时,我会不由自主地想到他们不知经历了多少磨难才走到今天,都会情不自禁地向他们投以尊敬和羡慕的目光。"

何阳听到这儿,走到王贵身边举起酒杯,说:"深有同感!来,干了这杯酒,为我们在知天命之年的成长。"王贵把酒杯高高地举过头顶,又猛地落下来抓住何阳的手臂,郑重地碰着何阳的酒杯,说:"幸会,晚熟的同龄人。"

在座的长者从来没有从这个角度考量过自己的价值,王贵的一番话他们听得津津有味,围着王贵和何阳频频举杯,异口同声地说:"同感,同感!"

余舍去厢房为王贵取了书,签上字送给他,说:"你还要赶路,早点走。"王贵抱着书,给余舍深深地鞠了一躬,转身出了大门。

余舍送给在座的老朋友每人一本书,作为新年的礼物。忠良妈看不见,但能闻到纸墨的香味。她把书贴在脸上由衷地说:"真香,怪不得老听人说书香书香的。"耀祖的妈妈不识字,让身边的三爷给她念。三爷对余舍说:"余老师,给大家说几句吧。""对、对,余老师见多识广,这一百个人的故事,你说哪个故事最动人?"景昆爷急不可耐地问道。

余舍不假思索地回答道:"最感动我的是罗纳尔老师的故事。他是法国人,出身贵族,历史学博士。1976年法国政府派他来西安外院教法语。从此,他把人生的最后四十年,毫无保留地,无私地,全部奉献了中国,连遗体也捐献给了中国的医疗事业。他不拿学校工资,反用自己的钱给学院添置教学设备。他还资助陕南山区一百多家庭贫困的学生完成学业,推荐优秀的学生去法国留学,他在法国的家几乎就是中国留法学生的家。但他有一个前提,凡他推荐留法的学生,学业完成后,一定要回来报效祖国。罗纳尔一辈子孑然一身,我问他为什么不结婚,他说:'如果我结婚,我就不得不把一部分心分给我的家人。现在我可以把我的心全部给我的学生,给身边需要我帮助的人。'他就是这样一个纯粹、可爱、精神极度富裕的生活在我们身边的白求恩式的人。他对自己的生活简朴到了你不可想象的地步。他去世后,他的学生在整理他的遗物时发现,他的睡衣不是旧和破的问题,简直就是抹布。"

听完余舍的故事,在座的人有的感动,有的半信半疑,有的发愣。如果不是余老师亲口所说,他们不相信世界上还有这种只为别人活着的人。

故事讲到这里,余舍眼眶发酸,热泪盈眶,伍征默默地递纸巾给她。余舍擦擦眼泪接着说:"我写这本书的目的是想让每个有阅历的人,尤其是老年人,以人为镜,不辜负自己,不辜负岁月,不将就生活,要尽可能地活出生命的各种可能。"

余舍的一席话，叩击着聆听者的心灵。三爷第一个站起来说："醍醐灌顶，透彻生动，让我大彻大悟。从今天开始，我要努力把余生活出自己想要的模样，感谢余老师提醒！"说完话，斟满一杯酒，接着说："余老师，人生不过三杯酒，我自罚三杯，重新活一回。"

这三杯热酒点燃了三爷，也点燃了现场所有人内心深处的希望之火。伍征一改往日稳重、矜持、严肃的形象，勇敢地站出来从余舍手里夺过酒杯对大家说："余老师不能喝酒，我替她喝！老朋友难得相聚，今儿咱们一醉方休。"

（三）

正月初十，罗伯特的教育推广项目正式启动。郑子龙请来县教育局领导、联合国少儿基金会人士、新华社陕西分社记者、省纪录片制作中心工作人员等各路嘉宾，在何家村小学小礼堂召开了座谈式的动员会。黑山镇十个村的村委成员及育龄妇女代表，近百人出席会议。

满仓媳妇、大个孙儿媳、杨赞、康二强媳妇、黑娃媳妇、安娜等，相互招呼着，早早就来到小礼堂，端端正正坐在前排。

会上，罗伯特把两张统计表挂在黑板上，详细介绍了何家村的家庭人口分布、人均受教育程度及0~3岁儿童启蒙教育状况。

罗伯特说："调查数据表明，何家村60岁以上人口完整读完初中的占总人口26%。其中，男性占85%，女性占15%。育龄妇女平均受教育程度是小学六年级，0~3岁儿童的受教育天数几乎是零。这些数据远低于联合国开发计划署《人类发展报告》中2016年中国人均受教育7.8年的年限。"

讲到这里，罗伯特略微停顿，环顾了一下四周，语重心长地说："这是一个触目惊心的数字！它意味着，我们的孩子错过了出生后最初的1000天体能、智能、心理能力三位平衡发展的启蒙期；它会影响孩子以后的专注力、逻辑思维能力、共情能力、社会交往能力等各方面的均衡发展；它使我们的孩子丧失了一生中认知能力培养的最佳机会。伟大的文学家托尔斯泰说过'我一生其余岁月获得的，都不及我5岁前获得的1%'，世界著名幼儿教育家蒙台梭利说'小孩3岁前吸收获得的知识，相当于成人拼命学习60年'。我们今天之所以贫穷，之所以对改变自己命运感到力不从心，在很大程度上与我们3岁以前的教育缺失相关联。"

罗伯特一席话，让大多数参会者不相信自己的耳朵。这完全刷新，更确切地说是颠覆了他们的认知！在他们眼里，祖祖辈辈对3岁以前的碎娃，都是吃饱穿暖就行咧，做梦也不会想到让3岁前的娃学习，而且还这么重要。

平日很少在人面前说话的康二强媳妇激动不已，突然站起来说："老师，你说得真好！老话儿说'三岁看老'，我家老二眼看就1岁了，从今儿开始，我再也不敢马虎咧，和娃一搭儿学。"台下顿时一片躁动，有高兴的，有烦恼的，有追悔莫及的，也有不屑的。

安娜不吱声，用手抚摸着微微鼓起的肚子，轻轻地对肚子里的孩子说："宝贝，你真幸运。"

接着，何阳发言，她就调查表上的数据作了补充说明：

"何家村育龄妇女受教育水平所以大大低于全国水平，有几个文化和历史的原因。一是传统上受'女子无才便是德'的思想影响，普遍不支持女孩子上学。二是家里穷，仅有的一点儿钱先紧着儿子用，认为儿子是自己的，女儿迟早是人家的。三是受环境影响，女孩自身也认为读书无用,认几个字,能数钱,会写名字就够了,久而久之,有点知识和能力的女子都考出去了,留下的就成了如今这样。最后,也是最重要的,何家村穷,小伙子娶不起媳妇,换亲、买亲,甚至租媳妇的事都有。这样娶来的媳妇几乎多半都是文盲,母亲教育的缺失在所难免,导致何家村3岁以下的孩子失去了一生最好的、事半功倍的智力开启机会,影响孩子一生的发展,最终导致贫穷的代际传递。所以,母亲受教育是中国崛起的力量源泉,也是何家村断穷根的捷径。从经济学角度讲,它是目前为止世界范围内治愈贫困成本最低、收效最好的途径。因此,我们的计划就从母婴互动开始。"

听到这里,满仓就像屁股底下着了火一样,"呼"的一下跳起来,急死忙活地抢着话说:"我的爷呀,以前只知道传宗接代,找媳妇能给咱生个男娃就行,打死都想不到3岁以前碎娃受教育这么重要!怪不得我儿子不行,原来是……唉!这辈子再想找个受过教育的媳妇是没戏了,真瓜!"满仓挠着后脑勺,显出满脸的无奈。

满仓的话引来窗外看热闹婆姨们一阵嬉笑声,满仓媳妇臊红了脸,用毛眼眼狠狠地瞪了一眼满仓。她叫王彩琴,是离何家村有十里地远的王村人,人长得俊,也挺聪慧,可只上过3年学。她是十五年前用满仓妹子换来的媳妇。如今大儿子都13岁了,在学校学不前去。老二6岁,是女娃,基本是喂饱穿暖完事。

今天在会上听到罗伯特讲的一个个活灵活现的儿童启蒙教育故事,让彩琴内心深处埋藏的最不敢见光的自卑、迷惘、气不长的疑团,一下子变得角角落落都豁亮了起来。

自从嫁到何家村,生了儿子,她自觉一点不比别人差。满仓当了村主任后,她的感觉跟着升级,以村里"第一夫人"、人上人自居。每次走过南北大道,她总是心里美美的:"我聪明、贤惠、漂亮,儿女双全,村主任夫人,谁能跟我比!"小脖子一仰,屁股一扭,逢人就忽闪着毛眼眼,礼貌地打招呼。除了侠娃瞧不起她大字不识一斗外,她在村上也数得上是有头有脸的好媳妇。可是今天会上讲的东西,句句直戳她的软肋,她如坐针毡,感到无数双眼睛都在看自己。"我才30多,我要为自己争口气!"她默默下定决心要改变自己。

她用胳膊肘撞撞身边的黑娃媳妇,使了一个眼神,黑娃媳妇心领神会,啐了一口瓜子皮,起身就走。俩人从晓军手里要了一份"何家村母婴互动教育行动计划"宣传册,揣进怀里,悄悄溜出会场。

"丢死人了!"彩琴捂着发烧的脸难过地说。黑娃媳妇递给她一把瓜子,说:"有啥丢人嘛,黑娃整天骂我,比这难听多咧,急了还打我呢。不是为了我娃,我早就不想跟他过咧,哼!""真的?你咋这么苦呢,我家满仓从来没打过我。"彩琴看着眼前黑瘦憔悴的黑娃媳妇,一肚子的委屈一下子烟消云散。是啊,比起黑娃媳妇,自己要幸运得多。

主持会议的郑子龙,一面认真聆听罗伯特和何阳的讲话,一面仔细观察参会者的反应。当参会者脸部表情从懵懂到顿悟、从怀疑到肯定,进而升华到激奋和热烈时,他看到了"动员"的效果。在会议总结中强调:"一,穷不是宿命,改变认知就能改变贫穷。二,避免你的孩子继承你的贫穷的良方只有学习。先推荐两本可能会改变你认知和命运的书,一本是美国麻省理工学院两名教授撰写的《贫穷的本质:我们为什么摆脱不了贫穷》;再送给妈妈们一本世界著名童话作品,乔治·麦克唐纳的《北风的背后》。从明天开始,我们的"乡村夜校"将由罗伯特、何阳、余舍、伍征老师为大家解读这两本书,欢迎参加。"

动员会开得紧凑、高效。晓军印了300份小册子,被一抢而空。是啊,谁不愿意让自己的娃有出息,长大后衣锦还乡,光宗耀祖呢?

会后，何阳和郑子龙打了个照面，才几天不见，何阳的娃娃脸已变得黑黄憔悴，恍若沧海桑田。郑子龙只觉得心被撕裂般地疼，他揪了一把心口，脸上迅速刷上一层礼仪式的微笑表情，彼此点头而过。相对无言，思绪万千。

"母婴互动教育行动计划"在黑山镇从南到北、从东到西不胫而走，其传播速度和热度都远远超过预期。有孩子和没孩子的育龄妇女们都挤着报名，申请参加。罗伯特和晓军从早到晚忙得不可开交，何阳和她的学生们义不容辞地成了这项行动计划得力的义务推广员。

何阳家的"乡村夜校"一夜之间成了村民们晚上求知若渴的希望之地。朗朗的读书声，改写着千百年来贫瘠、厚重的黄土地亘古不变的传说。麦克唐纳"充满情感的心灵是打开世界的金钥匙"的至理名言，鼓舞着似懂非懂、正在努力寻找北风背后的温暖的人们。

（四）

初春的渭北旱原乍暖还寒。罗伯特、何阳、伍征和晓军在家匆匆吃了晚饭，带着教具向村东北方向大个孙家走去。按计划，他们要在何家村的每个村巷树一个示范户，再由示范户带动全村。示范户的选定要经过申请、评估、审定、预算安排、执行、建档等几个环节。

大个孙的儿子常年在外打工，他在家和儿媳妇也很少说话。他的孙子抗抗都快3岁了，还没见过父亲的面，到现在还不会说话。罗伯特决定把大个孙家作为行动计划执行、建档的第一家。

寒风吹在干巴巴的脸上蛰疼蛰疼，何阳不由得裹了裹大衣，压低帽檐，顶风前行。今晚的任务是教大个孙儿媳母婴互动的方法和要领。左邻右舍有娃的小媳妇听到这个消息，都带着娃挤进来看热闹。

"计划"称此为"观摩"。

伍征先给孩子做了一个简单的身体检查,告诉抗抗妈说:"这孩子除了发育迟缓外,主要是营养不良,别的没大毛病。我回去给你拟个营养配餐单,你尽量按配餐单喂孩子,要多和孩子说话。"大个孙感动得直给伍征作揖。

罗伯特从背包里掏出一包奶粉递给抗抗的妈妈,说:"这是配方奶粉,每天给孩子冲两包。"抗抗妈伸出双手,颤巍巍地从罗伯特手里接过奶粉。

大个孙家的炕特别大,大家就围着炕桌听晓军手把手教大个孙的儿媳与孩子互动。晓军说:"母婴教育行动计划的方法其实很简单,我边示范边讲解。"他先从口袋里拿了一个带铃声的五彩球逗抗抗,抗抗很快就伸出小手来抓。接着,他又变戏法似的拿出各种各样的玩具,和几个小孩一起玩起来。在玩耍中,抗抗每次的小成功,晓军都不失时机地给以不同方式的鼓励和表扬。当抗抗用积木搭起一个造型时,晓军抱起抗抗,高高地举起来,说:"你真棒!"随即拉着抗抗的小手唱起歌。抗抗妈惊奇地发现,抗抗在受到表扬和听见歌声时,眼神里充满了喜悦与神气,笑声像铜铃一样清脆,小脸出奇地灿烂!

小朋友们兴致来了,拉着晓军玩起躲猫猫。晓军被小朋友抓住后,他从身后变魔术似的抛出几本色彩鲜艳的小人画册作为奖赏递给小朋友。接着,晓军抱着抗抗,给孩子们声情并茂、绘声绘色地讲起书上的故事。孩子们围着晓军,很快沉浸其中。抗抗的小眼睛一眨不眨,目不转睛。这个专注劲正是"计划"想要的效果。

罗伯特的童心被眼前的一幕牵动、澎湃起来。他把围巾往头上一包,跳下床装起狼外婆。何阳也顺手拿了一顶小孩的帽子扣在头上,拉着抗抗一起扮演了小红帽。格林童话《小红帽》的故事就这样极富画面感地展示在大家面前。几个人即兴表演加上晓军的解说,让现场观摩的人无不沉浸在童话般的世界中。

小朋友们开始模仿,拉着大个孙当大灰狼。不同版本的大灰狼和不同扮相的小红帽在炕上炕下轮回上演。当大个孙卸下面具,欲抱抗抗时,抗抗向后躲着,嘴里竟蹦出了三个字:"爷爷,狼。"

话音一出,大个孙和抗抗妈一时间像木头人一样,不会说话也不会动。罗伯特和晓军也愣住了。孩子们瞅瞅大人们奇怪的模样,以为要玩木头人游戏,立刻定格,一动不动。"我的老天爷呀,我娃会说话咧!"半晌,大个孙和抗抗妈反应过来,几乎同时惊呼,一起扑向抗抗。

抗抗妈紧紧搂住抗抗,眼泪像断了线的珠子,顺着脸颊流到抗抗脸上。罗伯特和晓军也情不自禁地张开双臂,从背后拥抱着大个孙和抗抗妈的肩膀。

现场示范课就这样在轻松的、无拘无束的、童话般美好的气氛中闭幕。

最后,晓军做了总结发言:"今天抗抗会说话了,我们非常高兴,也使我们对'何家村母婴互动教育计划'充满了信心。但我们并不感到意外,因为抗抗本身就有语言功能,仅仅是缺少关注和语言环境。抗抗的故事告诉我们,只要我们用心把这一计划坚持下来,何家村孩子们的各项能力必将会有一个意想不到的突破。"

罗伯特卸下大灰狼的帽子,从上到下捋了一把脸,大灰狼一下子就变成和蔼可亲的老师。

他对大家说:"我给大家把今天的课程要点归纳一下:

"一、家长每天抽一定时间亲子互动。比如,玩积木、捉迷藏、玩泥巴、玩游戏,玩一切孩子感兴趣的东西,它能使孩子情绪稳定,有安全感,富有想象力。这个阶段要给孩子'有节制的自由',不能放任,也不能溺爱。中国有句俗语'三岁铸皮,五岁铸骨'。就是说,孩子的坏习惯三岁前很容易纠正,五岁就晚了。良好习惯要从刚出生时开始培养,三岁前基本成型。

"二、亲子阅读。它能让孩子陶醉在故事中,沐浴在爱河里。能有效提高孩子的专注力、想象力、共情能力和逻辑思维能力。注意读书不是教学问,而是培养孩子爱学问的兴趣。

"三、亲子交流,如抚摸、拥抱、交谈、唱歌。与孩子交流时,大人要蹲下来,平视孩子,平等对话,让孩子感觉受到尊重。

"四、及时回应孩子,让他感受到你对他的肯定和欣赏。孩子会感觉到他被我们内心流淌的爱包围着,有助于增加自信心。

"五、父母要做好自己。研究显示,孩子的模仿力超乎你的想象。你想让你的孩子成为什么样的人,你自己先要成为什么样人,除非你想让他成为未来的你。

"好,今天就到这里。"

上完课,晓军边收拾玩具边说:"差点忘了,这些营养品、玩具和图片书给抗抗留下一套完整的。其余的我来分发给今天来的小朋友,这些是罗伯特老师教育基金会免费提供的。"

抗抗妈守着分给她的玩具,眼睛盯着抱走了其他玩具的小朋友,脸色极为不悦,忍不住朝孩子们的背影嘟囔道:"早知道就不叫你们来了!"身边的大个孙一听,用眼睛狠狠地瞪着她,从牙缝里挤出几个字:"你这贪心的婆娘!"

罗伯特和晓军分玩具的消息一夜间传遍全村,一些胆子大的孩子时常跑到何阳家来找罗伯特玩,问东问西。只要有孩子来,罗伯特都会根据年龄大小发给他们不同种类的图书、玩具,并留下他们的名字和年龄。然后,他开始等待,等待那些真正喜欢读书并有感恩之心的孩子出现。一旦出现,罗伯特就会引导他们步步深入系统地学习。起始单元是"新闻地图"。罗伯特会给他们两张地图,分别是中国地图和世界地图。让孩子们学会读报、听新闻,并把新闻事件的发生地点标在地图上。

这个方法是晓军告诉他的,是晓军的姥爷留下的"传家宝"。罗伯特认为这是一个非常有趣、生动且能开拓孩子视野的游戏,顺理成章地将它纳入了培训计划。几个月下来,参加了"新闻地图"游戏的小朋友眼界所及已是整个世界。

家长里数黑娃最积极,他主动报名给罗伯特教授的项目做义工,搬运教具、接送孩子、当向导、做联络员,乐此不疲。当然只要虎子不上课,他一定带着虎子一起干。还别说,几趟下来,项目中推广的母亲养育知识、母婴互动、亲子阅读等启发式教学模式,对他而言已烂熟于心,尽管并不知其所以然。

就拿"新闻地图"游戏来说,黑娃从老师手里接过地图,回到家二话不说,把地图往炕上一摊,打开电视听新闻。听一句、念一句,让媳妇和儿子在地图上找地点。媳妇嘴撅脸吊,一百个不愿意,她想出去找姐们儿八卦,但她惹不起黑娃,只好硬着头皮陪他演戏。

对于黑娃的尝试,虎子开始就像没听见,直到有一天,黑娃媳妇看见虎子一大早起来,竟然自己坐在炕上看地图,指着"中国地图"上洽川县的位置给她说:"这是我家,挨着黄河。"又指着世界地图上美国旧金山的位置,说:"这是罗伯特老师家。"

黑娃媳妇以为自己在做梦,她半响才清醒过来,拍了拍自己的脸,有知觉。猛一转身,近乎癫狂地朝黑娃屋里跑去,边跑边喊:"黑娃,黑娃,快来看,你娃不得了了!"

这件事后,黑娃逢人便说:"罗教授简直就是老天爷给咱村派来的贵人,他让娃学会读书,爱上知识,真了不起。古人言'书中自有黄金屋',咱娃总算有盼头了。"

(五)

自从得知郑子龙的身世以后,何阳又何尝不苦闷呢?"士之耽兮,犹可说也。女子耽兮,不可说也。"《诗经·卫风·氓》里的话入木三分地刻画了何阳的心境。她对郑子龙的感情已经印在骨子里了,面对突如其来的变故,她无法解脱。每次回到房间,看到桌上郑子龙送给她的那只棒球,她总是欲语泪先流。她唯一能做的就是,把一切痛苦和悲伤,咬碎牙烂在肚子里。

她把棒球捧在手里来回看,才发现球上还隐约可见郑子龙用圆珠笔写的"H·Y, 1977.03.28"的字迹。

是啊,那一年她14岁,父亲专门安排她从省城转到洽川中学上学。按父亲的逻辑,孩子要经历磨炼,懂得吃苦,才能懂得做人。同学里有一多半都是每个周末要走几十里路背馍上学的农村孩子,基本上没有菜吃,好一点的带点辣子咸菜,住的是通铺,就在这样艰苦的条件下,洽川中学的升学率和考上名牌大学的人数却年年都在省上名列前茅。

何阳小时候不理解父亲为什么这样做,以为父亲不爱自己了。随着年龄增长,人生有了阅历,越来越感到了父亲的英明和良苦用心。自己的自信心、同理心、使命感、自强自立精神及对家乡的眷恋,又何尝不是这么一点一滴地从"受苦"的经历中铸就的呢?

她做梦也想不到就在这段历炼的岁月里，竟然发生了暗恋她四十多年的始终不渝的感情。

这只棒球，不知被郑子龙抚摸了多少遍，以至于他手上特有的汗味都仍依稀可辨。想到这里，何阳刚刚平复的心情波澜又起。她把球抱在胸口，放任泪水顺着脸颊和眼尾纹肆意横流。

这份感情她对任何人都没有透露过，她的痛只有他知道。她把球包裹好，放进抽屉，埋在内心深处。

当古老的"上锣鼓"仪式把过年的气氛推至北坡最高处时，年味也在家家户户热腾腾、圆滚滚的元宵糯甜中随着落日淡去。

北坡上，冬小麦开始返青，在朝霞的映衬下，小麦苗个个肥绿肥绿的，它们身披霞光，努着劲儿向上长。

何阳挽着晓军，迎着朝阳，踏着伍军走过的路，缓缓地向坡顶走去，晓军的双手紧紧抱着伍军的骨灰盒。

两年多了，伍军的骨灰一直陪伴在何阳的身边，从来没有离开过。今天是惊蛰，是一个生机盎然，万物复苏的好日子。何阳和晓军来到北坡坡顶，将伴着玫瑰花瓣的亲人骨灰抛撒在这片厚重、贫瘠、苍凉的黄土地上。

何阳坐在地里，一只手轻轻地拨弄着身边散落在小草上的骨灰，用心语对伍军说："军，你说过，你是天地间的一粒尘埃，愿化为泥土，转世草木，装点春色。今天你来了，你在这里等着我。"

晓军扶起母亲，用他结实的双臂，拥抱着拥有寒梅傲雪般品格的母亲，说"妈妈，你还有我，我永远爱你，保护你！"

坡顶上老柿子树的背后，一双深情的、噙满泪水的眼睛，默默地护送着这对母子。

这个人正是郑子龙。在他的内心,对何阳只有爱,炽热的爱!现实让他做兄长,他做不到,至少现在做不到。他几次想冲出去,都被难以自抑的爱与情交互缠绕的自尊心拉拽着,一时不知该如何面对。

郑子龙今天买到了四棵柏树苗。天一亮他就来到北坡,在亲生父亲和母亲的坟地两侧,分别种下两棵树苗。

他把树种好,祭拜完毕,正欲返回时,远远望见何阳和晓军低着头,脚步沉重地朝坡顶方向走来。他一眼就看见了晓军手里捧着的蒙着军旗的骨灰盒,那是他从部队敬请回来,亲手交给何阳的。他心里直打鼓:"这是要……"忙躲在树后想看个究竟,于是有了刚才那一幕。

何家村南头大食堂里,灯火通明,锣鼓喧天。"何家村耕地投资经营发展有限责任公司暨黄谷仓耕地经营权资产支持证券设立、签约大会"正在举行。

会议由郑子龙书记主持。他说:"女士们、先生们,大家好!今天是三月八日,农历二月初二,是妇女同志的节日,也是龙抬头的好日子。现在我宣布,筹备已久的何家村黄谷仓耕地经营权资产支持证券专项计划,今天在这里隆重举行签约仪式。今天前来参加仪式的嘉宾有洽川县委书记李为民同志,县委、县政府各职能部门负责同志,兄弟村村主任,何家村投资代表,发起人公司代表等。还有远道而来的投资人代表和证券公司、证券评级机构、担保公司、保险公司、期货公司等专业机构的负责人。在此,我谨代表黑山镇党委和政府对各位嘉宾的关心和支持表示诚挚的感谢。下面签约仪式正式开始。"

随着赵子龙的宣布,签约大会正式开始。

"第一项,签署《何家村耕地流转暨经营权转让协议》。请转让方代表、何家村耕地投资经营有限公司董事长何满仓和受让方代表黄谷仓甘薯产业发展有限公司董事长何阳上台。"

只见何满仓满面春风,几乎是一个箭步就越上了主席台。在合约上签完字后,他左手攥着合同,右手紧紧握住何阳的手,激动得说不出话来。在热烈的掌声中两人把签过字的协议高高举起,热泪盈眶。

这张纸承载了太多的期盼与信任,饱蘸了何家村祖祖辈辈与土地撕扯的泪水与汗水,何阳深知其中的分量。

村委会几个人从后台搬出十几箩筐红色的"农村土地承包经营权证"。村民代表将证书转交给黄谷仓。协议约定,土地转让期限二十年,到期可自动延续。贾明和王贵代表黄谷仓清点、登记。按规定,这些证书在转让协议签署后需要变更。

"第二项,签署《建农政券-黄谷仓耕地经营权资产支持证券专项计划协议》,敬请发起人黄谷仓甘薯产业发展有限公司总经理王川及承销商建农证券公司总经理黄恺上台签约!"

郑子龙宣布完毕,向后台一挥手,早已准备好的协议文本由黄鹏捧上前来,郑重地摆在签字桌上。

王川、黄恺身着正装,神采奕奕,在热烈的掌声中完成签约,并交换文本。

"第三项,由黄恺总经理讲解《项目说明》。"宣布完,郑子龙把话筒递给黄恺。

黄恺接过话筒,用沉稳的富有磁性的男低音激动地说:"今天我们签署的《建农证券-黄谷仓耕地经营权资产支持证券专项计划协议》,是基于《民法典》《合同法》《公司法》《证券法》《农村土地承包法》及其他相关法律法规,在充分调查和尊重各方当事人意愿的前提下,在深入分析了农村承包经营现状和党的脱贫攻坚、乡村振兴战略要求的基础上,本着诚信、发展、共赢、互利的原则设计的创新型涉农金融项目。严格意义上讲,它是我国资产证券化领域农用耕地经营权项目从无到有的第一单。"

听到"第一单",场下随即爆发出热烈的掌声,黄恺顿了下,说:"为突破现有耕地承包制度的一些约束,我们设计了整村承包经营权有序流转给农业公司,再由农业公司把承包经营权所得收益,转变为资本市场上可流通的金融产品的方式,完成土地集中及死资产变活资本的化蝶过程,为农业产业的规模化、标准化、现代化趟出了一条新路。它可有效增加农民的资本性收入,为实现脱贫攻坚、乡村振兴目标填平制度短板。我们为有机会成为此项改革的参与者、计划管理人和承销商,感到无比荣幸!根据目前摸底情况看,我们有信心完成承销任务。谢谢大家!"

"咦,这么复杂!这下子咱吃定心丸了。""嘹咋咧!"何兵和雷耀祖在人群中一边鼓掌,一边赞叹。

"第四项由农户代表何景昆先生发言,大家欢迎!"郑子龙言毕,带头鼓起了掌。

康民扶着景昆爷一拐一拐登上讲台。景昆爷在灯光下一亮相,认识不认识他的人都惊呆了,台下一阵骚动。只见他理了发,抹了油,发型黄金2∶8分割,脚上蹬了一双崭新的三接头黑皮鞋。

他把大棉袄一脱,递给康民,露出里面一身笔挺的深灰色西服,加上脖子上一条红色的领带,再配上雪白的衬衫,显得格外抢眼。他扶了扶鼻子上架着的那款祖传的石头镜,双手拄着拐杖,对着麦克风一脸诚恳地说:"今天是个好日子,我家的地再也不用我操心了,坐在家里就能挣到钱,我知足了!我抠掐了一辈子,也没过上好日子,做梦都没想到有这等好事,多亏咱何阳咧!何家村这些年娃娃都出去打工了,地荒了不少,把人心疼的,愁得没方子。这也不能怪娃们,这些年我家吃的粮也大多是从粮站买的。自己种下的粮比粮站卖得都贵,地实实地没法子种咧!这回村上统一流转、统一管理,还证券化成资本,救了地,也救了咱老百姓。我代表村民感谢郑书记,感谢何阳,感谢党的好政策!"

景昆爷说完,矜持又略带丝丝歉意地向大家点头致谢。

"景昆爷说到大家心里咧!""嘹着呢!"村民的欢呼声从台下响起,掌声一阵高过一阵。

"景昆爷这是咋咧,'大变活人'?"大个孙个子高,看得真真的。他不敢相信台上站的就是村上出了名的倔得三头牛也拉不回头的景昆爷。旁边的黑娃媳妇拽拽他的衣角,斜着眼说:"这有啥奇怪的,忘了你在这大门外犟牛一样闹事的神气劲儿了? 咳——呸!"两声,黑娃媳妇的瓜子皮不偏不斜正吐到大个孙的棉袄袖子上。大个孙懒得理她,生怕和黑娃媳妇掉在一个段位上,从鼻子里发出"哼哼"的厌恶声,撸撸袖子躲开了。

"第五项,投资人代表傅丽丽讲话。"

郑子龙话音刚落,着装艳丽、新潮时尚的傅丽丽昂头挺胸,迈着轻盈的模特步,"嘎噔嘎噔"上了台。面对台下黑压压的人群,她从容地开口道:"我是第一次以投资人的身份参加今天的会议。对于投资,我一直秉承一个原则,轻易不投资,投也不能投农业。何阳的黄谷仓及何家村的变化,让我改变了看法。我喜欢这样的新农村,痴迷《诗经》沁润过的黄土地和苍凉神秘的金水沟。我将把何家村作为我们家庭农场的新基地和养生一族协会十余万会员的第二故乡。老乡们,欢迎我们吗?"

"欢迎,欢迎,热烈欢迎!"满仓站起来,带着乡亲们高声呼喊。

"那好,我现在有几个问题需要李书记表个态。那就是我们来到何家村住在哪里?我听说沿海某省有个政策,城里人可以和有宅基地的农户签约合建住宅,城里人出资,享有三十年使用权,不知洽川县可以吗?还有,我们利用金水沟边的荒地建农家乐,政策允许吗?"

"哇塞!火辣辣呀!""喔唷,真厉害,这是要将咱书记的军呢!"台下一阵热议。

李书记笑着快步走到傅丽丽身边,说:"傅总,你给我三天时间,我一定给你一个满意的答复。"紧跟在李书记身后的县委办公室赵主任,迅速地把这件事记在本子上。

说完,李书记转身对台下观众说:"今天我在这儿表个态,今后凡是符合党的脱贫攻坚、乡村振兴精神,合法合规,有利于老百姓脱贫致富的事,县委县政府都坚决支持,保驾护航,一路开绿灯。这是党交给我们的任务,也是我们义不容辞的责任。"

傅丽丽握住李书记的手,激动地说:"有你这番话垫底,我心里就踏实了,谢谢书记。"

李书记回傅丽丽道:"你是这个项目的投资人,也是绿色农产品最忠实的消费者和宣传员,是我们尊贵的上帝,我代表全县人民欢迎你!"

李为民的一席话,让傅丽丽如沐春风。她发完言,径直朝何阳跑去,迫不及待地想从何阳那里更多地了解郑子龙。

多少年了,她阅男人无数,但从来没有像郑子龙这样能打动她芳心的。会议不到两小时,傅丽丽的眼睛一直没离开过郑子龙。她没想到在这穷乡僻壤还有这么气质非凡的男人,她有点心醉。听到郑子龙是单身,还是北京农业部的挂职干部时,傅丽丽激动得搓手顿足。

她贴在何阳耳边说:"老天爷呀,我太喜欢他了。众里寻他千百度,远在天边,近在眼前啊!何阳,这牵线的任务就交给你了!"傅丽丽说罢,不等何阳回话就转身气宇轩昂地从主席台前穿过。她相信自己的身材和气质能吸引郑子龙的眼球。率直的傅丽丽热辣辣的一席话,字字都像刀子一样直插何阳的心。是啊,傅丽丽完全有理由敞开心扉追求郑子龙,而自己却永远失去了这个权利。想到这里,她只觉得心口一阵阵像针扎一样的疼。

"第六项,李为民书记讲话。"

郑子龙说着,拉住正欲离开的李书记,说:"书记,该你的压轴戏了。"台下,不知谁暗中打着拍子,掌声和呼喊声有节奏地在全场响起:"李书记、李书记……"在门外看热闹的人也往里涌,想看看他们的"县老爷"真人到底长啥样?

李为民站在台上,用炯炯有神的目光环视了一下沸腾的会场。他整了整衣服,呈立正姿势,双手紧贴裤缝,恭恭敬敬又饱含深情地向大家鞠了一躬,说:

"乡亲们,来宾们,回乡奋斗的'新乡贤'们,今天我在这里见到你们,目睹你们推动的事业,我特别激动。不,准确地说是感动!

"今天是一个特别的日子,是何家村人千百年来、祖祖辈辈低头从土地刨食的苦日子转变为挣脱土地羁绊抬头看世界、闯世界的好日子。这是一次实实在在的农民对土地依附关系的制度性探索和解放。关于黄谷仓提出的土地经营权转让期限后续延期问题,我在这里公开表个态,只要党的农村土地承包政策不变,黄谷仓耕地经营权转让的自动续约获取权就不变!

"这个好日子来之不易。它是一场耕地资产化,资产资本化,资本证券化,证券市场化的伟大变革!如果没有耕地经营权资产证券化这条金融改革路径,没有农业产业化对土地集中的催生,没有党的脱贫攻坚、乡村振兴战略强有力的推动,没有郑子龙、何阳、贾明、王贵等,这些有情怀、有理想、有能力、有境界的'新乡贤'的亲力亲为,何家村人面朝黄土背朝天的、靠天吃饭的苦日子将看不见头。

"今天我看到的何家村,熙来攘往,车水马龙,人畜兴旺,欢歌笑语,一派繁荣景象。与两年前村空地荒的窘况相比,简直判若两个世界。会前我和何阳初步估算了一下,证券化后,每户农民从每亩地获得的固定收益平均不低于五百千克国际三等小麦的价格,折合人民币一千元左右。加上服务性收入和劳务报酬,何家村人均可支配收入有望在今年率先迈入全面小康水平。

"随着欧盟有机认证程序的顺利推进,加上GAP证书及何家村自然农法中试数据的强有力的支撑,我们黄谷仓天然营养红薯'莘国红',今年有望走出中国,走向世界。

"乡亲们,就在此时此刻,从大洋彼岸来的罗伯特教授和他的学生伍晓军,正在康庄子康二强家做母婴教育实践。这已经是何家村第十个,即最后一个生产队的示范户了。相信这项计划的启动和推广,将使更多何家村人的后代,永远走出贫困,迈向康庄大道。多少年来流淌在我们血脉深处贫穷的基因,有望在这一代彻底改变!我由衷地为何家村的孩子们能有幸遇到这么好的、白求恩似的老师而高兴。

"在这个令人激动和幸福的日子里,请允许我代表洽川县父老乡亲向老一辈革命家、洽川县地下党创始人何川先生致敬!他播撒的革命火种激励着一代又一代洽川人前赴后继,续写洽川的明天!

"今天,我在这里提前透露一则好消息,经市委组织部考察,郑子龙同志将要离开黑山镇,任洽川县委副书记、代县长,何康民同志任黑山镇党委书记。

"不久以后,他们就要奔赴新的工作岗位,何家村的经验将向整个黑山镇,乃至全县推广。去年洽川县虽然摘掉戴了三十多年的贫困县帽子,那也只是告别了绝对贫困。疾病、灾荒、不测事件,特别是长期贫穷形成的消极惯性思维,随时都有可能把刚刚温饱的人们重新推进贫困的陷阱。因此持续、彻底脱贫,精神脱贫,振兴以农业产业为抓手的脱贫增收,用拉蒙的'赋权'方法,重振脱贫人口的自信心和幸福感,仍然是今后一段时期全县经济、文化社会的头等大事。士不可以不弘毅,任重而道远啊!"

"书记讲得美得很嘛,咱就等着这一天呢。"景昆爷一边心满意足地向身边的老伙计们夸赞着,一边颤抖着干裂的嘴唇,吧嗒、吧嗒不停地吸着已经灭了的烟锅,心里开始盘算他的小九九。

"好,过些日子我再来看大家。谢谢父老乡亲,谢谢各路嘉宾!"李书记说罢走下台,同杰克陈、陈阿楠、戴红镭、傅丽丽等来宾一一握手、告别。由何阳领着,李书记一行直奔康庄子康二强家而去。

会议结束了,郑子龙和何康民被老乡们围得里三层外三层,大家舍不得郑书记走,郑子龙也舍不得大家。大家问康民政策会不会变,康民脸上笑开了花,一遍又一遍地保证:"不会,绝对不会,你们尽可以把心放在肚子里!"

自从宝贝儿子和老父亲那次突然病倒以后,康民元气大伤,对仕途再也没有过多的奢望,只求平平安安、稳稳当当过日子,干工作。可命运偏偏在这个时候垂青了他,多年的期盼与梦想竟不期而至,真是应了那句话:"无心插柳柳成荫"。

他扶着父亲满心欢喜地往家走,心里盘算着黑山镇在"康民时代"的蓝图。

（六）

　　满仓带着傅丽丽、杰克陈、戴红镭、陈阿楠在村子里转了转，参观了几户人家，最后来到自己家院子。王彩琴正在厨房包饺子，一见客人来了，忙不迭举着两只粘满面的手，满脸微笑地迎了出来，说："快进屋坐，我给你们倒茶。""妹子，不忙了，我们就来院里看看。"傅丽丽说。"咦，今天是二月二，咋能不吃饺子就走呢！"彩琴回着傅丽丽的话，麻利地洗完手，用木盘端着茶壶茶碗从厨房出来了。

　　"喝杯茶，让满仓带你们慢慢看。"彩琴说着，一撩门帘，把大家往屋里让。小屋约有十五平方米，炕占了一大半。炕下一张小八仙桌，两把椅子，家具很简陋，却十分洁净。炕桌上摆了四碟子菜，每盘菜的碟边，都像是圆规画过的一样干净整齐。中间放了一大盘炒面豆，麦香味混着焦香直扑鼻翼。

　　何阳一看满仓俩口子早有准备，忙去厨房帮彩琴打下手。

　　傅丽丽一揭门帘，就被难以抵挡的炒面豆香味吸引了。她眯着眼睛，屏住呼吸，贪婪地用鼻子吸着。长这么大，她只在书上看到过二月二有吃面豆豆的习俗，但真正的面豆豆还是第一次看到。"妹子，我能尝尝面豆豆吗？"傅丽丽忍不住问彩琴。

　　彩琴说："没麻达，这就是给你们准备的，快吃、快吃。只要你们喜欢，我随时可以做。"转身又不好意思地说："屋子小，如果不嫌弃，就上炕，炕是热的。满仓腰不好，我家炕一直烧着。"

　　杰克陈早就想坐坐热炕，一听彩琴发话，鞋一脱就上了炕。陈阿楠也没坐过热炕，一眨眼工夫已经端端地盘腿坐在炕上。满仓推了一把戴红镭，说："你也上炕，把椅子让给女同胞坐。"傅丽丽不等戴红镭脱鞋,拉了他一把说:"咱俩换换,我想上炕。"戴红镭忙退后,做了一个礼让的姿势,说:"女士优先,傅丽丽同志,有请!"

"荠荠菜饺子来了!"满仓吆喝着,两只手端着两盘饺子进了门。彩琴提着酱油、柿子醋罐,何阳端着一碗还在沸腾冒泡的油泼辣子上了桌。"龙抬头要吃饺子,象征着好运连绵。彩琴一大早就去地里挖荠荠菜了,大家尝尝何家村的野味。"何阳用略带自豪的口吻介绍道。

热饺子还没下肚,贾明急急忙忙进了门,说:"我没迟到吧?刚从县城赶过来。""贾总,赶得早不如赶得巧,快上炕先吃饺子。吃完饭咱就在这儿开会,开一次热腾腾的炕头会,怎么样?"何阳笑着问大家。"那太有温度了,OK!"大家异口同声地赞道。

"等一下,我去车上拿两瓶酒。"贾明还没来得及看清炕上都坐着谁,就又转身出去了。

黄谷仓新老股东趁着龙抬头时天地间的升腾之气,坐在热炕上,品尝着荠荠菜饺子就红薯酒,召开了第二届一次股东大会预备会。主要议题是黄谷仓增资扩股方案、扩种面积及员工持股计划。这不仅关乎黄谷仓未来的发展规模、速度和公司治理结构的完善,更关乎何家村每户村民幸福指数的提升。

新老股东立足当前,就资产证券化中涉及的几个关键问题展开了务实地、富有成效地讨论,直到晚上11点,才形成一致意见。包括:

一、增资扩股,修改公司章程。

黄谷仓注册资本将由原来的300万元增至1000万元。增资扩股后,股东各自持股比例为:何阳30%,贾明15%,王贵10%,戴红镭10%,杰克陈10%,傅丽丽10%,陈阿楠5%,员工5%,村委会5%。增补戴红镭为副董事长,傅丽丽为副总经理。

会议经激烈辩论,通过了管理层关于村委会以土地管理持股5%

的提案。管理的内容包括：在黄谷仓存续期间负责土地使用期延展、土地纠纷的协调处理，后续荒坡地联合开发权授予，黄谷仓发展与何家村土地相关的其他事宜。

二、做好应战规模化产业的各项准备。

2019年黄谷仓从何家村周转了2.2万多亩耕地，加上雷家寨开垦的5000多亩山坡地，黄谷仓的耕种面积第一次显现出规模化优势。相伴而生，在资金、销售、储藏、劳动力等方面也出现了许多新问题，黄谷仓管理团队面临新的挑战。

针对这些新问题，会议商定：第一，将信息追溯系统、耕作自动化体系及与之相关的技术业务外包给韩飞的农业信息技术公司，以降低成本，提高效率。第二，引进全套红薯深加工自动化设备，尽快实现初级农产品工业化升级；第三，同时开工十个大储量卧式冬储地窖项目；第四，创新销售手段，扩大销售团队。

会议委托贾明、戴红镭、王川负责这项任务。有韩飞公司的全面合作和意向订单的强有力支持，三人对完成任务充满信心。

三、提升产品科技含量及占比比重。

在坚持红薯主营业务健康发展的基础上，扩大脱毒种苗基地建设，加快红薯高附加值衍生品及高科技红薯生化产品的研究与开发。争取在此次资产证券化五年结束时，高技术含量产品销售额占比超过50%。尽早布局农业产业化、食品工业化蓝海战略，为黄谷仓公司上市和可持续发展铺平道路。

就这项关乎黄谷仓未来竞争力的任务，股东们一致推举由王贵负责。王贵拍拍胸脯对大家说："我胸有成竹，一定交给大家一份满意的答卷。"这么难的事，没想到王贵这么痛快就答应了。股东们惊讶之余，一片喝彩。

"有底气,给力!"寡言少语的贾明一反常态,朝王贵跷起两个大拇指点赞。大家学着贾明的样儿,纷纷为王贵点赞。和王贵同吃、同住、同劳动,形影不离整整3年,贾明太了解王贵了。别看王贵平时嘻嘻哈哈爱开玩笑,但从不食言。据他所知,王贵的团队,已经完成了红薯小分子肽、红薯膳食纤维素、红薯香精、蓝莓紫薯咀嚼片、红薯茎叶保健酒等十多种相关产品的实验,正在进行商品化、产业化转化,成果可期。

四、再造互联网营销裂变渠道。

互联网对于黄谷仓,尤其是下一步的红薯深加工产品销售,是理想的助推器。在智能手机普及的今天,利用手机互联网去广告化和三生万物的裂变特点,低成本、快速扩展营销渠道,会让黄谷仓搭上未来农业发展的高速列车。

戴红镭提出的这一裂变营销新议题,让大家耳目一新。何阳兴奋地说:"这简直就是给黄谷仓插上了一副腾飞的翅膀!我尽快联系韩飞、贾总这边资金跟上。戴总,落地方案就交给你和王川了。"戴红镭点头表示认可。

会议强调,未来几年黄谷仓要把与韩飞的公司及其他行业新技术、新业态领域的战略合作关系逐步推进至合资或收购兼并的深度融合层次;将王贵负责的产学研科技成果转化的天使轮融资放在重中之重的位置。力争在农产品溯源、农业自动化、智慧新零售还有高附加值产品研发及占比等方面执行业牛耳。并就下一步涉及的农业风险转移期货对冲业务,提出了富有成效的意见。

讨论到这里,何阳按捺不住内心的激动,说:"纵观世界企业发展壮大史,无非就是两条路:一条靠自主研发培养核心竞争力,另一条就是收购兼并。其中后者更快捷更有效率,深受业界青睐,信息化时代尤其如此。黄谷仓若把好这个舵,加上期货风险对冲机制的护航,一定会乘风破浪,前途无量。"何阳的一席话拨亮了大家的心灯,一阵热烈的掌声和叫好声几乎淹没了整个会场。

这时,王贵起身挥挥手说:"各位同仁,先矜持、矜持一下,咱们还有最后一个决议没宣布呢"。

何阳笑了笑,念道:"五、履行黄谷仓的社会责任。具体包括:第一,每年拿出利润的10%,并动员社会力量逐步完善何家村卫生所、养老院、托儿所、学校等公共服务设施。第二,发起设立乡村教育扶持公益基金。推动乡村夜校、音乐教室、合唱团、读书会等文化艺术形式的繁荣与发展。第三,开拓推进艺术乡村、休闲农庄、趣味家庭农场等深度体验式项目落地,为更多的有乡土情怀的城里人创设第二故乡,让他们有亲切感、归属感、融入感,流连忘返,形成新农村建设新亮点。"

上述目标由何阳、满仓和傅丽丽负责落地。

傅丽丽对重塑第二故乡项目充满信心。她相信对城市养生一族来说,田园才是最奢华的风景,第二故乡是众望所归。傅丽丽抓住一切机会,缠着满仓带她考察了何家村有盖房欲望又拿不出钱的老乡家。杰克陈和陈阿楠也很感兴趣,踊跃分担。

和大多数中国人不一样,傅丽丽家族三代都是城里人,她对故乡的概念一直很抽象。这一次她真真切切地感觉到了故乡的味道。

自从心里有了郑子龙,何家村的一切在傅丽丽眼里都变了模样。村民,既憨厚又可爱;山水草木,凄美而又充满诗情画意;就连北坡那条土路她都稀罕得不得了。她不止一次告诉满仓:"千万别把它整成水泥路,不要破坏原始的感觉。下雨时的泥泞,干旱天的尘土,路边的毛毛草,还有千千万万个大大小小、深深浅浅的脚印……"

杰克陈上次来参加何兵的婚礼时看到金水沟几乎是荒秃秃的处女地。当时就和何阳、满仓商量，向县土地局递交了承包一百万亩金水沟荒坡的申请，很快获得批准。他上月订购的第一批十万株加拿大红枫树苗这几天正在金水沟里大面积试种。他给这个项目起了一个好听的名字，叫"金水红枫"。几年后，这里将成为一片壮观的红枫观赏度假区。

杰克陈带着傅丽丽和陈阿楠，一起走进金水沟观看他刚刚种下的枫树苗。三个人边看边议，不到两个小时，借沟壑变化多端、蜿蜒曲折的地貌优势，枫叶林加玫瑰花，配上加拿大的移动小木屋……"浪漫幽谷"民宿设计思路的轮廓已在傅丽丽笔下跃然纸上。

杰克陈望着不远处山坡上，两个小孩提着篮子在割猪草，又闻对面沟坡上犁地的老黄牛"哞哞"的叫声，触景生情，诗兴大发，对着初春的沟壑，大声朗诵着北宋黄庭坚的《牧童诗》："骑牛远远过前村，短笛横吹隔陇闻。多少长安名利客，机关用尽不如君。"咏完，开怀大笑，笑声在幽谷中久久回荡。

第三天，傅丽丽一起床就接到李书记的电话："傅总，你关心的两个问题都有答案了。一、城里人在农村宅基地上与农户合作建房，政策是允许的，双方的权责由合同决定；二、在农村四荒地上建民宿也是可以的，前提是要取得四荒地的使用权。关于这方面的事我已经给县委办公室赵主任打过招呼了，实践中有任何问题，他会帮助你协调的。"

"谢谢书记！"傅丽丽挂上电话就往何阳家跑，她要把这个好消息第一时间告诉何阳。

第十二章　半是风雨半是晴

人有悲欢离合,月有阴晴圆缺,此事古难全。

——苏轼

（一）

已经是晚上十一点了,何阳家院儿里的枣树上,两只喜鹊站在枝头跳来跳去,"喳喳喳"叫个不停。堂屋灯还亮着,何阳、余舍、三爷、伍征在商量明天迎接郑子龙回家的事。余舍想安排一个像样的家庭欢迎仪式,以示隆重。

这是郑子龙第一次以长子的身份进家门,也是郑子龙即将离开黑山镇去县里上任双喜临门的大事。

余舍提前给何月、何森、何林都通知到了。何月就在县上,赶回来没问题。何森、何林已到省城,明天中午乘直升机直接降落在村小学操场,正好给村小学带些棒球设施。

余舍和伍征商量,特别邀请了三爷、罗伯特参加。三爷是鉴证人,罗伯特是主持人，伍征自告奋勇给余舍做特别助理，晓军负责摄影、联络、接送，晓非做替补，哪里需要哪里去。他心里最感兴趣的当然是直升机和棒球设施。

为聚餐掌勺的非侠娃莫属。何月是聚餐总指挥，也是侠娃的助手，负责菜单设计、采购、跑腿、餐桌礼仪等。

何月接到余舍的电话时，怎么也不相信自己的耳朵！她做梦也想不到她日思夜想的情哥哥竟然是她同父异母血浓于水的亲哥哥！不管怎么样，这个消息比起原先看到的结果能让何月感觉好接受一些。

"他是我的亲哥哥，谁也抢不去！"何月心里说。她放下电话，心里骤然升起一种莫名的别样的幸福感。

一切安排就绪，已是子夜。何阳送走三爷，关上大门，静静地坐在柔和的月光洒落的院子里，思绪万千。这两年多发生在她身上的事情比她活过的前五十年遇到的都多，且件件刻骨铭心，颠覆她的乾坤。她感到自己已经没有了眼泪，没有了悲伤，只剩下责任、担当和永远不变的初衷。

"从小到大我都浸在蜜罐中，一路顺风顺水，性格中最缺少的品质就是坚强。或许老天爷就在用这种方式逼我成长，让我的内心有更大的承载力。马克思说过'生活就像海洋，只有意志坚强的人，才能到达彼岸'，《孟子·告子下》亦言'天将降大任于是人也，必先苦其心志，劳其筋骨，饿其体肤'……"何阳对着月光自言自语，似乎找到了答案。两年多了，心头压得她喘不过气来的那块石头，正在慢慢移开。她站起身，双手捧着月亮，长长地舒了一口气。

枝头上的喜鹊像是懂得何阳此刻的心情，突然变得矜持起来，优雅地落到何阳脚前，绕着圈地蹦蹦跳跳抚慰何阳一番后一跃而起，不见了踪影。

西厢房北屋的门突然开了,一束暗色灯光映着罗伯特伟岸的身影。罗伯特向何阳招手,示意她过去。何阳关切地跑了过去,小声问道:"教授,你怎么还没睡?有事?""嗯,进来说。"罗伯特把何阳拉进屋,掩上门,说:"你为什么一人坐在院里?我正要去后院解手,看见你在沉思,没敢打扰。我今晚也睡不着,正在和美国的朋友对话。来洽川一个多月了,想和你聊聊体会,OK?"

"No problem!"何阳欣然应道。

罗伯特来何家村这些日子,俩人虽住一个院子,但基本是各忙各的,首尾不能相顾。连吃饭都很少碰见,还真没顾上好好说会儿话。

"你等我,我先去方便一下。"罗伯特不等何阳回话,脚已迈出门外,急冲冲奔向后院。何阳扫视了一下屋子,炕上摆满了书,墙上挂着两张统计表和两张地图。桌上笔记本电脑开着,电脑旁有一台很精致的聚光小台灯,还有一杯冒着热气的咖啡。何阳顺手从床上拿了一本已经磨得看不清画面的发黄的旧书翻阅着,原来是英文版的美国作家梭罗的《瓦尔登湖》。

"你也喜欢这本书?"她捧着《瓦尔登湖》,对刚进门正在洗手的罗伯特问道。"是的,几十年了,一直带在身边,迷茫时就翻开看看。"罗伯特从何阳手里接过书,翻出几页指给何阳,说:"你看,这些页面都快被我翻破了。"

他又指着炕头说:"瞧,那几个绿皮本,是我读《瓦尔登湖》的日记,有十几岁写的,二十几岁写的,四十岁到五十岁体会更深,写得也最多。这本书是我的座右铭,是我内心一直渴望和向往的世界。我崇拜大自然,崇拜梭罗!我一直在寻找最贴近我内心深处的那个纯而美的世界,做一次生命体验,在洽川我找到了。奔腾不息的黄河、一望无际的芦苇地、千古流传的古典歌谣《诗经》、苍凉幽静的金水沟、北坡的地平线、朴实敦厚的百姓、承载着千年历史痕迹的村落,以及承载着千年农耕元素的黄土,等等,完全就是历史断面上农耕文明时代一块美丽的活化石。从小我家桌上就放着一盒故乡的黄土,每逢重要节日,父亲都带着全家拜一拜,我太熟悉这片黄土地的味道了。我已决定,余生就在这里度过!"

何阳越听越激动,急不可耐地打断他的话,说:"真的假的啊,咱们相隔万里,怎么竟会想着相同的事?"

"Oh my gad,简直太不可思议了!"罗伯特两只手抱着头,就地转了一圈,一脸懵懂。突然,他指指何阳手里的《瓦尔登湖》,似乎恍然大悟。"你也喜欢梭罗描述的生命体验?"罗伯特问何阳。

"Yes!不仅是喜欢,它就是我后半生的梦想。我把它的思想编入了我的教案,题目是'拉阔你的生命半径',其中还有早年从美国来中国养牛的阳早和寒春的故事。我来何家村种红薯也是为了给自己的梦想一次践行的机会。"

罗伯特听罢从椅子上跳起来,说:"太振奋了,按中国的话讲,我们就是志同道合的同志、战友。"他跨步向前,握住何阳的手,说:"感谢有你!""So do I!"何阳激动地回道。两颗不甘平庸的心,不约而同地吟咏起毛主席语录:"我们都是来自五湖四海,为了一个共同的革命目标,走到一起来了。"

罗伯特生在美国,却是地道的中国通,他爱中国,爱中国历史文化,他对这片故土的热爱超乎了常人的想象。来洽川快两个月了,他已经利用空闲时间,把他从书上看到的洽川风景名胜,差不多都骑车浏览了一遍。

三十七年来,他每年都来中国讲学、调研、俯下身子帮助贫困山区的孩子,奔走呼号,宣传三岁前儿童教育的重要性。为此他专门设立了罗伯特贫困儿童教育发展资助基金。被他资助和辅导过的孩子,绝大多数实现了从改变认知到改变命运的跨越,最终跳出了贫穷循环的怪圈。而他自己却因此婚姻破裂,命运多舛。

何阳和罗伯特在何家村虽是第一次见面,但何阳一直关注着罗伯特的中国足迹和故事。回乡后遇到的形形色色匪夷所思的事情,让她深刻体会到灵魂贫瘠较之物质贫瘠而言更可怕。后者可治,而前者难愈,唯脱胎换骨可为之。她邀请罗伯特来何家村讲学,推广学前教育的动意,皆源于此。

俩人越聊越投机,笑声裹着咖啡的浓香穿过小屋门缝,一股股飘了出来。虽然掩着门,声音很小,对面房间的余舍却听得清清楚楚。她想着明天的事,一直没睡着。好久没听见何阳笑得这么开心了,余舍感到丝丝欣慰,一种掺杂着心酸的欣慰。

这一夜最难入眠的人是郑子龙。整整一夜郑子龙小屋里的灯都亮着。他从贴身衬衣口袋掏出他视为护身符的兰花手绢,放在床上。又从箱子底翻出父亲去世前交给他的格子粗布大包袱。里面有父亲从金水沟抱起他时,他身上包裹的小棉被和一个红发卡,还有三爷那件袖子上打了补丁的土布黑棉袄,外加父亲在他六岁时给他雕刻的木头工兵。

他翻来覆去地抚摸着眼前摆放的物品,每件物品仿佛都在讲述一段发生在他生命岁月里的故事。他渴望有一个家,也早已把自己融入了何阳温暖、可亲的大家庭里。但明天就要以哥哥的身份见何阳了,他的心依然不能接受。然而,这是事实,是残酷的事实,无论他接受不接受都无法改变。他想过辞职远走,也曾想过人间消失,但当使命尚未完成,亲情无法割舍时,他勇敢地选择了面对。

他从抽屉里将何阳的照片、文章,还有他写过的关于何阳的日记,一件件收进小皮箱,高高地放在柜顶上。

这是春分过后的第一个周六。洽川大地已是万物苏醒、鸟语花香、春色撩人的好时节。上午十点整,郑子龙按约定准时来到何阳家。何阳在大门外迎接他,她告诉自己一定要笑不能哭。可是,看见郑子龙的刹那间,何阳的眼泪还是不听话地吧嗒吧嗒直往下掉,怎么擦也擦不尽,索性就由着它流。

郑子龙快步向前,帮她擦着眼泪,说:"多大了,还哭?先叫哥。"何阳拉着郑子龙的手,哽咽地说:"哥,咱回家。"

俩人一前一后进了门,晓非像猫一样毫无声响地蹿到俩人中间,拉着郑子龙的手摇晃着喊道:"叔叔……噢,叫错了。昨晚我妈说,从今天开始我要改叫你大舅。大舅,带我去操场接三舅的直升机。三舅说他和二舅给学校带了好多棒球,还有棒球手套呢!"郑子龙抚摸着晓非乱蓬蓬的头发,说:"好,舅舅一会儿就带你去。"

余舍、三爷闻声,从堂屋出来迎郑子龙。郑子龙向前一步,伸开双臂拥抱了余舍,趴在她耳旁轻轻地说了声:"妈妈,我回来了。"余舍哭了,把头靠在郑子龙宽厚起伏的胸前,哽咽着说:"我的好孩子。"

三爷怕余舍太激动出事,忙拉开郑子龙的手,说:"好了,孩子。坐到屋里,和你妈慢慢说。"

郑子龙转身给三爷跪下,磕了一个响头,说:"三爷,您是我的救命恩人,救了我的母亲,也救了我!""救了你?这话怎么说?"三爷扶起郑子龙问道。"我听爸爸说,多亏了那件大棉袄保暖,还有您特意给我留的那个出气孔。我爸爸是循着哭声找到我的。"三爷含泪笑着说:"孩子,是你命大。我把你娘送到医院就回来找你,怎么也找不见你了。我们想到你可能还活着,我和你娘整整找了你五十五年,你娘直到咽气还在呼喊你。"

大家围着郑子龙,为他神奇的命运感叹、感动、流泪,院里的气氛一下子变得沉闷压抑。突然,一阵清脆的呼喊声破门而入。"妈,我回来了!"何月人还没到声先到,风风火火进了门。只见她穿了一件卡其色风衣,左手提着一只大红公鸡,右手抱着一瓶茅台酒。

郑子龙见状,忙从她手里接过红公鸡,正要往后院放,何月一把拉住他的胳膊,一双水汪汪的大眼睛直勾勾看着郑子龙,连声叫:"哥,哥,哥……"郑子龙应着,刮了一下何月的鼻子,笑着说:"调皮鬼,攒着点,你要叫我一辈子哥呢,以后有的你叫。"

"何月,快来!"侠娃在厨房和面,听见何月回来了,端着面盆出来喊。今天何月是她的直接领导,来多少人、做什么菜都要听何月的。

大约十一点钟,何家村的天空被震耳欲聋的直升机引擎的咆哮声覆盖。村民们驻足观望,孩子们欢呼雀跃、奔走相告。晓非拉着郑子龙往学校操场跑去。晓军和罗伯特刚从黑娃家回来,拽着何阳也朝操场奔去。

堂屋里伍征和三爷忙前忙后,铺台摆碗,其中有兰香妈自织的粗布台布、何川留下的战争时期缴获的德国军用望远镜、家里祖辈传下来的一套精致的宋代耀州窑烧制的青釉刻画碗碟。桌子中央还有五个小泥塑,这是何阳从比邻的富平陶艺村定制的,代表何家五个亲亲的兄弟姐妹。

何川在世时最喜欢的这架德式望远镜,是传家宝,余舍准备送给郑子龙做纪念。

余舍精心地摆弄着藤筐里的野花,那是她一大早和伍征去沟边采摘的。有野菊花、山桃花、蜡梅花,还有余舍最喜欢的蒲公英花。她欣赏蒲公英的种子像降落伞一样自由飘落的淳朴、高洁与宽广,以及随遇而安、落地生根的顽强生命品格。她从藤筐里轻轻地取出它们，装点在堂屋的角角落落，顿时春的气息弥漫开来。留声机里舒伯特小夜曲缓缓奏起，美妙的音符在布满鲜花的童话般的殿堂里跳跃。

伍征坐在堂屋门口品茶，看报纸，晒太阳。早饭后看报纸是他雷打不动的习惯。他时不时朝屋里瞅瞅，看着余舍像变魔术似的，一袋烟的工夫就让堂屋变得典雅、梦幻、多情又温暖。他由衷地欣赏余舍骨子里的浪漫和身体中取之不尽的艺术创意。任何东西到她手里，瞬间就腾升起不凡的魅力。

"余舍的浪漫与优雅、知性与善良，使她身上永远散发着迷人的色彩，能遇到她真是三生有幸！"伍征抖了抖报纸，扶了扶老花镜，心里暖暖地自语道。

村小学操场上，校长带着排列整齐的少先队鼓方阵，准备举行棒球及相关装备受赠仪式。

何森、何林一下飞机，郑子龙跑步向前，三兄弟没说一句话，头顶头、臂挽臂，紧紧地相拥在一起。罗伯特赶得正巧，用一次成像相机，为三兄弟历史性的拥抱留下难忘的瞬间。

（二）

俗话说，一年之计在于春，一日之计在于晨。晨曦刚刚露脸，北坡上忙春耕的拖拉机、拉犁的老黄牛、担着箩筐的农夫和婆姨、熙熙攘攘插薯苗的薯农的身影，就像胶片浸入显影液一样，一个挨一个浮出了地平线。

何阳陪着三爷来到北坡顶，一垄一垄查看着垄脊里已经缓过神来的苗子。大白鹅"嘎嘎"叫着，像卫兵一样气宇轩昂地站在三爷身后。

何阳说:"三爷,你看,今年北坡顶这几百亩地里插的苗子,差不多都是贾明、王贵跟着刘教授奋战了几个月才搞出来的叶菜型红薯苗,是黄谷仓今年主打的市场新贵。为了保证成活率,这批苗子全是手工操作的。希望它们能给离开土地的何家村老乡们带来新的福报。"三爷蹲下来,抚摸着脚边的小苗苗,对何阳说:"嗨,你还别说,这苗苗长得可真精神,耀祖和二强这两个小子把地管得不错。"

今年种植规模大,田间管理的事三爷主要交给雷耀祖和康二强两个年轻人了。三爷每天都来坡上看看,带带他们。说着话,不远处正在给苗子挂浆的雷耀祖远远地看见三爷和何阳,立马扛着铁锨朝这边跑来。

三爷指着地里插苗的老乡对何阳说:"自从黄谷仓把临时用工改为岗前培训、持证上岗、签订长期劳务合同的农技工后,大家的积极性可高了。选苗、挂浆、插苗、浇水、填土、覆膜等一道道工序,在夜校里培训得滚瓜烂熟。再也不用手把手教了,可省了大劲了。"

三爷俯下身,仔细查看了脚边几窝苗子的数量、斜度、高度、间距、湿度后,肯定地说:"培训和不培训就是不一样,你看这活干得这叫漂亮。"

"这一垄是谁插的?"三爷问身后的雷耀祖。雷耀祖手持铁锨,满身是泥,回答道:"是黑娃媳妇。"三爷笑着问耀祖:"你咋知道的?"耀祖把手上的泥往裤子上抹抹,从怀里掏出一个本子说:"我有登记。你看这是北边三号地,第四垄。北边的地是单号,第四垄都是黑娃媳妇插的苗。南边的地是双号,第四垄都是杨赞插的。""耀祖,不简单呀,学会科学管理了。"何阳称赞道。

耀祖不好意思地低下头,用一只手搓着脖根,说:"苗子的存活率、商品率、出品量都是考核指标,责任不落实到人,年终奖惩时没有依据。"三爷听得满心欢喜,冲着耀祖直跷大拇指:"好样的,将来一定有大出息。"

"这都是'乡村夜校'的老师讲的,贾总给我们发了《红薯日记》本子,要求每天的工作记在上面,他随时检查。"耀祖说。

三爷的人生阅历告诉他"江山易改,本性难移"。他不相信打嫁到何家村就偷奸耍滑、自私愚昧出了名的黑娃媳妇会变。他不放心地问耀祖:"黑娃媳妇当真没出事端?"

"她不可能,她这回想挤进长期工可费了老劲了,目前还在实习期。黄谷仓的政策好,给长期工缴城镇职工社保,谁不好好干,那才叫傻呢!"

"还缴社保?"三爷惊奇地看着何阳问。"是的,三爷。从今年开始,与黄谷仓签了一年以上长期合同的老乡,可以享受城镇职工社会保险待遇,特别是养老待遇,前提是连续缴费十五年。像耀祖这些年轻人,到退休年龄时,完全没问题。年龄大一些的,缴费不足十五年的,也有多种保障措施供对接选择。"何阳如数家珍地给三爷扳着指头算着账。

"那这不是和城里人一样了?"三爷还是不大相信。"是的,就养老金一项说,国家现行政策就是这么定的。当然,要成为黄谷仓的正式长期员工,是有条件的。除品行端正外,需经过严格的专业培训、考试,要持证上岗,优胜劣汰。"何阳补充道。

三爷拍了拍雷耀祖的肩膀,高兴地说:"娃呀,跟着何阳老师好好干,要对得起黄谷仓,对得起这个好时代。"

"三爷,耀祖已经把家安在咱何家村了,是侠娃家的女婿,证都领了。"何阳用神秘的眼神看着耀祖,给三爷透露了耀祖的小秘密。

"啊,咋没见侠娃摆喜酒呢?"

"三爷,我妈说忙完春耕就办事。我和杨赞上门给您发请帖,您老人家一定要来!"耀祖拱手预邀,心里充满期待。

"好,一定去!"三爷握住雷耀祖的手,使劲晃了两下,他打心眼里喜欢这个年轻人。

当北坡的迎春花绽放时,黄谷仓的春耕已近尾声。

何阳一大早就接到贾明的电话,资金告急。何阳心里明白,最近用的苗子、碳基肥、驱虫中药,包括农机都赊着账,只有农民的工资"一分也不能少,一天也不能欠",这是她在会上定的底线。为了这,她和贾明把房子抵押了,存款贴进去了,还借了不少外债。紧紧巴巴总算完成了一万多亩苗子的插播,其余的地就只能等米下锅了。她放下电话,来到地里找贾明。

贾明裤腿高卷、眉头紧锁地坐在地头,嘴里咬着一根毛毛草,眼睛直勾勾地盯着刚刚插进地里还在打蔫的红薯苗发愁,心里盘算着今晚加班的人选。

他对急急忙忙跑过来的何阳说:"明天就没钱支付老乡的工资了,地头这批苗子不能再放了。今晚咱们黄谷仓全体人员要加班插苗。""好!"何阳应道。"我怕人手不够,也通知了电容器公司住在厂区的年轻人,今晚来北坡支农会战。"贾明又说。

何阳看着地头堆得如小山一样高的苗子,说:"贾明,今晚能干完吗?"贾明拉了拉盖在苗子上的湿布回道:"一窝两苗,干起来很快。放一夜可能就被偷得差不多了。"

"有人偷苗?"何阳不敢相信自己的耳朵。"是啊,这两天发现晚上有人偷苗。这苗子稀缺,市场很走俏,自然有人惦记。"贾明说。

何阳想起侠娃讲的摘棉花时"巧"偷棉花的故事,不由得倒吸一口凉气。她定了定神对贾明说:"前两天黄恺打电话说,咱黄谷仓的耕地经营权资产支持证券专项计划,建农证券走的是创新支农项目特批通道。三月初材料已经提交到证监会,目前初审会已通过。黄恺还说,咱们的材料过硬,增信措施齐全、得力,通过发审应该没有问题。"

贾明舔了舔干裂的嘴唇,说:"那太好了,只要麦收前资金到位,就能接上茬了。目前资金有缺口,但不大,有十万元就够了。"

何阳一听有点纳闷,追问道:"怎么回事?我感觉缺口很大。"贾明一看何阳满脸疑问,神秘地笑了,说:"是,我也以为缺口至少几十万。刚和满仓到地里一看,何家村一半农户去年秋天都种了冬小麦,现在正是返青、拔节的关键期。所以,地虽然流转给黄谷仓了,但咱们暂时不能用,只能等老乡们把这茬麦子收了再种红薯。"

何阳拍拍自己的脑袋,笑着说:"我怎么都没想到呢?这回只能种夏薯了,倒给咱们的证券专项计划发行留下了足够的时间和空间,坏事变好事。看来老天爷早就安排好了。十万元好办,我现在就去找我妈借,贾明,你等我的消息。"不等贾明回话,何阳一挥手,一阵风似的跑下北坡,没想到迎面撞见黑娃。黑娃满脸堆笑地跟何阳打着招呼,背着双手在北坡上闲庭信步。

黑娃从来就不是按规矩出牌的人。他看到黄谷仓变得一年比一年壮大,心里直痒痒。自己倒了半辈子红薯,连个基地都没有,让人笑话,他在盘算下一步该走哪着棋。

他拉了几个从前一起倒卖红薯的朋友,在黄龙山的岩村也搞起了承包地经营权转让。他仗着自己多年倒卖红薯的人脉、渠道和市场经验,循着黄谷仓的路子,认定这着棋胜券在握。

岩村是黄龙山脚下洽川县最北边的一个偏僻的小山庄,紧贴延安黄龙县。村里只有百十户人家,几千亩山坡地。村主任党万潮是黑娃母亲王淑珍的亲外甥,比黑娃小两岁。

　　黑娃来到党万潮家,往炕上一坐,从怀里掏出一瓶二十年西凤酒,一包花生米。连着三杯酒下肚,兄弟俩已是热血沸腾。黑娃觉得到火候了,这才摇头晃脑地把何家村发生的事给表弟详详细细地描述了一遍,又把黄谷仓今年培育的茎叶菜薯苗及其市场前景绘声绘色地描述了一番。党万潮听得入迷,仿佛置身其中,他刚从镇上开完会,知道何家村的经验要在全县推广,正不知该从哪里下手,表哥简直就是雪中送炭、雨中送伞,那叫一个及时。

　　两人说好了就按何家村的模式干。黑娃找钱,找苗子,党万潮搞地,找人手。兄弟俩决心干出点动静来。

　　为了能及时掌握黄谷仓新薯苗的第一手资料,黑娃把媳妇派去全程参加劳动,临出门前还专门叮嘱媳妇:"这回为了咱的大目标,把你身上那些坏毛病收一收,一定要表现得踏实认真,让人放心。别忘了任务,尽可能给咱多顺些苗子回来,我要做栽培研究。"一听黑娃有大计划,黑娃媳妇凑到黑娃身边得意地说:"当家的,这还用你来回交代。你只要能给咱挣大钱,顺点苗子,对我来说那还不是小菜一碟。"说罢,头一歪,'呸——'一口瓜子皮裹着浓痰飞射出去,正落在黑娃鞋上。黑娃狠狠地一撇腿,把鞋踢到了半空,恶口道:"你这个臭婆娘,给我滚!"

(三)

　　3月26日,在洽川县第十八届人民代表大会上,郑子龙当选为洽川县县长。在次日召开的县常委扩大会议上,李为民书记及常委班子给他的任务就是在全县范围内完善推广何家村农业产业化及文化兴村新模式,尽快实现洽川县全境脱贫致富奔小康目标和乡村振兴战略。

李为民书记在会上深情地说:"何家村模式最可圈可点的地方有三。其一,它实现了农民土地资产'资本化',让农民有了不靠在地里刨食就有稳定、持续基本收入的制度保障。其二,用文化浸润方式重塑了昔日庄稼汉们的自信心和追求高层次满足感的愿望。其三,它以'田园才是最奢华的风景'为主题,创设'第二故乡'概念,推动了乡村城镇化升级,营造城市怀乡一族的倒流洼地,既增加农民收入,又美化乡村环境,对农民兄弟来说,这是一鱼两吃的好事。综上,我认为,如果我们能将何家村模式尽快在全县范围内推广,洽川县的美丽乡村就是一道看得见的风景。为了这一天的到来,我愿带领县委、县政府领导班子一班人,赴汤蹈火、砥砺前行!县委领导一人蹲点一个镇,由郑县长具体部署,一步一个脚印地去落实。大家有没有不同意见?"

一阵震耳的掌声给了李书记肯定的回答。这番既高屋建瓴又声情并茂干货满满的归纳,让在座的每一位班子成员心底亮起了一盏灯,燃起了一团火,使命感油然而生。

接到这个艰巨的任务后,郑子龙一天也没敢耽搁。他坚信要打赢这场战役,先要"知己知彼"。《孙子兵法》中这句贯穿全书的认知格言中的"知",就在最贴近人民生活的村子里,在老百姓的炕头上。想要"全知"和"详知",就不能只听汇报,要亲自走到群众中去,和他们平等对话,倾听心声,否则不可能制定出符合各村、各镇实际情况的实施方案和行动计划。

他一方面安排各镇镇长和何康民对接,参观何家村的做法和现状。另一方面,自己一人走单骑,只要一有空,就背着馍带上水,开始践行他为自己制定的三个月内独自走访一百个村庄的计划，他急需掌握第一手资料。其他县领导也学郑子龙的样子，深入村村户户调查研究。

明天是周六，又恰逢愚人节。郑子龙计划骑山地车去洽川县西北端的皇甫庄。他从县党史记载中看到，皇甫庄是革命老区，1946年9月8日，他的生身父亲何川，就在这里参与组织了皇甫庄武装起义。郑子龙早想追寻一下父亲当年的足迹，感受一下老一辈革命家的英雄气概。

一切准备就绪，他打电话给余舍，说："妈妈，我明天要骑车去皇甫庄，您能告诉我父亲当年在皇甫庄战斗的地方在哪吗？我想去看看。"余舍一听郑子龙要去皇甫庄，忙回话说："起义地址就在皇甫庄政府旧址的东侧。"

"好的妈妈，我知道了。"郑子龙刚放下电话，余舍又打了过来："孩子，你父亲在世时，每年清明节都去祭奠曾和他一起参加过起义后被敌人杀害的史建堂等烈士。从今年开始，你就代表你父亲去给烈士扫墓，弟弟妹妹们跟着你。"

"妈妈放心，我记住了，保证完成任务！"郑子龙正要放电话，只听话筒里一阵喧闹。何月抢过电话，用像机关枪一样的语速说："老大，我也要去皇甫庄，罗伯特和晓军也一起去。明天早上九点整，在你家旁边捷安特自行车行门口见。""OK，不见不散！"郑子龙放下电话笑着摇了摇头，自言自语地说："疯丫头！"

何月回到房间，一边收拾东西，一边缠着何阳。"姐，你不是最喜欢骑行吗？记得你和姐夫每年这会儿总是骑行去汉中，看油菜花和朱鹮，羡慕死我了。走，明天咱们一起去看看洽川的春天。"

何阳平日酷爱骑行，因周末黄恺要来，只好压着。但何月嘀嘀咕咕的动员，还是让她的心沸腾不已。

何阳用一反常态的喜悦之情诵道："我欲穿花寻路，直入白云深处,浩气展虹霓。或披发而行吟,纵情于花海、丛林。"说着,又突然俯下身,用闪烁着骄傲之光的眼神对何月说:"告诉你吧,我最喜欢骑行时那种天地任我行的感觉,那是一种莫名其妙的力量,身体的每个角落都会被蒸腾的热浪从里到外彻底洗礼,疲劳、烦恼、恐惧、不安……顿时被蒸发得无影无踪。那叫一个爽啊!"

"啊,太神奇了!"何月掩饰不住内心的激动,跳起来搂住何阳的脖子惊叹道。

"好了,你先休息,我去看看晓军和罗伯特收拾得咋样了。"话音未落,晓军已寻声找来。

满仓家的大公鸡今天很反常,天还漆黑一团,就"喔喔喔"叫个不停,简直就是在吹冲锋号。彩琴生怕吵醒这些天忙得废寝忘食的丈夫,蹑手蹑脚地起了床,穿上棉袄,直扑鸡窝。打开鸡窝门,放它们出来。大公鸡抖抖它漂亮的翅膀,大摇大摆地去后院觅食了,一群母鸡紧随其后。

自从郑子龙把各镇学习何家村经验的任务交给康民,康民就一刻不停把满仓的接待日程压得满满的。康民是新官上任三把火,各镇镇长也是不待扬鞭自奋蹄,这可苦了满仓了。

每天只要鸡叫头遍,他就立马起床往外跑。今儿这不也是,不等媳妇拢好鸡,他在水龙头前抹了一把脸,就匆匆出门了。今天城关镇组团来,康民专门交代,要重点介绍何家村"乡村夜校""乡村音乐教室"、合唱团、母婴互动教育行动计划等精神文明项目。"这应该从哪儿说起,怎么说呢?"他想得脑壳疼,还是理不出头绪。

满仓想着想着,两只脚下意识地走到了何阳家大门口。刚准备叫门,突然又清醒了,反倒犹豫了。"天还没大亮就来敲人家门,不美气……"他喃喃自语着,刚欲转身走,听见里面有动静。好像是何月的大嗓门正在吵吵,他索性转身又去敲门。

门开了,果然是何月开的门。"是村主任大哥呀,天不亮就工作了?快进屋,一起吃点早餐。"满仓满脸愁容,没顾上回答何月,低头进了堂屋,一看大家都在,忙问:"今天这是怎么了,都起这么早?"余舍忙接过话,说:"他们几个今天要骑行去皇甫庄,一会儿就出发。我给他们煮了点红枣粥,还煮了一锅鸡蛋。来,你也尝尝我做的粥。"余舍说着,一碗热腾腾的红枣粥已经递到了满仓手里。

何阳正在厨房忙碌,一听满仓来了,两只手端着两盘小菜,三步并两步地进了堂屋,一边给罗伯特递菜,一边打趣地对满仓说:"满仓,有事就说,今天说什么都可以,说晚了就不灵了。"满仓心里急,顾不上问为什么,忙说:"姨,今天上午,第一波参观咱村的领导就要来了,我不知道该怎么汇报。"何阳本想和满仓再开开玩笑,一看满仓一脸认真又焦急的样子,到嘴边的话又咽了回去。

何阳和罗伯特相视一笑,莫逆于心。罗伯特起身出去了,不一会儿又回来了,手里拿了几张表递给满仓。满仓一看正是他想要的内容,猛地站起来,惊讶地说:"我的老天爷呀,真神了!老师,您咋知道我要这呢?"罗伯特笑着指指天,说:"老天爷告诉我的。"

罗伯特指着课表耐心地逐条逐句的给满仓解释道:

"'乡村夜校'每天晚上七点准时开课,周一,新闻热点评论;周二,农技知识讲座;周三,健康知识讲座;周四,子女教育问题;周五,心理与修养;周六,法律常识;周日,识字写作。'乡村音乐教室'每周两次,周一晚上讲乐理知识;周四下午教唱歌。合唱团每月一次巡回表演,演员的平时训练与'音乐教室'课程同步。母婴互动教育行动计划每周由全村十个教学示范点集中推广交流。"

"太感谢您了,教授!我就不客气了。需要的时候您能帮我一下吗?"满仓拿着课表恳求道。"没问题,这是利国利民的好事,我们师徒俩全力配合你!"罗伯特由衷地希望更多的农村娃都能像何家村的孩子一样幸运,更多的贫苦农民能有接受现代文明洗礼的机会,他毫不犹豫地答应了满仓。

满仓的眼光又转向何阳,何阳笑着对满仓说:"剩下的事都是你从头至尾参与过的,不用多说了,你就带着他们看,让村民们自己谈自己的体会,你景昆大的话一定最接地气,最有力度。"

听了何阳的话,满仓杂乱如麻的脑袋似乎理清了一些,但刚下眉头,又上心头。他低头看着脚尖,好半天才羞答答地抬起头看着何阳,说:"姨,事情我知道,说也没问题,就是写不出个道道来。耕地改革后,农民收入会变成什么样,县上要求用文字稿交流经验,我肚子里没墨水,实实地整不出来,你得帮帮我。"

何阳习惯了满仓直言快语的习武之人风格,从来没见过满仓委婉。她盯着满仓的眼睛,笑着说:"跟姨还客气,放心,我一定帮你帮到底。今儿时间紧,我先给你捋几条重要的数据。

"具体地说,咱村的土地变成资本后,农民劳动力分化为两极。那些肯学习、有文化、见过世面的年轻人靠分工和交换生存,比如何兵、安娜、康二强、雷耀祖等,他们站在黄谷仓的平台上,可以通过交换与世界任何角落对话,换取他们那份从国际贸易分工中赢得的财富,他们的年收入都在十万以上说话。其余的经过培训转变为农业工人,比如你家彩琴、二强媳妇、杨赞等,年劳务收入至少也有四五万元。他们提供标准化劳务,享受稳定的劳务报酬和社保福利。少数年龄大但还有劳动能力的村民,比如像康忠良,除土地资本的收入外,打零工、做公益、农家乐收入一年合计也不会少于五万元。失去劳动能力的老人、残疾人,可以享受村上的福利和补贴。

"从黄谷仓这边匡算的数据看,今年何家村村民人均可支配收入预计可达到1.43万元,较改革前翻了一倍多。以后随着黄谷仓红薯产业规模效益的出现,收入至少还会以每年10%左右的速度持续增长。你可以挨家挨户做一个详细的对比统计,用数字说明问题。

"何家村的社会化服务体系养老院、托儿所、学校、医务所、小超市、图书馆、快递点等,由县财政、村委会、黄谷仓、罗伯特基金会、家庭农场、金水红枫等机构和新村民共同投资建设。有的已经启动,有的已列入计划。我们的目标是,在三到五年内,让何家村的村民足不出村就能享受到与城里人同等的国民待遇。按目前发展趋势保守地推断,未来的何家村,常住人口将增加两倍以上,且半数以上人口将来自城市。"

何阳说到这里,满仓已是热泪盈眶,在座的人没有一个不激动的。罗伯特站起来,握着满仓和何阳的手说:"这里也是我的第二故乡,有我热爱的事业和土地,我们一起努力!"

余舍用骄傲的眼神看着女儿,心里默默叨着:"如果何川还活着,看到这一幕该有多高兴啊!他提着脑袋闹革命,不就是为了老百姓能过上幸福日子吗?今天他的儿女们踏着他的脚印,继续着他未尽的事业,何川在九泉之下心里总算能踏实了。"

满仓刚要走,又转身对何阳说:"姨,你说得太快,我没记住。"何阳边收拾碗筷边回满仓道:"不用记,我想起来了,这两天徐坤和黄鹏正在配合省电视台的王建勇主任制作纪录片《在希望的田野上》,说的就是何家村耕地改革带来的变化。前几期的样片应该已经出来了,我刚说的这些,片子里都有,你去找他们。"

何阳说完,急急忙忙往厨房跑,她不想让妈妈太累。满仓跟在何阳身后,咧着嘴跳着脚地喊:"我的好姨呀,这回我心里才踏实咧。谢过!"言毕,双手拱礼,把课表往怀里一揣,一个转身亮相就往外跑。余舍拿了两个鸡蛋,在后面紧着追:"满仓,等等,带上鸡蛋!"追到门口定神一看,满仓的背影早已消失在蒙蒙的晨雾中。

送走何月一行,何阳来到侠娃家。一进门,一阵悦耳流利的英语阅读声让整个小院顿生书香之气。

何阳悄悄地循读书声而去,只见戴红镭和何兵正在堂屋对话商务英语。戴红镭看见何阳忙迎出来,说:"刚去你家看你正忙着,我就先找何兵完成今天的功课。""时间还早,来得及。"何阳对戴红镭说,又转问何兵道:"何兵,什么时候开始学英语的?发音不错呀!""姑姑,我在深圳就开始跟录音机学了,后来业务需要就上了夜校,学了一年商务英语。回家后以为没用了就扔了,没想到今年戴总让我对接欧洲订单,还得拜戴总为师,好好学习。"何兵认真地答道。

"太有必要了,带着年轻人一起学,争取早日跟着戴总,代表何家村走出去——好,我和戴总有事,就不影响你了。"说着,何阳和戴红镭正欲出门。侠娃听见何阳的声音,紧跑两步追上来,附在何阳耳边神秘地说:"我就要当奶奶了,安娜已经显怀了!"

看着侠娃的脸乐得像一朵盛开的菊花,何阳由衷地祝福道:"祝贺你呀,嫂子,女儿要结婚,又要抱孙子,真是好事成双!你老了老了福报全来了。"

"那还不都是托你的福,没有你,哪有我的今天!"侠娃拉着何阳的手感动得直抹泪。"好了好了,咱们谁跟谁呀,一个老祖宗门下,不说这些客套话!"何阳摆摆手走了,在门口又回过头来对侠娃喊道:"嫂子,今天中午有贵客来,你这老将必须出马!一切你做主,上几个拿手菜。"何阳这才想起自己来侠娃家的要事。

何阳和侠娃说话这会儿,戴红镭在院子里闲转。突然,他的目光锁定在那几张呼之欲出的窗花上,盯了好一阵儿,他双手一拍,喊了声:"妙,得来全不费工夫!"一双眼睛像发现了新大陆一样放光、狂喜。何阳和侠娃闻声来到戴红镭身边不解地望着他。"戴总,你这是?"何阳问。"这剪纸太灵动了,我有几个欧洲客户对中国北方这种质朴无华风格的剪纸非常喜欢。侠娃姐,你有空时帮我剪几张,我先寄给他们,如果他们感兴趣,你的剪纸就有可能成为艺术品出口。""啊,这、这是真的?我有空,有的是空。"侠娃乐得话都说不顺溜了。"好,一言为定!"戴红镭握住侠娃的手,斩钉截铁地说。"侠娃,喜上加喜呀,请客!"何阳高兴地拍着侠娃的肩膀说。

(四)

景昆爷吃罢早饭,脖子上挂着烟袋,挂着拐棍,带着大黄到北坡他的地里去上肥,这是他一辈子唯一坚持做的一件事。地虽然流转给何阳了,可景昆爷盘算过,这地根子上还是他家的。几十年后,不是康民的,就是拴柱的。因此,这肥水还必须留在这块地里。如今腿脚不太听使唤,北坡又是土路,上一次肥有时要摔倒好几次,可是心里有那股子信念撑着,景昆爷身残志坚,虽苦犹甜。

康民不止一次听村上人说老爷子摔倒在地里的事,心疼得不得了。可是怎么劝都没用,这成了康民的心病。康民是个孝子,他担心景昆爷的身体,又不想忤逆老人家的心愿。叹气归叹气,还是亲自到康大强家,为景昆爷定做了一把坐便用的凳子,再用绳子把它拴在地头柿子树上,接着又四处托人为父亲找男保姆。他心里明白这件事在农村难于上青天,"可是再难也得上啊,谁让他是我老爹呢。"康民边张罗边自己安慰自己。

亏得是在自家村上,景昆爷每次摔倒都有人把他送回家,满仓和康忠良送得最多。满仓干脆就把每天一次陪景昆爷去北坡的任务安排给了康忠良,算出工。表面上是村上出工钱,实际是康民自己出。满仓知道康忠良不会要康民的钱,耍了个心眼,解决了一个大难题。满仓由此想到村上急需要一个公益服务队,解决鳏寡孤独、老弱病残人群生活中的实际问题。说干就干,他把组建服务队的事也交给了康忠良。

傅丽丽马不停蹄地在筹建家庭农场会员们的"第二故乡"。同时动工的有十六个院落,这还不算与杰克陈在金水红枫项目中合作建造的以艺术、观光与休闲为主题的另类民宿。有望星星的玻璃顶房、加拿大移动小木屋,还有动感十足的老火车头牵拉的闷罐铁皮货厢积木房,以及作为交通工具的小毛驴车。

傅丽丽的家庭农场不乏艺术家,所以创意十足;会员又多是成功人士,也不缺钱;唯一缺的是后成功时代实现别样梦想的机会和洼地。在何家村他们嗅到了。他们既不是天使,也不是风投,纯粹是看见了希望之门,临门一脚的心境较量。

还有一个理由只有何阳知道。傅丽丽决定向何家村投资的最后一块筹码是爱情。她不相信距离产生美,她要实实在在生活在郑子龙身边,让爱的小树生根、发芽、结果。

一下子来了这么多工程,何家村的匠人铆足了劲儿地干也跟不上趟。消息一经传出,十里八乡的,就连山西的匠人也骑着摩托车穿过黄河浮桥赶来了。康大强是工地的木匠大拿,一看这形势动了心思,肥水不流外人田,干脆把他的徒弟、侄子、外甥都叫来,跟着他干木匠活。

一到饭点，工匠大军们就被村上招呼吃饭的婆姨们拉来扯去，成了南北大道上一道活脱脱的风景线。人都不傻，谁都不会跟钱过不去。

再看今天的何家村，懒人变勤了，笨人变能了，能人变成万元户了。村委门口的象棋摊、"新闻角"，村头巷尾婆姨们的八卦阵，再也见不到昔日的"辉煌气场"。投资者带来的那么多新鲜事吸引着村民的眼球，搅活了他们的心。

一到晚上"乡村夜校"、图书室、"乡村音乐教室""母婴互动体验站"就挤满了人。来这里的每个人，心里都揣着不同的愿望，有的想通过学习变成能人，有的想变成快乐而自信的人，更多的是想让自己的后代不再过苦日子，成长为栋梁之材的人。

知道黄谷仓在等米下锅，黄恺不等最后的发行结果出来，就匆匆忙忙往何家村赶，就发行后的相关细节与何阳通通气。根据经验和预售情况，黄恺判断，黄谷仓此次的耕地经营权资产支持证券的评级是AA+，有一个亿的规模，票面利息4.5%，私募发行到承销商账上顶多只要三天。以此推算，这笔资金不出十个工作日，就能出现在黄谷仓的账面上。

上午十点，何阳家堂屋里座无虚席，一场对黄谷仓具有继往开来意义的第二届一次股东会正在进行之中。何阳、贾明、戴红镭、王川、王贵、傅丽丽、杰克陈、陈阿楠、何满仓、雷耀祖等新老股东和管理层出席了会议。职工股代表雷耀祖第一次出席会议。

会议由何阳主持，讨论通过了四个议题：

一、人事任免与股权变动。戴红镭担任黄谷仓公司董事长，贾明任副董事长兼财务总监；王川任总经理；何满仓任监事长；王贵任董事兼常务副总。作为洽川县县长郑子龙的亲妹妹，何阳请求退出她在黄谷仓的全部股份。将其股份分别转让给戴红镭15%，贾明5%，王川5%，其余5%赠予何家村投资公司。

二、设立子公司和实验室。设立黄谷仓海外贸易有限公司，戴红镭兼任董事长，何兵任总经理。设立黄谷仓脱毒种苗基地有限公司。王贵任董事长，康二强任总经理。设立黄谷仓红薯酒业公司，雷志鹏任董事长兼总经理。与农科大食品学院联合设立国家级红薯产业科技实验室，王贵任主任，主要研究红薯分子育种、红薯脱毒与健康种苗、红薯生物学与生物技术等前端科学，为黄谷仓红薯产业的跨越式发展，铺垫坚实的技术基础。

三、讨论通过了3月8日二届一次股东会炕头预备会的五项议题。

四、总经理王川汇报去年的生产经营状况及今年的任务与预期。

其间，当王川说到2019年黄谷仓茎叶菜与红薯两项产品按保守价格预计的销售收入可达六亿元人民币时，会场顿时炸了锅。"真的吗？今天可是愚人节呀！"大家七嘴八舌地议论着。

王川笑着说："每亩产四千斤红薯、两千斤茎叶菜，每斤五元，一亩产值就是三万元，两万亩不就是六个亿？大家算算。"王贵嚷嚷道："这还用算吗？如果不是目前好些地还被小麦占着，茎叶菜的产量远不止这些，按春薯计算，三月底种，六月采叶菜，到八月底，最少采三茬，每亩至少产三千斤。再说地也不止两万亩呀。"

"是，光咱村的地就是两万两千零六十四亩，还有外村的。"满仓补充道。

杰克陈问："红薯的毛利率是多少？"

"应该在50%以上，咱们今年第一年铺开规模，销售成本大，保守预计净利润应在两亿左右。"王川回道。听到此,傅丽丽拍着手跳起来,得意地说:"这个产业毛利率这么高,真没想到。"

"没想到可不行啊!"王贵调侃道,又转向王川,表情诡异地问道:"王总,这个毛利率没浸'愚昧'吧?"一句话逗得大家直乐,会场气氛顿时轻松下来。

会议开得热火朝天、荡气回肠。争论的焦点是何阳该不该卸任董事长,退转全部股份。大家举手表决,全票否决这一提案。

何阳语重心长地解释说:"这个问题我考虑了很久,两点理由。

"首先,黄谷仓要在三五年内完成上市,就必须完成三级火箭的推动。第一级是筹备发行资产支持证券,完成黄谷仓红薯产业的市场化、规模化、标准化建设。第二级的目标是完成黄谷仓红薯产业机械化、现代化、信息化、国际化、效率及品牌价值塑造。第三级的任务是上市及股东价值最大化。这些最终将集中体现在挂牌股票的价格上。我的能力只够推动一级火箭,第二级、第三级火箭非戴红镭莫属。为了黄谷仓的明天,我请求大家拥戴戴红镭接此重任。

"其次,我是郑子龙的亲妹妹,按照党的纪律,干部的亲属不能在其辖区内经商。我和哥哥商量过了,我退出黄谷仓比哥哥辞职对洽川老百姓的影响要小得多。故此,我选择了前者。

"我退出来,但不会离开何家村,我要用退出的股本金投入罗伯特的基金会。我们要在何家村办一个双语幼儿园,让尽可能多的家乡孩子受到与国际等肩的正规教育,并持续推进母婴教育与乡村夜校事业。

"我的内心有个愿望,希望余生能为何家村的后代永远走出贫穷,何家村的老乡们走出无知和愚昧、享受文明与智慧带来的多彩人生,做一些力所能及的实事。"

一席话说得有理有据,真情豪迈,感动了每一个在场的黄谷仓人。该议题终获通过。

戴红镭在热烈的掌声簇拥下表了态:"谢谢信任,我将不辱使命,不负重托!"

贾明低头坐在墙角,回忆着创建黄谷仓两年多来与何阳共同经历的艰辛与惊险,那些眼泪与汗水交织的一幅幅画面,像海市蜃楼一样活灵活现地浮现在他的脑海里。他强忍住眼眶里打转的泪水,轻轻地溜出会场,在院里抽了一根烟。

中午十二点整,二届一次股东大会在掌声和泪水中完成了黄谷仓一二级火箭的新旧交替。黄恺带着重重的贺礼,踏着掌声进了门。

吃完午饭,大家都各奔东西。戴红镭和贾明带着黄恺去北坡参观种苗基地和新插播的红薯苗。三位高手边走边聊,就黄谷仓未来的发展节奏、耕地经营权展期、资金周转、资产支持证券的赎回、上市启动时间等焦点事项,充分交换了意见。

此刻的何阳,不知是卸了担子的轻松感,还是资金将要到位的满足感在发酵,浑身酥软,又困又累,一挨床就梦见了周公,全然不顾窗外多情的喜鹊飞来飞去地呼唤。

一阵急促的敲门声把何阳从梦中惊醒,原来是戴红镭。"我刚接到何月的电话,但电话那头是一个路人。他说他在路边捡到了一部手机,他按最后一个通话记录打过来的,说手机的主人可能……可能……"戴红镭浑身颤抖着,说不出话。话没说完,何阳又接到晓军的电话:"妈,小姨出车祸了!大舅和罗伯特叫了救护车,正往县医院赶。大舅已给三舅打过电话,让直升机接小姨转院去军大。"

"你现在在哪里?"何阳边穿衣服边问。"我在皇甫庄附近的路上,正在处理后事。你不用管我,赶紧去医院看小姨。"晓军懂事地说。"好,注意安全!记住,阳光下要像个孩子,风雨中要像个大人。"何阳嘴里交代着晓军,前脚跨出了家门。

戴红镭开着车和何阳一起到了县医院。抢救室门口,郑子龙和罗伯特焦急地等待着。郑子龙一见何阳,眼泪再也绷不住了,顺着脸颊往下淌,他不擦眼泪也不说话,内心的痛苦全写在脸上。

急救室门开了,医生对郑子龙说:"病人目前已经没有生命危险了,但还在昏迷中,右腿有可能会留下残疾。我们做了止血和固定处理,但仍急需输血。"

郑子龙追着医生说:"她是我妹妹,我是O型血,输我的血。"医生说:"不行,患者是孟买血型,极其少见,建议立刻转省级大医院。"郑子龙和何阳万分惊讶地对视了一下。

何阳不敢相信自己的耳朵,她比何月大十九岁,有何月时她正在北京上大学。"难道何月不是我亲妹妹,怎么会呢?"她暗自思量,心里一团乱麻。

郑子龙却在这一刻做了一个连他自己都想不到的决定:如果何月真的和他没有血缘关系,他就要用余生去爱护和照顾这个用生命保护自己的好妹妹。此刻,责任大于爱情,他没有资格辜负何月的爱。

医生的话,戴红镭听得真真的,何月可能致残,何月不是何阳的亲妹妹……"无论何月怎么样,我都爱她。"他对自己的心发誓。他守在手术室门口,来回踱步,时不时扒着门缝往里看,恨不能把何月的痛苦全部转移到自己身上。

傅丽丽闻讯赶来了。她担心何月,牵挂郑子龙。看见郑子龙那么痛苦,一向所向披靡、风情万种的傅丽丽瞬间变得柔软细腻、温婉淑娴。她不吱声地买来最好的快餐和水,默默地递给大家,还专门给郑子龙口袋里塞了一块巧克力。

说话间,何林的直升机到了,将何月转去军大骨科医院,郑子龙、何林陪同前往。戴红镭、傅丽丽等一直把人送上飞机,一切都安顿好了,才依依不舍地离开。

前后不到两个小时,其间发生的事,让何阳的脑子一片空白。她只觉天旋地转,趔趄了两步,倒了下去。就在她倒下的一刹那,一双有力的手接住了她,这个人就是罗伯特。事情发生得太突然了,每件事对于何阳都是肝肠寸断般的痛。罗伯特经历过类似的痛苦,能体会到何阳此刻的心情。自打何阳到手术室门口,罗伯特就一言不发,寸步不离地跟在何阳身后。此刻见何阳昏倒,他来不及想其他,抱起何阳向就急诊室冲去。

(五)

风雨过后,何阳家的小院里又是一派祥和。堂屋里,余舍、伍征和三爷在喝茶、聊天。屋外两只小燕子嘴里衔着泥,飞来飞去叽叽啾啾,在房檐下筑巢。何阳和罗伯特刚下课回来,看到这一幕非常感动。何阳说:"春天来了,小燕子要成家了,多么幸福的场景!"罗伯特轻声问何阳:"羡慕吗?"何阳转过身,冲罗伯特笑着点点头。罗伯特苦笑着说:"我也是,爱是所有生命最原始的底色,无一例外。"

夜深人静,万籁俱寂。罗伯特坐在电脑前,嘴里叼着笔,凝视着窗外的月光,想起白天小燕子的那一幕,不由得心潮腾涌。压抑了很久的心语像开了闸的水,滔滔汩汩涌向笔端。他放下矜持,倾吐衷肠,一口气写下十页纸的长信,用信封封好,悄悄地从门缝塞进何阳屋里。

2019年5月,洽川县正式摘掉戴了三十多年的贫困县帽子,扬眉吐气,轻装上阵。郑子龙受何家村模式成功经验的鼓舞,在全县大胆推进以耕地集中流转并证券化发行为抓手的土地改革,和以"乡村夜校"为模版的精神脱贫系列措施,大大解放了生产力,提升了脱贫人口的自信心和幸福感。从被动脱贫到主动致富,已成为脱贫人口新的共识和前行动力。

2019年6月8日,黄谷仓的高端营养薯和薯尖叶菜,在首届"中国-中东欧国家博览会暨国际消费品博览会"上一炮打响,当年实现出口销售收入两千万元人民币、年利润总额翻番的业绩。

三个月过去了,在郑子龙和家人的精心呵护下,何月能下地走路了,但右小腿因失血过多被截肢。郑子龙不忍看到何月拄着拐走路的样子,每走一步就像踩在刀刃上一样,戳得他撕心裂肺地疼。

郑子龙欲向何月求婚,向余舍问起何月的身世。原来何月是何川下乡时在路边捡到的孩子。20世纪80年代农村计划生育风声紧,生了女孩常常被遗弃。何月就是无数个弃女之一,幸运的是她遇见了何川。

何月疗伤这几个月,戴红镭一有空就去省城看望她。戴红镭的心思何月看得真真的。自从那天篝火闪送音乐会后,何月也开始关注戴红镭。戴红镭的确无可挑剔,在外人眼里他俩才是最合适的一对。但何月心里早有了郑子龙,尽管她知道郑子龙心里的人是何阳不是她,她依然爱着郑子龙。在大货车就要撞到郑子龙那千钧一发之际,她毫不犹豫地推开了郑子龙,自己倒在了车轮下。当她从昏迷中醒来,听到自己不是郑子龙的亲妹妹时,她的心在窃喜,相对于妹妹,她更愿意当他的妻子。"这是天意啊!老天爷就要把我嫁给郑子龙。"她对自己说。

戴红镭得知何月的心上人是郑子龙后,痛苦万分。他约郑子龙到他的住所喝酒,酒过三巡后,他将自己对何月无法自拔的爱向郑子龙和盘托出。他知道爱情无法勉强,更不能让渡,他只希望郑子龙对何月好,能让何月幸福一辈子,他将永远把这份沉甸甸的爱埋在心里。郑子龙没想到戴红镭对何月有这份心思,还这么单纯、执着、生死相依。他看着面前这位顶天立地、忠厚善良、德才兼备的山东大汉,心里五味杂陈。他张开双臂紧紧地拥抱着伤心欲绝的戴红镭,说:"我的好兄弟,我会永远记住你的话!"说完,俩人抱头痛哭。此刻郑子龙内心的痛苦一点不比戴红镭少,但他别无选择!

2019年7月,伍晓非顺利考上了梦寐以求的北京航空航天大学探测制导与控制技术专业。何拴柱自从生病后,励志学医,如愿以偿地考上了北京医科大学医疗系。

离开故乡的最后一天,两个小伙伴在何家村小学操场组织了一场别开生面的棒球表演,以此告别故乡,告别亲人,告别那段懵懂、纯真、朝气蓬勃、无所畏惧的青葱岁月。

棒球表演结束后,一架直升机在上空盘旋,继而缓缓落在操场上。机门打开,跳出一个人,直向晓非走来。晓非定神一看是何林,脚下像安了弹簧一样,一蹦三尺高,向何林飞奔而去。"小舅,这是你新买的法国海豚飞机?"晓非摸着机身问。"你怎么知道的?"何林故意试探说。"嗨,自从你告诉我你要买海豚飞机,我就一直在研究它,时常梦见你带我坐着海豚在天上飞,今天不是要让我美梦成真吧?"晓非一脸期待地看着何林。"正是来履行承诺的。走,上飞机,小舅带你去黄河边转一圈。放心,我已经给你妈妈说过了。"何林把晓非推上飞机,亲自驾着飞机向处女泉方向飞去。

康民想把景昆爷接到城里住,景昆爷就是不答应。他理儿很长。

除了"肥水不流外人田"那点事外，景昆爷在村里好赖也算个名人。他闲了想串谁家门抬脚就去，中午还能和大家端着碗，圪蹴在太阳坡边吃边谝，还有那几辈辈都窝在一起的、几天不见就心里发慌的老伙计……就为这，他舍不得，咋也不想进城。

九月份，何家村的托老院和医务室建成。景昆爷和三爷成为第一批注册成员。村上的独居老人，再也不用为一日三餐、小病小灾犯愁了。景昆爷一脸的满足，逢人便说："咱何家村越来越好，我哪儿都不去。"

2019年实施的《中华人民共和国农村土地承包法》第三节第二十一条规定：耕地的承包期三十年，届满后可再延长三十年。同时规定了土地流转操作层面的相关法律程序。该法为黄谷仓红薯产业的后续发展和模式拓展，打开了无限空间。2020年底，黄谷仓延续土地经营权转让合同三十年，并赎回证券，成功上市。

（六）

何阳、罗伯特在何家村投资开办了乡村双语幼儿园，幼儿园秉承卢梭的"儿童革命"思想，一改传统成人式育儿方法，提倡以儿童为中心的自然教育理念，尊重儿童，解放儿童，让儿童的天性获得保护和自由发展。教师是来自联合国教科文组织"为中国而教"的志愿者，十里八乡的孩子们都争先恐后地来这里上学。

开学那天，呼延智熟悉的身影又出现了。他按照"乡村音乐教室"微表情照片的对比方法，为入学的小朋友们每人抓拍了一张照片挂在教室左墙上。

一年后，呼延智又用同样的方式和背景拍了对比照，挂在教室右墙上。

两组照片中，眼神和表情的强烈反差，就是无言的答卷。

孩子们初来时木讷、胆怯、茫然的表情已荡然无存，灿烂的笑容，透出内心深处的光与希望。

雷志鹏、康二强和何兵的儿子，满仓的女儿，大个孙的孙子等，何家村学龄前的孩子，都是双语幼儿园的学员。小虎和铁蛋被罗伯特推选为双语班的旁听生。他俩虽然已到了上小学的年级，但智商发育比一般同龄人迟缓。通过补习，参与各项有趣的活动，学习成绩和共情能力都发生了明显的改变。

每个假期，罗伯特和何阳都带着孩子们参加各种国内外有趣的、开阔眼界的夏令营。他们在耕耘孩子们心灵的同时，也在一撇一捺地努力涂写着属于他与她的情感底色。这种努力不是花前月下的浪漫，也非志同道合的默契，而是在战胜何阳内心的放不下。它需要时间，甚至要用一生的时间。何阳坦诚地将自己内心的秘密告诉了罗伯特，罗伯特听罢，深情地对她说："这么美丽的感情，我愿用一生等待，直到你的心为我绽放！"

黑娃在岩村耕地流转中涉嫌非法集资被抓。郑子龙闻讯来找何阳商量对策，说："黑娃的事涉事范围虽然不大，但正好发生在全县推广学习何家村模式地节骨眼上。处理不好，不仅累及黑娃，对整个洽川县的土地改革和农业产业化进程都会有负面影响。"何阳一听十分着急，说："好事不出门，坏事传千里。不能让这件事发酵，要尽快纠正，以正视听。""是的。黑娃已认错并同意退赔，我已经派县金融办的同志去协助处理退赔事宜了。"郑子龙回道。

"那好,我有一个发小叫金泽东,是省城著名律师,咱要不要找找他,让他从专业角度帮咱出出主意,看怎么挽回损失,消除不利影响。"何阳说。"那再好不过了,走!"郑子龙边说话边拉着何阳往外走。

俩人说走就走,连夜赶到省城金律师家。金律师仔细分析了整个案情后,认为黑娃有从轻量刑的可能,并建议黄谷仓收购岩村项目,挽回土地改革、耕地证券化在岩村老乡心中的信誉损失,同时,以此为鉴,在全县开展普法教育。

金律师的灼见,让焦虑万分的郑子龙和何阳茅塞顿开。郑子龙回到县里立刻落实普法,协助黄谷仓接手黑娃的烂摊子。岩村原村主任黑娃表弟党万潮因受到黑娃事件牵连被村民大会罢免。经推荐、考核并经村民大会选举,雷志鹏作为洽川县第一位大学生村书记兼任村主任,走马上任。

雷志鹏谙熟当地民俗乡情,对耕地改革及证券化细节、难点烂熟于心,是岩村此次拨乱反正的最佳人选。他一上任就一改往日岩村村官们等事上门的习惯,挨家挨户嘘寒问暖,田间地头帮民办事。郑子龙也带着县职能部门的干部,在岩村召开了几次茶话恳谈会,帮助老乡转变认识,解决遗留问题,终于使群众重拾对土地流转的信心,岩村的耕地证券化改革归入正途,顺利推进。

何阳配合金律师多方奔走,收集证据。经金律师真诚又专业的辩护,黑娃最终被从轻判处一年有期徒刑。

黑娃刑满释放后,放下执念,洗心革面。何阳念黑娃有商业头脑和多年经商经验,这次纯属不懂法而酿错,推荐他为黄谷仓销售部甘肃区域副经理,从此黑娃那颗不甘寂寞的心至少表面收了不少。

徐坤执导的纪实电影《何家村的春天》和《在希望的田野上》分别获国际电影节青年导演奖及创投基金支持。

徐坤没有止步于已取得的荣誉。两年多的实践让徐坤对最初选定的纪录片《试错》有了更高层次的认识。试错不是一次简单的行动，而是打破旧思维、树立新观念是勇敢地去尝试破与立的抗争过程，是回乡的初衷与始末。人类社会的任何一次进步，不都是在一片反对，甚至诋毁声中完成的吗？

他提起笔，开始从这个角度审视一切，沉淀知识，收集素材，提炼故事，用试错的原理创作只属于他的《试错》。

黄鹂的博士论文题目最终定为《论耕地经营权资产支持证券——何家村的实践》。这是一个从无到有的从认知改变到结出硕果的故事，每一步都无前人经验可供借鉴。被倒逼出的创新理论和突破性经验，让答辩场上的老师耳目一新。"'实践出真知'果然是放之四海而皆准的真理。"老师们拿着黄鹂的论文交相称赞，感慨不已。

两年后，伍晓军的博士论文《贫穷的终结——母婴互动教育的国际经验与中国实践》获世界教科文教育扶贫基金最佳实践奖，得到国际儿童教育基金会的高度重视和人力物力扶持。

雷志鹏因家庭原因未完成毕业论文，拿到了毕业证，但没有拿到学位证。

在郑子龙和何月结婚的那天晚上，余舍趁着酒劲，鼓足了勇气，把伍军牺牲的消息告诉了伍征。她拉着伍征颤抖的手说："他爷爷，别难过，人生的路还很长，我们一起走。"伍征悲喜交加，老泪横流。两个灵魂孤独的老人，冲破自身与世俗的重重枷锁，终结连理。

傅丽丽因郑子龙的突然结婚而痛苦万分。但她理解这是郑子龙的"生命无法承受之重"。这样的男人让傅丽丽在原始的爱意上平添了几分崇拜。好在郑子龙并不知道她的心思,她依然可以无拘无束地和他打交道,她心甘情愿守在他的故乡黄土地上。她不改初衷,全身心地投入到她发自内心热爱的农庄生活。她秉承张贤亮"出卖荒凉"的理念,把何家村的乡村游定位为"沉浸式体验乡愁"。游客亲自参与吆牛犁地、割麦、拉车、锄草、烧炕、喂驴等农耕活动。她认为用艺术点拨的乡土农耕感受,会直戳体验者的痛点,震撼灵魂,令人久久难忘。她的另类设计获得了意想不到的成功!游客络绎不绝,穿越体验,流连忘返。她的体验园区被几十所学校定为"农耕文明教育体验基地",成为越来越多的城里人心目中的第二故乡。最让人意想不到的是,两年后,她竟与爱神不期而遇,和回国创业的何森一见钟情,体验了一把沉浸式的、极致而浓烈的、摧枯拉朽般的爱。

戴红镭发给欧洲客户的散发着浓浓黄土味儿的"侠娃窗花"深受热爱中国传统民间文化的老外们的喜爱。他们从中感受到古朴和拙美,被一种超然的美感深深吸引。何阳闻讯帮侠娃成立了剪纸合作社,村上几十个60~80岁的老婶婶们有了营生做,一下子年轻了几十岁。传统的何家村剪纸就这样随着"莘国红"一起走出金水沟,走向世界。《民间·汉声》杂志专访了何家村剪纸领头人何侠娃,侠娃对记者说:"这手艺是祖祖辈辈传下来的,村上年纪大的婆姨们都会两手,要说特色嘛,就是一个字——'土',土得掉渣渣,实实不稀罕。"消息一出,那些来自世界各地稀罕这种拙朴风格民间剪纸的爱好者,不辞千辛万苦找到了何家村。一时间侠娃身价倍增,终日忙着谈合作、见客户,合作社还收了几个洋徒弟。侠娃从此尝到了被无数双眼睛聚焦的快感,也平添了做名人的不自在和戴面具的烦恼。就说这风光了一天,晚上还得回到自家冷炕上的侠娃,着实体会了一把冰火两重天的感觉。何战走了,就那么糊里糊涂地打发了自己的一生,留给侠娃的是一屁股烂账和无尽的孤独。

秦红军欠黄谷仓的那笔钱一直没还。开始还拍着胸脯保证一定还,后来连黄谷仓催款的电话干脆也不接了,心安理得地过着自己的日子。在何阳的字典里,一直找不到这类人的定义。

…………

又是一个花好月圆的中秋夜。西厢房中屋里,何阳完成了《回乡记》最后一页的写作。她关上灯,戴上耳机,趴在炕头,两只手撑住下巴颏儿,凝神地看着窗外柔情的月光,耳边婉转低回的《月亮河》让她陶醉。罗伯特那句"爱才是生命最原始的底色"不时地敲击着她的心灵。罗伯特的信就压在枕下,晚上睡不着时,她就拿出来看看,每看一遍她的心都揪着疼。在她的内心,两个何阳在激烈交锋:一个渴望爱,一个戴着爱的枷锁。在这一刻,她似乎找到了兰香妈离婚不离家的答案。

她长长地出了一口气,一遍又一遍地哼唱着"月亮河,宽不过一英里。总有一天我会优雅地遇见你……"渐入梦乡。

在梦里,北坡坡顶上正在举行一场盛况空前的田间交响音乐会,何乐乐担任指挥,演奏贝多芬著名的第九交响曲第四乐章。第四乐章一开始就如火山爆发,象征着人类冲破枷锁、势如破竹的力量。《欢乐颂》主曲的出现,把人们通过奋斗,终于找到通往自由、理想道路的主题,一次次推向高潮。

郑子龙用标准的男中音领唱,每层梯田的田埂上都站着何家村合唱团的人。有三爷、何兵、安娜、满仓、黑娃、康二强……连五音不全的侠娃都挤在前排扯着嗓子吼。何阳想伸手拉开侠娃,胳膊却沉得怎么也抬不起来。

…………

"拃拃头,勾尾尾,坐在门前等女婿。东来的,西去的,没有一个如意的。一、二、三、四……"古老的童谣穿越南北大道,捎带着何家村的万家灯火,在北坡高高的地平线上跳跃、飘荡。

后 记

《回乡记》的故事暂告一段落，回乡人的脚步声却依然在我们耳旁延续。他们一次次跌倒又一次次爬起来，朝着太阳升起的方向走去……

《回乡记》揭示了二元经济背景下，第四次工业革命浪潮中，追求自我实现的回乡人逆流而上，用看得见的手硬是撬动出资本洼地，吸引看不见的手配置资本和生产要素回乡。乡村因此凤凰涅槃，由消失进行时转向复活进行时，彰显了背后的资本逻辑和拓荒者勇气。

书中用大量的笔墨勾勒出回乡人与原乡人（借肖云儒老师原词），在观念、习惯、认知、处事规则等方方面面的矛盾与冲突及回乡人之间的感情纠葛与创业艰辛；按资本逻辑，构造了黄谷仓从诞生之日即通过"创造需求"的理念搭建农产品生产模式和盈利模式；以持续科技创新执行业牛耳的法则，保持竞争优势和资本引力；最终用产业化、音乐与文化赋能方式，推动何家村从复活到复兴的故事。

中国乡村的复活到复兴，再到真正的城镇化、现代化，是21世纪中华大地最靓丽的风景线。学界对此有美国大农场模式，欧洲模式，日本模式之争。我以为，中国农业现代化选择什么模式最终将由市场决定。对这一问题的"口号化"理解、"运动化"敷衍或其他任何非现实主义的思考,都会延误这一进程,进而影响中国整体现代化的实现。

《回乡记》选择了产业化、资本化与文化赋能共进模式。所以做此选择,主要考虑在城乡差距依然悬殊的今天,同一时间断面上,同样的劳动强度和劳动时间里,去城市从事工业和服务业的劳动回报更高。这对仍把生存与安全需求排在第一的原乡人来说,无疑极具吸引力。因此,至少在现阶段,由原乡人作为农业现代化的经营和推动主体显然是不现实的。而以"实现自我价值"为宗旨的回乡人,有情怀、有胆识、有能力担当起新时代农业、农村、农民从复活到复兴的先锋者和主力军,其中产业、资本与文化赋能均不可或缺。

有朋友建议,《回乡记》这名字太土、太平庸,应改个时尚的、直戳人心的好书名。我翻阅了几本手边同名的小说和短文,思考再三,还是选了它。因为我一时找不出比它更能代表我写作主题和故事背景的名字了。直白是直白了点,但它是实实在在的、鲜有的、聚焦"回乡人创业"的《回乡记》。直击"三农"焦点,"直击生活前沿",可看作是新时代回乡人现在进行时创业史。在开放经济背景下,在中国农产品单位劳动时间远高于社会必要劳动时间的今天,这部创业史的凄苦、悲壮与辉煌,意义非凡。它像一面镜子,折射出带着全球视野和家国情怀的产业化、资本化思维的回乡人,对故乡的重新审视、思考、奋斗与期许。

此时此刻,我无法忘记曾经和我并肩在那片古老黄土地上耕作的黄谷仓同仁们及农业专家:西北农林科技大学刘存寿教授、吕欣教授,宝鸡农科院刘明慧研究员,"辰奇素"发明人郑真武教授,红薯专家朱渭兵研究员,合阳"北雷红"传承人王民宗先生,等等。他们在田间地头手把手地传教、解惑与无私增援。无法忘记和我一起开垦《回乡记》处女地的前辈、文友和故交。

  真诚感谢我的启蒙老师、著名文化学者肖云儒先生，在苦夏百忙之中为《回乡记》抬爱作序；感谢我的挚友、"三农"问题专家郑梦熊先生全情全程的投入与鼎力支持；感谢艺术史学者鹿镭教授给予我在文学修辞、音乐叙事、历史美学方面的引导和启发；感谢文艺评论家张亚斌教授的悉心指导、经验分享及作家东篱女士的专业点拨与鼓励；感谢西北大学校长郭立宏教授的不吝推荐及西北大学出版社马来社长为此亲力亲为的多方奔走与努力，及责任编辑潘登老师付出的辛勤劳动、智慧与汗水。没有你们，就没有《回乡记》的今天。

  我喜欢乡土的味道，眷恋故乡的烟火气。这一半来自血脉基因，一半源自捧着自己种出的、就着地头烤焦的红薯带给我的那种从未有过的、纯粹的、发自灵魂深处的快乐！

邢西唯

2023年7月23日，北京

图书在版编目（CIP）数据

回乡记 / 邢西唯著. — 西安：西北大学出版社，2023.11

ISBN 978-7-5604-5260-9

Ⅰ.①回… Ⅱ.①邢… Ⅲ.①长篇小说—中国—当代 Ⅳ.①I247.5

中国国家版本馆CIP数据核字（2023）第229681号

回乡记

HUI XIANG JI

邢西唯著

出版发行 / 西北大学出版社
地址 / 西安市太白北路229号
邮编 / 710069　电话 / 029-88303940
经销 / 全国新华书店
印装 / 西安博睿印刷有限公司
开本 / 889毫米×1194毫米 1/32
印张 / 10.75　字数 / 258千字
版次 / 2023年11月第1版　2023年11月第1次印刷
书号 / ISBN 978-7-5604-5260-9
定价 / 68.00元

如有印装质量问题，请与本社联系调换，电话029-88302966。